Horst Eckert

Schwarzlicht

Thriller

Wunderlich

1. Auflage September 2013

Umschlaggestaltung Hafen Werbeagentur, Hamburg
(Umschlagabbildung: Getty Images / Seth Goldfarb)
Satz Minion Pro, PageOne,
bei Dörlemann Satz, Lemförde
Druck und Bindung CPI – Clausen & Bosse, Leck
Printed in Germany
ISBN 978 3 8052 5057 3

Liebe Buchhändlerinnen, liebe Buchhändler,

viele von Ihnen kennen mich bereits. Sie schätzen meine Bücher und empfehlen sie Ihren Kunden, wofür ich mich ganz herzlich bei Ihnen bedanken möchte. Am besten überspringen Sie jetzt die nächsten Zeilen und blättern gleich zum ersten Kapitel von «Schwarzlicht» – gute Unterhaltung!

Oder gehören Sie zu denen, die bislang einen Bogen um meine Krimis gemacht haben? Weil Sie glaubten, was in der Stadt A handle, sei nicht für die Leserschaft im schönen Landstrich B geschrieben? Ich verspreche, «Schwarzlicht» wird Sie vom Gegenteil überzeugen.

Kriminalliteratur beschreibt, was Menschen einander antun. Sie berührt unser Wesen im Kern und gilt universell.

Wer zum Beispiel Eltern oder Großeltern hat, die im Krieg Schlimmes mitgemacht haben, der weiß, dass Traumata vererbt werden. Stellen wir uns vor, die Tochter eines Nazi-Täters schloss sich in den Siebzigern der RAF an und gab ihren kleinen Sohn weg, bevor sie in den Untergrund ging – was hat das wiederum mit ihm gemacht?

Womit wir bei Vincent wären, der Hauptfigur von «Schwarzlicht». Er ist Polizist geworden wie sein Großvater. Ausgerechnet, könnte man sagen. Aber Sie ahnen schon jetzt, dass sich Vincent von seinen Kollegen deutlich unterscheidet.

Ich lade Sie herzlich dazu ein, Vincent kennenzulernen. Gehen Sie mit ihm auf die Reise, und Sie werden merken, dass die Regio-Schublade zu eng für meine Themen ist. Ihre Kollegen, die das längst wussten, haben schon weitergeblättert und ermitteln bereits an der Seite Vincents in einem besonders brisanten Fall.

Erleben Sie spannende Stunden!
Ihr Horst Eckert

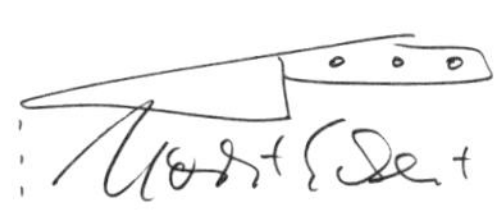

Das Vergangene ist nicht tot.
Es ist nicht einmal vergangen.
William Faulkner,
Requiem für eine Nonne

TEIL EINS

Montag, 13. Mai

▼

1

▼

Für die Handvoll Demonstranten hinter der Absperrung war der Fall klar: Profitgier, Ausbeutung, die korrupte Politik.

Vincent stapfte durch aufgeweichte Erde. Kein Grün, so weit er blicken konnte. Die *Seestern-Arkaden* sollten hier entstehen, ein von Beginn an umstrittenes Projekt der Osterkamp-Entwicklungsgesellschaft. Das Schild an der Zufahrt zeigte eine Computergraphik mit transparenten Fassaden, Bäumen und blauem Himmel. Dazu den Slogan: *Die Zukunft beginnt jetzt.*

Der Wind trug Protestparolen herüber und das Rauschen der nahen Schnellstraße. Davon abgesehen war es still, seit der Nacht ruhte die Arbeit, wo sonst die Maschinen rund um die Uhr dröhnten. Uniformierte suchten das Gelände ab – vielleicht lag irgendwo ein weggeworfener Benzinkanister.

Vincent vergrub die Fäuste in den Taschen seiner Lederjacke. Es war Mai, aber kalt, die Eisheiligen. Löschwasser hatte Pfützen gebildet, der Matsch schmatzte unter Vincents Schritten und verdreckte seine Schuhe. Warum hatte er nicht an Gummistiefel gedacht? Auf keiner Großbaustelle ging es sauber zu, auf dieser schon gar nicht.

Keine zwanzig Meter von der Grube der künftigen Tiefgarage entfernt, bogen sich verrußte Zeltstangen wie die Rippen eines skelettierten Riesen dem Himmel entgegen und markierten den Ort des Unglücks. Dazwischen zwei Reihen schwarzer Stahlgestelle – einst Stockbetten, in denen Menschen schliefen. Vincent stellte sich die Flammen vor und den Qualm, der das Atmen unmöglich machte. Drei ukrainische Arbeiter waren hier ums Leben gekommen, am gestrigen Sonntagabend kurz nach zehn.

Eigentlich kein Fall für eine Mordkommission, aber es gab Gerüchte: Die Konkurrenz habe gezündelt. Linke Gegner des Projekts. Oder Neonazis, Ausländerfeinde.

Vincent erblickte Anna, die Kollegin trug die Montur der Spurensicherung, Overall und Handschuhe. Ihr erster Tag im Dienst, nachdem sie letzte Woche krankheitshalber gefehlt hatte.

Er ging zu ihr hin. «Und?»

Anna zuckte mit den Schultern.

«Wo sind die anderen?»

«Zeugen befragen. Im Krankenhaus, im Präsidium.»

«Und der Sachverständige?»

«Stell dir vor, Vincent, es gab nur einen Feuerlöscher für das ganze Zelt, und der war leer!»

«Grobe Fahrlässigkeit. Darum kümmern sich die Brandsachbearbeiter.»

«Weißt du, was eine Befüllung kostet? Schlappe zwanzig Euro.»

«Spuren von Brandbeschleunigern?»

«Zwanzig Euro! Da riskiert man lieber das Leben von Bauarbeitern. Auf diese Art verdient sich Osterkamp seine Millionen!»

«Du kannst das System nicht überwinden», antwortete Vincent.

«Das System? Worin besteht es deiner Ansicht nach?»

«Keine Ahnung.»

«Wie willst du dann behaupten, dass du es nicht überwinden kannst?»

Er nickte zu den Leuten hinüber, die hinter dem Flatterband Plakate hochhielten. «Wetten, die können es auch nicht?»

Anna zog die Handschuhe aus. «Ich bin hier fertig.»

Sie gingen zu den Wohncontainern, die man in drei Etagen übereinandergestapelt hatte, noch näher an der riesigen Grube. Die weißen Kisten waren vom Feuer verschont geblieben, nur an der Seite gab es Spuren von Ruß. Hier hatten sie beide geparkt.

«Der Sachverständige hat seine Proben genommen», sagte Anna und beantwortete damit endlich seine Frage. «Keine Ahnung, wann er damit fertig ist und ob er etwas findet. Aber um ein Verbrechen handelt es sich so oder so. Das Zelt war lediglich für das Unterstellen von Baumaschinen zugelassen. Nur eine Stunde später wäre es voll belegt gewesen. Nicht auszudenken, wie viele Arbeiter dann …» Sie öffnete den Kofferraum ihres Dienstwagens, zog den Overall aus und warf ihn hinein. «Weißt du, was der Mehrpreis für eine feuerfeste Plane gewesen wäre? Ganze hundertdreißig Euro. So hoch ist der Gegenwert für drei Menschenleben auf einer Osterkamp-Baustelle für ein weiteres Einkaufszentrum, das keiner braucht!»

«Woher weißt du das so genau?»

Die Kollegin strich eine Strähne hinter ihr Ohr. Dunkelrot gefärbt – er fragte sich, ob das neu war oder ihm jetzt erst auffiel. Anna musterte ihn. «Warum bist du hier, Vincent?»

«Mir ein Bild machen.»

«Wird das der kommende Führungsstil? Ein Kommissariatsleiter, der selbst an jeden Tatort fährt?»

Vincent schüttelte den Kopf. «Wetten, dass Thilo Becker die Stelle kriegt? Er ist länger MK-Chef als ich.»

«Da halte ich dagegen.» Anna holte einen Zehneuroschein aus ihrem Portemonnaie. «Komm schon. Oder ist etwa schon alles entschieden?»

Vincent kramte nach seinem Geld. Sie steckten die Scheine in einen Spurenbeutel, den Anna beschriftete. *Chefwette.*

Vincents neues Smartphone spielte Musik.

«Was ist das?», fragte Anna, während er in der Jackentasche nach dem Gerät fischte.

«London Calling, The Clash.»

«Kenne ich nicht.»

«Ende der Siebziger. Dafür bist du zu jung.»

Das Display zeigte die Nummer von Nina, seiner Freundin. Die Erinnerung an den Streit beim Frühstück sprang ihn an. Vincent suchte Abstand zur Kollegin und versank nach ein paar Schritten bis zu den Knöcheln im Schlamm.

Er war wütend auf Nina, die ihn vor ein paar Wochen mit einem Anwalt betrogen hatte, den sie auch beruflich ab und zu traf. Nina hatte den Seitensprung gestanden und glaubte, damit sei alles aus der Welt. Seitdem warf sie ihm seine Verletztheit vor – verkehrte Welt, fand Vincent.

Schon nach den ersten Worten wurde ihm klar, dass Nina nicht daran dachte, etwas zu bereuen. Ruhig bleiben, ermahnte er sich. Anna brauchte nicht alles mitzubekommen.

«Ich werde für ein paar Tage zu einer Kollegin ziehen», sagte Nina.

«Bitte?»

«Ich brauche Abstand. Ich muss mir klar darüber werden, ob das eine Krise ist, die vorbeigeht, oder so etwas wie unsere Schlussphase.»

Vincent spürte, wie es in seinem Magen rumorte. «Wetten, dass die Kollegin in Wirklichkeit männlich ist und auf den Namen Jens hört? Viel Spaß!» Er tippte auf die rote Taste und stapfte zu Anna Winkler zurück.

Erneut das Handy.

«Geiler Song», bemerkte die Kollegin.

Vincent nahm das Gespräch an und konnte nicht verhindern, etwas lauter zu werden. «Weißt du, was du mich kannst?»

«Ich find's schön, wie du heute deinen Charme spielen lässt.» Die Stimme am Telefon gehörte Ela Bach, seiner Noch-Chefin. Es war ihr letzter Tag in der Dienststelle, am Nachmittag würde es einen Umtrunk geben. Sie hatte sich auf einen Posten beim Landeskriminalamt beworben, und plötzlich war alles ganz schnell gegangen. Keiner im KK11 hatte so recht begriffen, was Ela zu dem Wechsel bewegte, und bislang hatten die Obermuftis die Nachfolgefrage nicht geklärt – die Stelle war noch nicht einmal ausgeschrieben.

«Entschuldige, Ela, ich hab dich verwechselt.»

«Wie sieht's aus?»

«Bis jetzt kein Hinweis auf einen Vorsatz.»

«Mach das bitte der Behördenleitung klar. Die drehen völlig am Rad, als hätte der nationalsozialistische Untergrund wieder zugeschlagen. Und außerdem soll ich dir ausrichten, dass Thann dich um vierzehn Uhr in seinem Büro sehen will.»

«Der Inspektionsleiter? Mich?»

«Ja, die Würfel sind offenbar gefallen.»

Anna hatte seine Worte aufgeschnappt. Sie wedelte mit dem Beutel, der die zwanzig Euro enthielt.

Vincent winkte ab. Er würde es erst glauben, wenn er die Beförderung schriftlich hatte. Es wäre die Krönung einer Polizistenlaufbahn im gehobenen Dienst – dass Ela ihn vorgeschlagen hatte, wusste er, aber er hatte nicht damit gerechnet, dass sich die Chefs so entscheiden würden.

Er musste an seinen Großvater denken, der stets getan hatte, was man von ihm erwartete. An seine Mutter, die stolz darauf war, genau das Gegenteil zu tun.

«Glückwunsch, Vincent!», kam Elas Stimme aus dem Handy.

Er bedankte sich.

Die Mahnwache an der Absperrung hatte Zulauf bekommen. Etwa fünfzig Menschen jeden Alters waren es jetzt, hüpfend trotzten sie dem kalten Wind. Lieder und bunte Transparente. Vincent konnte Kamerateams ausmachen. Ein VW-Bulli fuhr vor und entließ Uniformierte, die das Flatterband sicherten. Noch ein Transporter, Beamte der Einsatzhundertschaft mit Schild und Helm.

Vincent gefiel nicht, was er sah. Es wirkte, als stünde die Polizei für die Bösen. Als sei das Gesetz nicht neutral.

Ein Journalist, den er vom Sehen kannte, eilte auf ihn zu. Atemlos, eine Hand auf der Kamera, die an seinem Hals hing. Weiß der Geier, wie der Kerl auf diese Seite des Geländes gefunden hatte.

«Ist schon bekannt, wer das Feuer gelegt hat?», rief der Zeitungsfritze herüber.

Vincent drehte sich weg und stieg in sein Auto.

Der Typ von der Presse hatte ihn fast erreicht. «Warten Sie! Was soll es denn sonst bedeuten, wenn Sie von der Mordkommission ermitteln? Lassen Sie uns reden!»

«Da gibt's nichts zu reden», antwortete Vincent und zog die Tür zu.

Beim Starten wühlten sich die Räder in den Dreck. Er nahm das Gas zurück, erreichte die Baustellenausfahrt und die Brücke über den Rhein. Schafe grasten am Ufer. In der Strömung mühte sich ein Frachter ab und kam kaum von der Stelle.

Vincent raste auf die Innenstadt zu, deren Bürotürme im Dunst flimmerten. Er musste an einen Spielfilm von Dominik Graf denken, der mit genau dieser Fahrt begann. Man müsste den Streifen noch einmal drehen, dachte er. Damals war noch alles überschaubar gewesen. Die Zukunft hatte noch nicht begonnen.

2

Auf der anderen Rheinseite bog Vincent nach Norden ab und steuerte die Gneisenaustraße an, wo er in zweiter Reihe parkte, vor seiner Haustür. Er ging hinauf und wechselte die Schuhe. Die alten säuberte er grob mit Lappen und Bürste, stopfte sie mit Zeitungspapier aus und stellte sie zum Trocknen auf den Balkon.

Als er die Wohnung wieder verlassen wollte, fand er einen Zettel, den Nina ihm offenbar hingelegt hatte, bevor sie zur Arbeit gegangen war. Ihr Psychologendeutsch, das ihn in letzter Zeit so nervte.

Ich habe keine Lust, für deine verkorkste Kindheit in Haftung genommen zu werden. Deine Verlustängste musst du anderswo therapieren. Ich kann das nicht mehr.

Er lief ins Schlafzimmer und öffnete die Schranktür auf ihrer Seite. Tatsächlich: Ein guter Teil der Kleiderbügel war leer. Der große Koffer fehlte. Vincent starrte auf das Bett und wusste schon jetzt, dass er sich heute Abend verloren fühlen würde.

Magengrimmen. Vincent verriegelte die Wohnungstür. Auf dem Weg nach unten meldete sich sein Handy – die Nummer auf dem Display gehörte zur Festung, wie sie das Präsidium polizeiintern nannten.

Dominik Roth, der Neue im Team. Er sei im Moment allein, und der Ukrainer, der gestern Abend den Notruf gewählt hatte, stehe zur Vernehmung an. Der Dolmetscher warte bereits.

«Ela meint …»

Vincent unterbrach ihn. «Ist der Bericht des Sachverständigen schon eingetroffen?»

«Nein.»

«Kannst du die Vernehmung nicht allein machen?»

«Die Chefin meint …»

«Na gut.» Vincent hatte die Straße erreicht, mit dem Funkschlüssel entriegelte er den Wagen. «Gib mir zehn Minuten.»

Autoradio, die Elf-Uhr-Nachrichten auf *WDR2*: Die Landesregierung führungslos. Ministerpräsident Castorp, vor drei Tagen abgetaucht, sei von Journalisten in der Schweiz gesichtet worden. Vincent fiel Genf ein, das *Beau-Rivage*, ein anderer Politiker, der sich zum Sterben in eine Wanne gelegt hatte. Oder gelegt worden war – schlampige Ermittlungen der dortigen Kollegen. Wie lange war das her?

Die zweite Meldung behandelte den Brand auf der Baustelle am Seestern. Die Details waren bereits durchgesickert: die leicht entflammbare Zeltplane, nur ein einziger Feuerlöscher, obendrein leer, kein zweiter Ausgang. Tote und Verletzte in einer Unterkunft, die es nie hätte geben dürfen. Ein Politiker der Opposition beklagte Schlendrian und Profitgier, ohne Osterkamps Baufirma konkret zu benennen. Die Mahnwache wurde erwähnt – bislang verlaufe der Protest friedlich.

Mit Knopfdruck wechselte Vincent zum *Deutschlandfunk*. Noch einmal der Castorp-Skandal. Ein Sprecher der Regierungspartei beteuerte, der Ministerpräsident sei allein für den Lauschangriff auf die Oppositionsbüros verantwortlich. Typisch, dachte Vincent. Wenn es herauskommt, will keiner etwas gewusst haben.

Dann ging es um Syrien, Spanien, um den Euro. Der übliche Irrsinn.

Der Verkehr stockte, Schneckentempo, irgendeine Messe in der Stadt. Vincent fielen Plakate auf der anderen Straßenseite auf. An jeder Laterne das gleiche Frauengesicht in Schwarz-Weiß, das ernst herüberblickte, irgendwie vorwurfsvoll. Er las den Text, zuoberst der Name seiner Mutter:

Brigitte Veih, Schwarzlicht. NRW-Forum Düsseldorf, 28. März bis 13. Mai.

Die Ausstellung lief also nur noch bis heute.

Nina hatte die Einladung zum Eröffnungsabend wahrgenommen, aber er war zu Hause geblieben. Es missfiel ihm, dass seine Mutter aus ihrer Vergangenheit Kapital schlug.

Das Handy. Benedikt Engel, der Kripochef. Die Nummer drei in der Hierarchie der Behörde – Vincent wunderte sich, dass sich der Mann direkt an ihn wandte.

«Bei mir läuft das Telefon heiß», sagte Engel und klang nach schlechter Laune. «Alle Welt will wissen, wie es zu dem verdammten Feuer kommen konnte. Außerdem machen Osterkamps Leute Druck. Angeblich kostet es pro Stunde zigtausend Euro, wenn die Arbeit auf der Baustelle ruht. Haben Sie etwas Konkretes, Veih?»

«Dafür ist es noch zu früh.»

«Wann können wir den Tatort freigeben?»

«Sobald wir sicher sind, nichts mehr zu finden.» Eigentlich eine Binsenweisheit, dachte Vincent.

«Okay, Ihre Entscheidung», sagte Engel, und es hörte sich wie eine Drohung an.

3
▼

Vincent verließ den Paternoster im zweiten Stock der Festung. Er tippte den vierstelligen Code in das Kästchen neben der Glastür, drückte sie beim Summton auf und steuerte Dominiks Büro am Ende des Flurs an.

Stickige Luft. Dem Neuling hatte man das kleinste Kabuff zugeteilt, mit vier Leuten war es hoffnungslos überfüllt. Dominik war von den Betrügern gekommen und war noch keine dreißig. Ein pfiffiger Kerl, Grübchen im Kinn, krauses dunkelblondes Haar. Es hieß, der Kripoleiter protegiere ihn. Vermutlich bloß ein Gerücht – die Kollegen zerrissen sich gern die Mäuler.

Vincent zog die Lederjacke aus. Der Junge überließ ihm den Platz hinter dem Schreibtisch und baute sich vor dem Zeugen auf. Der Ukrainer, Anfang zwanzig, helles Haar, helle Augen, war in Odessa zu Hause und hieß Alinew mit Nachnamen. Er saß mit krummem Rücken auf dem Besucherstuhl, klemmte die Hände unter die Schenkel und hielt die Füße nach innen gedreht – ein deutliches Zeichen dafür, dass er sich unbehaglich fühlte.

Der Dolmetscher, ein Mittvierziger im grauen knittrigen Anzug, sprach deutsch mit sächsischem Einschlag. Einer der beiden Männer roch unangenehm, mangelnde Körperhygiene. Vincent blätterte in der Akte und entdeckte nichts, was er noch nicht wusste.

Mehrere Bauarbeiter hatten ausgesagt, Alinew habe vor Ausbruch des Feuers eine verdächtige Person um das Zelt schleichen gesehen, doch als Dominik ihn jetzt darauf ansprach, schüttelte Alinew den Kopf. Er habe sich lediglich wichtig machen wollen. Als er das Zelt erreichte, habe es bereits lichterloh gebrannt. Aber wirklich gelogen habe er nicht, denn dass jemand das Feuer gelegt haben musste, sei doch klar.

Vincent tippte das Protokoll in den Computer und überließ es Dominik, die Fragen zu stellen. Er war gespannt, wie sich der Neuling anstellte.

Dominik spielte die Aufnahme des Notrufs ab. Ein aufgeregtes, kaum verständliches Gestammel in gebrochenem Deutsch. Der Kollege in der Leitstelle musste mehrfach nachfragen. Dann waren im Hintergrund Schreie zu hören. Vincent lief es kalt den Rücken hinunter.

Der Ukrainer verschränkte die Arme und steckte die Hände unter die Achseln. Er räusperte sich und bestätigte, dass er der Anrufer gewesen sei.

Dominik hielt ihm noch einmal vor, was andere Zeugen berichtet hatten. Der Bauarbeiter kaute auf seiner Unterlippe. Vincent fiel auf, dass Alinews Blick immer wieder den Wandkalender fixierte. Picassos *Zwei Frauen, am Strand laufend.* Wuchtige Körper, ausgestreckte Arme – Vincent erinnerte sich, wie er einst mit Nina in Paris vor dem Original gestanden hatte. Was löste das Bild in Alinew aus? Die Erinnerung an einen Strand am Schwarzen Meer, an eine Freundin, die zu Hause auf ihn wartete?

Schließlich unterbrach Vincent die Befragung und bat Dominik hinaus auf den Flur.

Der junge Kollege wirkte zerknirscht. «Was meinst du, wo sollen wir noch einmal ansetzen?»

«Lass ihn gehen.»

«Aber der Typ lügt doch. So nervös, wie der ist. Womöglich hat *er* das Feuer gelegt!»

«Dir würden an seiner Stelle auch die Nerven flattern, wenn dich die deutsche Polizei in die Mangel nehmen würde.» Vincent vermutete, dass Alinew von der Stadt kaum etwas zu sehen bekam. Die meisten Arbeiter wohnten auf der Baustelle, Alinew zum Glück in einem Container.

«Bist du dir sicher?», fragte Dominik.

«Es gibt Anhaltspunkte. Wenn jemand erst mitten im Gespräch Stresssymptome zeigt, dann spricht das für eine Lüge. Wenn aber einer von Anfang an … Ich meine, beim nächsten Mal solltest du zuerst für eine entspannte Atmosphäre sorgen.»

«Also hab ich's vergeigt.»

«Nicht so schlimm.»

Dominik fuhr sich durch die Locken. «Ela behauptet, du hättest Psychologie studiert.»

«Ein paar Semester.»

«Warum bist du zurückgekommen?»

«Die pure Sehnsucht.»

Sie lachten.

Anna Winkler trat aus dem Geschäftszimmer am Ende des Flurs, bemerkte Vincent und eilte mit raschen, kurzen Schritten herbei. Sie drückte ihm einen Stapel Papiere in die Hand. «Der vorläufige Bericht des Sachverständigen, frisch aus dem Fax. Fahrlässiger Umgang mit einem Heizlüfter. Kein Brandbeschleuniger. Vorsatz können wir demnach mit größter Wahrscheinlichkeit ausschließen.»

«Du hattest recht», sagte Dominik zu Vincent und räusperte sich. «Ich schick den Zeugen dann wieder zurück.»

«Im Protokoll fehlt noch die Uhrzeit», antwortete Vincent. «Wann wir die Vernehmung beendet haben.»

«Mach ich.»

Vincent bedankte sich, und Dominik verschwand in seinem Zimmer.

«Neuer Führungsstil, sag ich doch», bemerkte Anna.

«Wie kommst du darauf?»

«Du musst dich überall einmischen, oder?»

«Sagen wir: Ich bringe meine Erfahrung ein. Wieso stört dich das?» Vincent erinnerte sich daran, dass «Kontrollsucht» einer von Ninas Lieblingsvorwürfen war.

Alinew und der Dolmetscher verließen Dominiks Büro und steuerten wortlos auf das Treppenhaus zu.

«Wer war das?», fragte Anna. Die rote Strähne war ihr wieder ins Gesicht gerutscht.

«Der Hagere hat die Feuerwehr gerufen. Die Schreie im Hintergrund hättest du hören sollen.»

Vincents Handy spielte *London Calling*.

«Übrigens, so viel jünger als du bin ich gar nicht», bemerkte Anna.

Vincent blickte ihr hinterher. Er hätte sie fragen sollen, was ihr gefehlt habe und wie es ihr gehe.

Er nahm das Gespräch an.

Es war die Sekretärin von Inspektionsleiter Thann, die ihn noch einmal an seinen Termin am Nachmittag erinnerte.

4

▼

Im Treppenhaus traf Vincent auf Ingo Ritter vom Rauschgift. Langes Haar, Dreitagebart, das Hemd wie immer um einen Knopf zu weit geöffnet. Ingo hatte es im KK15 schon vor einiger Zeit zum Leiter gebracht.

«Hey, Vinnie, kennst du den schon?», fragte der Kollege gut gelaunt. «In der Staatskanzlei werden die Frauen befragt, ob sie sich vorstellen könnten, mit Walter Castorp ins Bett zu gehen. Zehn Prozent sagen ja, zehn Prozent nein. Achtzig Prozent der Befragten antworten: Nicht noch einmal!»

Vincent lachte mit, obwohl es ihm billig vorkam, auf einem Politiker herumzuhacken, dessen Tage an der Macht offenbar gezählt waren.

«Einer vom Personenschutz hat mir den gerade erzählt.»

«Sollte der Mann nicht lieber bei Castorp sein?»

«Wie denn, wenn sich der Ministerpräsident einfach aus dem Staub macht? Mit seiner neuesten Sekretärin, einer scharfen Braut, heißt es. Zum ersten Mal seit Jahren ohne Fahrer unterwegs, Shit, ey, stell dir das vor! Weit kommt er nicht, wenn du mich fragst.»

«Schweiz, hieß es im Radio, immerhin.»

Im ersten Stock, wo sich ihre Wege trennten, hielten sie inne. Ingo zuckte mit den Schultern. «Wir werden von Verbrechern regiert.»

«Hauptsache, wir schnappen sie.»

Vincent hatte die Nachrichten zur Castorp-Affäre verfolgt. Ein Skandal, der die Republik in Atem hielt. Es gab Ermittlungen wegen Einbruchs in die Büros der Opposition und wegen einiger Abhörwanzen. Ein Zeuge belastete Castorp als Auftraggeber, ein Typ aus seinem eigenen Wahlkampfteam.

Anfang letzter Woche hatten die Medien erstmalig darüber berichtet. Kurz darauf hatte der Ministerpräsident öffentlich seine Unschuld beteuert, aber jeder fand seine Ehrenworterklärung nur peinlich. Der sicher geglaubte Wahlsieg der CDU stand mit einem Mal auf der Kippe.

«Da hab ich wenig Hoffnung», antwortete Ingo. «Zumindest bis zum Wahlsonntag darf das KK14 nichts Entscheidendes ausgraben, heißt es. Weil unser Behördenleiter der Regierungspartei angehört und der Minister Druck macht.»

«Ach, komm. Die Kollegen lassen sich das doch nicht gefallen, oder?»

«Du wirst schon merken, wie das ist. Jetzt, wo sie dich auch zum K-Leiter machen.»

«Da weißt du mehr als ich.»

Ingo lachte. «Man hat so seine Informanten.»

Zum Abschied klatschten sie sich ab – wie früher, als sie beide in der Kriminalwache ihren Dienst getan hatten, nachdem Vincent sein Studium abgebrochen und zur Polizei zurückgekehrt war. Das Team der B-Schicht, eine gute Truppe: Marietta, Onkel Jürgen und der Kanzler, der eigentlich Gerd Schröder hieß. Ingo Ritter und der Kanzler hatten nebenbei mit Aktien spekuliert. Zu jener Zeit platzte die Internetblase, die beiden verloren eine Menge Geld und zockten unverdrossen weiter. Daneben vermakelte Ingo Wohnungen in seiner Freizeit, ein Hansdampf in allen Gassen. Auch in puncto Frauengeschichten brauchte er sich nicht hinter dem zu verstecken, was man über Ministerpräsident Castorp munkelte.

«Shit, ey, wir sollten es mal wieder krachen lassen», sagte Ingo. «Das *Notorious* hat neu eröffnet.»

«Bist du noch in der Immobilienbranche?»

«Warum fragst du? Auf Wohnungssuche?»

«Vielleicht brauche ich demnächst etwas Kleineres.» Wenn es mit Nina auseinander ging, wäre es ihm ein Gräuel, in der Wohnung zu bleiben, in der ihn alles an sie erinnerte.

«Krach mit der Alten? Ist es immer noch diese Psychotante?»

«Ich weiß, du konntest sie schon vor zwölf Jahren nicht leiden.»

Ingo kramte ein Kärtchen hervor und reichte es Vincent. «Kannst mich jederzeit anrufen.»

5

▼

Die Sekretärin bat ihn zu warten, der Inspektionsleiter telefoniere noch. Vincent setzte sich und genoss den Moment der Ruhe.

Die Telefonanlage weckte sein Interesse. Ein Kasten mit Tasten und Knöpfen, unter einem davon flackerte ein rötliches Lämpchen. Es erfüllte Vincent mit Befriedigung, dass sich auch die Chefetage mit antiquierter Technik abmühen musste.

Das Lämpchen erlosch.

«Sie können jetzt», sagte die Sekretärin.

Vincent stand auf und öffnete die Verbindungstür. Kriminaloberrat Thann kam ihm mit ausgestreckter Hand entgegen, untersetzt, höchstens eins siebzig, Nester von Bartstoppeln an Kinn und Hals, als hätte er am Morgen keine Zeit gehabt.

«Wissen Sie, dass ich Ihren Großvater noch gekannt habe? Setzen Sie sich, Kollege Veih!» Thann wies auf einen Stuhl am Besprechungstisch und nahm seinen Kaffeebecher vom Schreibtisch mit herüber, Vincent bot er nichts an.

Eine Hierarchiestufe unter Kripochef Engel, stand der Leiter der Kriminalinspektion eins den Kommissariaten vor, die für Gewaltdelikte, Rauschgift und Einbruch zuständig waren. Thann war dafür bekannt, dass er sich zehnmal absicherte und dann immer noch keine Entscheidung traf. Vincent fragte sich, ob die Behörde so etwas aus einem machte.

«Gerhard Veih», fuhr Thann fort. «Ein Urgestein. Alte Schule. Er hat Sie großgezogen, nicht wahr?»

Vincent nickte. Auf einem Teller lagen Kekse und erinnerten ihn daran, dass er nichts zu Mittag gegessen hatte.

«Streng?»

«Geht so.» Es berührte Vincent unangenehm, mit dem Inspektionsleiter über seinen Großvater zu sprechen. «Normal, nehme ich an.»

Er griff nach einem Keks und bereute es beim ersten Bissen. Das Zeug schmeckte wie Pappe. Er behielt den Rest in der Hand und wusste nicht, was er damit machen sollte.

«In meiner Zeit als junger Schupo hatte ich ihn zum Chef», sagte Thann und lachte. «Einmal hat er mich mit Donnerwetter zum Friseur geschickt. Und wehe, man hat die Dienstmütze im Streifenwagen liegen gelassen. Ende der Siebziger. Da waren wir keine Dienstleister, nicht wahr, sondern noch so etwas wie staatliche Autorität.»

Vincent musste an Opas heisere Stimme denken, an den Geruch von Zigarettenrauch, der den Alten stets umgeben hatte. An einen Spruch, der oft gefallen war: *Ordnung führt zu allen Tugenden.* Auch zu Hause hatte Gerhard Veih strenge Regeln aufgestellt. Die Haare kurz, das Zimmer stets aufgeräumt, keine Jeans an Sonntagen. Saubere Schuhe, die Vincent als Junge selbst putzen musste. Ihm fielen Redewendungen ein, die er zuvor bei seiner Mutter nie gehört hatte: *jüdische Hast, polnische Wirtschaft.*

Er war acht Jahre alt gewesen, als er zu den Großeltern nach Uedesheim kam. Zehn, als Opa pensioniert wurde, und sechzehn, ein wilder Bursche, als der Krebs den Alten besiegte. Die letzten Wochen war der große, unbeugsame Gerhard Veih stumm gewesen – man hatte ihm den Kehlkopf entfernt.

Gleich spricht mich der Inspektionsleiter auch noch auf meine Mutter an, fürchtete Vincent.

«Der Brand am Seestern war also ein Unfall», sagte Thann stattdessen und kratzte sich, wo über der Stirn sein Haaransatz zurückwich.

«Der Klassiker, meint der Sachverständige. Eines der Opfer hatte seine Klamotten zum Trocknen auf den Heizlüfter gelegt. Ich habe gerade in Absprache mit der Staatsanwaltschaft den Tatort freigegeben und eine Mail dazu geschrieben. Müsste in Ihrem Eingangsordner liegen.»

«Hab's gesehen.» Die Antwort kam schroff, als sei mit der E-Mail etwas nicht in Ordnung.

«Auf jeden Fall hätte dieses Zelt nicht als Unterkunft genutzt werden dürfen», fasste Vincent zusammen. «Die Brandleute suchen jetzt den Verantwortlichen.»

Er hatte eben noch mit den zuständigen Sachbearbeitern gesprochen. Osterkamps Sicherheitskoordinator wusste angeblich von nichts. Es schien ein wirres Geflecht an Subunternehmern zu geben, eine Firma schob der anderen die Schuld zu.

Womöglich hatte auch das Bauordnungsamt nicht genau hingeguckt.

«Einen Anschlag können wir also mit Sicherheit ausschließen?», fragte Thann noch einmal.

«Ja. Die Mordkommission ist wieder außen vor.»

«Gut.» Thann räusperte sich. «Da ist noch etwas, Sie betreffend.» Seine Zunge fuhr in seinem Mund herum wie ein Tier, das man nicht einfangen konnte. Er reckte das Kinn. «Hat Kollegin Bach es Ihnen schon gesagt?»

«Ela hat da etwas angedeutet.»

«Sie übernehmen vorläufig die Leitung Ihrer Dienststelle, Herr Veih.»

Vincent nickte. Vorläufig, klar.

«Als A13-Stelle wird der Posten in Kürze landesweit ausgeschrieben. Sicher werden Sie nicht der Einzige sein, der die Anforderungen erfüllt, nicht wahr, aber bis zum Ablauf der Bewerbungsfrist können Sie vielleicht noch Punkte sammeln.»

Die Wortwahl und der herablassende Ton signalisierten Vincent, dass der Inspektionsleiter nicht allzu viel von der Entscheidung hielt, die vermutlich auf Engels Kappe ging.

«Viel Glück», fügte Thann hinzu, und es klang wie eine Aufforderung, sich zu verpissen.

Sie standen auf.

«Eines noch, Kollege Veih. Ihre Mail von vorhin.» Thanns Blick strich über den Boden, als sei ihm etwas unangenehm.

«Was ist damit?»

«Halten Sie in Zukunft den üblichen Weg ein und senden Sie Ihre Mails ausschließlich an mich. Der Kripochef zieht es vor, wenn er von diesem Büro aus informiert wird. Haben wir uns verstanden?»

«Alles klar.» Idiot, dachte Vincent.

Das Vorzimmer war verwaist. Das rote Birnchen der Telefonanlage begann wieder zu flackern. Unter dem Tisch der Sekretärin entdeckte Vincent einen Papierkorb und war froh, die Reste des Kekses entsorgen zu können.

6 ▼

Die Ausstandsfeier hatte bereits begonnen. Rund zwanzig Kollegen bevölkerten den Besprechungsraum des KK11. Nora, die rundliche Schreibkraft, drückte Vincent ein Glas in die Hand und füllte es mit dem lauen Rest aus einer Sektflasche. Ela Bach hielt gerade ihre Ansprache.

«Zehn Jahre lang durftet ihr mich als Chefin ertragen, und wir haben in dieser Zeit die Zumutungen der Controller und ihrer ‹ressourcenschonenden Leistungsoptimierung› ganz gut gemeistert, denke ich. Aber man soll bekanntlich aufhören, wenn es am schönsten ist.»

Ela trug eines ihrer verwaschenen Sweatshirts, das leger über die Jeans fiel. Um den Hals ein blassviolettes Tuch. Vincent musste daran denken, dass Ingo Ritter ihm einst intime Anekdoten über Ela ausgeplaudert hatte – die beiden hatten in grauer Vorzeit ein Techtelmechtel. Als Vincent aus der Kriminalwache in Elas Dienststelle gewechselt war, hatte er sich eine Zeit lang schäbig gefühlt, weil ihm bestimmte Bilder nicht aus dem Kopf gingen.

In diesem Moment des Abschieds schien jeder von Sentimentalität ergriffen, und Nora, die vermutlich am meisten unter der ruppigen Art der Chefin gelitten hatte, wischte sich sogar eine Träne aus dem Gesicht. Ela Bach war die erste Frau an der Spitze dieser Dienststelle gewesen und hatte stets mit Neidern zu kämpfen gehabt. Mit Stellvertretern wie Klaus Schranz und Thilo Becker, die länger dabei waren oder sich für geeigneter hielten.

«Ich weiß gar nicht, wer diese Woche Mordbereitschaft hat …»

Felix May reckte den Zeigefinger.

«Okay, Felix, wenn du heute Nacht einen Tatort bekommst und den Kommissariatsleiter in Kenntnis setzen musst, dann lässt du mich gefälligst schlafen und klingelt stattdessen Vincent aus dem Schlaf. Da ist er ja. Alles Gute, Vincent!»

Der Applaus war verhalten. Vincent registrierte erstaunte Gesichter, nicht jeder war vorab informiert gewesen. Er hob sein Glas, bedankte sich und wünschte der scheidenden Chefin für die Zukunft im Landeskriminalamt das Beste.

Thilo Becker griff nach dem üppigen Blumenstrauß, für den Nora in den letzten Tagen gesammelt hatte, küsste Ela auf beide Wangen und überreichte ihr die Blumen. Eigentlich meine Aufgabe, dachte Vincent.

Dominik gratulierte ihm, und Nora tat es dem Neuling nach. Bruno Wegmann kam herbei und quetschte ihm die Hand – ganz der ehemalige Boxchampion. Thilo verdrückte sich, ohne Vincent zu beachten. Klaus Schranz war erst gar nicht zur Party erschienen. Vincent war gespannt, wie sich die beiden in den nächsten Tagen verhalten würden.

«Ich wusste es», sagte Anna. «Wette gewonnen!»

Vincent wehrte ab: «Nur vorläufig. Wer weiß, wen das Bewerbungsverfahren am Ende nach vorn spült.»

«Am Seestern hat es übrigens Randale gegeben», sagte Dominik.

«Was war los?»

«Steinewerfer, heißt es.»

Vincent fragte sich, ob das Klima rauer wurde. Ein missglückter Anschlag auf den Vorstandsvorsitzenden der Rhein-

Bank AG lag erst ein paar Monate zurück. Eine arbeitslose Graphikerin saß in Untersuchungshaft. Eine Einzeltäterin, mutmaßte das Landeskriminalamt, das die Ermittlungen an sich gezogen hatte.

Der Fall hatte in Vincent ungute Erinnerungen geweckt: Fernsehbilder von Attentaten und Festnahmen in den Siebzigern. Ein zerschossener Mercedes, ein Arbeitgeberpräsident mit einem Pappschild vor der Brust – Bilder, die seine Jugend begleitet hatten.

Ela verabschiedete sich von ihm. Sie umarmten sich.

«Du fehlst mir jetzt schon», sagte Vincent.

«Grüß mir Nina.»

«Danke.»

«Arbeitet sie noch in der Kinderambulanz? Geht's ihr gut?»

Vincent bejahte. Nina geht's gut. Hat einen neuen Lover. Geht ihre eigenen Wege. Oder war alles nicht wahr, und er brauchte Nina nur anzurufen, damit sie zurückkehrte?

Nicht jetzt, beschloss er. Nina hatte erst später Feierabend, er wollte sie nicht in der Klinik stören.

Ela winkte mit dem Blumenstrauß in die Runde, dann war sie verschwunden.

7 ▼

Mit dem Motor sprang auch das Radio an. Vincent ließ das Auto vom Parkplatz rollen und zappte durch die Kanäle. Er blieb bei einer Magazinsendung hängen. Landespolitik, Castorp und die Abhöraffäre, was sonst.

Offenbar war der Politiker wieder aufgetaucht, denn es wurde für morgen eine Pressekonferenz angekündigt, auf der er sich noch einmal erklären wolle. Man rechnete mit seinem Rücktritt als Chef der Landesregierung und Spitzenkandidat seiner Partei, denn die Fakten, die bekannt geworden waren, schienen erdrückend zu sein. Oder würde der Ministerpräsident noch einmal versuchen, sich herauszureden?

Ausgerechnet knapp zwei Wochen vor der Wahl war der Skandal öffentlich geworden. Vincent schätzte, dass es bei den Kollegen vom Einbruch eine undichte Stelle gab. Oder bei der Staatsanwaltschaft. Vermutlich bezahlten die Medien gut. An Zufälle glaubte Vincent nicht.

Am Ende des Jürgensplatzes nahm er die Durchfahrt, die der Polizei vorbehalten war, fädelte sich in den dichten Verkehr ein und tauchte kurz darauf in den Rheinufertunnel. Der Radioempfang brach ab, nur noch Gekrächze, Vincent schaltete aus. Der Feierabendverkehr quälte sich langsam voran.

Am Ende der Tunnelrampe begann die Straße mit dem Plakat an jedem Laternenmast.

Brigitte Veih, Schwarzlicht.

Nur noch heute.

Rechter Hand ragte der wuchtige Backsteinkomplex auf, der einst für die größte Messe der Weimarer Zeit errichtet worden war und im Baustil ganz der Festung ähnelte. Jetzt wurde hier Kunst gezeigt.

Vincent setzte den Blinker und suchte eine Parklücke.

Im Innenhof standen zwei Lieferwagen einer Cateringfirma, Leute schleppten Edelstahlbehälter die Treppe hoch. Sie trugen hellblaue Sweatshirts, auf der Brust das gleiche Logo wie an den Transportern. Vincent trat mit ihnen durch den Eingang.

Betriebsamkeit im Foyer, offenbar wurde hier ein Buffet aufgebaut. Stühlerücken und Geklapper im Café dahinter. Vincent wich einem Mann aus, der eine Palme im Kübel vorbeischob. Kein Mensch hinter dem Ticketschalter. Vincent schnappte sich ein Faltblatt und ging nach links in den Ausstellungsraum.

An grauen Wänden hingen großformatige Porträtfotos in Schwarz-Weiß, gleißend hell beleuchtet. Ausschließlich Frauen. Und allesamt, wie er aus dem Flyer erfuhr, zu lebenslangem Freiheitsentzug verurteilt. *Die Künstlerin gibt Haftinsassinnen ihre Würde zurück und konfrontiert die Gesellschaft mit den Weg- und Ausgeschlossenen.* Von den Taten, wegen deren die Frauen im Knast gelandet waren, verriet der Text nichts.

Augenpaare starrten ihn an. Direkte, provozierende Blicke. Diese Frauen wirkten, als gäbe es nichts, was sie noch beeindrucken könnte, als hätten sie alles erlebt. Keine von ihnen zeigte ein Lachen – hatte seine Mutter es verboten? Was bezweckte sie mit diesen Fotos?

Vincent fand das Gesicht, das auch auf den Plakaten war. Mittleres Alter, struppige Frisur. Jedes Fältchen, jedes einzelne graue Haar war zu erkennen. Wie die anderen Frauen posierte sie vor einer nackten Wand. Vincent trat an das Schildchen neben der Aufnahme, nur ein Spitzname stand darauf: *Lucky.*

Eine Frau erschien im Durchgang und rief herüber: «Soll ich Ihnen zeigen, wo Sie sich nachher postieren können? Brauchen Sie eine Akustikprobe?»

Vincent wandte sich um. Keiner da außer ihm.

«Meinen Sie mich?», fragte er zurück.

Die Frau kam mit energischen Schritten auf ihn zu. Schwarzer Anzug, schwarze Bluse, strenger Blick. «Sie sind doch der Cellist?»

«Schaue ich so aus?»

Sie lächelte und wirkte hübsch dabei. «Irgendwie schon.»

«Das hat noch niemand zu mir gesagt.»

«Also sind Sie *nicht* der Cellist?»

«Ich bin …», Vincent zögerte kurz, «Polizist.»

«Stimmt etwas nicht? Ich meine, Ihre Kollegen haben das Gebäude doch vorhin erst gecheckt!»

«Nein, ich bin privat da. Ich will mir nur die Ausstellung ansehen.»

«Oh!» Sie fasste sich an ihr silbriges Halskettchen, offenbar irritiert. «Wie sind Sie dann hereingekommen? Wir haben seit zwei Stunden geschlossen. Die RheinBank AG hat die Räumlichkeiten gemietet.»

«Ich dachte, Sie hätten bis zwanzig Uhr …»

«Nein, nicht heute. Wurden Sie am Eingang nicht kontrolliert? Wenn das die Leute von der RheinBank wüssten. Die sind so pingelig, als käme Obama zu Gast.»

Vincent wusste, warum. Der missglückte Anschlag auf den obersten Boss der Bank saß allen noch in den Knochen.

«Dürfte ich bitte Ihren Ausweis sehen?», fragte die Schwarzgewandete.

Vincent wollte sie darauf hinweisen, dass sie nicht das Recht habe, das zu verlangen. Doch er gab nach und reichte ihr seinen Dienstausweis, das grüne Kärtchen mit Foto und Landeswappen.

Sie blickte auf. «Vincent Che Veih?»

«Kann ich den Ausweis zurückbekommen?»

«Sind Sie etwa …»

Er nickte.

Für ein paar Augenblicke herrschte Schweigen. Die Frau streckte ihm sein Kärtchen hin, Vincent verstaute es.

«Und Sie sind ausgerechnet Polizist geworden?»

«Das versteht meine Mutter auch nicht.»

«Warum haben Sie nicht gleich verraten, dass Sie Brigittes Sohn sind?»

«Ich prahle lieber nicht damit.»

«Wenn ich Zeit hätte, würde ich Sie gern durch die Ausstellung …»

«Nicht nötig. Ich habe alles gesehen, das genügt.»

Sie begleitete Vincent in den Vorraum. Der Ticketschalter war noch immer unbesetzt, aber im Eingang standen jetzt zwei blau Uniformierte. Keine Kollegen, sondern Angestellte eines privaten Sicherheitsdienstes. Ihre festen Schuhe erinnerten Vincent an Einsatzstiefel, wie sie die Männer vom Spezialeinsatzkommando trugen.

«Warten Sie», bat die Museumsmitarbeiterin, lief hinter den Schalter und kehrte mit einem schmalen Buch zurück. Die Strafgefangene namens Lucky auf dem Titel. Vincent wollte für den Ausstellungskatalog bezahlen, aber die Angestellte wehrte ab.

«Eine Frage noch», sagte er.

«Gern auch drei oder vier, Herr Veih.»

«Warum haben Sie diese Ausstellung gemacht?»

Hochgezogene Augenbrauen, schräg gestellter Kopf, ein angedeutetes Schulterzucken – dabei fand Vincent, dass er keine dumme Frage gestellt hatte.

«Weil es Fotokunst ist, die hierher gehört», antwortete die Frau schließlich. «Eine spannende Fortschreibung der klassischen Porträttradition. Mit einer gesellschaftlichen Relevanz, der wir uns stellen sollten, meinen Sie nicht?»

Ähnliche Worte hatte Vincent im Faltblatt gelesen. Er bohrte nach: «Geht es Ihnen nicht bloß um den Namen Brigitte Veih, um das gruselige Gefühl, das er bei den Leuten auslöst?»

«Absolut nicht! Ihre Mutter ist eine Künstlerin von hohem Rang. Ich bin sehr stolz, dass ich die Ausstellung kuratieren durfte. Es war toll, mit Brigitte zu arbeiten. Eine wirklich interessante Frau.»

Draußen hatte ein feiner Sprühregen eingesetzt. Vincent klemmte sich den Katalog unter den Arm und beeilte sich, zu seinem Auto zu kommen. Ein Mann mit einem Cellokasten begegnete ihm und grüßte.

Als Vincent im Trockenen saß, schlug er das dünne Buch auf. Den künstlerischen Wert der Aufnahmen konnte er nicht beurteilen. Alltagsgesichter, fand er. Vielleicht war das Brigittes Aussage: Die Häftlinge sind Menschen wie du und ich. Aber stimmte das?

Vincent fielen ein paar Situationen ein, in denen nicht viel gefehlt hätte, und er wäre selbst auf der anderen Seite des Gesetzes gelandet. Mit fünfzehn. Mit vierunddreißig. Aber sollte er sich deshalb mit diesen Frauen identifizieren?

Den Fotos war ein mehrseitiger Text vorangestellt. Auch darin wurde eine gesellschaftliche Relevanz beschworen, aber nicht genauer benannt. Vincent las den Namen der Verfasserin: Dorothee König.

Sie hatte seine Mutter beim Vornamen genannt: *Es war toll, mit Brigitte zu arbeiten. Eine wirklich interessante Frau.*

Als Mutter ein Albtraum, dachte Vincent.

Die Scheibe beschlug, ihm wurde kalt, und er hatte Hunger.

Vierzig Minuten später leckte er sich die Finger ab, legte den Pizzakarton zum Altpapier und leerte den Rest der Bierflasche in sein Glas. Alkoholfreies Weizen – Sportlergetränk, behauptete die Werbung. Normales Bier wäre ihm jetzt lieber gewesen, doch er hatte nicht daran gedacht, etwas zu kaufen. Das Frühstücksgeschirr stand noch herum, er räumte es in die Spülmaschine.

Die Kücheneinrichtung hatte Nina ausgesucht. Sie kochte gern, wenn sie die Zeit dazu fand. Was sie jetzt gerade trieb, wollte sich Vincent lieber nicht ausmalen. Er hatte mehrfach ihre Handynummer gewählt, aber es hatte sich nur die Mailbox gemeldet.

Sein Blick fiel auf das große Bild an der Wand. Die Leinwand zeigte den Blick auf Santorins Steilküste und auf das Meer. Viel Blau in unterschiedlichen Tönen. Grobe Striche, scheinbar mit Leichtigkeit aufgetragen, aber Vincent wusste, dass Nina wochenlang vor der Staffelei gestanden hatte. Einige Jahre war das her, in letzter Zeit hatte sie oft geklagt, dass sie vor lauter Arbeit nicht mehr zum Malen komme.

Von wegen Überstunden, ging es Vincent durch den Kopf. Der einmalige Ausrutscher, die Karnevalslaune, die Nina angeblich selbst am meisten bereute, war in Wirklichkeit noch aktuell. Darauf hätte er wetten können, auch wenn sie noch so oft das Gegenteil behauptete.

Der Gedanke daran, in der gemeinsamen Wohnung auf Ninas Rückkehr zu warten, wurde Vincent mit jeder Minute unerträglicher. Er kam sich vor wie ein Auslaufmodell. Ich sollte ebenfalls Abstand gewinnen.

Im Speicher seines Handys fand Vincent die Nummer des Hotels gegenüber dem Präsidium, in das seine Dienststelle manchmal Zeugen einquartierte, die von auswärts kamen. Er rief an – ausgebucht. Der Mann an der Rezeption nannte als Grund die *Drupa*, die weltweit größte Messe für Druckmaschinen und Printmedien. Vincent ließ sich die Nummer der städtischen Touristeninformation geben und erkundigte sich dort.

Die letzten freien Zimmer wurden zu astronomischen Preisen feilgeboten und lagen weit außerhalb der Stadt. Oder in finsteren Absteigen, an deren Namen sich Vincent noch aus seiner Zeit bei der Kriminalwache erinnerte.

Ihm fiel Ingo Ritters Visitenkarte in die Finger. Ein Name und eine Handynummer auf weißem Karton.

Es klingelte bereits das siebte oder achte Mal und Vincent wollte schon auflegen, als Ingo in der Leitung war.

«Ich bin in einer momentanen Notlage», sagte Vincent.

Ein kurzer Moment der Stille, dann antwortete Ingo: «Shit, ey, wozu sind Freunde da?»

8

▼

Die Adresse, die der Kollege ihm genannt hatte, entpuppte sich als Neubau südlich der Innenstadt, keine zwei Kilometer von der Festung entfernt, ruhig am Rand eines kleinen Parks gelegen. Vincent fand sogar einen Parkplatz vor dem Haus.

Ingo fuhr in seinem schwarzen BMW-Geländewagen vor. Der Kollege trug ein anderes Hemd als am Mittag, einen hellblauen Pullover über den Schultern, die Ärmel locker vor der Brust verknotet. Doch zugleich wirkte er verschwitzt, seine strähnigen Haare hätten zumindest einen Kamm nötig gehabt. «Gestatten, Immobilien-Ritter.»

«Ich hab dich gestört, stimmt's?»

«Ach was. Wir waren ohnehin gerade fertig, als du anriefst.»

«Neue Freundin?»

«Nichts Festes. Eine süße Referendarin, die gerade bei der Staatsanwaltschaft Station macht. Wer weiß, vielleicht kommandiert sie uns eines Tages herum.»

Vincent holte seinen Trolley und die Laptoptasche aus dem Kofferraum und drückte dem Kollegen einen Beutel mit weiteren Klamotten in die Arme.

«Sagtest du, ein kleiner Krach?», fragte Ingo. «Das sieht mir eher nach einer handfesten Trennung aus!» Er griff nach der Sporttasche, konnte sie aber kaum über die Kante des Kofferraums heben, weshalb er sie wieder zurückstellte. Eisen klapperte. «Mein Gott, was hast du da drin?»

Es gab einen Aufzug. Die Bude lag unter dem Dach im vierten Stock, Ingo schloss auf und drückte sämtliche Lichtschalter. «Du wirst sehen, Vinnie, das Apartment ist wie für dich gemacht. Parkett aus Eichenstäben, Fußbodenheizung, Gegensprechanlage mit Videokamera.»

Die Räume waren komplett möbliert. Nicht nach Vincents Geschmack, aber gediegen. Im Flur eine barock wirkende Kommode, ein Wandspiegel in verschnörkeltem Holzrahmen. Ingo öffnete Türen und pries an: «Gäste-WC, modernes Bad, bodengleiche Dusche mit Jumbo-Rainshower-Kopfbrause.»

Maklerprosa, dachte Vincent. Im Eiltempo ging es weiter. Die Küche wirkte, als sei sie nie benutzt worden. Auch im Wohnzimmer gab es Antiquitäten. Silberne Kerzenleuchter, schwere Vorhänge, ein flauschiger Teppich. Eine wurmstichige Holzskulptur des heiligen Sebastian, leidend, von allerlei Pfeilen durchbohrt.

«Kein Fernseher?», fragte Vincent.

«Wirst du nicht vermissen.» Ingo deutete auf einen Beamer, der an der Decke hing. «Privatkino. Die Wand dient als Projektionsfläche, die Filmauswahl ist enorm.»

Schließlich das Schlafzimmer. Das Gemälde über dem Bett war modern und zeigte ebenfalls einen Sebastian. Doch dieser Heilige war athletisch und lehnte lasziv an seinem Pfahl, die drei Pfeile im Fleisch schienen ihn nicht zu stören. Offensichtlich hatte sich der Maler vor allem für das Geschlechtsteil des Gemarterten interessiert.

«Sagtest du, wie für mich gemacht?»

«Du kannst ja ein Laken über das Kunstwerk hängen.»

Sie stellten das Gepäck ab. Ingo verschwand in der Küche und brachte zwei Piccoloflaschen Sekt.

«Auf dein neues Zuhause!»

«Ich weiß nicht recht.»

«Hey, so schick wohnt man selten! Der Inhaber ist Designer. Sein Freund und sein Job sind in Mailand, aber er ist sich nicht sicher, ob beides von Dauer ist. Aus dem Grund gibt er das Apartment nicht auf und will es erst einmal vermieten. Hier stehen ein paar kostbare Stücke, ich nehme an, du bist haftpflichtversichert?»

Sie stießen an. Vincent setzte die kleine Flasche an die Lippen. Es perlte, mehr Kohlensäure als Flüssigkeit.

«Was verlangt der Mann?»

Ingo öffnete den Vorhang, dahinter eine Terrasse. «Park-View!»

Baumwipfel leuchteten in der beginnenden Dämmerung. Der Wind rauschte, Vogelgezwitscher drang herauf. Nette Lage, vermutlich unerschwinglich.

«Wie viel?»

Ingo rieb seinen Stoppelbart. «Sie heißt Nina, stimmt's? Ihr habt es ganz schön lange ausgehalten. Bist du geflohen, oder hat sie dich rausgeworfen?»

«Es wird sich wieder einrenken, denke ich.»

«Lieber ein Ende mit Schrecken als ein Schrecken ohne Ende, das sag ich dir.»

Vincent dachte an Ninas Notiz: *Ich kann das nicht mehr.*

«Für ein paar Tage kannst du umsonst hier wohnen», erklärte Ingo endlich. «Der Typ muss es ja nicht mitkriegen. Wenn du länger bleiben möchtest, machen wir einen Vertrag bis Ende August. Dann will sich der Typ entschieden haben. Tausend pro Monat.»

«Also dreitausend insgesamt.»

«Echt supergünstig für eine voll möblierte Wohnung in dieser Stadt. Dafür kannst du alles nutzen. Musik, Filme …»

«Ich weiß nicht, ob ich den Geschmack des Besitzers teile.»

«Vielleicht findest du ja Gefallen daran.» Ingo lachte.

Die kleinen Flaschen waren geleert. Sie tratschten noch kurz über Festungs-Interna. Thann, der Korinthenkacker. Kripochef Engel, der Unberechenbare. Polizeipräsident Schindhelm, auch *der Papst* genannt, der nach außen den unfehlbaren Hardliner gab, aber nicht den geringsten Durchblick besaß.

Als Vincent den Weggang von Ela Bach erwähnte, fragte der Kollege: «Hab ich dir schon erzählt, dass sie beim Sex immer …»

«Ja, hast du.»

Ingo nickte. «Das *Notorious* hat übrigens wieder aufgemacht.»

«Hast du erwähnt.»

«Wir sollten mal hingehen.»

Warum nicht heute, dachte Vincent.

«War schön, mal wieder zu plaudern. Hier wirst du gut schlafen, garantiert. Total ruhig, Traumlage.»

«Ich schulde dir etwas.»

«Ach was. Alte Kollegen. Vergangenheit verbindet. Shit, ey, wir alle schulden einander etwas.»

Vincent begleitete Ingo zur Tür. Der Kollege drückte ihm den Schlüssel in die Hand.

Dann war Vincent allein.

Für einen Moment sah er eine zitternde Frau, die sich zum geöffneten Autofenster herunterbeugte. Verschmierter Lippenstift, rote Flecken im Gesicht, die von Schlägen stammten. Ingo Ritter auf dem Beifahrersitz – wie viele Jahre lag der Einsatz zurück?

Vincent blickte auf die Uhr. Es war gerade mal halb neun.

Er fand eine Steckdose, um sein Handy aufzuladen. Dann inspizierte er noch einmal die Unterkunft, die ihm fremd blieb.

In einer Schublade entdeckte er die DVD-Sammlung des Besitzers: Klassiker der Filmgeschichte, amerikanische Krimiserien, Schwulenpornos.

Er betrat das Schlafzimmer und grüßte den seltsamen Heiligen mit erhobenem Daumen. Ein Schrank war abgesperrt, der andere leer. Ein gutes Dutzend Drahtbügel an der Stange. Vincent hängte seine Hemden auf und sortierte den Rest der Klamotten in die Fächer. Ihm fiel ein, dass die Sporttasche noch im Auto lag.

Nebenan gab sein Handy Laut. Er rannte hinüber. Wie sollte er reagieren, wenn es Nina war?

Felix May meldete sich. Der Kollege vom KK11, der in dieser Woche Mordbereitschaft hatte. «Castorp ist tot.»

Vincent glaubte, sich verhört zu haben.

«Walter Castorp, du weißt schon, unser Ministerpräsident … Ich bin gerade hier am Tatort eingetroffen.»

«Bitte, Felix, verarsch mich nicht!»

«Das ist kein Scherz und auch keine Verwechslung. Die Visage ist bekannt. Außerdem liegt die Brieftasche im Wohnzimmer. Ausweis, Führerschein, alles.»

«Was sagt der Arzt?»

«Sieht nach einem Unfall aus. Ich hab mir trotzdem gedacht, ich geb dir Bescheid, wo du jetzt der Chef bist, denn ich hätte gern Unterstützung. Immerhin ist Castorp ein hohes Tier. Die Obermuftis werden durchdrehen, so wenige Tage vor der Wahl.»

«Und ob sie das tun werden.» Vincent dachte an die Abhöraffäre, an Ingo Ritters Bemerkung über verschleppte Ermittlungen. Politik, ein Minenfeld: *Du wirst schon merken, wie das ist.*

Die Stimme des Kollegen May im Handy: «Soll ich Thilo Becker anrufen oder Klaus Schranz?»

«Nein, dieses Kreuz trage ich selbst.»

Vincent ließ sich die Adresse nennen, eine Straße im Hafenviertel.

9

Er fuhr möglichst nahe vor den Haupteingang des zehnstöckigen Bürohauses und parkte im Halteverbot. Seine Schritte hallten leise über den Platz, den die letzten Sonnenstrahlen bereits nicht mehr erreichten. Vom Fluss drang das Tuckern eines Frachters herüber. Am Himmel das Schnattern von Enten, die paarweise zu ihren Schlafplätzen flogen.

Das Gebäude war eines der modernen Bauwerke, die in den letzten Jahren an die Hafenbecken gesetzt worden waren und zwischen denen sich die denkmalgeschützten Reste der Getreidemühlen und Lagerhallen wie Zeugen untergegangener Kulturen ausnahmen. Vincent hielt seinen Ausweis gegen die Glastür und klopfte, um den Wachmann auf sich aufmerksam zu machen. Die große Scheibe glitt fast lautlos zur Seite.

Der Wachmann kam Vincent entgegen. Er trug ein marineblaues Sweatshirt, auf der Brust das Wappen seiner Sicherheitsfirma. «Was ist eigentlich los da oben im Penthouse?», fragte er.

«Weiß ich selbst noch nicht.»

«Sie kommen nur mit Schlüssel in die Zehnte. Drücken Sie die Neun und nehmen dann die Treppe. Oder soll ich mitfahren?»

«Nicht nötig.»

Die Aufzugtür stand offen. Vincent wandte sich noch einmal um. «Wann hat heute Ihr Dienst hier begonnen?»

«Neunzehn Uhr.»

«Und wie lange haben Sie Schicht?»

«Ganze Nacht. Um acht Uhr morgens löst mich die Rezeptionistin ab. Wie jeden Tag.»

«Wo treffe ich Sie, wenn ich Ihnen nachher ein paar Fragen stellen muss?»

«Hier, am Empfang. Ich rühr mich nicht von der Stelle, ich schwör's!» Der Mann lachte.

Im Aufzug klebten Aluschilder neben den Tasten. Firmennamen: ein lokaler Radiosender, eine Werbeagentur, weitere GmbHs, die Vincent nichts sagten. Ganz oben nur ein Schlüsselloch, kein Name. Vincent fuhr in die neunte Etage und stieg das letzte Stück zu Fuß hoch.

Auf dem Treppenabsatz saß Marietta Köhler und las etwas auf ihrem Smartphone, das sie wegsteckte, als sie Vincent bemerkte.

«Gratuliere zur Beförderung», sagte die Kollegin.

Wetten, dass Felix May getratscht hatte. «Nur vorläufig», antwortete Vincent.

Er setzte seine Einsatztasche ab, die er aus dem Präsidium geholt hatte, und kramte einen Tyvek-Overall und Überzieher für die Schuhe heraus, die Handschuhe und den Mundschutz.

«Mensch, Vinnie», sagte Marietta. «Meinst du nicht, du übertreibst?»

Er beschloss, sich nicht aus dem Konzept bringen zu lassen. «Noch immer die hübscheste aller Kolleginnen», sagte er.

«Früher hast du nie so geredet. Ich wäre schwach geworden.»

«Du arbeitest nach wie vor in der Kriminalwache? Gerade hab ich noch mit Ingo über alte Zeiten geredet.»

Marietta verzog das Gesicht. «Ingo Ritter, alte Zeiten, soso.»

Der Reißverschluss des Overalls klemmte, Vincent versuchte es mit Gewalt. «Gibt es die anderen noch? Onkel Jürgen, den Kanzler?»

«Mein Gott, die legendäre B-Schicht! Nein, Schröder ist nicht mehr in der Fakultät. Betreibt eine Pferdepension am Niederrhein, wie man hört, und schiebt 'ne ruhige Kugel. Aber Jürgen sitzt mit dem Laptop im Auto und tippt schon mal unseren Bericht.» Marietta verschränkte die Arme. «Mach bloß kein Bohei um den Arsch da drinnen. Es gibt keinerlei Spuren für einen Einbruch oder Kampf. Ein Unfall, Castorp ist ertrunken, das ist alles. Alkohol, wenn du mich fragst.»

«Ertrunken?»

«Du wirst schon sehen. War nicht leicht, den Kerl da rauszuwuchten.»

«Habt ihr zuvor Fotos gemacht, zwecks Dokumentation?»

Die Kollegin seufzte. «Was denkst du denn?»

Vincent schaffte es, den Overall zu schließen, und schlüpfte in die Latexhandschuhe. «Wo ist der Kollege May?»

«Drinnen mit der Rechtsmedizinerin. Ist die neu? Hab sie noch nie gesehen.»

«Hoffentlich taugt sie was.»

«Du willst doch nicht das ganze Programm fahren, Vinnie!»

«Bleibt bitte erst einmal hier, du und Jürgen. Ich brauch euch vielleicht noch.»

Die Tür hinter Marietta war nur angelehnt, im Flur brannte Licht. Vincent fragte sich, wer den Schalter gedrückt hatte. Drinnen nahm er leichten Chlorgeruch wahr. Linker Hand eine Garderobe, daneben die geschlossene Aufzugtür. Wer den Schlüssel besaß, gelangte direkt in das Penthouse.

«Felix?», rief Vincent.

«Hier!»

Er folgte der Stimme und stieß auf den Kollegen, der ihm entgegenkam. May hatte beim Spezialeinsatzkommando gearbeitet, dann im Einsatztrupp der Altstadtwache. Wider Erwarten hatte er sich im KK11 als passabler Kriminalist erwiesen.

Nur war er mit Ela nie zurechtgekommen, ein Macho, wie er im Buche stand. Sein schwarzer Blouson aus billigem Kunstfaserzeug, glänzend und knittrig, klaffte über dem Bauch. Vincent ärgerte sich, dass May keine Schutzkleidung trug.

Der Kollege formte Daumen und Zeigefinger zum Kreis. «Die Bude ist der absolute Wahnsinn.»

«Im Treppenhaus steht meine Tasche», erwiderte Vincent. «Dort findest du Überzieher und alles, was man sonst noch an einem Tatort braucht.»

«Okay, Chef.»

«Hast du wirklich die Brieftasche des Ministerpräsidenten mit bloßen Händen angefasst?»

Felix verzog sich.

Der nächste Raum war eine Schwimmhalle. Wegen des Geruchs hatte Vincent damit gerechnet, trotzdem staunte er, in diesem Gebäude auf einen so großen Pool zu stoßen.

Vor dem Einstieg in das Becken lag der tote Ministerpräsident. Wasserflecken auf den anthrazitfarbenen Fliesen, verschmierte Abdrücke von Straßenschuhen. Der Tote war Walter Castorp, kein Zweifel, trotz der leichten Verfärbung im Gesicht. Den Leichnam umhüllte ein schwarzer Bademantel, den die Medizinerin gerade aufschnitt, vom Körper zog und als nasses Bündel auf die Fliesen klatschen ließ.

Sie nickte Vincent einen Gruß zu, dann machte sie ihre Fotos und begann, den massigen Leib des Politikers zu inspizieren. Neunzig Kilo bei einer Größe von gut eins achtzig, schätzte Vincent. Mitte vierzig, nur wenig älter als er.

Vincent kannte den Mann zur Genüge, Castorps Konterfei lächelte von allen Wahlplakaten, mit denen seine Partei das Land seit Wochen zukleisterte. Zudem hatte ihn die Affäre um Einbruch und Bespitzelung in den Mittelpunkt der Medienberichterstattung gerückt. Ein hohes Tier, wohl wahr. Bis vor kurzem hatte er als einer der mächtigsten Politiker der Republik gegolten, gleich nach der Kanzlerin.

Quer über den Bauch des Toten verlief ein heller Streifen, wo der Gürtel des Bademantels stramm gesessen und die Ausbildung von Leichenflecken verhindert hatte. Vincent beobachtete, wie die Ärztin die Verfärbung an einigen Stellen wegdrückte und an den Händen die Totenstarre prüfte. Sie trug Schutzkleidung und arbeitete rasch. Nur mit dem Hinterkopf beschäftigte sie sich eingehender, tastete prüfend durch das dunkle Haar. Weitere Fotos, jetzt ging sie ganz nah ran, mit der einen Hand die feuchten Strähnen zur Seite streichend.

Dann gab sie Vincent ein Zeichen, und er half ihr, den Toten umzudrehen. Sie entnahm ihrer Tasche ein Thermometer und schob es Castorp in den Hintern.

Vincent blickte sich um. Der Pool war das Zentrum eines Wellnessbereichs, der auch jedem Luxushotel zur Ehre gereicht hätte. Es gab eine finnische Sauna, sie war nicht in Betrieb, kein Licht, die Tür stand offen. Daneben ein Duschbereich und eine weitere Glastür, hinter der sich ein Fitnessraum befand. Durch bodentiefe Fenster ging der Blick über den äußeren Hafen und die Rheinschleife zur Neusser Seite, in die Sonne, die gerade versank.

Edles Interieur – Felix' Begeisterung war begründet gewesen. Glasmosaik an den Wänden, Unterwasserstrahler im Becken, alles schimmerte in Blau und Türkis. Die Poolabdeckung war aufgerollt. Ein Luftzug kräuselte das Wasser, denn mehrere Fenster waren gekippt.

Felix, der endlich korrekt in Tyvek gehüllt war, trat neben Vincent. «Die Aussicht vom Wohnzimmer ist erst recht der Hammer!»

An der Fensterfront standen zwei Liegen, über einer Lehne hing ein Handtuch. Auf einem Tisch aus dunklem Holz lag eine aufgeschlagene Modezeitschrift. Daneben zwei Gläser, eines davon trug Spuren von Lippenstift. Eine leere Weinflasche mit elegantem Etikett. Ein Chardonnay aus Meursault – teures Zeug, das sich Vincent nicht einmal zu Weihnachten leisten würde.

Die Ärztin wandte sich ihm zu, offenbar war sie auch mit der Rückseite des Toten fertig. «Wir hatten noch nicht das Vergnügen.»

«Vincent Veih.»

«Schwab, Gretel Schwab.»

Sie war einen Kopf kleiner als Vincent, kaum älter als dreißig, hellblond und ungeschminkt, selbst ihre Wimpern waren blass. Vincent hätte lieber die Leiterin des rechtsmedizinischen Instituts hier gesehen, deren sorgfältige Art er schätzte.

«Seit wann arbeiten Sie im Team von Frau Professor Michels?»

«Monatsanfang.»

«Willkommen in Düsseldorf.»

«Ich hab hier studiert.»

Draußen krachte etwas. «Feuerwerk», sagte Felix, der am Fenster stand, doch es blieb bei einer verirrten Rakete, die in Sterne zerplatzte.

Vincent fragte die Ärztin: «Ist der Mann wirklich ertrunken?»

«Sieht so aus. Er hat eine ordentliche Platzwunde am Schädel. Wie Ihr Kollege schon sagte, der Mann könnte ausgerutscht und ohne Bewusstsein ins Wasser gefallen sein. Das würde den Blutfleck am Beckenrand erklären.» Sie nickte zur Flasche hin. «Vielleicht war Alkohol im Spiel.»

Vincent besah sich den Hinterkopf, viel war nicht zu erkennen. Keine Blutanhaftungen – das Poolwasser hatte die Wunde ausgewaschen.

«Wie war das mit der Hutkrempenregel?»

«Eine Verletzung unterhalb deutet auf einen Sturz, oberhalb auf einen Schlag.»

Die Wunde lag etwa auf Höhe der gedachten Hutkrempe. Also unentschieden. Vincent ging am Beckenrand in die Hocke und betrachtete den Fleck, den Gretel Schwab erwähnt hatte. Ein Streifen verschmiertes Blut an der Kante, sonst nichts. Keinerlei Spritzer oder Tropfen. Für einen Aufprall, der eine Platzwunde verursachte, recht wenig Blut, wie Vincent fand.

«Wann ist es passiert?», fragte er.

Die Ärztin zog das Thermometer aus Castorps Hinterteil, las es ab und nahm eine Tabelle aus der Tasche. Damit trat sie an die Wand, wo ein schwarzes Designerteil mit Digitalanzeige die Lufttemperatur vermeldete: exakt zwanzig Grad.

«Vor zwei Stunden», erklärte die Ärztin. «Plus minus eine halbe.»

Vincent tauchte die Hand ins Wasser – es war deutlich wärmer als die Luft. Er konnte es nicht fassen, dass jemand aus dem Team von Professorin Michels die Todeszeitbestimmung so schlampig anging. Die junge Ärztin hatte nicht bedacht, dass der Tote zunächst im Becken gelegen hatte.

«Wann wurde Castorp aus dem Wasser gezogen?», fragte er Felix.

«Das waren die beiden Kollegen der Kriminalwache. Vor einer Stunde etwa.»

Schwab räusperte sich. «Sorry», sagte sie, maß die Wassertemperatur und rechnete von Neuem. «Also, der Tod ist natürlich etwas früher eingetreten, vor etwa drei bis vier Stunden. Viel länger kann es nicht her sein, sonst wäre die Leichenstarre ausgeprägter.»

Vincent blickte auf seine Armbanduhr und zählte zurück: Der Ministerpräsident hatte demnach zwischen siebzehn und achtzehn Uhr den Löffel abgegeben.

Draußen knatterte es wild drauflos. Lichter zerstoben am Himmel und warfen ihren Schein durch die Fensterfront. Riesige Blüten in Blau und Rot.

«Was wird da gefeiert?» Felix verzog den Mund. «Doch nicht etwa der Tod unseres Landesvaters!»

Donnerschläge im Dauerstakkato. Palmen, die sich in tanzende Kringel auflösten, Goldregen. Immer dichter explodierte die Pracht. Doch plötzlich war das Feuerwerk schon wieder vorbei.

Vincent sprach Felix an. «Wer hat die Polizei verständigt?»

«Die Putzfrau. So gegen sieben ging ihr Notruf ein. Ich habe vorhin die Personalien aufgenommen und die Frau nach Hause geschickt.»

«Wo hatte sie bereits sauber gemacht, als sie die Leiche entdeckt hat?»

«Keine Ahnung. Hör mal, so detailliert …»

«Dann hol sie wieder her.»

«Meinst du wirklich?»

«Mensch, Felix, wir haben hier einen Toten, für dessen angeblichen Unfall es keine Zeugen und keine eindeutigen Spuren gibt. Der Mann war Spitzenpolitiker und stand im Zentrum einer Affäre, deren Ausmaß wir noch nicht kennen. Es wird Gerüchte geben, Selbstmord, Mord, und wir beide, mein Lieber, werden persönlich dafür bezahlen, wenn auch nur leiseste Zweifel an unserem Ermittlungsergebnis entstehen.»

«Okay, Chef.»

«Lass das mit dem ‹Chef›! Und jetzt verschwinden wir alle drei vom Fundort, denn wir haben ihn schon genug kontaminiert.»

Vor der Tür stießen sie auf Marietta.

«Sollen wir tatsächlich die Klinken putzen?», fragte sie Vincent.

Er nickte. «In allen Büroetagen. Vielleicht wird irgendwo zur Stunde noch gearbeitet. Fragt nach ungewöhnlichen Beobachtungen am heutigen Nachmittag und am frühen Abend. Aber erwähnt nicht, dass hier oben ein toter Ministerpräsident liegt. Die Medien werden noch früh genug über uns herfallen.»

Marietta bearbeitete ihr Handy, um ihrem Teamkollegen eine SMS zu schicken.

Vincent verständigte die Kriminaltechnik. Danach telefonierte er mit allen, die ebenfalls informiert werden mussten: Staatsanwaltschaft, Landeskriminalamt und, nachdem er seinen direkten Vorgesetzten, Inspektionsleiter Thann, nicht erreichte, auch Kripochef Engel. Alle tippten spontan auf Suizid, als wäre dem skandalbelasteten Politiker nichts anderes übrig geblieben.

Zuletzt telefonierte Vincent mit dem Pressesprecher der Behörde, einem Ersten Hauptkommissar namens Braun, den er von einigen Begegnungen her als umgänglichen und kompetenten Kollegen in Erinnerung hatte.

«Musst du das heute Abend noch an die Öffentlichkeit geben?», fragte Vincent.

«Es spricht nichts dagegen. Außer dass ich seit Stunden Feierabend habe.»

«Die Medien werden wissen wollen, ob es wirklich ein Unfall war und was Castorp in dieser Wohnung zu suchen hatte. Auf beide Fragen habe ich im Moment noch keine Antwort.»

«Gut, dann warte ich bis morgen früh. Es ist kein Freitod, sagst du?»

«Ich will erst einmal nichts ausschließen.»

«Irgendwie die Krönung der ganzen Castorp-Affäre, meinst du nicht? Welche Auswirkungen wird das auf den Wahlausgang am Sonntag haben?»

«Spielt für die Ermittlungen zum Glück keine Rolle.»

«Das denkst du, Kollege Veih! Was meinst du, wie viele Posten in der Führungsetage auf Parteiticket vergeben wurden?»

Vincent vernahm das Surren des Aufzugs. In dem Penthouse glitt die Tür auf, ein Mann im dunkelbraunen Anzug trat in den Flur und wandte sich in Richtung Schwimmhalle. Vincent holte ihn ein, packte ihn am Arm und bugsierte ihn ins Treppenhaus.

«Hören Sie, das ist meine Wohnung!», protestierte der Mann.

«Kriminalpolizei. Sie können da jetzt nicht hinein.»

«Unverschämtheit!»

«Ihren Ausweis, bitte.»

«Mein Name ist Osterkamp. Ich habe dieses Haus gebaut.»

«Hartmut Osterkamp von der Osterkamp-Entwicklungsgesellschaft? Die draußen am Seestern das Einkaufszentrum errichtet?»

«Die Putzfrau meint, es sei etwas mit meinem Gast passiert. Sie lassen mich jetzt sofort …»

Vincent stellte sich in die Tür und stemmte die Hände in die Hüften.

«Ich kenne Ihren Polizeipräsidenten sehr gut.»

«Wie schön für Sie.»

«Mein Ausweis liegt im Auto, und das steht in der Tiefgarage. Ich bin mit Walter Castorp eng befreundet und habe ihm das Penthouse zur Verfügung gestellt. Was ist los, was geht da drinnen vor?»

«Ich dachte, Castorp und seine Frau bewohnen ein Haus in Bochum.»

«Wegen … wegen der heißen Phase des Wahlkampfs wollte er lieber in Düsseldorf übernachten.»

«Kann es sein, dass Castorp in Ihrem Penthouse Damenbesuch hatte?»

Osterkamp zögerte. «Ja.»

«Seine Ehefrau?»

«Eher nicht.»

«Verstehe.» Vincent dachte an den Witz, den Ingo Ritter erzählt hatte. «Wer außer Ihnen hat hier Zugang?»

«Walter natürlich. Und die Putzfrau. Kann sein, dass auch meine Frau einen Schlüssel hat.»

«Wer noch?»

«Vielleicht Walters … Referentin.»

«Die Frau, mit der Herr Castorp kürzlich in der Schweiz war?»

«Carmen Markowitz, richtig.»

«Die ihn auch hier besucht hat?»

Osterkamp nickte zögernd.

Vincent schlug sein Büchlein auf und begann, Notizen zu machen. «Sie haben den Wachmann vergessen», sagte er.

«Bitte?»

«Der hat ebenfalls einen Schlüssel.»

«Mag sein.»

«Vielleicht noch weitere Personen, an die Sie sich gerade nicht erinnern?»

«Schlüssel kann man nachmachen.»

Vincent ließ sich Osterkamps Exemplar zeigen. Es war ein einfacher Sicherheitsschlüssel, tatsächlich leicht zu kopieren.

«Kann ich ihn vorerst behalten?»

«Wenn Sie mir endlich sagen, was los ist. Ich habe ein Recht darauf, es zu wissen!»

«Ihr Gast lebt nicht mehr.»

Osterkamp fasste sich mit beiden Händen ans Gesicht. Vincent fielen Tränensäcke auf, helles Grau am Haaransatz, nur Millimeter – der Mann färbte seine Haare.

«Woran ist er …?»

«Das finden wir heraus. Bis die Spurensicherung abgeschlossen ist, darf niemand die Wohnung betreten, auch Sie nicht, tut mir leid.»

«Wie … wie kann man einfach so sterben?»

«Ein Unfall, vielleicht. Wissen Sie, ob Castorp regelmäßig Alkohol konsumiert hat, Drogen, Medikamente?»

Osterkamp zuckte mit den Schultern. «Walter hat ein Leben auf der Überholspur geführt. Ein absoluter Leistungsträger. Stress, das war sein Lebenselixier. So etwas hinterlässt Spuren, keine Frage. Und dann der Ärger der letzten Tage. Diese unglaubliche Hetzjagd. Wer steht das schon ohne irgendwelche Mittel durch? Aber Walter … Der fällt doch nicht einfach um und ist tot!»

Vincent notierte Osterkamps Telefonnummern, privat, mobil und geschäftlich, und bat ihn, sich bereitzuhalten. Dann begleitete er den Unternehmer nach unten.

An der Decke der Aufzugkabine war die dunkle Linse einer Kamera auszumachen.

«Haben Sie noch anderswo Überwachungstechnik im Haus?», fragte Vincent.

«Halten Sie etwa ein Verbrechen für denkbar?»

«Gibt es weitere Kameras am Hauseingang? Oder in der Garage?»

«Da müsste ich nachfragen.»

«Tun Sie das.»

Der Mann hob den Zeigefinger. «Versprechen Sie mir, dass Sie meinen Namen und diese Adresse aus dem Spiel halten, wenn Sie die Medien unterrichten. Schlimm genug, dass Walter diese Meute zu spüren bekam.»

«Ich verspreche gar nichts», antwortete Vincent. «Aber es hilft, wenn Sie kooperieren.»

«Ich kenne den Polizeipräsidenten!»

«Sie wiederholen sich, Herr Osterkamp.»

10

▼

Vincent trat an den Tresen, holte aus dem Internet ein Foto des nordrhein-westfälischen Regierungschefs auf sein Smartphone und zeigte es dem Wachmann. Kopfschütteln. Nie gesehen in diesem Haus. Der Mann erklärte, dass es mit dem Wohnungsschlüssel möglich sei, aus der Tiefgarage bis in den zehnten Stock zu fahren, ohne dass man am Empfang registriert wurde. Allerdings seien auf der Parkebene weitere Überwachungskameras angebracht.

Der Wachmann telefonierte mit seiner Zentrale, ließ sich weiterverbinden und gab schließlich den Hörer an Vincent ab. Eine freundliche Frauenstimme nannte die Privatnummer eines Angestellten, der angeblich über die Aufzeichnungen Bescheid wisse.

Vincent rief den Mann an und wollte beim zehnten Klingeln aufgeben, als sich ein schläfriger Typ meldete, der die nächste Enttäuschung bereitete: Die Osterkamp-Entwicklungsgesellschaft hatte an den Rekordern gespart, die installierten Kameras waren nutzlos. Seit das Gebaude existierte, war niemals ein Signal aufgenommen worden.

Felix traf mit der Putzfrau ein, einer Türkin im langen beigefarbenen Mantel. Buntes Kopftuch, faltenloses Gesicht, das Alter schwer zu schätzen. Sie setzten sich in die Warteecke des Foyers, die Frau rieb sich die verheulten Augen mit einem Taschentuch. Vincent versuchte, sie zu beruhigen, indem er sie erst einmal dafür lobte, dass sie die Polizei verständigt hatte. Aber ihr Schock saß tief, Satz für Satz musste er ihr einzeln entlocken.

Sie habe das Penthouse um halb sieben über den Aufzug betreten. Wie üblich habe sie sich mit einem lauten Gruß bemerkbar gemacht. Als keine Antwort folgte, habe sie den Mantel und das äußere Kopftuch an die Garderobe gehängt und sich in der Küche Kaffee zubereitet. Danach führte sie ihr Weg in das Schwimmbad, wo Putzmittel und Eimer in einem Schrank aufbewahrt wurden. Dort habe sie sofort den Mann entdeckt, der mit dem Gesicht nach unten im Wasser trieb. Zuvor war sie also lediglich in Flur und Küche gewesen und hatte an diesem Tag nichts gereinigt. Gut zu wissen.

In Panik sei sie nach draußen gerannt. Ihr erster Anruf habe Frau Osterkamp gegolten, ihrer Arbeitgeberin. Die habe ihr aufgetragen, die 110 zu wählen. Danach habe es etwa eine halbe Stunde gedauert, bis die Kollegen eintrafen – weil sie die Zeit nicht bei dem Toten verbringen wollte, habe sie hier unten im Foyer gewartet.

Vincent erfuhr, dass Osterkamps Gast vor einer knappen Woche eingezogen war. Seitdem war die Türkin zwei Mal zum Putzen erschienen. Lebend hatte sie Castorp nie zu Gesicht bekommen, seine Geliebte oder Sekretärin auch nicht. Deren Spuren seien jedoch unverkennbar gewesen. Warum, das erfuhr Vincent erst auf mehrfache Nachfrage: beide Betten benutzt, ein Slip im Bad, eine Tamponpackung im Abfalleimer.

Er bedankte sich bei der Zeugin, die immer noch sehr aufgeregt war, und bat Felix, ihre Schuhsohlen zu fotografieren.

«Aber ich hab doch nichts getan!», protestierte die Frau.

Vincent bemühte sich, ihr klarzumachen, wozu Vergleichsproben dienten.

«Hör mal, ist das wirklich nötig?», fragte der Kollege leise.

«Ja. Und mach auch Fotos von deinen Tretern und von denen der beiden K-Wachen-Kollegen.»

Marietta und Jürgen kehrten von der Befragung der Angestellten in den Büroetagen zurück. In den meisten Firmen sei abends nichts los, berichteten sie. Ganze drei Mitarbeiter hielten den Betrieb im Studio des Lokalsenders aufrecht. Nur in der Werbeagentur ackerten noch rund zwei Dutzend Angestellte an einer Wettbewerbspräsentation.

Eine ungewöhnliche Beobachtung habe niemand gemacht, abgesehen von einem Knall am späten Nachmittag – vermutlich eine weitere Fehlzündung bei der Vorbereitung des Feuerwerks von vorhin. Über die Uhrzeit gingen die Angaben auseinander.

Und eine Frau vom Radio habe berichtet, dass ein Kollege eines Morgens den Ministerpräsidenten in der Tiefgarage erkannt habe. Vier oder fünf Tage sei das her.

«Wir haben sie nicht gezielt nach Castorp gefragt», beteuerte Marietta. «Das hat die Radiotante von sich aus erzählt.»

«Ist sie nicht neugierig geworden, warum die Polizei Fragen stellt?»

«Und wie!»

«Was habt ihr gesagt?»

«Wir haben sie auf die morgige Pressekonferenz verwiesen. Es wird doch eine geben?»

«So sicher wie den Anpfiff beim Fußball.»

Vincent verabschiedete die Kollegen der Kriminalwache. Die oberste Etage hatte inzwischen die Tatortgruppe in Beschlag genommen, vier Kriminaltechniker, die Osterkamps Luxusbude auf den Kopf stellten.

Vincent sah momentan keine Aufgabe für sich – die Chance auf etwas Sport zum Ausklang des Tags und ein paar Stunden Schlaf.

Als er das Apartment des schwulen Designers aufschloss, erschienen ihm die letzten Stunden wie ein schräger Traum. Er packte die Sporttasche aus, zog Laufklamotten an und schnallte sich die Bleimanschetten um die Waden. Damit hoffte er, seine

Trainingszeit verkürzen zu können, ohne an Fitness einzubüßen. Er legte zudem die Weste mit den Gewichten an. Jetzt wog er rund neunzig Kilo.

Durch den Stadtteil Volmerswerth lief er zum Rhein. Rasch ging der Puls hoch, vom letzten Marathon brannten ihm noch die Muskeln. Der Fahrweg auf dem Deich war nur spärlich beleuchtet, ab und zu kamen ihm Spaziergänger mit Hunden entgegen, einmal eine Joggerin, spät wie er.

Drei Mal rannte er bis zur Autobahnbrücke und zurück. Als er wieder die Adresse am Park erreichte, zeigte der Distanzmesser fast genau zehn Kilometer. Dreiundvierzig Minuten hatte er gebraucht, mehr als sonst. Aber nachdem er sich der Weste und Manschetten entledigt hatte, fühlte er sich wunderbar leicht.

Er kontrollierte das Handy. Kein Anruf während seiner Abwesenheit. Dann entnahm er der Sporttasche die Kurzhanteln, jeweils zwanzig Kilo – deswegen hatte sich Ingo Ritter über das Gewicht der Tasche gewundert. Vincent absolvierte sein Standardprogramm für Oberkörper und Arme, bis die Muskeln nicht mehr gehorchten. Die Sehnen schmerzten, es stach in den Gelenken, aber der heilige Sebastian hatte einst viel mehr gelitten.

In der Küche fand Vincent ein großes Glas, fast ein Pokal. Es war farbig, Vincent musste an die Manufaktur in Murano denken, die er einmal mit Nina besucht hatte. Er füllte das Glas mit Leitungswasser und rührte ein paar Löffel Proteinpulver hinein. Seine Hände zitterten noch vom Training.

Er duschte kalt, um den Körper auf Normaltemperatur zu bringen, und ging zu Bett. Der komische Heilige sah auf ihn herab, der Schwanz so dick wie der Rüssel eines Elefanten und fast halb so lang. An das Bild werde ich mich nie gewöhnen, dachte Vincent. Diese Wohnung ist nicht meine, ganz und gar nicht.

Er löschte das Licht. Es war fast ein Uhr, doch trotz seiner Erschöpfung fand er nicht die erhoffte Ruhe. Er überlegte, ob er die Kollegen der Kriminaltechnik eindringlich genug beschworen hatte, mit größter Sorgfalt nach Spuren zu suchen. Der Inspektionsleiter ging ihm durch den Kopf, dessen herablassender Ton.

Und Nina – Vincent versuchte, sich nicht vorzustellen, was sie gerade trieb. Für einen Anruf bei ihr war es jetzt zu spät.

Irgendwann riss ihn der Klingelton aus dem Schlaf. Vor dem Fenster begann sich der Himmel von den schwarzen Umrissen der Nachbarhäuser zu unterscheiden. Vincent ertastete das Smartphone auf dem Nachtkästchen.

Kollege Fabri von der Tatortgruppe war dran: Blutspuren am Bademantel des Toten sowie in einer Fliesenfuge nahe dem Schwimmbecken.

Sofort war Vincent hellwach, stieg in seine Klamotten und machte sich auf den Weg.

TEIL ZWEI

Dienstag, 14. Mai

▼

11

▼

Die Luft war kühl und roch süßlich nach den Pollen der Bäume im nahen Park. Eine erste Amsel trällerte, sonst war es still. Morgengrauen, noch fehlten die Farben. Vincent trat an den Straßenrand. Eine Sekunde der Orientierungslosigkeit, bis ihm einfiel, wo sein Wagen stand.

Die Fünf-Uhr-dreißig-Nachrichten im Autoradio brachten nichts Gutes: Ein Teilnehmer der gestrigen Demonstration am Seestern lag im Koma – ein junger Student, der von Kollegen der Einsatzhundertschaft auf der Baustelle des Einkaufszentrums niedergeknüppelt worden war, wie Fernsehbilder angeblich dokumentierten.

Die Zukunft beginnt jetzt – der Slogan der Osterkamp-Entwicklungsgesellschaft kam Vincent wie eine Drohung vor.

Der Euro, Krisensitzungen in Berlin und Brüssel, schon wieder Hickhack um den Rettungsschirm. Schließlich der aktuelle Nikkei-Index und das Wetter: Erwärmung in den nächsten Tagen.

Um wach zu werden, fuhr Vincent mit heruntergelassenem Fenster. In der blauen Stunde der vergehenden Nacht wirkte das Hafenviertel wie ausgestorben. Das Motorengeräusch seines Wagens hallte von den Fassaden der Bürohäuser wider.

Der nackte Leichnam des Ministerpräsidenten lag noch immer auf den Fliesen. Vincent fiel auf, dass er wieder auf den Rücken gedreht worden war. Die Totenflecken waren weitgehend aus dem Gesicht gewichen, Castorp starrte mit halb geöffnetem Mund an die Decke, der Bauch wölbte sich. Keine Spur mehr vom Nimbus der Macht. Damit würden nun andere gesegnet sein, Parteifreunde, Gegner, Feinde – noch fünf Tage bis zur Wahl.

Kollege Fabri kniete auf den Fliesen, umringt von verschiedenen Glasflaschen, und rührte in einem Behälter. Es roch scharf und ungesund. Vincent ahnte, was die Kriminaltechniker vorhatten. Ein Kollege faltete schwarze Stoffbahnen, mit denen sie die Fenster verhängt hatten, und packte sie in eine der vielen Taschen, die vor dem Duschbereich abgelegt waren. Offenbar war die Spurensicherung in der Schwimmhalle weitgehend abgeschlossen.

Fabri füllte seine Mischung in eine Sprühflasche ab.

«Luminol?», fragte Vincent.

«Du kommst gerade rechtzeitig. Wir knöpfen uns als Nächstes den Flur vor.»

«Was ist mit der Spur, die ihr gefunden habt?»

«Eine Auftropfung, die genau in einer Fugenritze gelandet ist. Genug Material für den DNA-Test. Wurde beim Saubermachen offenbar übersehen.»

«Beim Saubermachen?»

«Ja. Wir sind mit Luminol über den Boden gegangen und haben etwas festgestellt, das dich interessieren dürfte.»

Ein Kollege hielt Vincent seine Kamera hin. Das Display war schwarz bis auf ein schwaches bläuliches Schimmern, das sich als vages Band quer durch das Bild zog. Vincent kannte das Phänomen: Wenn in einem abgedunkelten Raum die Luminollösung auf noch so geringe Mengen von Blutfarbstoff stieß, entstand dieses fluoreszierende Leuchten.

«Eine Verwischung, die von der Tür bis an den Beckenrand führt», erklärte der Kollege.

Vincent spürte, wie ihn eine kalte Erregung überkam. Er musste sich vor allzu voreiligen Schlussfolgerungen hüten. Sollte aber jemand versucht haben, Castorps Blut wegzuputzen, wäre die Unfall-These in sich zusammengebrochen.

«Und der Bademantel?», fragte Vincent.

«Hat beim Einsprühen ebenfalls geleuchtet. Unvollständig herausgewaschene Flecken im Schulter- und Rückenbereich. Tom bringt ihn gerade in die Dienststelle und hängt ihn zum Trocknen auf.»

Sie gingen in den Flur, Fabri mit der Sprühflasche, seine beiden Kollegen mit den Kameras. Vincent zückte sein Smartphone. Auf den Fliesen war mit bloßem Auge nichts auszumachen. Fabris Kollegen postierten sich in zwei gegenüberliegenden Ecken.

«Passt auf, dass auch wirklich der Blitz ausgeschaltet ist», sagte Fabri.

Vincent testete die Videofunktion des Handys.

«Ich habe der Lösung etwas Spülmittel beigemischt», ergänzte Fabri. «Das Leuchten wird dadurch intensiver, aber auch kürzer, vielleicht nur Sekunden. Falls wir überhaupt etwas finden. Also höchste Konzentration, Leute. Wir wollen doch nicht, dass ein Mörder freigesprochen wird, nur weil die Kriminaltechnik pfuscht.»

Vincent erklomm die Kommode, ein kurzer Schmerz fuhr durch sein rechtes Knie. Von hier aus hatte er eine gute Übersicht. Fabri schloss die Tür zum Treppenhaus und zur Schwimmhalle, dann löschte er das Licht.

Völlige Dunkelheit.

Fabris Sprühflasche zischte, die Chemikalie stach in die Nase. Tatsächlich: Sofort erkannte Vincent am Ende des Flurs das typische Leuchten, blau und geisterhaft. Wieder spürte er die Aufregung. Jagdfieber, fast Euphorie.

Fabris Overall reflektierte das schwache Licht. Hinter ihm verglomm es wieder, während es neu entstand, wo der Kollege den Boden benetzte. Eine flüchtige Bahn, an den Rändern gezackt – Vincent glaubte, Wischbewegungen nachvollziehen zu können. Das Display seines Smartphones gab die Erscheinung wieder. Er tippte auf das Aufnahmesymbol und filmte.

So weit er sich an seinen letzten Lehrgang in Forensik erinnerte, diente das Eisen des Hämoglobins als Katalysator bei der Oxidation von Luminol. Bis zu einer Verdünnung von einem halben Promille konnte Blut auf diese Weise nachgewiesen werden. Wer auch immer hier sauber machen wollte, hatte in Eile gehandelt.

Fabri knipste die Deckenbeleuchtung an, das Schauspiel war beendet. Neben ihm befand sich die Tür, an der die Spur geendet hatte. Es war die zum Schlafzimmer.

Vincent sprang von der Kommode. Sie öffneten Türen und Fenster der Wohnung, um das beißende Giftzeug abziehen zu lassen. Fabri rührte eine neue Lösung an, er wollte das Experiment an den Wänden und Möbeln des Flurs wiederholen. Vincent wusste, dass der Nachweis nicht eindeutig war, denn Luminol reagierte auch auf Kupfer und Meerrettich. Doch er spürte, dass das Fieber ebenfalls die Kollegen gepackt hatte.

Neugierig ging er schon mal ins Schlafzimmer vor. Mit der behandschuhten Fingerspitze tippte er auf die Kante des Lichtschalters. Zu seinen Füßen die gleichen anthrazitfarbenen Fliesen wie im Flur und in der Schwimmhalle. Dunkles, wild gemasertes Holz an zwei Wänden. Erst auf den zweiten Blick erkannte Vincent, dass es an der einen Seite Schranktüren waren, Paneele über die gesamte Länge an der anderen. Zahllose Strahler in der Decke beleuchteten ein Doppelbett mit weißer Bettwäsche auf einem kreisrunden Sockel sowie zwei helle, hochflorige Teppiche. Ebenfalls mitten im Raum stand eine

Badewanne, anscheinend aus einem Block Marmor gemeißelt, schimmernd hell und perfekt gerundet, rund um den Abfluss getrocknete Schaumreste. Kleidung lag über einem Sessel: Unterwäsche, Anzughose, weißes Hemd und Schlips, Kniestrümpfe.

Auch in diesem Zimmer reichten die Fenster bis zum Boden. Draußen hatte der neue Tag begonnen, trüb und grau, trotzdem konnte sich Vincent an dem Panorama kaum sattsehen: Der Blick ging über das vordere Hafenbecken und die Fußgängerbrücke, auf die Türme, die Frank Gehry entworfen hatte. Dahinter der große Fluss mit Rheinturm und Landtag, schließlich die Postkartensilhouette der Altstadt. Vincent fragte sich, was das Penthouse kosten würde, falls es zum Verkauf stünde. Ein solches Domizil hätte er eher in Dubai oder Shanghai vermutet als in dieser Stadt, schon gar nicht hier im Hafenviertel, das vor fünfzehn Jahren noch ein Industriegebiet gewesen war.

Vincent besorgte sich ein Maglite aus dem Fundus der Techniker, die leistungsstarke Ausführung mit xenongefülltem Leuchtmittel. Damit kehrte er in das Schlafzimmer zurück und begann, den Boden abzusuchen. Ein Kriminaltechniker schloss die Tür von außen – der zweite Luminol-Durchgang im Flur durfte nicht durch Lichteinfall beeinträchtigt werden.

Vincent konnte keine verdächtigen Spuren ausmachen. Vorsichtig öffnete er sämtliche Schränke: Hemden, Anzüge, auf dem Boden zwei Paar schwarze Schuhe, die eine Politur nötig gehabt hätten, und ein großer Rollkoffer, der Vincent an seine eigene Flucht von zu Hause erinnerte – nichts, was auf ein Verbrechen hinwies.

Er betrachtete die Videoaufnahme auf dem Display seines Handys. Den fluoreszierenden Pfad, der eindeutig von der Schwimmhalle zum Schlafzimmer führte. Die Putzfrau war gestern nicht dazu gekommen, den Boden zu wischen. Oder hatte sie gelogen?

Einer der beiden Teppiche lag ein paar Zentimeter weiter vom Bett entfernt als der andere und etwas schräg im Raum. Vincent rückte ihn zurecht und trat noch einmal an die Fenster. Wie fühlte sich jemand, der hier wohnte? Als hätte er alles erreicht und stünde über dem Gesetz? Als gehörte ihm die Welt? Auch wenn er den Aufenthalt nur einem spendablen Unternehmerfreund verdankte?

Die Tür wurde geöffnet, der garstige Geruch drang wieder in Vincents Nase. Er riss die Fenster auf, damit der Chemiedunst rascher abzog.

«Und?», rief er in den Flur.

«Die Wände sind sauber», kam die Antwort. «Wie sieht's bei dir aus?»

«Nichts.»

Ein letztes Mal ließ Vincent den Blick durch den Raum schweifen: Schrankwand, Bett, die Wanne und die Kleidung auf dem Stuhl – erzählt mir die Geschichte des vergangenen Nachmittags!

Der verschobene Teppich …

Alles hat eine Ursache, dachte Vincent.

Er hob den Flokati an einer Ecke an, griff auch mit der zweiten Hand zu und hielt ihn hoch.

Sein Herz pochte wild.

Die Unterseite.

Die Wollfasern waren vollgesogen mit Blut. Große, verschmierte Flecken, noch nicht ganz eingetrocknet.

12

▼

Der Pförtner grüßte, die Zeiger der Wanduhr in seinem gläsernen Kabuff zeigten auf zwanzig vor sieben. Vincent spürte keine Müdigkeit, im Gegenteil. Der Fund vom frühen Morgen wirkte wie eine Adrenalinkur. Gerade hatte er noch Proben der blutgetränkten Fasern im DNA-Labor des Landeskriminalamts abgegeben, damit sie möglichst noch heute untersucht werden konnten.

Im Foyer des Präsidiums stieß Vincent auf Max Dilling, seinen Chef in ganz alten Zeiten, der gerade mit einem Teller belegter Brötchen aus der Kantine trat.

«Und», fragte Dilling. «Endlich mit deiner Mutter gesprochen?»

«Hatte noch keine Zeit dafür.»

«Schade.»

Gemeinsam stiegen sie in den hölzernen Paternoster, der sie ratternd nach oben trug. Dilling hatte die Dienstgruppe in der Wache am Barbarossaplatz geführt, in der Vincent als Frischling im Polizeidienst angefangen hatte. Unglaubliche zweiundzwanzig Jahre war das her. Heute gehörte der Mann mit dem grauen buschigen Bart dem Leitungsstab des Präsidenten an.

«Denk daran, es ist alles schon fast fertig.»

«Ich weiß, Max.»

Der Kollege bereitete eine Ausstellung zur Geschichte der Düsseldorfer Polizei vor. Vincents verstorbener Großvater sollte darin eine Rolle spielen. Die Bemerkung von Inspektionsleiter Thann fiel ihm ein: *Ein Urgestein, alte Schule.*

«Ich bräuchte die Sachen eher gestern als morgen. Übrigens habe ich die Zusage des Innenministers. Er macht den Schirmherrn. Die Eröffnung hängt nur noch von seinem Terminplan ab.»

«Ist gut, Max. Ich denk daran. Versprochen.»

Es ging um ein Foto und ein paar Briefe seines Opas. Vincent war sich nicht sicher, ob er sie zur Verfügung stellen sollte. Dass er seine Mutter um ihr Einverständnis bitten wolle, war nur ein Vorwand gewesen, um die Entscheidung hinauszuzögern.

Ihm widerstrebte die Vorstellung, den Namen Veih an den Stellwänden im Keller der Festung zu lesen. Vincent fragte sich, ob Thann und die anderen Obermuftis von den Briefen wussten. Hatte Dilling ihnen wirklich erklärt, was er im Schilde führte?

«Ich zähle auf dich!», rief ihm der ältere Kollege zu, als er den Paternoster im ersten Stock verließ.

Nora goss gerade das Bäumchen im Geschäftszimmer, als Vincent hereinkam. Die Schreibkraft war meistens die Erste und blieb oft länger, als sie musste. Um nicht in den Stau auf der Autobahn zu geraten, behauptete sie, die draußen in Willich wohnte. Vincent fragte sich, ob Nora auch ein Privatleben hatte.

«Da freut sich der Gummibaum», bemerkte er. «Auf so viel Pflege könnte man fast neidisch werden.»

«Gummibaum?» Sie lachte. «Du Banause, das ist eine Birkenfeige. *Ficus benjamina.*»

«Wieder etwas dazugelernt.»

Er riss die Tüte auf, die er vom Bäcker an der Lorettostraße mitgebracht hatte, und drapierte die Sachen auf dem Tisch. Erdbeerschnitte, Quarkteilchen. Er ließ Nora die Wahl.

Sie griff zu. «Warum wirst du nicht dick davon?», fragte sie mit vollem Mund. «Wie schaffst du das?»

«Die Teilchen haben keinerlei Kalorien. Oder siehst du eine?»

Sie leckte sich die Finger ab. «Wann machen wir den Umzug?»

«Muss das sein?»

«Wenn du Elas Zimmer nicht in Beschlag nimmst, wird das ein anderer tun. Thilo beschwert sich schon seit Jahren über die Bushaltestelle unter seinem Fenster. Stell dir das mal vor. Er im Chefzimmer nebenan. Was gäbe das für ein Bild?»

«Fragt sich nur, ob sich ein Umzug lohnt.» Vincent bediente sich an der Kaffeemaschine. «Die Beförderung ist nur vorläufig. Wer weiß, wer am Ende in Elas Zimmer landet?»

«Wollen wir wetten?»

«Hab schon was mit Anna am Laufen.»

«Etwas am Laufen?» Nora lachte wieder. «Jetzt werde *ich* neidisch.»

Sie holte eine Klarsichthülle hervor, steckte einen Geldschein hinein und bestand darauf, dass Vincent seinen Einsatz hinzugab. Zehn Euro waren die Standardsumme im KK11.

Nora klebte ein Etikett auf die Hülle. «Was soll ich schreiben?»

«Chefwette zwei.»

«Apropos Anna, weißt du, dass sie eine Fehlgeburt hatte? Sei nett zu ihr, wir müssen Sie etwas aufmuntern. Aber das hast du jetzt nicht von mir erfahren.»

«Natürlich.»

Vincent wandte sich dem Posteingangsfach zu. So voll hatte er es selten erlebt.

«Das gehört jetzt zu deinem Job», sagte Nora, während er es leerte. «Ob vorläufig oder nicht.»

Auf dem Weg in sein Zimmer ging Vincent der Großvater nicht aus dem Kopf. Er hatte viele Erinnerungen, auch gute.

Wie stolz er als Kind gewesen war, wenn der Alte ihn an den Wochenenden ins Rheinstadion mitnahm, sogar nach Basel zum Europapokalendspiel der Fortuna gegen den FC Barcelona! All die Radtouren oder Ausflüge mit dem Mercedes, auf denen ihm Gerhard Veih nach seiner Pensionierung die Sehenswürdigkeiten der Heimat erklärt hatte – Vincent war sich sicher gewesen, dass sein Großvater ihn liebte. Zumindest hatte er nie zuvor solche Zuwendung erfahren.

Ordnung ist die Tochter der Überlegung – noch so ein Spruch des Alten. Opas Lob war das Größte für ihn gewesen. Erst mit der Pubertät begann er, sich gegen den Alten aufzulehnen. Und hatte nach dessen Tod deswegen ein schlechtes Gewissen.

Vincent räumte Platz für Kaffee und Papierkram auf seinem Schreibtisch frei. Er blätterte den Stapel durch. Zuoberst lag eine Erklärung der Behördenleitung zu den Vorfällen rund um die Demonstration am Seestern. Der Tenor lautete, dass der schwerverletzte Student an seinem Zustand selbst schuld sei – die Gewalt sei von ihm ausgegangen, die Videodokumentation könne das belegen.

Den restlichen Kram sortierte Vincent nach Dringlichkeit. Er schnappte sich die Umlaufmappe mit den aktuellen Fällen der anderen Dienststellen, doch er fand darin nichts über die Ermittlungen des KK14 wegen des Einbruchs in die Büros der Landtagsopposition und wegen der Wanzen, die dort gefunden worden waren. Ihm fiel Ingos Kommentar ein: *Weil unser Behördenleiter der Regierungspartei angehört und der Minister Druck macht.*

Marietta und Jürgen von der Kriminalwache hatten ihren Bericht zum Fund von Castorps Leiche und die Protokolle der Zeugenbefragung bereits abgegeben. Vincent staunte – so zügig war die Schreibarbeit während seiner Zeit in dieser Truppe nicht erledigt worden.

Schließlich ein Memo seines Inspektionsleiters an ihn persönlich. Darin bat Thann um einen Vorschlag, wer jetzt an Vincents Stelle die dritte Mordkommission des KK11 leiten solle. Eigentlich kommt nur Anna Winkler infrage, dachte Vincent.

Er ertappte sich bei der Überlegung, dass er damit womöglich eine Konkurrentin um die Leitung der Dienststelle ins Spiel brachte. Bevorzugten die Obermuftis vielleicht eine Frau?

Der Apparat auf seinem Schreibtisch schrillte.

Schon wieder Thann: «Wann bekomme ich etwas Schriftliches zum Tod des Ministerpräsidenten? Die Medien müssen informiert werden!»

«Bin schon dabei.»

«Haben Sie keinen MK-Leiter, an den Sie die Ermittlung delegieren können? Was ist mit Becker, dem Blondschopf?»

«Keine Sorge, ich weiß ganz gut, wann ich delegieren kann und wann nicht.»

«Soso. Meinetwegen. Der Ministerpräsident ist also ausgerutscht, mit dem Kopf aufgeschlagen und ins Wasser gefallen?»

«So hat es zunächst ausgesehen, aber …»

«Ich hatte eben den Polizeipräsidenten am Telefon. Er will, dass es vorerst dabei bleibt.»

«Aber wir haben Blut …»

«Wann liegt die DNA-Analyse vor?»

«Heute im Lauf des Tages, hoffe ich.»

«Ohne das Ergebnis ist alles nur Spekulatius und Kokolores. Und wir wollen uns doch nicht mit dem Papst anlegen, nicht wahr? Wir haben schon genug Ärger wegen der Krawalle an der Osterkamp-Baustelle. Sie müssen zugeben, Kollege Veih, dass Sie mit dem Verdacht eines Mordanschlags nur die Pferde scheu gemacht haben. Mit der Folge, dass ein Scheißdemonstrant im Koma liegt und die Polizei mal wieder als Sündenbock gilt!»

Es fiel Vincent schwer, ruhig zu bleiben. Der Inspektionsleiter verdrehte die Tatsachen. Vincent setzte zum Widerspruch an, doch die hektische Stimme am Ende der Leitung ließ ihn nicht zu Wort kommen.

«Und halten Sie Osterkamp aus Ihrem Bericht heraus. Der Mann ist eine wichtige Persönlichkeit, und es geht keinen etwas an, mit wem Castorp befreundet war und in wessen Apartment er logierte.»

«Meint der Polizeipräsident.»

«Ich bin nur der Bote.»

«Aber im Fall Castorp gibt es handfeste Indizien für ein Tötungsdelikt. Da hat jemand …»

«Ich kann auch anordnen, dass Sie den Fall an einen Ihrer MK-Leiter delegieren. Wollen Sie das?»

Vincent spürte, wie es in ihm gärte. Er hatte schon mehrfach mit Vorgesetzten gestritten – über die Bewertung von Zeugenaussagen oder die richtige Ermittlungstaktik. Politischen Druck war er nicht gewohnt, Thanns Gehabe war ihm verhasst.

«Haben wir uns verstanden, Herr Vincent *Che* Veih?»

Beim Auflegen fragte sich Vincent, wie Ela Bach es zehn Jahre lang ausgehalten hatte.

13

▼

Stimmen und Gelächter drangen aus Felix Mays Büro. Vincent klopfte an die Tür. Als er eintrat, verstummte das Gespräch. Thilo Becker und Anna Winkler waren bei Felix. Auf dem Tisch eine Zeitung, der *Blitz* von heute. Vincent erspähte die Schlagzeile: *Affäre Castorp: Rücktritt von allen Ämtern?*

Becker verdrückte sich, Anna grüßte flüchtig und folgte dem Blondschopf.

«Hör mal, ich weiß jetzt, was gestern im Hafen gefeiert wurde», sagte Felix und faltete die Zeitung zusammen.

«Gefeiert?»

«Du weißt schon, das Feuerwerk. Baubeginn für zwei Hochhäuser mit Luxusapartments auf einem Grundstück in der Nähe. Die Zwillingstürme sollen Frieden und Harmonie symbolisieren, schreibt der *Blitz*, was für ein Schwachsinn! Und das Hafenbecken dahinter wird zur Marina für die Yachten der Bewohner.»

«Osterkamp?»

«Keine Ahnung, wer sich mit dem Projekt 'ne goldene Nase verdient. Was führt dich zu mir, Chef?»

«Nenn mich nicht ‹Chef›. Hab ich dir schon mal gesagt. Ich möchte, dass du im Fall Castorp die Akten führst.»

«Willst du, dass ich vom Schreibtisch nicht mehr wegkomme?»

«Dann spielt es wenigstens keine Rolle, ob du dir Schutzkleidung anziehst. Und ruf als Erstes die Kollegen in Bochum an. Sie sollen umgehend die Witwe benachrichtigen, damit sie es nicht aus den Medien erfährt.»

«Und wenn sie die Leiche sehen will?»

«Heute Vormittag wird obduziert. Danach muss der Bestatter noch die Leiche herrichten.»

«Okay, gebe ich weiter.»

«Und was gab's gerade zu besprechen?»

Felix kratzte sich die Wampe unter der schwarzen Plastikjacke und sah ihn fragend an, die Stirn gerunzelt.

«Du, Anna und Thilo.»

«Ach so. Wir haben nur ein bisschen über den neuen Kommissariatsleiter abgelästert.»

«Muss ein fürchterlicher Idiot sein.»

«Absolut.» Felix grinste.

Vincent formte mit den Fingern eine Pistole und zielte auf sein Gegenüber. «Die Benachrichtigung der Witwe hat Vorrang.»

«Ist gut, Chef.»

Zurück in seinem Zimmer, öffnete Vincent das Mailprogramm, gab Thanns Adresse ein, tippte den Bericht wie gewünscht und schickte ihn in Kopie an Staatsanwaltschaft und Landeskriminalamt.

Dann rief er das rechtsmedizinische Institut der Heinrich-Heine-Universität an und ließ sich mit Professorin Susanne Michels verbinden. Erfahrungsgemäß war dies die beste Zeit des Tages, um die Institutsleiterin zu erreichen.

Auf seine Bitte, die Leichenöffnung des toten Ministerpräsidenten selbst durchzuführen, reagierte sie zunächst zurückhaltend. «Was gefällt dir an meiner Kollegin nicht?»

«Es geht immerhin um Castorp. Da sollte die Person mit der größten Erfahrung ran.»

«Gretel hatte beste Noten.»

«Bitte, Susanne, ich denke …»

«Schon gut, Vincent. Ich hatte ohnehin vor, das Skalpell zu schwingen. Aber du musst es mir sagen, falls Gretel Mist gebaut hat. Was war los?»

«Nicht der Rede wert. Sie hat's begriffen, und damit ist es gut.»

«Wen schickst du vorbei?»

«Anna Winkler, du kennst sie.»

«Halb zehn, sine tempore. Übrigens, der Komapatient …»

«Was ist mit ihm?»

«Vermutlich irreparabler Hirnschaden.»

«Scheiße.»

«Das kannst du laut sagen. Da habt ihr Bullen ganz schön zugelangt.»

Es dauerte eine Weile, bis Vincent bemerkte, dass er sinnlos den Hörer anstarrte, aus dem es längst tutete. Er malte sich die Schlagzeilen aus, die neuen Proteste. Er hatte die Parolen seiner Mutter im Ohr, die über die Jahrzehnte die gleichen geblieben waren: *Bullenschweine, Fascho-System.*

14

In der Morgenbesprechung berichtete Nora, dass sich Klaus Schranz wegen eines abgebrochenen Zahns abgemeldet hatte. Vincent überlegte, ob hinter dem Fernbleiben des ältesten MK-Leiters ein stiller Protest steckte. Und wenn schon, sagte er sich.

Er brachte das Team auf den Stand der Ermittlungen im Fall Castorp. Staunen, Bestürzung, flapsige Bemerkungen.

«Dem Tünnes blieb ja nur, sich selbst zu himmeln, bei so viel Dreck am Stecken», sagte Bruno Wegmann. Vincent fiel auf, dass der ehemalige Boxer seinen Schädel nicht nur frisch rasiert, sondern auch eingecremt hatte.

«Du glänzt, Champion. Was benutzt du?»

«Penatenöl, wieso?»

Alle lachten, außer Anna. Vincent sprach sie an: «Die Obduktion beginnt um halb zehn. Ich möchte dich bitten, hinzugehen.»

Anna nickte stumm, die Lippen zusammengekniffen.

«Ist etwas?»

«Ela hätte mich zur Tatortgruppe gerufen.»

«Und mich nicht zum Aktenführer gemacht», bemerkte Felix.

Der Staatsanwalt traf ein und entschuldigte sich wegen der Verspätung. Es war Martin Kilian, ein älteres Semester, faltiges Gesicht und graues Haar, das sich über Ohren und Kragen wellte.

Vincent stellte die Ermittlungskommission zusammen und setzte so viele Kollegen wie möglich auf den Fall an. Thilo Becker, dem zweiten MK-Leiter, übertrug er die Mordbereitschaft für die nächsten Tage sowie die Zuständigkeit für alle übrigen Leichensachen. Der Kollege zeigte keine Regung, aber Vincent vermutete, dass sich Becker von ihm nicht gern etwas sagen ließ.

Vincent beauftragte Bruno Wegmann, eine erneute Befragung im Bürohaus am Hafen zu organisieren. Felix May sollte Osterkamp und die Putzfrau ins Präsidium einbestellen. Carmen Markowitz, die Sekretärin und angebliche Geliebte, wollte sich Vincent selbst vorknöpfen.

Am Ende der Sitzung bat er Anna, für ein paar Worte im Besprechungsraum zu bleiben.

«Was willst du noch?», fragte sie. «Ich muss zur Rechtsmedizin, die Straßen sind voll, es wird knapp.»

«Ich weiß, dass du dich für unschlagbar bei der Spurensicherung hältst. Aber sei froh, dass du ausschlafen konntest. Das mit der Fehlgeburt tut mir übrigens leid. Wie geht es dir?»

«Du musst mich nicht schonen, Vincent.»

«Ist sicher nicht einfach für dich, hier zur Tagesordnung überzugehen.»

«Darf ich dich mal was fragen?»

«Nur zu.»

«Hast du noch deinen Blinddarm?»

«Ja, warum …»

«Bist du mal angeschossen worden?»

«Nein, aber man hat mal auf mich geschossen.»

«Und? Albträume? Schlaflosigkeit, Flashbacks? Vielleicht ein kleines Burnout-Syndrom?» Ihr Blick fixierte ihn. Zornig, rote Flecken auf den Wangen. «Zeigst du mir etwa deine Krankenakte?»

«Entschuldige, Anna, ich hab's nicht so gemeint.»

Sie wandte sich um, packte Stift und Notizbuch in ihre Mappe.

«Ich würde dich gern als dritte MK-Leiterin vorschlagen.»

Anna sah ihn an.

«Die Funktion ist frei geworden, weil ich aufgerückt bin, und …»

«Vorübergehend, dachte ich.»

Vincent zuckte mit den Schultern. «Thann will, dass es weiterhin drei Mordkommissionen mit jeweils einem Leiter gibt, und ich finde, du bist dran.»

«Du willst mich echt vorschlagen?»

«Das bedeutet natürlich mehr Verantwortung, längere Arbeitszeiten. Das Privatleben könnte leiden.»

Anna reichte ihm die Hand. «Ich freue mich, dass du mir das zutraust.»

Vincent schlug ein.

Im Flur stieß er auf Staatsanwalt Kilian, der offenbar auf ihn gewartet hatte. «Gratulation zur Beförderung. Ich find's gut, wie Sie das alles handhaben.»

«Eigentlich bräuchten wir viel mehr Leute. Weitere Kräfte aus anderen Dienststellen.»

«Ich weiß.»

«Aber meine Vorgesetzten …»

«Meine auch. Glauben Sie mir, die politische Rücksichtnahme geht mir genauso auf die Nerven wie Ihnen, Herr Veih. Wir müssen zusammenhalten, sonst fliegt uns der Fall noch gewaltig um die Ohren.»

«Aber Sie könnten anordnen, dass die Ermittlungskommission aufgestockt wird.»

«Kann ich nicht. Eine Anweisung aus dem Justizministerium.»

«Na, super.»

«Nicht verzagen, Herr Veih. Hab Sie beim Düsseldorf-Marathon gesehen, echt gut. Früher bin ich auch gelaufen.»

«Jetzt nicht mehr?»

«Meniskus.» Kilian verzog das Gesicht. «Hab mich aufs Schwimmen verlegt, hält ebenfalls fit.»

Noch einmal Händeschütteln, der Staatsanwalt verabschiedete sich und verschwand in Richtung Treppenhaus.

Thilo Becker schleppte das Stehpult vorbei, an dem er ab und zu arbeitete, um seinen Rücken zu schonen. «Du hast doch nichts dagegen, wenn ich Elas Zimmer beziehe?», fragte er Vincent.

«Das nehme ich. Du kannst mein Büro haben. Da hörst du ebenfalls keinen Busverkehr.»

Becker stellte das Pult ab. «Warum grenzt du mich aus, Vincent? Ein Neuling wie Dominik Roth wird dir im Fall Castorp keine Hilfe sein. Weißt du, was der bis vor kurzem gemacht hat? Sich um Lotterien kümmern, die alten Leuten am Telefon angedreht werden. Anzeigen abheften, Statistiken anlegen, solchen Kram. Der darf doch nur bei uns mitspielen, weil er ständig auf Engels Schoß sitzt.»

Das dumme Gerücht. Vincent versuchte es mit einem Lächeln. «Du musst schon mir überlassen, wen ich hinzuziehe und wen nicht.»

Der Kollege hob den Zeigefinger. «Du übernimmst dich, mein Guter.»

«Wie kommst du darauf?»

«Der Geschäftsführer eines Restaurants muss nicht auch noch selbst kochen. An deiner Stelle hätte Ela die Ermittlungen mir …»

«Wenn ich Hilfe brauche, sag ich Bescheid, Thilo. Danke für das Fachgespräch.»

Vincent ließ den Kollegen stehen und machte einen Abstecher ins Geschäftszimmer.

«Du hast recht, Nora. Wir werden Nachbarn, am besten noch heute.»

Sie zwinkerte ihm zu. «Hatte schon Angst, hier vorn zu vereinsamen.»

In seiner Ablage steckte schon wieder etwas, er griff danach. Da war sie: die landesweite Ausschreibung der Leitung des Kriminalkommissariats 11 im Düsseldorfer Polizeipräsidium. Vincent las sie auf der Stelle durch. Zu seiner Erleichterung gab es keine Klausel, dass man eine Frau als Nachfolgerin Ela Bachs suchte. Keine Fallstricke, keine Anforderung, die er nicht erfüllte. Allerdings war der Text auch nicht speziell auf ihn zugeschnitten.

«Ein paar Kollegen stänkern hinter deinem Rücken über dich», sagte Nora.

«Sollen sie doch.»

Sein Handy spielte *The Clash*, das Display zeigte eine unbekannte Nummer. Auf dem Weg in sein Büro nahm Vincent das Gespräch an.

Eine Frauenstimme. «Ich bin's, Dorothee König. Ich hoffe, ich habe Sie nicht geweckt.»

Da müsstest du deutlich früher aufstehen, dachte Vincent. Wer war die Frau?

«Ihre Mutter hat mir Ihre Nummer gegeben.»

Jetzt fiel es ihm ein: die Kuratorin der Fotoausstellung. Er schloss die Tür hinter sich.

«Wie war der Cellist?», fragte er.

Ein Lachen. «Er sah ganz anders aus als Sie. Dafür hat er recht gut gespielt.»

Vincent legte die Stellenausschreibung auf den Stapel. «Was kann ich für Sie tun?»

«Ich würde mich gern mit Ihnen treffen.»

«Schön, aber im Moment …»

«Brigitte und ich planen nämlich ein Buch.»

«Über die Fotos?»

«Nein, eine Autobiografie. Das bewegte Leben der Brigitte Veih. Ein toller Stoff, finde ich. Und ich denke, dazu könnten Sie sicher das eine oder andere beitragen.»

«Das interessiert doch keinen mehr», versuchte Vincent abzuwiegeln.

«Im Gegenteil. Ich habe Angebote von drei Verlagen. Denen kann es gar nicht schnell genug gehen. Alle Welt redet über die Ereignisse von damals. Jetzt, nachdem auf diesen Bankenboss geschossen wurde. Und wo doch in Stuttgart wegen des Anschlags auf Buback neu verhandelt wird.»

Alles in Vincent verkrampfte sich. Er wollte nicht, dass die Vergangenheit aufgerollt wurde. Was war er deshalb schon gemobbt worden! Wie oft hatte er sich in der Schule wegen seiner Mutter geprügelt! Meist zog er dabei den Kürzeren, wurde beklaut, begann deshalb den Unterricht zu schwänzen und die Großeltern zu belügen. In den ersten Jahren bei der Polizei war es wieder mit den Sticheleien losgegangen. Alles wegen Brigitte.

«Ich halte das für keine gute Idee.»

Bevor die Frau etwas antworten konnte, drückte er den Anruf weg. Dann sprang er auf und öffnete das Fenster. Tief durchatmen.

Seine schreckliche Mutter.

Vincent erinnerte sich an den April 1991, als Detlev Rohwedder in seiner Villa erschossen worden war, drüben, auf der Niederkasseler Rheinseite. Eine neue Tätergeneration, hieß es damals. Max Dilling, Vincents Gruppenleiter, hatte sich als Einziger herausgehalten, wenn die Kollegen Vincent aufzogen und gegen ihn stänkerten. Und zwei Jahre später erneut: Weiterstadt, Bad Kleinen.

Brigitte Veih saß zu dieser Zeit längst im Gefängnis, wurde aber verdächtigt, aus der Zelle heraus den Terror zu steuern – und Vincent musste sich ohne Unterlass rechtfertigen.

Hörte das denn nie auf?

Das Telefon. Nora. «Ich habe das Kanzleramt in der Leitung.»

«Das Kanzleramt?»

«Ich stell durch.»

15

▼

Der Typ hörte sich an wie ein Streber, der sich für den sicheren Aufsteiger von morgen hielt. «Mein Name ist Florian Brennecke. Ich möchte Ihnen im Namen der Bundeskanzlerin unsere Mitarbeit anbieten.»

«Im Namen der Kanzlerin, höre ich richtig?»

«Ganz genau.»

«Sie rufen tatsächlich aus Berlin an?»

«Wenn Sie wollen, rufen Sie mich gern zurück. Berliner Vorwahl, eins, acht, vier und drei Mal die Null. Brennecke verlangen, Florian Brennecke.»

«Was verstehen Sie unter Mitarbeit?»

«Informationsaustausch, kurze Wege.»

«Wenn Sie über Informationen verfügen, dann her damit. Wenn Sie Informationen haben wollen, wenden Sie sich an die Pressestelle.»

«Die Bundeskanzlerin …»

«Um was geht es denn konkret?» Vincent fragte sich, wie die Nachricht von Castorps Tod so schnell bis ins Kanzleramt gedrungen war.

Ein Räuspern in der Leitung. «Wie gesagt …»

«Am besten, Sie schicken mir eine Mail. Vincent Punkt Veih @ Polizei Punkt NRW Punkt de.»

Ein doppeltes Räuspern. Der Typ stand offenbar unter Anspannung. Wende dich meinetwegen an die Behördenleitung, dachte Vincent, aber lass mich gefälligst in Ruhe.

«Herr Veih, ich denke, wir sind uns einig, dass die Auswirkungen des Todes von Walter Castorp auf das Ansehen der Demokratie möglichst gering gehalten werden sollten.»

«Sie reden mit einem Kriminalbeamten, Herr Brennecke.»

«Ja, klar.»

«Und das Ansehen der Demokratie ist nicht meine Baustelle. Dafür sind andere zuständig. Leute wie Sie und die Kanzlerin. Leute wie Castorp. Mein Job ist es, die Umstände seines Todes festzustellen. Und jetzt entschuldigen Sie mich bitte, ich habe zu tun.»

Verdutzte Stille am anderen Ende, Vincent legte auf.

Vincent und Dominik Roth machten sich auf den Weg – er hatte den Neuling gebeten, ihn zur Vernehmung von Carmen Markowitz zu begleiten.

Dominik rieb seinen rechten Arm. «Das Wetter schlägt um.»

«Deine Schussverletzung?»

«Eine Ladung Schrot bei einem Festnahmeversuch.»

«Hab davon gehört.»

Andere Beamte bekam man nach einer solchen Verletzung monatelang nicht zu sehen. Sie schluckten Antidepressiva oder fingen an zu saufen. Dominik hatte schon am nächsten Tag auf dem Podium einer Pressekonferenz gesessen, zum Abschluss eines Falls, bei dem Thilo Beckers Mordkommission nicht gut ausgesehen hatte. Vielleicht war Becker deshalb so schlecht auf den Neuling zu sprechen.

«Ich glaube, du könntest ein größeres Zimmer gebrauchen», sagte Vincent.

«Wird eines frei?»

«Der Haken ist eine Bushaltestelle genau unterm Fenster, aber es ist allemal besser als deine Besenkammer.»

Er drückte auf den Funkschlüssel, um sein Auto aufzuschließen. Es grüßte mit einem Blinken der Lichter. Wenigstens ein Geschöpf, das sich freut, dachte Vincent.

«Wir könnten laufen», bemerkte Dominik. «Es sind nur fünf Minuten von hier.»

«Stimmt, aber ich weiß noch nicht, wohin ich anschließend muss.»

Vincent hatte sich vorgenommen, seine Mutter aufzusuchen, sobald es die Arbeit erlaubte. Am Telefon würde sie sich das Buchprojekt nicht ausreden lassen.

Im Autoradio eine Diskussionssendung, Thema Polizeigewalt. Die Behörde stand am Pranger, und obwohl er nichts für den Zwischenfall konnte, kam es Vincent vor, als hackten die Klugscheißer im Hörfunkstudio auch auf ihm herum.

«Reden die über uns?», fragte Dominik, an einem Fingernagel knabbernd.

«Die Sache am Seestern», erklärte Vincent. «Der Student, der im Koma liegt, wird mit Dachschaden aufwachen, wenn überhaupt.»

«Warum mussten unsere Leute dort eigentlich aufkreuzen?»

«Weil die Demonstranten sonst den Baugrund besetzt hätten.»

«Wäre das kleinere Übel gewesen.»

Ein Diskussionsteilnehmer schwadronierte darüber, dass der

Begriff des Ordnungshüters in Zeiten verschärfter sozialer Gegensätze hinterfragt werden müsse. Vincent dachte an die Sinnsprüche seines Opas, die ihn früher so genervt hatten.

«Hinterher weiß man es immer besser», sagte er zu Dominik und setzte den Blinker.

16

▼

Die Staatskanzlei residierte in den mittleren Etagen eines gläsernen Hochhauses, das den Himmel spiegelte – der Traum eines Stararchitekten aus einer Zeit, als Staatsverschuldung noch kein Aufreger gewesen war.

Vincent parkte auf der weiten Rampe vor dem Haupteingang. Am Empfang mussten er und Dominik sich ausweisen, vor den Aufzügen ein zweites Mal. Die Schüsse auf RheinBank-Boss Dingendorff hatten auch hier für erhöhte Alarmbereitschaft gesorgt.

Das Tempo des gläsernen Fahrstuhls war so atemberaubend wie der Ausblick. Unter ihnen schossen die Autos in den Rheinufertunnel, das Landtagsgebäude zeigte sich aus ungewohnter Perspektive, dahinter glitzerte der Rhein. Vincent bedauerte, schon auf halber Höhe aussteigen zu müssen.

Ein Praktikant führte ihn und Dominik in das Vorzimmer des Ministerpräsidenten. Zwei Sekretärinnen hatten hier ihren Arbeitsplatz, die Schreibtische im rechten Winkel zueinander. Schicke Kostüme, adrette Frisuren, erwartungsvolle Mienen. Die eine war etwa in Vincents Alter, hager, aristokratischer Ausdruck, fast herrisch. Vincent musste an die Frauen denken, die seine Mutter fotografiert hatte.

Er wandte sich an die Zweite. «Frau Markowitz?»

Sie nickte. Schlichte weiße Bluse, schulterlanges blondes Haar, seitlich gescheitelt. Eine auffallend schmale Nase. Die Frau sah gut aus, der sportliche Typ. Jemand zum Skifahren und zum Feiern danach.

Natürlich war es die Jüngere der beiden, dachte er und bemerkte eine kleine Narbe über ihrem rechten Wangenknochen.

«Kriminalpolizei. Wo können wir in Ruhe reden?»

Markowitz wies auf die Tür zum Ministerpräsidentenbüro und ging voraus. Sie wirkte ruhig. Vielleicht war sie Polizeibesuch gewohnt, seit die Ermittlungen wegen der Castorp-Affäre begonnen hatten. Die Ältere starrte ihnen hinterher. Im Augenwinkel bemerkte Vincent, dass sie zum Telefon griff.

Der Raum war groß und lichtdurchflutet. So also sah das politische Machtzentrum in diesem Bundesland aus: grauer Teppichboden, eine Schrankwand aus hellem Holz. Aus dem gleichen Material die Platte des Schreibtisches, völlig aufgeräumt, nur Telefon und Stiftehalter standen darauf. Vor der Fensterfront ein Bäumchen mit kräftigem Stamm. Birkenfeige, hatte Vincent gelernt. Ficus dingsbums.

Carmen Markowitz bat die beiden Kommissare zur Besprechungsecke – vier Designersessel aus schwarzem Leder gruppierten sich um einen Glastisch.

«Wie ist Ihr Verhältnis zu Walter Castorp?», fragte Vincent, während Dominik seinen Laptop aufklappte und das Protokoll zu tippen begann.

Markowitz schlug die Beine übereinander. Mit der Zunge befeuchtete sie ihre Lippen. «Ich arbeite seit einem knappen Jahr für ihn als persönliche Referentin.»

Reisefick, dachte Vincent. «Und privat?»

Ihr Lächeln gefror. «Warum fragen Sie?»

Sicher war der Blonden klar, dass sie niemals Frau Castorp geworden wäre. Dass es als kurzes und fragwürdiges Glück galt, die momentane Gespielin des Regierungschefs zu sein. Wie tickte eine Frau, die sich darauf einließ?

«Es tut mir leid, Ihnen mitteilen zu müssen, dass der Ministerpräsident tot ist.»

«Nein!»

«Die Putzfrau hat ihn in dem Domizil gefunden, das Hartmut Osterkamp ihm zur Verfügung gestellt hatte. Sie kennen das Penthouse?»

Markowitz war blass geworden. Mit ein paar Sekunden Verzögerung nickte sie.

«Wann sind Sie zuletzt dort gewesen?»

Sie brauchte einen Moment, bis sie ein Wort herausbekam. Musste sie sich erst fangen, oder wog sie ab, was sie sagen sollte?

«Gestern», antwortete Markowitz. «Bis etwa mittags um zwölf. Ab vierzehn Uhr war ich wieder im Büro. Frau Nüsse, die Chefsekretärin, kann das bestätigen.»

«Okay.» Vincent lächelte, um die Blonde zu beruhigen. «Castorp und Sie kamen also vorgestern aus der Schweiz zurück und haben gemeinsam im Penthouse übernachtet?»

«Ja.»

«In der Schwimmhalle als Sundowner einen Weißwein getrunken?»

«Ja.»

«Sie haben etwas gelesen?»

Sie nickte.

«Was war das?»

«Ich hatte mir in Zürich die amerikanische Ausgabe der *Vogue* besorgt.»

Die Modezeitschrift auf dem Beistelltisch, das stimmte. «Was wollte Castorp in der Schweiz?»

Die Gespielin des Ministerpräsidenten begann, am Kragen ihrer Bluse zu nesteln. Sie stellte ihre Füße parallel, die Spitzen zielten in Richtung Tür. Ein unbewusster Fluchtreflex, wie ihn Vincent schon unzählige Male bei Befragungen beobachtet hatte.

«Keine Ahnung», sagte sie. «Walter … Herr Castorp hatte am Freitagnachmittag eine Verabredung in Zürich. Mit wem, das weiß ich nicht. Ich habe währenddessen im Hotel gewartet. Danach sind wir nach Schaffhausen gefahren. Der Rheinfall, eine Bootsfahrt mit Picknick und am Sonntag zurück nach Deutschland.»

«Sie haben nicht nachgefragt, was der Ausflug sollte?»

Flüchtig berührte sie die kleine Narbe. «Nein.»

«Hatte Herr Castorp Feinde?»

«Er war Politiker. Da hat man nicht bloß Freunde.»

«Ich meine Leute, die ihm vielleicht nach dem Leben trachteten.»

«Keine Ahnung. Meinen Sie Terroristen?»

«Hat er noch Besuch erwartet, nachdem Sie das Penthouse gestern verlassen hatten?»

«Nicht dass ich wüsste.»

«Was hatte er am Nachmittag vor?»

«Er war mit Leuten in der Landesparteizentrale verabredet. Mitarbeiter des Wahlkampfteams, vielleicht auch jemand vom Vorstand. Er wollte sich auf seine heutige Pressekonferenz vorbereiten.»

«Hat er Ihnen gesagt, was er da erklären wollte?»

Die Blonde entspannte sich zusehends. «Offenbar blieb ihm nicht mehr viel übrig.»

«Der Rücktritt von seinen Ämtern.»

«Ja, ich vermute, dass er das vorhatte, obwohl er an der sogenannten Castorp-Affäre unschuldig war.»

«Das glauben Sie?»

«Davon sind wir alle fest überzeugt.»

«Wie hat er sich seine berufliche Zukunft vorgestellt?»

Sie hob die Schultern. «Walter war immer noch ein gefragter Mann.»

«Tatsächlich?»

«Ich habe ein Telefonat mitbekommen. Die Kanzlerin hat ihm einen Job angeboten, Brüssel oder so. Aber das war nicht Walters Kragenweite. Ich denke, er wollte sich ein Sabbatjahr gönnen. Er war fertig mit alldem.»

«Womit?»

«Mit der Politik. Mit seiner Partei.»

Vincent nickte. Er wartete ab, bis Dominik zu Ende getippt hatte, dann nahm er ihn mit auf den Flur und bat ihn, die Chefsekretärin zu befragen, während er das Gespräch mit Markowitz fortsetzen würde.

Vincent kehrte allein ins Büro des Ministerpräsidenten zurück. Markowitz bemühte sich um ein Lächeln. Sie saß nach vorn gebeugt, die Ellbogen auf die Armlehnen ihres Sessels gestützt. Der Ausschnitt ihrer Bluse bot ihm eine Ahnung ihrer Brüste, eingefasst von einem schlichten weißen BH. Vincent gab sich unbeeindruckt.

Er ließ sich ihren beruflichen Werdegang erzählen – Abitur, Lehre als Bankkauffrau, ein Studium in politischer Kommunikation an einem Privatinstitut, von dem Vincent noch nie gehört hatte. Dann lernte sie Castorp kennen, der ihr den Job in der Staatskanzlei beschaffte, zuerst als Praktikantin, schließlich als Referentin.

Vincent fragte ausführlich nach dem Trip in die Schweiz, ließ sich die Namen der Hotels und Restaurants nennen, die sie gemeinsam mit Castorp aufgesucht hatte, und schrieb Seite um Seite seines Notizbuchs voll.

Von Schaffhausen war das Paar über Landstraßen nach Deutschland gefahren. Erst bei Villingen-Schwenningen hatte

Castorp wieder die Autobahn benutzt. Vincent fragte nach dem Grund. Die schöne Landschaft, meinte die Referentin, zuckte mit den Schultern und spielte wieder mit ihrem Kragen.

Vincent bedankte sich. Im Vorzimmer traf er den Kollegen. Die Chefsekretärin hatte rote Augen, schniefte und starrte aus dem Fenster.

17

Im Aufzug sagte Dominik: «Die Brünette hat geheult wie ein Schlosshund. Als sei sie die Geliebte von Castorp gewesen, nicht die Blonde. Was denkst du, war die Markowitz nicht erstaunlich kühl?»

«Leute trauern unterschiedlich.»

«Okay, du bist der Psychologe.»

«Was ist dir aufgefallen?»

«Sie hat ungefragt ein Alibi genannt für gestern Nachmittag.»

«Richtig. Das ist immer ein Alarmzeichen. Was noch?»

«Sie war nervos.»

«Wobei?»

«Als es um die Schweiz ging.»

«Genau, und was noch?»

«Sie ist ein scharfes Weib.»

«Pass auf dich auf, mein Junge.»

Der Kollege lachte.

Vincent wurde ernst. «Markowitz hat kein einziges Mal gefragt, auf welche Art ihr Geliebter ums Leben kam. Würde dich das an ihrer Stelle nicht interessieren?»

«Ich und Walter Castorp? Kann ich mir irgendwie gar nicht vorstellen.»

Sie traten auf den Vorplatz. Vincents Handy klingelte.

Inspektionsleiter Thann, ausnahmsweise ganz entspannt: «Schindhelm ist zufrieden.»

«Wie schön.»

«Ihr Unfallbericht. Bis zur Wahl am Sonntag sollten wir die Geschichte nicht unnötig hochkochen, hat er noch einmal betont.»

«Wenn er das so anordnet …»

Vincent hatte das Handy noch in der Hand, als es schon wieder den *Clash*-Song spielte.

Anna Winkler: «Ich habe es schon mehrfach versucht.»

«Kann sein. Vielleicht ein Funkloch im Aufzug.»

«Rate mal, was die Obduktion ergeben hat.»

«Kein Wasser in der Lunge», spekulierte Vincent. «Er ist erschlagen worden.»

«Falsch. Er hat noch geatmet, als er in den Pool fiel. Castorp ist einwandfrei ertrunken.»

Vincent hörte ihr an, dass das nicht alles war.

«Aber?», fragte er.

Ein weiterer Anrufer klopfte an. Das elektronische Signal irritierte ihn. Er hatte noch nicht gelernt, wie man von einem Gespräch auf das andere schaltete, ohne jemanden aus der Leitung zu werfen.

«Halt dich fest, Vincent.»

«Sag schon, Anna!»

«Schmauchspuren an seiner rechten Hand. Die typischen Stellen. Er muss eine Waffe abgefeuert haben.»

«Gib Fabri Bescheid. Wir treffen uns in der Wohnung.»

Vincent drückte sie weg und hatte Engel in der Leitung, den Kripochef.

«Es wird am Nachmittag eine Pressekonferenz zum Fall Castorp geben. Wer leitet die Ermittlungen?»

«Ich.»

«Dann sollten Sie dabei sein, Kollege Veih. Sechzehn Uhr. Briefing eine halbe Stunde zuvor bei mir?»

«Gut.»

«Was meinen Sie, werden wir die Journaille zufriedenstellen? Wenigstens ein paar kleine Fortschritte?»

«Sicher», antwortete Vincent und fragte sich, welche Art von Fortschritt sich der Kripoleiter wünschte.

«Ich liebe Mitarbeiter, die knappe Antworten geben», sagte Engel, seltsam aufgekratzt. «Vermitteln den Eindruck von Anstand und Verlässlichkeit. Manchmal meint man, das wäre der Welt abhandengekommen.»

18

▼

Quer über den Treppenabsatz war rot-weißes Flatterband gespannt, die Tür verschlossen. Vincent drückte den Klingelknopf. Der Ton erinnerte ihn an die futuristischen Klänge, die auf französischen Flughäfen die Durchsagen einleiteten.

Fabri öffnete. «Du siehst müde aus.»

«Dann sind wir schon zwei.» Vincent schnappte sich ein Set Schutzkleidung aus dem Fundus der Tatortgruppe.

Fabri hatte die Nacht durchgemacht. Neue Leute assistierten ihm jetzt. Sie hatten im Wohnzimmer ein Portemonnaie voller Karten, Bargeld und Quittungen gefunden. Tankbelege, Restaurantrechnungen. Sie schienen die Aussage der Referentin zu bestätigen. Carmen Markowitz – Vincent hatte vor Augen, wie sie an ihren Kragen fasste und ihre Narbe betastete. Wie sie sich vorbeugte, als er mit ihr allein war.

Anna traf ein, auch sie zog das Tyvek-Zeug über. «Castorp

hatte diesen typischen Schaum in den Luftwegen, der sich bildet, wenn du beim Ertrinken krampfhaft zu atmen versuchst. Außerdem hat die Professorin an der Hirnhaut und im Bereich der Hirnrinde Blutaustritte entdeckt, quasi die innere Entsprechung der Platzwunde am Schädel.»

«Schlussfolgerung?»

«Da hält sie sich zurück. Wahrscheinlich war der Mann bewusstlos, als er ins Wasser fiel.»

«So weit waren wir schon. Die Kopfverletzung. Schlag oder Sturz?»

«Beides ist möglich, sagt die Professorin.»

Fabris Handy ließ ein Schnarren hören. Er telefonierte kurz, dann sagte er: «Pulverschmauchablagerungen am rechten Ärmel des Bademantels.»

«Jetzt erst?», staunte Anna.

«Falsche Frage.» Fabri war sichtlich sauer. Er wandte sich an Vincent. «Es hat gedauert, bis der Mantel trocken war. Wir mussten Infrarot-Fotografie einsetzen. Sag der Kollegin, dass es mindestens eine Woche dauern wird, bis wir mit allen Spuren durch sind.»

«Das weiß sie», sagte Vincent. «Was ist los mit euch beiden?»

Einen Moment schwiegen alle, dann fragte Fabri: «Wo fangen wir an?»

«Im Schlafzimmer», beschloss Vincent. Wenn es einen Kampf gegeben hatte, dann dort, wo die Spur des verwischten Bluts ihren Ausgangspunkt hatte.

Schweigend suchten sie zu dritt, entdeckten jedoch weder Waffe noch Hülse, nicht einmal die Spur eines Geschosses. Den Teppich mit den Blutanhaftungen an der Unterseite hatten die Kollegen ins Präsidium geschafft. Hätte darin ein Projektil gesteckt, wäre es längst gefunden worden.

«Und wenn Castorp den Schuss nicht in dieser Wohnung abgefeuert hat?», fragte Anna. «Sondern zum Beispiel in der Schweiz?»

«Im Bademantel?», fragte Fabri zurück.

«Wir suchen weiter», entschied Vincent. «Um die Wette.»

Er und Anna legten je einen Zehner auf den kleinen Tisch, Fabri brummte eine Missbilligung, folgte aber ihrem Beispiel.

Anna begann, ein zweites Mal die Holzpaneele abzutasten. Fabri nahm eine Taschenlampe zu Hilfe und verschwand in den Schränken.

Vincent knöpfte sich das Bett vor. Keine Schramme am Podest. Er richtete sich auf. Wieder ein Stich im Knie. Nina meinte, er übertreibe es beim Training.

«Ist das Bettzeug bewegt worden?», fragte er.

«Mit Sicherheit», brummte Fabri.

Vincent strich über den weißen Baumwollbezug. Eine leichte Steppdecke steckte darin. Er drehte sie um. In der zweiten Decke fand er ein etwa erbsengroßes Loch, das auch von Mottenfraß stammen konnte. Das Laken, das die Matratze bedeckte, war unversehrt. Vincent begann die Decke abzutasten und stieß auf etwas Hartes.

«Bingo», sagte er, stand auf und strich das Geld ein.

Fabri holte eine Kamera, um zunächst das Loch im Bezug zu dokumentieren.

Vincent wählte die Nummer des Kollegen Wegmann. «Was machen die Befragungen, Champion?»

«Hab den Radiomann gesprochen, der Castorp in der Tiefgarage gesehen hat. Das muss vor der Reise in die Schweiz gewesen sein. Soll ich dir die Aussage vorlesen?»

«Nein, weiter.»

«Jemand aus der Werbeagentur in der Vierten will den Ministerpräsidenten ebenfalls erkannt haben. Auch schon ein paar Tage her. Sagt, eine Kollegin habe ihm bestätigt, dass es Castorp war.»

«Wie, bestätigt?»

«Sie hat ihn auch gesehen, als sie Feierabend gemacht hat. Am Sonntag. Komische Arbeitszeiten haben diese Werbeleute.»

Also nach dem Trip in die Schweiz, schoss es Vincent durch den Kopf.

«In Begleitung einer jüngeren Frau», kam Brunos Stimme aus dem Handy.

«Blond, adrett, etwa dreißig? Narbe unterm Auge?»

«Keine Ahnung. Die Zeugin aus der Agentur ist gerade in London. Kundengespräch.»

«Krieg raus, wann sie zurückkommt. Fang sie am Flughafen ab. Sie hat Castorp bei seiner Rückkehr aus der Schweiz getroffen. Wir müssen alles wissen, woran sie sich erinnern kann.»

«Okay.»

«Noch etwas?»

«Ja, das Feuerwerk. Die Fehlzündungen. Es gibt weitere Leute, die sich an einen Knall erinnern, einige von den Wirtschaftsprüfern in der achten und neunten Etage. Muss gestern so gegen siebzehn Uhr gewesen sein.»

«Das war kein Feuerwerkskörper. Das war ein Schuss.»

«Holla.»

Fabri wühlte mit einer Pinzette in der Steppdecke und zog das Projektil heraus. Anna leuchtete mit Fabris Maglite darauf. Vincent beendete das Gespräch mit Bruno und trat näher.

Ein Vollmantel-Ogivalgeschoss. Vincent konnte Schmutz erkennen und die Riefen, die von den Zügen im Lauf der Waffe stammten.

«Sieht aus wie 9mm Parabellum», sagte Fabri.

Anna verschränkte die Arme und blickte Vincent an. «Castorp schießt also auf sein Bett und ertrinkt kurz darauf im Schwimmbecken nebenan.»

Vincents Handy gab Laut. Noch einmal Bruno. «Einer von den Wirtschaftsprüfern in der Neunten ist dem Ministerpräsidenten ebenfalls begegnet. In Begleitung einer Frau, die nicht Frau Castorp war.»

«Wann?»

«Vorgestern um achtzehn Uhr.»

«Bin sofort bei euch.»

19

Eine Treppe tiefer, ein Schild aus poliertem Messing: *Daum & Menzel.* Vincent drückte die Tür auf. Ein heller Flur, Leute hasteten vorbei. Bruno Wegmanns tiefe Stimme tönte aus einem der Büros weiter hinten. Vincent trat ein und zog die Tür hinter sich zu.

«Jetzt noch einmal auf Anfang für meinen Kommissariatsleiter», sagte Bruno und wischte sich mit dem Taschentuch Schweißtropfen vom Schädel.

«Es war am Sonntag», begann der Typ und lehnte sich in seinem Bürostuhl zurück. «Ich war hier, weil mir ein Vertrag keine Ruhe gelassen hat, der diese Woche fertig werden muss. Gegen achtzehn Uhr fahre ich also runter in die Tiefgarage. Da kommt mir doch tatsächlich Walter Castorp entgegen und diese Frau. Ich will grüßen, doch dann habe ich den Eindruck, die Herrschaften möchten gar nicht angesprochen werden.»

Der Angestellte wirkte wie frisch von der Uni. Rosiges Gesicht, dicke Brille. Der Nadelstreifenanzug und die dezente

Krawatte mit Streifenmuster kamen Vincent an dem jungen Kerl wie eine Verkleidung vor. *Daum & Menzel* bot Wirtschaftsprüfung, Steuerberatung und Consulting an und belegte in diesem Haus noch ein weiteres Stockwerk. Die Mitarbeiter, denen Vincent auf dem Gang begegnet war, hatten ähnlich ausgesehen: Gelfrisur, glatt rasierte Wangen, konservatives Outfit.

«Woher hatten Sie diesen Eindruck?», fragte Vincent.

«Weiß nicht. Der ausweichende Blick vielleicht.»

«Beschreiben Sie mir die Frau.»

«Attraktiv, ich meine schlank, sportliche Figur und ganz hübsches Gesicht. Sie trug eine weiße Hose und eine hellblaue Bluse.»

«Alter?»

«Bin schlecht im Schätzen, vielleicht um die dreißig.»

«Haare?»

«Blond, so etwa schulterlang. Sonnenbrille hochgesteckt.»

«Eine kleine Narbe im Gesicht?»

«So genau habe ich nicht hingesehen.»

Carmen Markowitz, da war sich Vincent sicher.

«Ist Ihnen noch etwas aufgefallen?»

«Hm. Ja. Ich weiß nicht.»

«Nur zu.»

«Ich hab den beiden die Tür aufgehalten. Castorp trug in jeder Hand einen schmalen Aktenkoffer, schwer waren die Dinger sicher nicht. Die Frau musste dagegen den großen Rollkoffer ziehen und hatte über der Schulter noch eine Reisetasche hängen. Da ist eine Stufe, und die Frau musste sich ganz schön abmühen. Ich fand das komisch, denn er hätte ihr doch die schweren Sachen abnehmen können.»

«Noch etwas?»

«Castorp hat kein Wort geredet. Nicht einmal ein Dankeschön fürs Türaufhalten.» Der junge Mann verzog den Mund. Was soll man von Politikern auch erwarten, schien seine Grimasse zu sagen.

Vincent und Bruno nahmen den Aufzug nach unten. Der Exboxer drückte seine Pranke auf die Taste für die Garage.

«Lass mich im Erdgeschoss raus», sagte Vincent.

«Nein, komm, ich muss dir was zeigen», insistierte Bruno.

Endstation, der Aufzug stoppte ruckartig. Ein kahler Flur, weiß getünchter Beton. Am Ende eine schwere Stahltür, Bruno hielt sie auf. Hier war die Stufe, die der junge Controller erwähnt hatte. Vincent trat auf das Garagendeck.

Bruno wies nach links und hob erwartungsvoll die vernarbten Augenbrauen.

Glatter grauer Estrich, die Stellplätze mit weißen Linien markiert. Die Wand voller Schilder mit dem Schriftzug *Daum & Menzel*.

Davor parkten Porsches, Maseratis, Aston Martins. Ein Bentley. Weitere Luxusschlitten, deren Marken Vincent nicht auf Anhieb erkannte, ausnahmslos nagelneu – Karossen im Wert von etlichen Millionen.

«Was sagst du dazu?»

«Wirtschaftsprüfung scheint lukrativ zu sein.»

«Die Firma ist im ‹Eurorettungs Business›, so hat es der Kerl von vorhin ausgedrückt. Im Auftrag von EU und Europäischer Zentralbank checken sie sämtliche Banken und Großunternehmen in den Problemländern und berechnen den Hilfsbedarf. Sie stellen ständig neue Leute ein und platzen aus allen Nähten.»

«Schön, dass es noch boomende Branchen gibt.»

«Aber ist das nicht krank? Hier landen unsere Steuergelder!» Er deutete auf die schicken Wagen.

«Genau darum geht es wahrscheinlich.»

Vincent nahm die Treppe ins Erdgeschoss. Als sein Smartphone wieder Empfang hatte, rief er Fabri an.

«Sag mal, gibt es in dem Penthouse einen Safe, irgendein Versteck?»

«Nein, wieso?»

«Was habt ihr an Gepäckstücken gefunden?»

«Einen großen Rolli, schwarz, feste Kunststoffschale.»

«Zwei Aktenkoffer?»

«Fehlanzeige.»

«Ist Anna noch oben?»

Fabri brummte eine unverständliche Antwort, und Vincent hörte, wie der Kollege sein Handy weitergab. Währenddessen durchquerte Vincent das Foyer, trat ins Freie und lief die kurze Strecke bis zur Tiefgaragenausfahrt. Vielleicht würde er Bruno noch erwischen.

Anna meldete sich.

Vincent sagte: «Ich bin seit halb fünf auf den Beinen und brauch mal 'ne Pause. Sobald es etwas Wichtiges gibt, möchte ich trotzdem, dass ihr mir Bescheid gebt, okay? Und noch etwas, Anna. Ich weiß, dass du dich für die bessere Tatortspezialistin hältst. Aber lass Fabri in Ruhe.»

«Der Typ ist ein Arsch.»

«Was hast du gegen ihn?»

«Sag ich dir ein andermal.»

Brunos Golf schoss aus der Ausfahrt, Vincent sprang zur Seite und winkte. Ins Handy sagte er: «Ich möchte, dass du mir ein Dossier über Castorp zusammenstellst. Saß dein Vater nicht mal als Abgeordneter im Landtag?»

«Das ist lange her.»

«Benutz deine Kontakte, Anna. Und erkundige dich bei den Kollegen vom KK14 nach der Abhöraffäre. Ich weiß darüber nicht mehr, als in der Zeitung stand.»

«Die Kollegen vermutlich auch nicht.»

Womöglich stimmt das sogar, dachte Vincent. Stillhalteanordnung von ganz oben, zumindest bis zur Wahl am Sonntag.

Vincent holte Bruno ein, der seinen Wagen am Straßenrand gestoppt hatte. Die Scheibe glitt nach unten. Vincent fragte: «Champion, was hast du als Nächstes vor?»

«Castorps Laptop, den ihr heute Nacht im Penthouse sichergestellt habt. Vielleicht stoße ich auf ein paar hübsche Staatsgeheimnisse.»

«Sprich zuerst mit Carmen Markowitz, Staatskanzlei. Sie war mit Castorp in der Schweiz. Die Frau, die das schwere Gepäck schleppen musste. Frag sie nach dem Verbleib der zwei Aktenkoffer und der Reisetasche. In der Wohnung waren sie nicht.»

«Noch etwas?»

«Klar. Was war in den Koffern?»

«Diese Politiker», erwiderte Bruno und schnalzte missbilligend mit der Zunge. «Sogar wenn sie tot sind, machen sie nichts als Ärger.»

20

Eine Baustelle auf der Fleher Brücke, die Autobahnauffahrt verkürzt, Vincent musste sich beim Einfädeln konzentrieren.

Das Radio, Neues vom Tage: Bestürzung über den Tod des Ministerpräsidenten. Wie selbstverständlich schien der Berichterstatter von Selbstmord auszugehen, in seinem Nachruf betonte der Redakteur Castorps angebliche Verdienste um Bürokratieabbau und Strukturwandel. Er brachte es fertig, kein Wort darüber zu verlieren, dass der Mann noch gestern als Anstifter eines Verbrechens gegen die politische Konkurrenz am Pranger gestanden hatte. Offenbar stand schon ein Nachfolger in den Startlöchern: Innenminister Driesbach sei von der Parteiführung zum neuen Spitzenkandidaten erkoren worden.

Der nächste Beitrag galt den toten Ukrainern und kündigte einen Gedenkgottesdienst an, morgen in der Johanneskirche, Politprominenz habe ihre Teilnahme angekündigt. Unterdessen seien am Firmensitz der Osterkamp-Entwicklungsgesellschaft im Norden der Stadt Fensterscheiben und Eingangstüren beschmiert worden. Die Mahnwache an der Baustelle der *Seestern-Arkaden* werde fortgesetzt. Ein Kommentator gab der Einsatzleitung die Schuld an der gestrigen Eskalation und legte dem Polizeipräsidenten den Rücktritt nahe.

Ein Stau vor der Ausfahrt Neuss-Uedesheim zwang Vincent, scharf zu bremsen. Er war aufgeregt. Als er seine Mutter das letzte Mal besucht hatte, war es nicht gut ausgegangen.

Links die Felder, rechts das Industriegebiet. Vincent bog in die Rheinfährstraße ein. Die Vorgärten und braunroten Ziegelfassaden weckten Erinnerungen an seine Jugend. So fern und kaum zu fassen, trotzdem ein Teil von ihm.

All die Regeln, die sein Opa aufgestellt hatte, die übertriebene Strenge, mit der er ihre Einhaltung überwachte – in den Augen des Alten hatten sie nur dazu gedient, das Böse fernzuhalten, das er Tag für Tag in der Großstadt auf der anderen Seite des Flusses bekämpfte.

Es hat bei seiner Tochter nicht gewirkt und bei mir auch nicht, dachte Vincent und erinnerte sich, dass es im Haus seiner Großeltern zwei Tabuthemen gegeben hatte: die Kriegszeit sowie Brigitte Veih, die missratene Tochter und Terroristin.

Das Gebäude stand einzeln und wirkte klein im Vergleich zu denen der Nachbarschaft, die im Lauf der Zeit mit allerlei Dachgauben und Anbauten aufgebrezelt worden waren. Es fügte sich in die Reihe und wirkte zugleich isoliert. Kein Kinderspielzeug auf dem Rasen, kein Gartenzwerg mit Greenpeace-Fahne. Dafür hingen die schmiedeeisernen Gitter noch wie früher vor den Fenstern im Erdgeschoss. Als müssten die Bewohner einer Belagerung standhalten.

Vincent blieb eine Weile im Auto sitzen. Ihm fielen die Kaninchenställe hinter dem Haus ein, die er nach dem Tod des Großvaters eigenhändig abgerissen hatte. Wie hatte er sich geekelt, wenn es Karnickelbraten gab.

Endlich raffte er sich auf und ging hinüber.

Der Klingelknopf klemmte. Das Schrillen hörte erst auf, als Vincent noch einmal drückte.

21

▼

«Ich hab gewusst, dass du mich besuchen wirst», sagte seine Mutter zur Begrüßung.

«Hellseherische Fähigkeiten?», erwiderte Vincent. «Schade, dass du die nicht schon in den siebziger Jahren hattest. Du hattest dir eine Menge Ärger ersparen können.»

Er schaffte es wieder nicht, sie zu berühren. Wann hatte er sie zuletzt umarmt? Mit sieben, als sie ihn zu diesen schrecklichen Freunden nach Bayern brachte, wo er fortan leben sollte. Er hatte sie fest umschlungen und wollte nicht mehr loslassen. Sie hatten ihn mit Gewalt von seiner Mutter trennen müssen.

Vincent folgte ihr in die geräumige Küche. Eine Schüssel Erdbeeren stand auf dem Tisch. Sie stellte einen Teller dazu, schaufelte die Hälfte der Früchte darauf, gab Zucker auf beide Portionen und setzte sich ebenfalls.

«Ich habe von dem Demonstranten gehört, den ihr so zugerichtet habt», erklärte sie. «Immer wenn du etwas verbrochen hast, kommst du zu mir.»

«Mit der Demonstration hatte ich nichts zu tun.»

«Ach was, du bist Teil des Apparats.»

Vincent verkniff sich die Antwort, die ihm auf der Zunge lag. Ein einziges Mal war er tatsächlich zum Beichten nach Uedesheim gefahren. Der Einsatz mit Ingo Ritter, das Bild, das Vincent noch heute verfolgte: wie sich die zitternde Frau mit den rot verschmierten Lippen zum Autofenster beugte, um ihm ihr zerschundenes Gesicht zu zeigen. Acht Jahre musste das her sein, denn kurz darauf hatte er die Kriminalwache verlassen.

Aber zu einer Beichte gehörte jemand, der zuhörte. Seine Mutter tat das nie. Vor allem wenn es um seine Arbeit ging, stellte sie sich taub.

«Du siehst aus wie geleckt, mein Junge. Frisch rasiert, akkurate Frisur. Fehlt nur noch der Scheitel, und du siehst aus wie *er.*»

Vincent wusste, worauf sie hinauswollte, und beschloss, sich nicht provozieren zu lassen. Ihre Haare waren kurz und struppig, zur Jeans trug sie ein verblichenes T-Shirt. Auf Äußerlichkeiten gab sie nicht viel – vielleicht war ihr das in zwanzig Jahren Knast ausgetrieben worden. Im Vergleich zu früher war ihr Gesicht breiter und weicher geworden. Die scharf geschnittene Nase dominierte nicht mehr so sehr.

Als Kind hatte er ihr Bild aus einer Illustrierten geschnitten und heimlich in der Ritze hinter der Matratze aufbewahrt. Irgendwann war das zerknitterte Stück Papier verschwunden, ohne dass es ein Donnerwetter gegeben hätte. Woraus Vincent schloss, dass die Oma es entdeckt hatte, ohne ihrem Mann davon zu erzählen.

«Oder kommst du wegen Ninotschka?», fragte seine Mutter.

«Dann kannst du gleich wieder gehen. Ich bin nicht gut im Schlichten.»

Offenbar hatten die beiden telefoniert. Seine Freundin kam erstaunlich gut mit Brigitte aus. «Was hat sie gesagt?»

«Dass ihr deine Eifersucht auf den Wecker geht.»

«Sie trifft sich wieder mit Jens. Diesem Anwalt, du weißt schon.»

«Na und?»

«Muss ich dir das wirklich erklären?»

«Der Typ vertritt eine Mutter, deren Kind bei Nina in Behandlung ist. Nur deshalb haben sie sich getroffen. Rein beruflich. Sonst ist da nichts mehr zwischen den beiden. Deine Verlustängste sind krankhaft, und das weißt du ganz genau.»

Ninas Worte, dachte Vincent. «Dann überleg mal, woher ich das habe.»

«Womit wir endlich bei deinem Dauerthema gelandet wären.»

Sie stand auf und räumte das leere Geschirr ab, ließ Wasser in die Schüssel laufen.

«Ich habe deine Ausstellung gesehen», sagte er.

«Ach.»

«Woran arbeitest du als Nächstes?»

«Willst du das wirklich wissen?»

«Würde ich sonst fragen?»

«Ich kann's nicht fassen. Du interessierst dich wirklich für deine Mutter?»

Sie gingen nach nebenan. Das einstige Wohnzimmer hatte Brigitte in einen Arbeitsraum umgewandelt. Der lange Tisch lag voller Bilder. Sie legte vier davon in eine Reihe: Frauenporträts, frontal fotografiert. In Vincents Augen unterschieden sie sich in nichts von den Aufnahmen, die im NRW-Forum gezeigt worden waren.

«Dieses Mal sind es Obdachlose», sagte seine Mutter.

«Aha.»

«Ich werde Ausstellungen in Düsseldorf und Frankfurt haben.»

«Glückwunsch zu deinem Erfolg.»

«Das ist nicht kommerziell. Leben kann man davon nicht.»

Brigitte setzte Kaffee auf. Im Flur klingelte das Telefon. Sie verschwand. Als sie nach ein paar Minuten wiederkam, wirkte sie bedrückt.

«Was ist?», fragte er.

Statt zu antworten, goss sie den Kaffee in zwei Becher und gab Milch und Zucker hinzu, ohne Vincent zu fragen. Sie legte die Hände um ihren Becher, als müsse sie sich wärmen.

«Dir gefallen die Fotos nicht», sagte sie.

«Doch. Irgendwie berühren sie einen. Es ist nur …»

«Was?»

Vincent holte tief Luft. «Das mit der Autobiografie. Muss das sein?»

«Dorothee hat geplaudert, ich wusste es.»

«Ich möchte nicht, dass alles wieder aufgewirbelt wird. Dass alle wieder über dich reden. Nicht als Fotografin, sondern als Terroristin.»

«Und über dich als Terroristenkind. Dir geht es doch immer nur um dich.»

«Kann denn nicht endlich Frieden sein?»

Sie trank und schlürfte dabei. Der Kaffee war noch heiß.

«So ein Buch bringt Kohle», sagte sie.

«Wenn du Geld brauchst, verkauf das Haus.»

«Bitte?»

«Ich weiß sowieso nicht, wie du in diesem Gemäuer leben kannst.»

«Ich bin hier aufgewachsen.»

«Eben.»

Sie ließ den Kopf hängen. Vincent fielen die schlaffen Stellen an ihren Wangen auf. Die Falten am Hals, das dünne Haar. Im Januar war sie zweiundsechzig geworden.

«Was war das für ein Anruf?», fragte er.

Sie zögerte und wich seinem Blick aus. Dabei verschränkte sie die Finger und rieb die Handflächen gegeneinander. Vincent fragte sich, was sie vor ihm verbergen wollte.

«Mein Anwalt», sagte sie schließlich.

«Wozu brauchst du einen Anwalt?»

Sie löste die Hände voneinander. «Ich werde immer einen brauchen. Die werden mich bis ans Lebensende verfolgen.»

«Wen meinst du?»

«Blöde Frage, Mann! Kriegst du nicht mit, was in Stuttgart läuft? Der Buback-Prozess? Sie suchen noch immer diejenigen, die geschossen haben. Dieser Staat wird niemals Ruhe geben.»

«Hast du geschossen?»

Sie legte die Hände auf ihre Knie und beugte sich vor. «Raus jetzt!»

«Beruhig dich.»

Sie zeigte zur Tür. «Raus!»

«Brigitte, bitte.»

«Hat dich der Staatsschutz geschickt, oder was? Du Bullenschwein, du Büttel des imperialistischen Staatsapparats! Es wäre besser gewesen, ich hätte dich abgetrieben!»

Ruhig bleiben, sagte sich Vincent. «Komm, das glaubst du selbst nicht.»

«Doch. Du bist genau wie dein Großvater!»

Es hatte keinen Zweck, Vincent sprang auf. Versehentlich stieß er gegen den Tisch, ein Kaffeebecher kippte um. Brigitte schimpfte weiter, er hörte nicht hin und rannte aus dem Haus, in dem drei Generationen der Familie Veih aufgewachsen waren.

Drei verkorkste Generationen.

Er fuhr zurück in die Stadt und konnte an nichts anderes denken. Wieder einmal war er machtlos gegen das Selbstmitleid, trotz allem, was er während seines Studiums gelernt hatte. Im letzten Moment bemerkte er die blauen Schilder, schoss auf die Autobahn und scherte hinüber auf die linke Spur. Er hupte einen lahmen Opel zur Seite und beschleunigte weiter. Schneller, schneller. Die Brücke – jetzt das Steuer verreißen und durch die Brüstung brechen, hinunterstürzen und im Strom versinken, das wär's.

Mit elf hatte er sich geweigert zu essen, nach dem Vorbild seiner Mutter und ihrer Gesinnungsgenossen, die für bessere Haftbedingungen stritten. Mit fünfzehn hatte er gekifft und geschluckt, was er nur kriegen konnte, als er für ein paar Wochen von zu Hause ausgerissen war und sich in Düsseldorf einer Clique von Punks angeschlossen hatte. Später war es der Alkohol, der ihn beruhigte, endlich Ninas guter Einfluss. Vielleicht sollte ich ihr doch auf die Mailbox sprechen, dachte Vincent. Ein paar liebe Worte, den ersten Schritt zur Versöhnung.

Als er endlich den Klingelton seines Handys wahrnahm, brachte er es nicht schnell genug ans Ohr. Im Stau vor dem Südring fand Vincent die Gelegenheit, sich durch die Anrufliste zu klicken. Anna Winklers Nummer stand ganz oben.

Durchatmen.

Er rief zurück.

«Das Landeskriminalamt hat gerade die Laborergebnisse durchgegeben», meldete die Kollegin. «Sämtliche DNA-Proben stimmen überein. Der Tropfen in der Schwimmhalle, der Fleck am Teppich, alles.»

«Castorps Blut.»

«Ja.»

«Verdammt.»

«Vielleicht sollten wir nicht mehr so tun, als wäre Castorp nur ausgerutscht.»

Die Ampel sprang auf Grün, Vincent gab Gas. Für die letzten Kilometer schaltete er noch einmal das Radio ein, die Vierzehn-Uhr-Nachrichten.

Der tote Ministerpräsident war noch immer der Aufmacher, ohne dass der Sender wusste, was geschehen war. Es hieß, Innenminister Driesbach, der neue Spitzenkandidat der CDU, verspreche eine gründliche Aufklärung des Abhorskandals – als habe der Mann bislang nicht alles dafür getan, dass die Untersuchung im Sand verlief.

Zum Brand am Seestern: Die Bauaufsicht der Stadt sei in die Kritik geraten. Und eine Sprecherin der Grünen wurde mit dem Satz zitiert, dass auch die toten Ukrainer ein Teil Deutschlands gewesen seien.

Dann eine Meldung, die Vincent wie ein Faustschlag traf: Der Demonstrant, der seit gestern Nachmittag im Koma gelegen hatte, sei in der Uniklinik seinen Verletzungen erlegen. Zum ersten Mal hatte der Student auch einen Namen: Amadeo Hunziker.

Ich tu nur meinen Job, sagte sich Vincent.

Auf der Seite der Guten, so hoffte er.

22

▼

Vincent hielt inne. Die Tür zu seinem Zimmer stand auf.

Der Raum war leergeräumt bis auf die Möbel und ein Stehpult, das nicht ihm gehörte. Seine Bilder fehlten, der Inhalt der Regale, nichts lag auf dem Schreibtisch. Er ging nach vorn zu Nora, sie wies nach nebenan – Ela Bachs Büro.

«Dominik hat mir geholfen», erklärte Nora.

Vincent staunte. All seine Sachen waren hier. Es kam ihm vor, als sei das Zimmer etwas größer. Er hätte die Bilder anders gehängt, aber er konnte gut damit leben.

Die Schreibkraft überreichte ihm einen Blumentopf. «Etwas Grünzeug. Willkommen im neuen Domizil!»

Vincent stellte das Ding auf das Fensterbrett. «Birkenfeige, ich weiß.»

«Nein. Das ist ein Gummibaum. *Ficus elastica.* Lass das Pflänzchen nicht vertrocknen!»

Er bedankte sich noch einmal, setzte sich hinter den Schreibtisch und ließ den Blick über die Kartons schweifen, die auf dem Boden standen.

«Auf gute Nachbarschaft!», sagte Nora und kehrte zurück ins Geschäftszimmer.

Vincent hob den Hörer ab. Das Freizeichen tutete, als wäre es mit ihm umgezogen.

Er besprach sich zuerst mit Staatsanwalt Kilian, dann mit Inspektionsleiter Thann.

Schließlich ging er zwei Zimmer weiter zu Felix May, dem Aktenführer, und ließ sich auf dessen zweiten Stuhl fallen. «Na, heute schon mit den Kollegen abgelästert über den neuen Kommissariatsleiter?»

Felix strich über sein T-Shirt mit der Aufschrift *ZZ Top – Tres Hombres* und grinste. «Nein, aber vielleicht möchtest du dich über den Kerl beschweren. Hör mal, hier darfst du's. Ich erzähl nichts weiter.»

«Ich wüsste nicht, wo ich anfangen sollte.»

«Siehst müde aus. Was gibt es Neues?»

«Hat Anna es dir noch nicht gesagt? Der Fall Castorp. Kein Unfall, definitiv nicht. Aus unserer Ermittlungskommission wird jetzt eine Mordkommission.»

Er teilte Felix sämtliche Neuigkeiten mit. Die Schmauchspuren. Das Projektil in der Bettdecke. Das positive DNA-Ergebnis: Castorps Blut.

«Wie sieht das für dich aus?», fragte Vincent.

Felix kratzte sich den Bauch unter dem T-Shirt, bevor er antwortete. «Castorp ist also im Schlafzimmer zusammengeschlagen worden. Er wird bewusstlos und blutet aus einer Kopfwunde. Die Täter werfen ihn in das Schwimmbecken. Auf dem Weg dorthin verliert er Blut. Die Täter wischen es auf.»

«Der Schuss?»

«Castorp hat die Täter überrascht, vielleicht Einbrecher. Er stellt sie im Schlafzimmer, feuert auf sie, wird aber überwältigt.»

«*Die* Einbrecher?»

«Kann auch einer gewesen sein. Die Fliesen sind glatt. Sogar einen Mann von zwei Zentnern kannst du allein durch die Wohnung schleifen.»

«Einen Täter hätte Castorp mit der Waffe in Schach gehalten.»

«Stimmt», räumte Felix ein. «Es waren mindestens zwei.»

«Die Waffe?»

«Haben die Kerle mitgenommen. Auch die Patronenhülse. Sie wollten die Spuren beseitigen, damit wir an einen Unfall glauben. Hätte fast geklappt. Gerissene Burschen.»

«Aber sie waren nervös», sagte Vincent.

«Wie kommst du darauf?»

«Der Teppich. Einer der Täter hat das Ding einfach auf den ersten Blutfleck geworfen, um ihn wegzumachen. Besonders durchdacht ist das nicht. Erst danach haben sie Eimer und Putzlappen benutzt. Und auch dabei ging es recht hektisch zu. Plötzlich hatten sie Schiss, entdeckt zu werden.»

«Klingt nach einem ziemlichen Fiasko.»

«Das sehe ich auch so. Die Einbrecher dachten wahrscheinlich, es sei niemand zu Hause. Der Mord war nicht geplant. Die Täter hatten es auf etwas anderes abgesehen.»

«Die zwei Koffer.»

«Mag sein.»

Gemeinsam arbeiteten sie die Fallakte durch. Ein Bericht war neu für Vincent. Er stammte von Fabris Leuten, der Spurensicherung, und betraf den Dienstwagen des Ministerpräsidenten, einen Audi A8, die sündhaft teure Zwölfzylinderversion. Die Limousine war heute Morgen zum Präsidium geschleppt und in der Garage der Fahrbereitschaft sichergestellt worden.

Vincent pfiff leise durch die Zähne. Die Kollegen hatten einen Peilsender gefunden, der vermutlich mit Sekundenkleber im Inneren des Radkastens befestigt worden war. Solche Sender gab es in jedem Elektronikshop zu kaufen, aber wenn man sie an einem Fahrzeug anbrachte, das einem nicht gehörte, war das illegal.

Vincent überflog die Liste der Gegenstände, die sich im Wagen befunden hatten. Eine Eintragung machte ihn neugierig: *Ordnungsbusse der Stadtpolizei Zürich.* Es folgte eine dreizehnstellige Nummer.

«Sie schreiben Buße mit Doppel-s.»

«Wahrscheinlich kostet jeder Buchstabe extra.»

«Hast du das Knöllchen irgendwo?»

«Klar.» Felix klopfte gegen einen Ordner.

«Wenn es wegen Falschparkens war, kriegen wir vielleicht heraus, wo sich Castorp herumgetrieben hat.»

Felix blätterte und wurde fündig. «Vierzig Franken wegen Überschreitens der zulässigen ‹Parkierzeit›. Tatsächlich, hier steht der exakte Ort: Börsenstraße 18. Auf die Schweiz ist Verlass.»

«Finde raus, was sich dort befindet. Zweitens: Wie kamen die Täter unbemerkt in das Haus? Drittens: Ich hätte gern eine Funkzellenauswertung. Ruf das Landesamt für zentrale Dienste an. Alle Mobiltelefone, die sich gestern um siebzehn Uhr in die Zelle eingewählt haben, in der unser Tatort liegt.»

«Das dürfte eine ziemlich lange Liste werden.»

«Vielleicht stehen die Täter drauf, wenn sie ihr Handy dabeihatten und es nicht ausgeschaltet war.»

«Wir brauchen mehr Leute. Verstärkung aus anderen Kommissariaten. Eine richtige Soko.»

«Das habe ich dem Inspektionsleiter auch schon gesagt.»

«Und?»

«Thann muss das erst mit dem Papst beraten. Und der vermutlich mit dem Innenminister.»

«Warum macht der Staatsanwalt nicht Dampf?»

«Dessen Behörde läuft an der kurzen Leine des Justizministers. Die gleiche Partei. Ich fürchte, keiner ist momentan scharf darauf, dass wir Licht in die Sache bringen. Es könnte sich ja politisch auswirken.»

«Du meinst, auf die Posten gewisser Leute.»

«Das ist für sie ein und dasselbe, Felix.»

23

Vincent suchte Anna. In ihrem Büro war sie nicht. Er rief sie auf ihrem Handy an.

«Bin beim Champion», erklärte sie. «Komm her, Vincent, das musst du dir ansehen!»

Er öffnete die Tür zu Bruno Wegmanns Zimmer und sah, wie Anna und ein Kollege aus dem KK14 – Einbruch und Hehlerei – über die breiten Schultern des Exboxers lugten.

«Verrückt», raunte Bruno.

«Schräg», kommentierte Anna und spielte mit ihrer roten Strähne.

Vor ihnen lag der aufgeklappte Laptop des toten Ministerpräsidenten. Vincent trat näher. Auf dem Monitor lief ein Video, auf dem ein Zimmer zu sehen war, orientalisch gemusterte Teppiche und eine Bodenvase mit blühenden Zweigen. Im Vordergrund eine lange Tafel, darauf eine Zeitung und ein Teller mit einem Stück Kuchen.

«Die Kamera ist an der Decke.»

«In der Lampe, wetten?»

Ein großer Hund trottete heran und ließ sich neben dem Stuhl nieder. Eine Frau stellte ihre Kaffeetasse ab, nahm Platz und begann, in dem Boulevardblatt zu lesen.

Die Auflösung war zu schlecht, um einzelne Wörter entziffern zu können, aber Vincent glaubte, den *Blitz* zu erkennen: das Archivfoto, auf dem der Ministerpräsident das Victory-Zeichen machte, sowie die heutige Schlagzeile: *Affäre Castorp: Rücktritt von allen Ämtern?*

Die Frau schnäuzte sich in ihr Taschentuch. Dabei blickte sie von der Zeitung auf.

«Das ist doch …», entfuhr es dem Kollegen vom Einbruch.

«Seine Gattin», bestätigte Anna.

Bruno fummelte auf dem Touchpad, tippte ein paar Mal. Am Bildrand erschien eine Lautstärkenanzeige. «Wir kriegen sogar den Ton.»

«Ist das etwa live?», fragte Vincent.

«Psst», machten die anderen.

Ein leises Rascheln, als die Frau umblätterte. Ein Telefonklingeln, klar und deutlich. Die Frau setzte ihre Lesebrille ab, verschwand aus dem Bild und kehrte mit einem schnurlosen Hörer zurück, sich den Nacken reibend.

«Simone Castorp», meldete sie sich.

«Tatsächlich», sagte Bruno.

«Ist es das, wonach es aussieht?», fragte Anna.

«Es ist live», bestätigte der KK14-Kollege. «Der Typ hat sogar sein eigenes Haus verwanzt. Wie krank ist der denn gewesen?»

Die Witwe des Ministerpräsidenten unterhielt sich mit dem Anrufer. Nach einer Weile begann sie zu weinen, ihre Schultern zuckten.

«Das genügt», sagte Vincent. «Mach das weg, Bruno. Wir haben dafür keine rechtliche Handhabe.»

Bruno klappte den Laptop zu. Sobald ich draußen bin, guckt er weiter, dachte Vincent.

«Wozu überwacht einer sein Wohnzimmer?»

«Weil er's kann. Da waren eben noch ein paar Kameras von der Aktion gegen die Opposition übrig.»

«Kennt ihr den?», meldete sich Anna zu Wort. «Der Teufel klopft an Castorps Tür und schlägt ihm ein Geschäft vor. Ich mache Sie zum Ministerpräsidenten, sagt der Teufel. Castorp fragt nach dem Preis. Sagt der Teufel: Ich kriege Ihre Seele, die Seele Ihrer Frau und die Seelen Ihrer Kinder. Fragt Castorp: Und wo ist der Haken?»

Alle grinsten, keiner lachte laut.

«Castorp hatte keine Kinder», sagte Vincent.

«Ursprünglich war der Witz auf Gerhard Schröder gemünzt.»

«Hat auch keine Kinder, zumindest keine leiblichen.»

«Erbsenzähler!»

«Ich bräuchte den Laptop für meine Dienststelle», mischte sich der Kollege vom KK14 ein, das für die Abhöraffäre zuständig war.

«Du kannst die Festplatte kopieren», antwortete Vincent. «Das Gerät bleibt hier. Kommst du an die E-Mails ran, Bruno?»

«Die sind passwortgeschützt. Aber mit Hilfe unserer IT-Spezialisten müsste es klappen.»

«Was war mit der Referentin?», fragte Vincent. «Hast du sie angetroffen?»

Bruno reichte ihm zwei Blätter vom Schreibtisch, bereits von Carmen Markowitz unterzeichnet. Die Referentin hatte die zwei Aktenkoffer beschrieben. Dunkelbraunes Leder, Zahlenschlösser, keine Angaben zum Inhalt. Dass die Koffer sich nicht mehr im Penthouse befunden hatten, konnte Markowitz nicht erklären. Die Reisetasche sei ihre eigene gewesen, die sie am Montag mitgenommen habe.

«Wie hat die Frau auf dich gewirkt?», fragte Vincent.

«Bin kein studierter Psychologe …»

«Sag schon.»

«Nervös, würde ich sagen. Und nicht besonders kooperativ. Erst als ich sie mit der Aussage des Wirtschaftsprüfers konfrontiert habe, konnte sie sich an die Aktenkoffer ihres Chefs erinnern.»

«Danke, gute Arbeit, Champion.»

Vincent ging hinaus, Anna folgte ihm. Auf dem Flur berührte sie kurz seinen Arm. «Ich muss dir was sagen.»

«Was denn, Anna?»

«Thann …»

«Was ist mit ihm?»

«Er hat mich quasi aufgefordert, mich für den Leitungsposten zu bewerben.»

«Mach's. Warum solltest du nicht das Zeug dazu haben?»

«Aber das geht doch nicht!»

«Wieso?»

«Es ist deine Stelle.»

Vincent fragte sich, ob sie wirklich Skrupel hatte. «Konkurrenz belebt das Geschäft.»

«Ich weiß nicht recht.»

«Du hast nur Angst, unsere Wette zu verlieren, stimmt's?»

24

Mit geringer Verspätung fand sich Vincent im Büro des Kripochefs ein. Benedikt Engel residierte in der ersten Etage, auf dem gleichen Flur wie der Polizeipräsident. Der Saal für die Pressekonferenz lag nur ein paar Türen weiter.

Die anderen waren bereits da: Inspektionsleiter Thann, Markus Braun, der Sprecher der Behörde, eine Praktikantin der Pressestelle und Martin Kilian, als Staatsanwalt Herr des Verfahrens. Sie alle standen am Fenster und schauten hinaus.

Der Innenhof war für die Übertragungswagen der verschiedenen Radio- und Fernsehstationen frei geräumt worden, acht große Transporter, die meisten davon mit Satellitenschüsseln. Braun zählte auf, welche Sender live berichten würden. Vincent hätte es sich denken können, aber erst jetzt wurde ihm bewusst, welche Bedeutung die gesamte Republik dem überraschenden Tod des nordrhein-westfälischen Ministerpräsidenten zumaß – auch wenn es für viele nur der Kitzel einer unerhörten Sensation sein mochte.

«Worauf warten wir?», fragte Vincent.

«Schindhelm», antwortete Braun.

Engel blickte auf seine Uhr, ein großes, klobiges Ding. «Der Innenminister hat dem Papst offenbar eine Menge zu sagen.»

«Je nachdem, wie die Wahl am Sonntag ausgeht», sagte Braun, «wackelt womöglich sogar der Stuhl der Kanzlerin.»

«Und für wie sicher halten Sie Ihren?», fragte Thann und fegte Schuppen von seiner Jacke.

«Ich bin nur A13 und komme mit jedem Behördenleiter zurecht.»

Engel zupfte die Manschette über seine Uhr. Weißes, eng sitzendes Hemd zur schwarzen, gut geschnittenen Anzughose – der Typ hätte den adligen Gestütsbesitzer in einer Rosamunde-Pilcher-Verfilmung spielen können, fand Vincent. Einst hatte Engel das KK11 geleitet, lange her. Mit Ela Bach war er per Du gewesen. Ob es vielleicht doch stimmte, dass Dominik Roth dem Kripochef Interna aus der Dienststelle zutrug?

«Ich brauche mehr Leute», sagte Vincent.

Thann verdrehte die Augen. «Wie oft soll ich es Ihnen noch sagen? Jeder Dienststellenleiter hätte gern mehr Personal. Ich kann die Leute nicht herbeizaubern. Wenn Sie auf Zack sind, kommen Sie auch so zurecht, nicht wahr?»

Vincent sah Kilian an, doch der zuckte nur mit den Schultern.

«Und sollten wir etwa in der Presse lesen», fuhr Thann fort, «dass Ihre Kommission zu schwach bestückt ist, dann bringen wir Ihnen bei, was ‹Karriereknick› bedeutet, Herr Veih.» Der Inspektionsleiter bedachte ihn mit einem bohrenden Blick.

Die Tür ging auf, Polizeipräsident Schindhelm segelte herein, ein korpulenter Mittfünfziger im dreiteiligen Anzug, der auf Vincent wie so oft den Eindruck machte, als sei er in Gedanken ganz weit weg. Ein maskenhaftes Lächeln, kein Gruß, stocksteife Haltung.

«Dann wollen wir mal die Marschrichtung für die verdammte Pressekonferenz festlegen», begann Engel, während sie sich an den Besprechungstisch setzten. «Herr Kilian?»

«Über die Bedeutung des Falls muss ich kein Wort mehr verlieren», sagte der Staatsanwalt. «Bringen Sie uns auf den neuesten Stand, Herr Veih.»

Vincent fasste die Ergebnisse der letzten Stunden zusammen und erklärte, welches Bild sich daraus ergab.

«Also zweifelsfrei ein Tötungsdelikt?», fragte Engel.

«Wir ermitteln gegen Unbekannt wegen Fremdverschulden. Die Version mit dem Unfall können wir abhaken.»

Engel und Thann wechselten Blicke mit dem Polizeipräsidenten, der kaum eine Regung zeigte.

«Erst die Abhöraffäre, jetzt das noch!», sagte Braun.

«Castorp hat sogar im eigenen Haus Kameras anbringen lassen und konnte online seine Frau observieren.»

«Mein Gott», entfuhr es Thann.

«Weiß sie das schon?», fragte der Polizeipräsident.

Vincent schüttelte den Kopf. «Haben wir eben erst entdeckt.»

«Dann machen wir das auf keinen Fall zum Thema. Frau Castorp soll es nicht durch die Medien erfahren.»

Thann und Braun nickten synchron.

«Was noch?»

Vincent warf dem Präsidenten einen kurzen Blick zu. «In Osterkamps Wohnung …»

«Diesen Namen muss die Presse auch nicht unter die Nase gerieben bekommen. Meinen Sie nicht auch, Herr Staatsanwalt?»

Kilian nickte.

Vincent fing noch einmal an. «Also in der Wohnung des Unternehmers, dessen Namen wir nicht nennen dürfen, fehlen zwei Aktenkoffer. Castorp hatte sie bei sich, als er aus der Schweiz zurückkehrte. Vielleicht haben sie die Einbrecher mitgehen lassen.»

«Inhalt?», fragte Engel.

«Kennen wir nicht. Und dann hat mich noch ein Typ aus Berlin angerufen und im Namen der Bundeskanzlerin seine Mitarbeit angeboten.»

«Brennecke oder so? Dann ist der Ihnen also auch schon auf den Geist gegangen. Ich frag mich nur, woher der unsere

Durchwahlnummern hat.» Engel wandte den Blick zum Inspektionsleiter.

«Was schaust du mich an?», empörte sich Thann und zeigte seine Handflächen.

Polizeipräsident Schindhelm hakte die Daumen in die Armlöcher seiner Weste. «Das Kanzleramt hat naturgemäß ein vitales Interesse an dem Fall.» Er räusperte sich. «Können wir nicht vorerst an der Unfallthese festhalten?»

Schweigen im Raum.

«Aber …», setzte Vincent zum Widerspruch an.

«Es ist niemandem gedient, wenn alle Welt über Walter Castorp spekuliert. Der Mann kandidiert ohnehin nicht mehr.»

«Sie meinen, es wäre Ihrer Partei und Innenminister Driesbach nicht gedient.»

«Herr Veih!», mahnte Thann.

«Ohne mich», beharrte Vincent.

Schindhelm blickte seinen Sprecher an.

«Um ehrlich zu sein», begann Braun, «ich fürchte, die Medien würden daraus den nächsten Skandal stricken, sobald herauskommt, dass wir ihnen nicht die ganze Wahrheit erzählt haben.»

«Würde es herauskommen?»

«Früher oder später.»

Kilian sagte: «Ich plädiere ebenfalls dafür, der Öffentlichkeit reinen Wein einzuschenken.»

Schindhelm schnaufte und griff sich an den Krawattenknoten. «Können wir wenigstens das M-Wort vermeiden?»

«Was halten Sie von ‹Verdacht auf Fremdverschulden›? Das wäre sozusagen der Oberbegriff von Mord, Totschlag und Körperverletzung mit Todesfolge.»

«Darunter geht es wirklich nicht?»

Kilian blickte Vincent an.

Vincent schüttelte den Kopf.

Wieder war es still. Pressesprecher Braun sah auf die Uhr. «Wir sollten allmählich.»

Alle standen auf, Schindhelm wandte sich dem Inspektionsleiter zu. «Sie sitzen nicht mit auf dem Podium. Ich kann mir den Auftritt nicht nehmen lassen, und fünf Beamte reichen völlig aus, um die Geier zu füttern.»

«Natürlich», antwortete Thann und kniff die Lippen zusammen. Vincent musste daran denken, dass dieser Idiot Anna Winkler gegen ihn aufgehetzt hatte.

Engel öffnete einen Schrank, nahm ein Sakko vom Bügel und zog es sich über.

Der Polizeipräsident legte die Hand auf die Türklinke. «Scheißtag», brummte er. «Muss denn immer alles zugleich auf einen hereinprasseln?»

Am Eingang stauten sich die Journalisten. Längst nicht alle fanden einen Sitzplatz, obwohl sämtliche Tische entfernt worden waren und der Saal mit Stühlen restlos vollgestellt war. Einen solchen Andrang hatte Vincent hier noch nie erlebt.

Schindhelm bahnte sich den Weg durch den Mittelgang. Vincent, Engel, Kilian und der Pressesprecher folgten. Sie nahmen Platz, Vincent eingekeilt zwischen dem Präsidenten und dem Kripochef.

In den Reihen vor ihm entdeckte er den Reporter, der ihn gestern auf der Baustelle angesprochen hatte. Daneben weitere Journalisten, mit denen er in anderen Fällen zu tun gehabt hatte – nicht immer war sein Verhältnis zu den Medien reibungslos gewesen.

Vincent spürte, wie ihn die Nervosität überkam. Ein Auftritt in vorderster Reihe war neu für ihn, bisher hatte das Ela Bach übernommen.

Kripochef Engel neigte seinen Kopf und zwinkerte: «Das ist Ihre Show, Herr Veih.»

Erste Blitzlichter. Auch die Praktikantin des Pressesprechers fotografierte – für die interne Dokumentation. Es ging los, Tonleute reckten ihre Mikros zu den Saallautsprechern, rote Lämpchen erglommen an den Fernsehkameras, Live-Übertragung auf mehreren Sendern in die Wohnzimmer der Republik.

«Mein Gott, Veih, enttäuschen Sie uns nicht», murmelte Schindhelm. «Machen Sie diesen Randalierer vergessen, den alle jetzt als Märtyrer hinstellen.» Er befingerte noch einmal seine Krawatte. «Möge uns der tote Landesvater beistehen.»

Markus Braun drückte den Knopf an seinem Tischmikro, tippte zum Test gegen die Membran, begrüßte die Medienvertreter und stellte die Beamten auf dem Podium vor. Vincent hörte seinen Namen, sein Herz pochte noch heftiger.

Ihm ging durch den Kopf, wer jetzt wahrscheinlich vor dem Fernseher saß: Simone Castorp, die Witwe. Carmen Markowitz, die letzte Geliebte. Baulöwe Hartmut Osterkamp. Der Innenminister. Die Spitzenkandidatin der Opposition. Allerlei Wahlkampfstrategen, Abgeordnete und ihre Helfer.

Und dieser Brennecke, der aus Berlin angerufen hatte.

Womöglich sogar die Kanzlerin.

Einige Leute haben mehr zu befürchten als ich, dachte Vincent und fühlte sich plötzlich ganz entspannt.

25

▼

«Gut gemacht», lobte Braun, der Pressesprecher, als alle aufbrachen.

Vincent schaltete sein Handy wieder ein. Die Journalisten

stauten sich am Ausgang des Saals, auf dem Podium steckten Kripochef Engel und Polizeipräsident Schindhelm die Köpfe zusammen.

Vincents Handy, Felix May war dran.

«Wir haben Castorps Waffenbesitzkarte. Darin ist eine Ceska eingetragen, eine CZ-75. Passt zu dem Geschoss, das ihr gefunden habt.»

«Was ist eigentlich mit Castorps Handy?»

«Eine ellenlange Anrufliste. Seine Frau, die Staatskanzlei, Ministerien, Landtag, die CDU-Zentrale an der Wasserstraße und diverse Nummern in Berlin. Noch haben wir nicht alles überprüft, aber bislang nichts Ungewöhnliches gefunden.»

«Danke.»

«Ach ja, und das Knöllchen. Börsenstraße 18, da residiert eine Bank. Gleich um die Ecke liegt die Bahnhofstraße, die wichtigste Einkaufsstraße Mitteleuropas. Luxusboutiquen, Restaurants. Wenn du mich fragst, war Castorp mit seiner Mieze shoppen.»

«Haben wir die Uhrzeit?»

«Dank der Schweizer Präzision auf die Minute genau.»

«Wir müssen Markowitz noch einmal fragen. Schick Dominik hin.»

«Unseren Neuling? Warum nicht Bruno?»

«Dominik hat für sein Alter ein gutes Gespür, glaub mir. Der Champion soll sich weiter um Castorps Laptop kümmern.»

«Wie du meinst, Chef.»

Vincent sagte leise, aber mit Nachdruck: «Wie oft habe ich dir schon gesagt, dass du mich nicht …»

Aufgelegt.

Markus Braun sprach ihn wieder an. «Da ist eine Dame vom Fernsehen, die gerne noch ein Interview hätte. Draußen auf dem Parkplatz, unser Gebäude im Hintergrund. Du hast doch nichts dagegen?»

«Mit mir?»

«Klar, du wirkst kompetent und authentisch, die Leute mögen das.» Braun zog einen Mundwinkel hoch, ein halbes Lächeln. «Die Obermuftis wissen schon, warum sie dich zum Nachfolger von Ela Bach gemacht haben.»

Vincent warf einen Blick hinüber zu Schindhelm, der ein Handy am Ohr hatte, mehr zuhörte als sprach und in Weste und Sakko sichtlich schwitzte. Sie hatten der Presse gegenüber das M-Wort vermieden und nur allgemein von einem Tötungsdelikt gesprochen. Trotzdem würde morgen in allen Zeitungen von Mord die Rede sein, dessen war sich Vincent sicher. Die Sensation war perfekt und stellte den bisherigen Castorp-Skandal in den Schatten.

Der Polizeipräsident hatte sein Telefonat beendet. Auf seinem Weg zum Ausgang kam er an Vincent vorbei. Ausgestreckter Zeigefinger. «Ich baue auf Sie, Herr Veih.»

«Danke», antwortete Vincent, weil ihm nichts anderes einfiel.

Schindhelm lockerte seine Krawatte. «Dieser brutale Mord an unserem Ministerpräsidenten muss so schnell wie möglich aufgeklärt werden.»

«Mord? Ich dachte, das M-Wort sei streng tabu!»

«Ach was, warum sollen wir die Tatsachen nicht klar und deutlich aussprechen? Unser Landesvater wurde das Opfer eines ruchlosen, mörderischen Überfalls.» Er wandte sich an seinen Sprecher. «Nicht wahr?»

«Natürlich», sagte Braun, als hätte nie eine andere Sprachregelung gegolten.

«Reden Sie also Klartext, Herr Veih, wenn Sie gleich vor die Kamera des WDR treten.»

«Ein Kurswechsel des Ministers?», fragte Vincent. «Sollen die Leute jetzt aus Mitleid mit Castorp die CDU wählen?»

Schindhelm drehte sich weg und verließ den Saal.

«Übertreib's nicht, Veih», sagte Braun leise.

«Saskia Baltes», stellte sich die Frau vor und gab Vincent die Hand. «WDR-Fernsehen.»

«Baltes?», fragte er. «Etwa verwandt mit Heiner Baltes, dem legendären Abwehrspieler von Fortuna Düsseldorf?»

Sie lachte und schüttelte den Kopf.

Der Kameramann ruderte mit den Armen. «Wenn Sie bitte dort … und du, Saskia, stellst dich hierhin …»

Vincent staunte, wie jung die *Dame vom Fernsehen* war. Wie ein Mädchen, mit dem man als Teenager ins Schwimmbad gegangen war und danach ein Eis essen. Musste man für ihren Job nicht studieren und eine mehrjährige Ausbildung machen? Ihr offener Blick gefiel ihm, das entwaffnende Lächeln, bei dem sich die Haut auf dem Nasenrücken kräuselte. Der schwarze Blazer spannte ein wenig. Babyspeck, dachte Vincent.

«Mikro im Bild», beschwerte sich der Kameramann.

Sein Assi senkte die Stange, an deren Ende ein riesiger Windschutz aus zotteligem Fell aufgepflanzt war.

Die Reporterin nickte dem Kollegen hinter der Kamera zu, dann stellte sie die erste Frage, die Augen in gespielter Neugier geweitet: «Was war Ihr erster Gedanke, als Sie am Tatort den toten Ministerpräsidenten erkannten?»

«Wir gehen bei unseren Ermittlungen stets gewissenhaft vor, egal, um welche Person es sich handelt. Sonst würde unsere Aufklärungsquote nicht bei annähernd einhundert Prozent liegen. Aber natürlich war mir sofort klar, dass im Fall Walter Castorp das öffentliche Interesse besonders groß sein würde. Deshalb ist mein Team von Anfang an mit äußerster Sorgfalt zu Werke gegangen.» Zwei Lügen in einer Antwort, dachte Vincent, ohne sich schlecht dabei zu fühlen.

Saskia Baltes nickte mehrfach. «Und so sind Sie schließlich auf Spuren gestoßen, die dem ersten Eindruck, es könnte sich um einen Unfall handeln, widersprachen?»

«Richtig.»

Sie zeigte wieder ihr Lächeln und erklärte, dass ein sendbarer O-Ton mehr umfassen müsse als nur ein Wort. Vincent begriff: Der WDR würde das Interview nicht in Gänze ausstrahlen, sondern nur ausgewählte Sätze, eingebaut in einen Beitrag. Die junge Frau stellte ihre Frage noch einmal.

«Wir glauben», antwortete Vincent, «dass Walter Castorp von einem oder mehreren Eindringlingen überfallen wurde. Nach Lage der Spuren wurde er niedergeschlagen und in ein Schwimmbecken geworfen, wo er ertrank.»

«Also Mord?»

Ein kurzes Nicken, Klartext reden. «Vorsatz kommt in Betracht, also ermitteln wir in einer Mordsache.»

Der Reporterin war Freude anzusehen, vermutlich war ihr klar, dass sie das M-Wort bis jetzt exklusiv hatte. «Können Sie ausschließen, dass die Tat einen politischen Hintergrund hat?»

«Nein, aber ich halte einen Terrorakt für wenig wahrscheinlich. Es gab weder Drohungen, noch hat sich jemand zu der Tat bekannt. Wir gehen von einem Einbruch aus, der aus dem Ruder lief. Das sieht auch der Generalbundesanwalt so, sonst hätte längst das Landes- oder Bundeskriminalamt die Ermittlungen übernommen.»

«Nein, ich dachte nicht an Terroristen. Könnte der Mord nicht eher mit dem Lauschangriff auf die Opposition in Zusammenhang stehen?»

Vincent spürte, wie ihm unwohl wurde. Er suchte nach einer Formulierung, die man nicht politisch ausschlachten konnte, und entschied sich für einen Standardsatz: «Dazu fehlt uns zur Stunde jeder Anhaltspunkt.»

«Aber in seiner letzten Pressekonferenz hat Walter Castorp sein Ehrenwort gegeben, mit den Abhörgeräten, die im Landtagsgebäude gefunden wurden, nichts zu tun zu haben. Er hat angedeutet, er sei hereingelegt worden. Für heute hatte er ursprünglich eine neue Pressekonferenz angekündigt. Glauben Sie denn nicht auch, dass jemand verhindern wollte, dass der Ministerpräsident seine Unschuld beweist?»

«An solchen Spekulationen möchte ich mich nicht beteiligen. Ich bitte um Verständnis.»

Offenbar sah Saskia Baltes ein, dass Vincent nicht gewillt war, sich aufs Glatteis führen zu lassen. Sie nickte dem Kameramann zu, der daraufhin sein Gerät vom Stativ nahm. Der Assistent begann, das Mikrophonkabel aufzuwickeln.

«Danke, Herr Veih», sagte die Reporterin und wollte sich abwenden.

«Darf ich Sie etwas fragen?», wollte Vincent wissen.

«Bitte.»

«Wie kommen Sie darauf, Castorp sei unschuldig an dem Lauschangriff?»

«Fakt ist, dass die Untersuchung des Falls nicht abgeschlossen ist und die Opposition ein Interesse hat, den Ministerpräsidenten als Bösewicht darzustellen.»

«Beides ist richtig. Aber das macht Castorp noch lange nicht zum unschuldigen Opfer. Ich dachte, Journalisten bemühten sich um Neutralität. Vielleicht bin ich etwas altmodisch.»

Der Ton der Reporterin wurde scharf: «Würden Sie von mir Ratschläge annehmen, wie Sie zu ermitteln haben?»

Vincent musste grinsen. «Natürlich nicht.»

«Sehen Sie. Sie tun Ihren Job, und ich mache meinen.» Das Schwimmbadmädchen hatte rote Wangen bekommen. Sie ließ Vincent stehen und bückte sich nach dem Stativ, um ihrem Team beim Tragen der Ausrüstung zu helfen.

Der Kameramann gab ihm die Hand, ein Schrank von Kerl mit grauem Vollbart. «Gut gemacht», sagte er, dann folgte er den anderen zu dem weißen Kombi mit dem blauen Logo.

26

▼

Vincent eilte zurück ins Gebäude. Dabei kontrollierte er sein Handy und bemerkte, dass er einen Anruf verpasst hatte. Dominik Roth. Vincent rief zurück.

«Was gibt's?», fragte er.

«Ich war noch einmal in der Staatskanzlei. Fehlanzeige. Die Referentin bleibt steif und fest dabei, dass sie keine Peilung hat, was Castorp an dem Nachmittag in Zürich wollte. Die Börsenstraße sagt ihr nichts, sie sei im Hotel geblieben. Ein gemeinsamer Shoppingausflug scheint demnach auszuscheiden.»

«Und die Koffer?»

«Gehörten auf der Hinfahrt noch nicht zum Gepäck. Castorp hat sie offenbar erst in der Schweiz erhalten.»

«Gute Arbeit, danke.»

Vincent betrat den Paternoster und wählte die Nummer des Pressesprechers.

«Hier Braun.»

«Markus, wir sollen den brutalen Mord so schnell wie möglich aufklären. Du warst dabei, als Schindhelm das gesagt hat.»

«Und jetzt willst du etwas von mir?»

«Hey, du denkst logisch, du solltest zur Kripo wechseln!»

«Schieß schon los.»

«Gestern hieß es in den Nachrichten, dass Journalisten den Ministerpräsidenten in der Schweiz erkannt hätten. Kriegst du heraus, wer das war? Wir müssen rekonstruieren, was Castorp dort im Einzelnen getrieben hat.»

«Ich ruf dich zurück.»

Zweiter Stock, der Flur des KK11. Vincent steuerte das Büro von Bruno Wegmann an.

Der Kollege saß noch immer vor Castorps Laptop, bearbeitete die Tastatur und fluchte.

«In welcher Gewichtsklasse hast du mal geboxt?», fragte Vincent.

«Halbschwergewicht und Schwergewicht, wieso?»

«Schlag das Teil bitte nicht k. o.»

«Haha», brummte Bruno.

Vincent setzte sich zu ihm. «Was hat dir der Kollege vom Einbruch über die Castorp-Affäre erzählt?»

Bruno gab einen kurzen Abriss der Geschichte: Die Opposition hatte irgendwann nach der Weihnachtspause einen anonymen Hinweis erhalten. Weil man die Vorwürfe zunächst für zu ungeheuerlich hielt, um sie ernst zu nehmen, dauerte es Wochen, bis man endlich die Büros auf versteckte Sender untersuchte und an mehreren Stellen fündig wurde: im Fraktionssaal, in den Räumen der Fraktionsvorsitzenden und ihres Stellvertreters. Die Betroffenen erstatteten Anzeige.

Der Verdacht fiel rasch auf einen Mitarbeiter im Stab des CDU-Wahlkampfleiters, der offiziell als Medienreferent eingestellt worden war und als Stratege perfider Schmutzkampagnen galt. Der Mann legte ein Geständnis ab und belastete den Ministerpräsidenten als unmittelbaren Anstifter. Als das an die Öffentlichkeit gelangte, wurde es sehr schnell eng für den Spitzenpolitiker, und trotz seiner Ehrenworterklärung vor einer Woche ließen ihn die eigenen Parteifreunde in Land und Bund fallen wie eine heiße Kartoffel.

«Was ist der Unterschied zwischen einem Theater und der Landesregierung?», fragte Bruno und lieferte selbst die Antwort: «Im Theater sind die Schauspieler besser …»

«Werden aber schlechter bezahlt.»

«Warum kannst du mir nicht die Pointe überlassen?»

«Der Witz hat Patina angesetzt, Bruno, den kenne sogar ich.» Vincent wies auf den Laptop. «Was ist mit Castorps E-Mail-Korrespondenz?»

«Da komme ich nicht ran. Passwortgeschützt. Sorry, hab alles versucht. Was ich dir zeigen kann, sind ein paar pikante Privatfilmchen, die Castorp mit den Minikameras in seinem Haus in Bochum aufgenommen hat.» Er leckte sich die Lippen. «Willste mal sehen?»

«Gibt es Aufnahmen von den Wanzen im Landtag?»

«Nein.»

«Sollte man aber erwarten können, oder?»

«Vielleicht auf einem anderen Rechner. Castorp verfügt über mehrere Büros.» Bruno nahm beim Aufzählen die Finger zu Hilfe. «Landtag, Staatskanzlei, die Zentrale der Landespartei, zu Hause in Bochum. Und vermutlich hat er überall einen Computer.»

«Hat das KK14 sich die noch nicht besorgt?»

«Nein.»

«Dann sollten wir es tun.»

«Dafür brauchen wir mehr Leute.»

«Ich weiß. Die Behördenleitung verwehrt mir jede Verstärkung. Schindhelm sagt, wir sollen Dampf machen, aber ich glaube, er meint das Gegenteil. Und die Staatsanwaltschaft wird vom Justizministerium ausgebremst.»

«Leg dich nicht mit der Politik an, Vincent. Da ziehst du nur den Kürzeren.»

«Eine Frage, Bruno. Früher, als du im Ring standest …»

«Ich war nur Amateur. Mein Ausgleichssport zum Dienst auf der Straße, bis meine Pumpe zu morsch dafür wurde.»

«Wie bist du deinen Gegnern begegnet?»

«Hab auf sie eingedroschen.»

«Ich meine, hattest du Angst?»

«Nicht im Ring. Dass sie dir wehtun, musst du ausblenden, wenn du vorhast zu gewinnen.»

«Genau das wollte ich von dir hören.»

Vincent griff nach Brunos Telefon, wählte die Nummer der Staatsanwaltschaft und ließ sich mit Martin Kilian verbinden.

Er hatte vor zu gewinnen.

27

▼

Auf seinem Schreibtisch fand Vincent ein Dossier, das Anna über Walter Castorp verfasst und ihm hingelegt hatte. Vincent nahm Platz. Die ersten Seiten waren Listen: Jahreszahlen, Orte und Ämter.

Walter Rudolf Castorp, geboren 1966 in Bochum. Studium der Rechtswissenschaft in Münster und Heidelberg. Mitglied einer nichtschlagenden Studentenverbindung mit kompliziertem Namen. 1992 hatte Castorp das Referendariat mit dem zweiten Staatsexamen beendet, promoviert und die Zulassung als Anwalt erworben, war aber nicht in diesen Beruf eingestiegen – seine Politkarriere befand sich schon in vollem Gang: 1986 Bundesvorsitzender der Jungen Union, ab 1994 Mitglied des Bundestags, seit 2004 im Vorstand seiner Partei.

Im selben Jahr wurde er zum Schatzmeister der CDU gewählt. Dieses Amt gab er 2008 ab, als er erstmals im nordrhein-westfälischen Landtagswahlkampf als Spitzenkandidat antrat und überraschend klar gewann. In der Folge wurde er Landesvorsitzender der Partei, saß kurz darauf im Bundespräsidium und fungierte seit zwei Jahren als stellvertretender Bundesvorsitzender.

1991 hatte Castorp seine Verlobte Simone Korn geheiratet. Vincent dachte an Castorps Ruf als Frauenheld und fragte sich, was die Eheleute verbunden hatte. Bekanntlich gab es Paare, die nur zusammen waren, um den Medien ein gefälliges Image zu bieten. Aber hielt so etwas mehr als zwei Jahrzehnte?

Die Liste ging schier endlos weiter: Mitgliedschaften, Ehrenämter, Funktionen in wirtschaftsnahen Beiräten und Kuratorien. Anna hatte etliche Zeitungsberichte ausgedruckt, auf die sie im Internet gestoßen war. Vincent holte sich bei Nora noch einen Kaffee, dann setzte er die Lektüre fort.

Einerseits hatte Castorps Nähe zu Bankern und Bossen für allerlei Gerede gesorgt. Gemeinsame Urlaube, Jagdausflüge in die Karpaten, ein Privatkredit für den Erwerb seiner Villa in Bochum – der von der Opposition geschürte Verdacht, dass Castorps politische Entscheidungen nicht unabhängig gefällt worden seien, hatte immer wieder mit einigem Aufwand dementiert werden müssen. Andererseits hatte Castorp aufgrund seiner direkten, hemdsärmeligen Art als so populär gegolten, dass ihm bis vor einer guten Woche die Wiederwahl so gut wie sicher schien. Insider hatten ihn gar zum Kronprinzen der Kanzlerin stilisiert. Sicher war: Der Mann hatte polarisiert, die Öffentlichkeit wie auch die eigenen Reihen.

Zur Wanzenaffäre hatte Anna offenbar nicht mehr zusammentragen können, als Vincent bereits wusste. Ein paar Bemerkungen zu Carmen Markowitz: In den Fluren der Oppositionsfraktion witzelte man über die «Monica Lewinsky» des Ministerpräsidenten. Böse Zungen tuschelten über eine angebliche Rotlichtvergangenheit der Referentin. Vincent las die

Namen einiger Frauen, die angeblich vor Markowitz das Bett mit Castorp geteilt hatten: eine Journalistin, die Pressesprecherin einer Versicherung, Mitarbeiterinnen der Partei und der Staatskanzlei. Auch wenn Vincent nicht vermutete, dass eine von ihnen hinter dem Mord steckte, würde er sich darum kümmern müssen.

Das Telefon. Vincent schob das Dossier zur Seite, rieb sich die Augen, hob ab.

Kripochef Engel. «Haben Sie eine Krawatte?»

«Ja.»

«Heute Abend um halb neun im *Gekko's*. Sie wissen, wo das ist?»

«Ja.»

«Wir beide werden die Polizeibehörde repräsentieren. Habe ich Ihnen eigentlich schon gesagt, dass Sie auf der Pressekonferenz eine recht passable Figur gemacht haben?»

«Um was geht es?»

«Die Einweihung einer Stiftung. Irgendetwas mit Demokratie und Gedöns.»

«Warum ich?»

«Verdammt, Veih, jetzt zieren Sie sich nicht. Es wird Gutes getan, und wir spenden Applaus. Außerdem gibt es etwas zu essen.»

«Ich weiß nicht recht.»

«Ersparen Sie mir die dienstliche Anweisung.»

«Na gut.»

«Großartig, Veih. Der Meister der knappen Antworten. Dem Papst haben Sie heute mehr als nur Ja und Amen gesagt. Hat mir ebenfalls gut gefallen. Also bis dann!»

Vincent legte auf. Er wusste nicht recht, woran er mit dem Kripochef und dessen seltsamer Einladung war.

Wieder klingelte das Telefon.

Diesmal war es Felix May. «Hör mal, die Fingerspuren im Penthouse.»

«Und?»

«Fabris Leute haben alles abgeglichen. Bis auf eine Spur stammen alle von Castorp, seiner Referentin, der Putzfrau, Osterkamp oder dessen Ehefrau.»

«Und die eine Spur?»

«Halt dich fest, Vincent. Ein Treffer im AFIS.»

Die Abkürzung bezeichnete die Datenbank des Bundeskriminalamts, in der jeder gespeichert war, der in den letzten zwanzig Jahren in Deutschland erkennungsdienstlich behandelt worden war.

«Also ein Kunde?»

«Richtig. Ein gewisser Roland Körber, Fahrer in der Staatskanzlei. Hat in den Neunzigern wegen Urkundenfälschung gesessen.»

«Schon eine Weile her.»

«Ja, aber vor ein paar Jahren hat er noch einmal vor Gericht gestanden, weil er alte Meister gefälscht hat. Er hat behauptet, dass er die Bilder nie als Originale ausgegeben hätte, und kam damit durch. Ein gerissener Bursche. Weiß der Geier, warum die Staatskanzlei so einen windigen Typen beschäftigt.»

«Du meinst, noch windiger als Castorp?»

«Er sollte uns zumindest erklären, was er in dem Penthouse zu suchen hatte.»

«Du hast recht, Felix. Lass uns Körber auf den Zahn fühlen.»

Den Rest des Nachmittags verbrachte Vincent am Telefon, in Besprechungen und E-Mails schreibend vor dem Bildschirm. Ein Kollege ging morgen in Elternzeit. Ein anderer fuhr zu einer Fortbildung, zwei waren seit Tagen krank, eine war in Urlaub – ganze fünf Leute hatte Vincent für den Fall Castorp noch zur Verfügung. Eigentlich ein Ding der Unmöglichkeit. Er konnte nur hoffen, dass ihm die kommenden Tage keine neuen unklaren Leichensachen bescheren würden.

Zuletzt ging Vincent zu Felix, um mit ihm die letzten Notizen und Protokolle durchzugehen. Er berichtete ihm von seinem Plan, Castorps Büros zu durchsuchen. Noch hatte sich Staatsanwalt Kilian nicht zurückgemeldet.

Auch über Roland Körber, den Exfälscher und Fahrer der Staatskanzlei, gab es noch nichts Neues.

«Die Kollegen haben unter seiner Adresse nur die Ehefrau angetroffen», erklärte Felix. «Sie tut, als sei sie besorgt um ihren Mann, und behauptet, nicht zu wissen, wo er sich herumtreibt. Mit dem Kerl sind wir ganz nah dran. Ich hab's im Urin.»

«Vielleicht ist er auch ein berechtigter Spurenverursacher, und es gibt eine ganz einfache Erklärung.»

«Manchmal glaube ich, du widersprichst mir aus Prinzip. Hab ich recht, Chef?»

«Wo genau wurden Körbers Fingerspuren entdeckt?»

Felix zog die Akte zurate. «Auf zwei Medikamentenschachteln. Xanax, zwei Milligramm, jeweils die Hunderterpackung. Eine davon war noch nicht angebrochen.»

«Was ist das für ein Mittel?»

«Gehört zur Familie der Benzodiazepine. Wird bei Angststörungen verschrieben. Beruhigt und entspannt.»

«Hunderterpackung? Macht das Zeug nicht süchtig?»

«Worauf du einen lassen kannst. Und zwei Milligramm sind die größte Dosis auf dem Markt. Fabris Leute haben die Schachteln in der Küche eingetütet, Castorps Fingerspuren waren auch darauf.»

Ein medikamentenabhängiger Ministerpräsident. Ein Fahrer, der in das Penthouse eindrang. Vincent besah sich die beiden Fotos, die Felix aufgetrieben hatte. Das eine war älter und stammte aus Körbers Kriminalakte, das andere war halbwegs aktuell, die Ehefrau hatte es ausgehändigt. Vincent studierte das rote Gesicht. Im Lauf der Jahre waren die Wangen schlaffer geworden, der Walrossbart grau.

Der Mann war zweiundfünfzig und gelernter Fotogravurzeichner – ein Beruf, der längst ausgestorben war.

Roland Körber, was hast du im Penthouse getan?

28

▼

Im Präsidium war Ruhe eingekehrt, nur bei den Kollegen der Kriminalwache sowie in der Polizeiwache Bilk, die im Trakt neben dem Eingang untergebracht war, war rund um die Uhr Betrieb.

Vincent beschloss, Feierabend zu machen und als Erstes seine Wohnung aufzusuchen. Schon nach einer Nacht in dem fremden Apartment vermisste er viele Dinge, die sonst zu seinem Alltag gehörten. Seinen MP3-Player mit der Musik, die er zum Sport hörte, ein paar Romane für schlaflose Stunden. Nützlichen Kram wie Zahnseide und Sonnenbrille – beim gestrigen Packen hatte ihm jeder Plan gefehlt.

Vielleicht würde er Nina treffen, die jetzt ebenfalls Feierabend hatte. Vielleicht war sie das Versteckspiel leid.

Während der Fahrt durch die Innenstadt zappte Vincent durch die Radiokanäle, bis er auf einen Bericht über Castorp stieß. O-Töne von der Pressekonferenz, Vincent erkannte seine eigene Stimme kaum – sie klang seltsam fremd aus den Lautsprechern.

Ein Kommentator spekulierte über den Wahlausgang. Die Opposition hatte in Umfragen mächtig aufgeholt und lag gleichauf mit der Regierungspartei. Doch Castorps Tod hatte alle Zahlen schon wieder obsolet gemacht.

Vincent erreichte die Gneisenaustraße und ließ sein Auto in zweiter Reihe stehen – erfahrungsgemäß waren die Knöllchenschreiber vom Ordnungsamt um diese Uhrzeit nicht mehr unterwegs. Während er die Treppe hochstieg, musste er an seinen Krach mit Nina denken. Im Geiste spielte er durch, was er ihr sagen würde, falls sie zurückgekehrt war.

Die Eingangstür war verriegelt. Post und Zeitung lagen unter dem Schlitz im Flur. Keinerlei Anzeichen, dass Nina seit gestern Morgen hier gewesen war. Sie übernachtet immer noch bei ihrer Kollegin aus dem Krankenhaus, folgerte Vincent.

Oder wo auch immer.

In der Küche fand er einen Stoffbeutel, in den er alles packte, was ihm auf die Schnelle in den Sinn kam. Fast hätte er die Krawatte vergessen. Rasch blätterte er die Post durch, nahm die Zeitung mit und fuhr wieder los.

Ein Zwischenstopp in einem Supermarkt. Mineralwasser, ein paar Flaschen Bier, spanische Erdbeeren, etwas Käse zum Frühstück.

Nina ging ihm nicht aus dem Kopf. Am Samstagnachmittag vor sechs Wochen hatte er versehentlich den Brief dieses Anwalts geöffnet, der an Nina adressiert gewesen war. Vincent hatte geglaubt, der Umschlag enthalte eine banale Rechnung. Stattdessen hatten ein paar handschriftliche Zeilen sein Leben auf den Kopf gestellt.

Seine Freundin hatte sich in Gedanken sicher schon länger von ihm gelöst. Warum sonst hätte sie sich mit diesem Typen eingelassen? Es hatte eine Zeit gegeben, als diese Entwicklung undenkbar schien. Gab es einen Weg dahin zurück?

Vincent schloss sein Auto ab, ignorierte den Aufzug, nahm die Treppe im Laufschritt. *Park-View*, vierter Stock. Vincent schloss die Tür zu seinem geborgten Domizil auf und stellte fest, dass ihm das Alleinsein in diesen vier Wänden ebenso wenig gefiel wie in den eigenen.

Er packte die Einkäufe in den übergroßen Kühlschrank aus Edelstahl. Dann trat er auf die Terrasse, blickte in die Baumkronen der Grünanlage und versuchte, zu entspannen. Es war ruhig hier, aber auf Dauer wäre das nichts für ihn. Ihm fehlte die Urbanität seines Lieblingsstadtteils, die Läden in unmittelbarer Nähe, die Kneipen und Restaurants.

Er schlüpfte in seine Laufklamotten, legte sämtliche Gewichte an, steckte die Ohrstöpsel des MP3-Players in den Gehörgang und absolvierte die gleiche Runde wie gestern.

Bei seiner Rückkehr war er müde und ausgepowert, sein Puls brauchte viel zu lange, um sich zu beruhigen. Schlechte Zeit, fünfundvierzig Minuten. Er baute ab, statt schneller zu werden, es ärgerte ihn. Ich brauche Schlaf, dachte er, und wenn's nur für eine Stunde ist.

Vincent schloss das Handy an das Ladegerät, stellte die Alarmfunktion auf zwanzig Uhr und legte sich ins Bett. Rasch war er weggedämmert.

Ein Schnarren und Surren weckte ihn, wie von einer Hornisse. Er war sich sofort sicher, dass er nicht lange geschlafen hatte. Er setzte sich auf und lauschte. Jemand machte sich an der Tür des Apartments zu schaffen, offenbar mit einem Elektropick.

Rasch streifte er Hose und Hemd über und postierte sich hinter der Zimmertür.

Ein leises Klacken, das Schloss war geöffnet.

Ein Schlurfen. Die Eingangstür fiel wieder ins Schloss. Schritte im Flur. Vincent wich zurück. Das Parkett knarrte unter seinen Füßen.

«Vinnie?»

Ingo Ritters Stimme. Vincent trat aus seinem Versteck.

«Um ein Haar hättest du mich nervös gemacht», sagte er. «Hast du denn keinen Schlüssel?»

«Den hab ich dir gegeben. Ich dachte, du wärst noch in der Festung und arbeitest an deinem Fall.» Ingo stellte einen Karton auf dem Boden ab, streifte sich mit beiden Händen die langen Haare hinter die Ohren, dann packte er aus. Ein kleines, flaches Fernsehgerät. «Ich hab dir angemerkt, dass du dich ohne Glotze nicht wohlfühlst.»

Vincent fiel die Frau vom WDR ein. «Weißt du, wann die *Aktuelle Stunde* anfängt?»

«Shit, ey, was hab ich gesagt!» Ingo blickte auf seine Uhr, goldenes Gehäuse. «In ein paar Minuten, glaube ich.»

Der Fernseher war fabrikneu, die Kabel steckten noch in transparenten Plastiksäckchen. Ingo schloss das Gerät an. Weil er fürchtete, dass der Fuß Kratzer auf der antiken Kommode hinterlassen könnte, ließ er es auf dem Boden stehen. Zuerst reagierte es nicht auf die Fernbedienung, dann entdeckte Ingo den versteckten Netzschalter am Rahmen des Bildschirms.

Sie setzten sich auf den Teppich, bunte Seidenkissen vom Sofa als Unterlage. Ein Moderatorenpärchen begrüßte die Zuschauer, machte ernste Mienen und vermeldete den Tod des Ministerpräsidenten. *Die Polizei ermittelt wegen Mordes.*

«Jetzt ist es raus», kommentierte Ingo.

Der Beitrag begann mit alten Bildern, auf denen ein energischer Walter Castorp die Treppe einer Bühne erklomm. Eine Rede im Freien, Wahlkampfauftritt. Am unteren Rand schob sich ein weißes Band ins Bild, Schrift erschien. *Bericht: Saskia Baltes.*

Vincent konzentrierte sich. Natürlich hatte die Reporterin ihren Text auf Sensation gebürstet und trug dick auf, lieferte aber keine Falschinformation.

Er sah sich selbst vor der Festung stehen, Wind verwirbelte seine Frisur. Ich hätte das Sakko zuknöpfen sollen, dachte Vincent. Und weniger verbissen gucken.

Natürlich war mir sofort klar, dass im Fall Walter Castorp das öffentliche Interesse besonders groß sein würde. Deshalb ist mein Team von Anfang an mit äußerster Sorgfalt an die Sache gegangen.

Eine andere Pressekonferenz, vor einigen Tagen: Castorp beteuerte seine Unschuld am Abhörskandal.

Über meine eidesstattliche Versicherung hinaus gebe ich Ihnen, den Bürgerinnen und Bürgern Nordrhein-Westfalens und der gesamten deutschen Öffentlichkeit, mein Ehrenwort, ich wiederhole: mein Ehrenwort …

Der Flughafen Zürich, die Innenstadt, Passanten, der See. Falsche Jahreszeit, stellte Vincent fest. Der weiße Balken mit Schrift: *Archivbilder.* Der Rheinfall bei Schaffhausen, der schäumende Fluss und ein grün bewachsener Felsen mit Schweizer Fahne. Dann wieder ein zerknitterter Vincent Veih, von unten drängte der zottelige Windschutz ins Bild.

Nach Lage der Spuren wurde er niedergeschlagen und in ein Schwimmbecken geworfen, wo er ertrank.

Also Mord?

Vorsatz kommt in Betracht, also ermitteln wir in einer Mordsache.

Zu Zeitlupenbildern eines strahlenden, von einem Podium winkenden Wahlkämpfers Walter Castorp erwähnte die Reporterin, dass dessen Ehrenwort-Versicherung auch von Parteifreunden angezweifelt, ja, mit Häme überschüttet worden war. Sein Rücktritt sei allgemein erwartet worden.

Zur Stunde hat die Polizei keinen Hinweis darauf, dass der Mord an Walter Castorp auf einen politischen Hintergrund zurückzuführen ist.

Schnitt auf die zwei Moderatoren im Studio. Die Frau kündigte einen Beitrag darüber an, wie die Parteienvertreter auf den überraschenden Tod des Ministerpräsidenten reagierten. Mehr oder weniger wichtige Landespolitiker sagten ernste Sätze in die Kamera. Oppositionsführerin Simoniak sprach von einem Schockmoment der deutschen Geschichte. Die Bundeskanzlerin drückte ihre Bestürzung aus und ihr Mitgefühl mit den Hinterbliebenen.

Dann eine Würdigung Castorps, sein Werdegang im Zeitraffer, eine glänzende Erfolgsstory: der junge Abgeordnete aus Bochum, Bundesschatzmeister seiner Partei, die Vereidigung als Ministerpräsident, Urlaub mit Ehefrau Simone auf einer Yacht, die RheinBank-Boss Dingendorff gehörte. Zuletzt ein Handshake mit der Kanzlerin, als deren möglicher Kronprinz er gegolten hatte – oder gefährlichster Rivale, je nach Blickwinkel.

Themenwechsel: Massenkarambolage auf der A3 bei Leverkusen. Vincent schaltete das Gerät aus. Beim Aufstehen pikste es im Knie. Ihm fiel Staatsanwalt Kilian ein, der wegen eines Meniskusschadens an keinem Lauf mehr teilnehmen konnte – schrecklicher Gedanke.

«Du führst die Ermittlungen selber?», fragte sein einstiger Kriminalwachen-Partner.

«Ja, und die Behördenleitung macht sich in die Hosen beim Gedanken, ich könnte noch vor dem Wahltag erfolgreich sein.»

«Vielleicht hat Castorp ein paar Mal zu oft den Austritt Griechenlands aus der Eurozone gefordert, und die Kanzlerin ließ ihn deshalb beseitigen.» Ingo grinste, als halte er seinen Scherz für gelungen.

«Du leitest jetzt also ausgerechnet das Kommissariat für Rauschgiftsachen.»

«Was willst du damit sagen?»

«Weißt du noch, wie wir als K-Wache gegen diesen Dealer ermittelt haben?»

«Wovon redest du?»

«Ich erinnere mich, dass du ganz scharf auf den Fall warst.»

«Ach, du meinst den Einsatz mit deiner alten Freundin.»

«In letzter Zeit muss ich immer wieder daran denken. Wie dieser Typ ...»

«Lass gut sein, Vinnie. Blümchen wollte es so.»

«Ich hab sie zum Mitmachen überredet.»

«Na und? Dadurch haben wir den Dealer gekriegt. Und noch so einiges. Gute Beurteilungen, Beförderungen. Das, was wir heute sind, Mann. Tina Blume hat es überlebt.»

«Was sie heute wohl treibt?»

«Keine Ahnung. Shit, ey, so genau willst du das gar nicht wissen. Denk nicht an Blümchen. Sie ist 'ne Nutte unter Tausenden. Macht die Beine breit. Kokst und knallt sich die Birne zu.» Ingo griff nach seinem Pullover. «Ich muss los. Entspann dich, Vinnie. Siehst müde aus. Guck ein bisschen Glotze. Wetten, dass es gleich wieder um deinen Fall gehen wird? Das Programm wird heute voll mit Castorp sein.»

Vor der Tür klatschten sie sich ab wie beste Kumpels, aber Vincent hatte das Gefühl, dass sich die Jahre zwischen sie gedrängt hatten.

29

▼

Der Klingelton seines Handys ließ Vincent zurück ins Zimmer eilen.

Er dachte an Nina, aber es war nicht ihre Stimme.

«Ich habe dich gerade in der *Aktuellen Stunde* gesehen.»

«Brigitte?»

«Du warst gut. Korrekt und eiskalt. Dein Opa wäre stolz auf dich gewesen.»

«Lass ihn bitte aus dem Spiel.»

«Warum sagst du eigentlich niemals ‹Mama› zu mir?»

«Vielleicht, weil das nicht zu einem Bullenschwein passt?»

«Tut mir leid wegen gestern. Narren und Mütter sagen nun einmal die Wahrheit.»

Und Betrunkene, vermutete Vincent. Nüchtern käme sie nie auf die Idee, ihn anzurufen.

«Sag, dass alles gut wird, mein Junge.»

«Was meinst du damit?»

«Einen dritten Prozess halte ich nicht aus. Ich geh nicht noch einmal in den Bau.»

«Was sagt dein Anwalt dazu?»

«Noch hab ich keinen.»

«Und der Anruf, als ich gestern bei dir war?»

Sie zögerte. «Das war Jens. Er wollte …»

«Jens? Jens Künzel? *Der* Jens Künzel?»

«Krieg dich ein, Vincent. Ninotschka meint, er sei zwar nicht auf Strafrecht spezialisiert, aber in seiner Kanzlei würde es jemanden geben, der sich damit auskennt.»

Wusste ich's doch, dachte Vincent. Nina und dieser Anwalt.

«Du bist doch auch im Strafrecht bewandert, Vincent. Wie schätzt du das ein?»

«Bitte?»

«Können sie mich drankriegen?»

«Höchstens, wenn es eine neue Zeugenaussage gibt, die dich wegen Mordes belastet. So wie damals nach der Wiedervereinigung, als deine Genossen ausgesagt haben, die sich …»

«Verräter! Scheiß-Kronzeugenregelung! Scheiß-Rachejustiz!»

«… in der DDR versteckt hatten.»

«Aber damals haben sie mir doch schon einen Nachschlag verpasst. Noch ein paar Jahre obendrauf!»

«Wegen Beihilfe, nicht wegen Mordes.»

«An alle, die gerade mithören: Ich habe nicht geschossen! Lasst mich endlich in Ruhe, ihr Schweine!» Vincent hörte, wie sie etwas trank. «Damit habe ich jetzt nicht dich gemeint, mein Junge.»

«Soll ich dir einen Anwalt besorgen?»

«Darum will sich Jens schon kümmern.»

Na wunderbar, dachte Vincent.

«Aber vielleicht möchtest du morgen zum Kaffee …»

«Keine Zeit, Brigitte. Du weißt doch.»

«Wegen Castorp, diesem korrupten Arsch? An alle, die zuhören: Er hat es wahrscheinlich verdient, aber ich habe damit ebenfalls nichts zu tun!»

Vincent redete noch eine Weile beruhigend auf sie ein, dann beendete er das Gespräch. Er starrte auf das Handy.

Er wählte Ninas Nummer und hörte anstelle des Freizeichens eine Ansage.

Nina Holsten. Bitte hinterlassen Sie Ihre Nachricht nach dem …

Er drückte die rote Taste. Es war besser so. Er war zu aufgewühlt, um die richtigen Worte zu finden. Fast im gleichen Moment begannen *The Clash* zu spielen.

Braun, der Pressesprecher, war dran. «Hab dich in der *Aktuellen Stunde* gesehen, Kollege Veih. Hast dich wacker geschlagen.»

«Die Tante wollte mich in eine bestimmte Richtung lenken.»

«Das wollen sie immer. Aber du bist nicht auf sie hereingefallen. Weder auf ihr hübsches Gesicht noch auf ihr schnuckeliges Dekolleté.»

«Was hast du herausgefunden?»

«Es gibt drei Quellen, laut denen Castorp in der Schweiz gesehen wurde. Der *Blitz*, der *Spiegel* und die *Morgenpost* haben das gemeldet.»

«Namen?»

«Du willst es wohl genau wissen.»

«Natürlich.»

«Ich melde mich.»

Nachdem Vincent das Gespräch beendet hatte, begann die Weckfunktion zu piepsen. In dreißig Minuten sollte er den Kripochef treffen. Vincent stellte sich unter die Dusche, rasierte sich und zog sich an. Er wischte die Schuhe blank, bis sie glänzten.

Im Treppenhaus erinnerte er sich an Engels Wortlaut. Er lief zurück und wühlte in dem Stoffbeutel, den er von zu Hause mitbracht hatte.

Die Krawatte – Vincent trat vor den Spiegel im Flur und band sie sich hastig um.

30

▼

Kameras, Blitzlichtgewitter – Vincent fühlte sich seltsam leicht, weil es nicht ihm galt. Er war froh, mit dem Kripochef weiter hinten im Publikum zu stehen.

Benedikt Engel trug seinen schwarzen Anzug mit weißem Einstecktuch und wirkte, als sei er einer Modeanzeige entstiegen. Neben ihm kam sich Vincent wie ein Penner vor. Das Sakko, das er seit Tagen trug, war verknautscht, und der Schlips riss es nicht raus – er passte farblich nicht.

Vorne hörte Hartmut Osterkamp nicht auf zu strahlen, als

er einem dicken Herrn mit weißem Haar und schlechten Zähnen die riesige Attrappe eines Schecks in die Hände drückte. Der Weißhaarige machte abseits des Mikrophons eine Bemerkung, die Vincent nicht verstand.

Gelächter, Applaus.

Tische mit Architekturmodellen unter Glas säumten die Wände des großen Raums – Einkaufszentren, die Osterkamps Firma in ganz Europa errichtete oder plante. Das Transparent an der Stirnseite trug den bekannten Slogan: *Die Zukunft beginnt jetzt.*

Junge Leute in langen weißen Schürzen schoben sich durch die Menge und balancierten Tabletts mit Getränken. Vincent schnappte sich ein Glas Orangensaft und versuchte, Osterkamps Ansprache zu verdauen.

Die Summe auf dem Scheck hatte der Bauunternehmer angeblich mit Hilfe betuchter Freunde aufgebracht, um ein Forschungsprojekt an der Heinrich-Heine-Universität ins Leben zu rufen. Doktoranden des Instituts für Sozialwissenschaften sollten ab dem kommenden Semester Vorschläge entwickeln, wie man die Bürger an der Planung von Großprojekten beteiligen könne, um Proteste und Verzögerungen zu minimieren. Acht Millionen Euro für eine *Amadeo-Hunziker-Stiftung* – benannt nach dem Studenten, dem der Polizeieinsatz am Seestern das Leben gekostet hatte.

Vincent konnte es nicht fassen: Der Junge war keine zwölf Stunden tot, schon wurde ihm der Name geklaut. Er musste an den Anlass für die Demonstration denken, an den Brand auf der Baustelle. Noch mehr Tote, drei Arbeiter. Zwanzig Euro hätte die Befüllung des Feuerlöschers gekostet, hundertdreißig eine feuerfeste Zeltplane. Stattdessen acht Millionen für einen PR-Gag. Es war grotesk.

Neuankömmlinge drängten in den Saal des *Gekko's*. Vincent

erkannte Martina Simoniak, die Chefin der Oppositionspartei, umgeben von gut gelauntem Gefolge. Sieh an, Politprominenz. Vermutlich hatte die Frau eben noch eine Wahlkampfveranstaltung absolviert. Eine rote Nelke steckte am Revers ihrer Jacke.

«Sie kennen Frau Simoniak?», fragte Engel und überprüfte den Sitz seines Krawattenknotens.

«Aus dem Fernsehen.»

«Es wird ihr gefallen, dass Sie morgen sämtliche Büros des Ministerpräsidenten durchsuchen lassen.»

«Das steht noch nicht fest», antwortete Vincent. «Staatsanwalt Kilian muss erst noch seine Chefs fragen. Und da bin ich eher skeptisch.»

Engel kniff die Augen zusammen und schüttelte den Kopf. «Auch bei der Justiz weiß man, dass die neue Ministerpräsidentin Simoniak heißen wird, und man muss verdammt noch mal blind und taub wie unser Papst sein, um noch auf die CDU zu wetten.»

«Sie stehen nicht auf Schindhelms Seite?»

«Natürlich nicht.»

«Dann sorgen Sie dafür, dass ich zusätzliche Leute bekomme!»

«Geduld, Herr Veih. Nach der Wahl wird rasch ein anderer Wind wehen.»

Der Baulöwe trat wieder ans Mikrophon. Eine funktionstüchtige Stiftung benötige einen Beirat, der über ihre Arbeit wache. Dessen Vorsitz werde der Professor einnehmen, der eben den Scheck angenommen hätte. Als Planungsexperte sei ein Vorstandsmitglied der Osterkamp-Entwicklungsgesellschaft auserkoren. Der dritte Beirat heiße Benedikt Engel.

Vincent wunderte sich schon wieder.

«Wir freuen uns, den Leitenden Kriminaldirektor der hiesigen Polizeibehörde für unser Projekt gewonnen zu haben. Das Thema Sicherheit wird in Zukunft eine wachsende Rolle in unserer Gesellschaft spielen.»

Ein paar Leute klatschten. Engel neigte kurz den Kopf und winkte. Er zwinkerte Vincent zu, als seien sie Komplizen.

«Und last, but not least, die Vertreterin der politischen Vision. Für viele von uns steht sie wie keine Zweite für Tatkraft und Erneuerung: Martina Simoniak, wir freuen uns, dass Sie trotz Ihres engen Terminkalenders die Zeit gefunden haben, bei uns vorbeizuschauen!»

Am stärksten applaudierte Simoniaks Begleittross. Die Oppositionschefin gesellte sich zu Osterkamp und dem Professor, der noch immer die Scheckattrappe festhielt. Die anwesenden Medienvertreter drängten nach vorn. Vincent bemerkte die junge WDR-Reporterin vom Nachmittag. Sie stand bei einem Kameramann, der einen Stuhl erklommen hatte, um besser filmen zu können.

Martina Simoniak sprach ein paar Sätze ins Mikro, in denen es um Demokratie und Transparenz ging. Sie bezeichnete Osterkamps Spende als Paradebeispiel für das unverkrampfte Miteinander von Unternehmertum und universitärer Forschung. Der Baulöwe strahlte. Vincent staunte, wie gründlich sich Osterkamp nach allen Seiten absicherte.

Endlich waren die Reden gehalten, und die Häppchen wurden aufgetragen.

Engel raunte Vincent zu: «Kommen Sie, ich mache Sie mit der Frau bekannt, die vermutlich bald dieses Land regiert.»

Ihr Händedruck war kräftig, und aus der Nähe leuchteten ihre Augen so blau, dass Vincent überlegte, ob sie farbige Linsen trug. Das selbstbewusste Lächeln erinnerte ihn an eine Sozialarbeiterin, die ab und zu in der Bruchbude aufgekreuzt war, in der er als fünfzehnjähriger Ausreißer Unterschlupf gefunden hatte, gemeinsam mit der Clique von Punks, der auch Blümchen angehört hatte. Sie waren sich nie sicher gewesen, ob die Frau Hilfe bringen oder sie anzeigen würde.

«Vincent Veih, der neue Leiter des Kommissariats für Tötungsdelikte», stellte Engel ihn vor, als sei die Beförderung bereits perfekt.

«Freut mich sehr», sagte die Oppositionschefin. «Wie man hört, kommen Sie im Fall Castorp rascher voran, als es manchen in der CDU lieb ist.»

«Kollege Veih ist einer unserer Besten.»

«Solche Leute brauchen wir. Wer hat Ihrer Meinung nach Walter Castorp auf dem Gewissen, Herr Veih?»

Vincent tauschte einen Blick mit seinem Vorgesetzten. «Im Moment gehen wir verschiedenen Spuren nach.»

«Und auf was tippen Sie?»

«Bitte verstehen Sie, dass ich keine Auskunft über laufende Ermittlungen geben kann.»

«Dann verrate ich Ihnen etwas, Herr Veih: Walter Castorp wurde von den eigenen Leuten abserviert, weil er der Kanzlerin lästig wurde.»

«Aha.»

«Und der perfide Lauschangriff auf unsere Landtagsbüros war nur die Spitze eines Eisbergs. Meine Mitarbeiter munkeln, dass die Presse noch einiges in petto hat. Da tut sich ein Sumpf auf, Herr Veih, und wir werden diesen Sumpf austrocknen.»

«Mir geht es um die Wahrheit. Nicht um einen bestimmten Wahlausgang.»

«Das ist exakt die richtige Einstellung. Wir bleiben unbedingt in Kontakt, ja? Ach, entschuldigen Sie mich bitte, Herr Veih, Herr Engel?»

Damit ließ sie die Beamten stehen, denn ein Parteihelfer signalisierte ihr, dass ein Zeitungsfritze sie um ein weiteres Foto bat. Baulöwe Osterkamp und der Professor mit dem Scheck standen schon bereit.

Vincent fühlte sich wie unter Strom. Diese Augen, diese Ausstrahlung. Lass dich nicht einwickeln, sagte er sich. Letztlich war auch das nur ein weiterer Versuch gewesen, Druck auszuüben. Erst ein CDU-Mann aus dem Kanzleramt, jetzt die SPD-Kandidatin. Und der Kripochef hatte sich dafür hergegeben, ihn der Politikerin zuzuführen.

«Verdammt, was meinen Sie?», fragte Engel, den Blick nicht von Martina Simoniak wendend. «Hat sie etwas drauf oder nicht?»

«Zumindest kann sie sich Namen merken.»

31

Es gab Shrimps auf Artischockenböden, rohen Thunfisch auf Blinis und Roastbeefröllchen mit irgendeiner Füllung, kunstvoll garniert und garantiert teuer. Während sich der Kripochef den Teller füllte, überlegte Vincent, wie er sich am besten verdrücken könnte. Dann siegte sein Hunger, und er griff ebenfalls zu.

Sein Handy vibrierte, er hatte den Klingelton auf «stumm» gestellt. In Ermangelung einer Serviette wischte er sich die Finger an der Jeans ab.

«Hier Veih.»

«Hallo, Vincent. Bin gerade am Flughafen.» Bruno Wegmanns sonorer Bass.

«Flughafen?»

«Du hast doch gesagt, ich soll die Frau von der Werbeagentur abfangen, wenn sie aus London zurückkommt. Volltreffer!»

Vincent erinnerte sich. Eine weitere Person, die den Ministerpräsidenten bei der Rückkehr aus der Schweiz in Osterkamps Bürohaus gesichtet hatte.

«Sie kann die beiden Aktenkoffer exakt beschreiben, denn sie hat selbst ein Ding dieser Marke. Reptilienleder, Messingbeschläge, superschick. Der Hersteller heißt Ermene ...» Bruno schien nachzufragen, offenbar stand die Frau neben ihm. «... *Ermenegildo Carofiglio.*»

«Danke. Bist ein wahrer Champion.»

«Morgen beschaffe ich uns Fotos, die wir an die Presse geben können.»

Vincent bedankte sich noch einmal, wog das Mobiltelefon in seiner Hand, dann unternahm er einen erneuten Versuch und rief Nina an. Wieder nur die Mailbox.

Sie ist bei Jens Künzel, überlegte er. Der einmalige Ausrutscher – selig, wer's glaubt.

Als Vincent aufschaute, stand Osterkamp vor ihm. Mehr Bräune im Gesicht als gestern, die Haare frisch gefärbt – das Grau am Ansatz war verschwunden.

«Was macht die Arbeit, Herr Kommissar?»

Vincent steckte das Handy weg. «Geht voran.»

«Sie haben mich gestern Abend ganz schön rangenommen und das Penthouse gründlich auf den Kopf gestellt. Das imponiert mir. Falls Sie sich einmal verbessern wollen, sollten Sie sich unbedingt bei mir melden.»

«Verbessern?»

«Ich bin hochgradig dabei, die Sicherheitssparte meines Unternehmens neu aufzustellen, und könnte jemanden wie Sie gebrauchen. Lassen Sie sich das mal durch den Kopf gehen, Herr Veih.»

Der Baulöwe tätschelte Vincents Schulter und zog weiter. Noch einer, der sich Namen merkt, dachte Vincent.

Sein Blick fiel auf Martina Simoniak, die einer Gruppe junger Leute Autogramme gab. Wieder musste er an die Sozialarbeiterin von damals denken. Den zwölfjährigen Jackson hatte sie abgeholt und ins Heim gesteckt. Ein herber Verlust für die Clique, denn der Knirps hatte beim Schnorren stets gute Ernte eingefahren. Nur Blümchen war noch fleißiger gewesen.

Vincent beschloss, endlich abzuhauen. Ihm schwirrte der Kopf. Er wollte sich vom Kripochef verabschieden, doch im Gedränge am Buffet war der Mann trotz seiner Größe nicht auszumachen. Vincent wich einem Kellner aus, der schwer an einem Tablett voller Gläser trug, und stieß mit einer Frau zusammen. Sie entschuldigten sich synchron.

Es war die Reporterin vom WDR. Große Augen, die Brauen fragend hochgezogen.

«So sieht man sich wieder, Herr Kommissar.»

«Ich muss mich entschuldigen, Frau …»

«Baltes. Wie der legendäre Abwehrspieler.»

«Ich muss gestehen, ich habe Ihnen unrecht getan, Frau Baltes. Ihr Beitrag war in keiner Hinsicht parteiisch, im Gegenteil. Großes Lob!»

«Dafür sind *Sie* nicht so unabhängig, wie ich dachte.»

«Wieso?»

«Na, Sie und Frau Simoniak …»

«Wir haben gerade mal zwei Sätze gewechselt, wonach sah es denn für Sie aus?»

«Nach einem heißen Flirt, würde ich sagen.»

Vincent musste lachen.

«Wie wär's mit einem Absacker?», fragte die Reporterin.

Vincent blickte sich um. Aufgetakeltes Partyvolk huldigte Osterkamp, seinen Häppchen, seinem Sekt. Die meisten dieser

Leute wären auch angetanzt, wenn er den Scheck seinem Pudel überreicht hätte. Dessen war sich Vincent sicher.

«Aber nicht hier», antwortete er.

Sie betraten das neu eröffnete *Notorious*, und Vincent fühlte sich sofort in die Zeit zurückversetzt, als er sich hier öfter mit den Kollegen die Kante gegeben hatte, nachdem die Spätschicht der Kriminalwache absolviert war.

Hinter dem Tresen legte ein DJ Platten auf, Raritäten aus echtem Vinyl. Zwei Frauen bedienten im hellgrauen Catsuit, der alles verhüllte, aber die Kurven ihrer Körper umso stärker betonte. Auf der Karte standen die gleichen Cocktails wie damals, das gleiche Junkfood. Nur der Zigarettenqualm fehlte.

Mit dem Team etwas trinken gehen – Vincent fragte sich, ob das endgültig zur Vergangenheit zählte. Jetzt, wo er der Vorgesetzte war.

«Der Redaktionsleiter ist sauer über meinen Bericht», gestand die Fernsehfrau.

«Das kann ich nicht glauben.»

«Er meint, die Opposition hätte etwas gedreht, und Castorp sei an der Affäre in Wirklichkeit unschuldig gewesen.»

«Der Mann fährt also auf dem CDU-Ticket.»

«Ja, klar. Und ich sollte Simoniak etwas anhängen. Er hat mich heute zum ersten Mal auf die Landespolitik angesetzt. Er dachte, ich wäre auf seiner Linie. Aber mir ging durch den Kopf, was Sie zu mir gesagt haben. Über Neutralität und so.»

«Sie haben ihm widerstanden, obwohl er der Chef ist.»

«Der Kerl ist ein Widerling. Er baggert alle freien Mitarbeiterinnen an, weil er glaubt, die könnten sich nicht wehren.»

Eines der Mädels im Catsuit brachte die bestellten Getränke. Bier für Vincent, Gin Tonic für Saskia Baltes.

«Etwas für den kleinen Hunger?», fragte die Bedienung.

Vincent wechselte einen Blick mit der Reporterin. Sie schüttelte den Kopf.

«Außerhalb der Karte haben wir Salat mit Filets von Orange und Kaninchen.»

Vincent verneinte und gab die Karte zurück. Beim Gedanken an Kaninchen verging ihm jeglicher Appetit.

Die Reporterin stieß mit ihm an. «Ich heiße Saskia.»

Er kam sich überrumpelt vor. Verbrüderung mit den Medien – wie weit darf das gehen?

«Vincent», erwiderte er.

«Ich weiß. Deinen Namen habe ich mir gemerkt. Vincent Veih, ist nicht allzu häufig.»

«Netter Laden hier», sagte er, um von dem Thema abzulenken, das sie offenbar anschneiden wollte. «Wie im alten *Notorious*. Aber das hast du sicher nicht gekannt. Ist schon eine Weile her.»

«Für wie alt hältst du mich denn?»

«Dreiundzwanzig?» Eher noch jünger, dachte er.

«Da pack mal noch fünf Jährchen drauf.»

«Unmöglich.»

«Das geht mir immer so. Aber ich gehe stramm auf die dreißig zu, habe studiert und einen vierjährigen Sohn. Ich bin kein kleines Mädchen mehr, auch wenn der Redaktionsleiter mich so behandelt.»

«Der Widerling.»

«Das kannst du laut sagen.»

«Und wo ist dein Sohn jetzt?»

«Die Mutter gehört zu ihrem Kind. Ist es das, was du andeuten willst?»

Er zuckte mit den Schultern. «Die einen halten es so, die anderen so.»

«Oskar ist diese Woche bei seinem Vater. Wir teilen uns das Sorgerecht. Wir haben uns im Guten getrennt.»

Sie tranken und sahen einander in die Augen. Erst jetzt fielen Vincent ein paar Lachfältchen auf. Das Schwimmbadmädchen – wie sich wohl ihr Körper anfühlte?

«Bearbeitest du oft zwei Themen an einem Tag?», fragte er.

«Als freie Mitarbeiterin nimmt man, was man kriegen kann. Aus dem Material von heute Abend wird einer der festen Redakteure etwas stricken. Ich liefere nur zu. Wer weiß, ob man mir jemals wieder die Politik anvertraut. Ob ich in der Redaktion überhaupt noch richtige Beiträge machen darf.»

«Tut mir leid. Und ich bin schuld daran.»

«Quatsch.»

«Doch. Neutralität und so.»

Sie rührte mit dem Strohhalm, Eiswürfel klickten.

«Würde es dir helfen, wenn ich dir etwas exklusiv verrate?», fragte er.

«Kommt darauf an.»

«Die Wohnung, in der Castorp gefunden wurde, gehört Hartmut Osterkamp.»

«*Dem* Osterkamp?»

«Die Zukunft beginnt jetzt. Genau der. Aber ich habe nichts gesagt. Wir haben heute Abend kein Wort über meine Arbeit geredet.»

Ein Grinsen, ihr Nasenrücken kräuselte sich. «Danke, Vincent!»

«Schon gut.»

«Passt eigentlich genau ins Bild. Osterkamp hat dem Ministerpräsidenten auch schon mal einen Urlaub spendiert. Weißt du noch, wie sich Castorp gewunden hat, als er sich dazu erklären musste?»

«Soweit ich mich erinnere, konnte ihm nicht nachgewiesen

werden, dass er Einfluss auf die Genehmigungsverfahren für Osterkamps Projekte genommen hätte.»

«Ja, leider.»

Sie schwiegen. Aus den Lautsprechern drang ein Lied, das Vincent kannte. Eine Frau mit dunkler Stimme sang *My favorite things.*

«Ich habe deinen Namen gegoogelt.» Saskia hielt ihr Glas mit beiden Händen fest. «Brigitte Veih. Irgendeine Verwandtschaft?»

«Meine Mutter.»

«Oh.» Sie trank in winzigen Schlucken. «Sie ist Ende der Siebziger festgenommen worden, stimmt's?»

«Stimmt. Augsburg, 1979. Wüster Showdown, ein Toter.»

«Mein Gott.»

«So waren die Zeiten.»

«Damals musst du noch ein Baby gewesen sein.»

«Jetzt liegst du beim Schätzen daneben. Als Brigitte gefasst wurde, war ich immerhin schon neun.»

Saskia hob das Glas etwas an, stellte es wieder ab. «Wie war das für dich?»

«Zum Feierabendbier ist das Thema eigentlich nicht so der Kracher.»

«Tut mir leid. Ich stelle zu viele Fragen. Mein Fehler, schon immer gewesen.»

«Kein Problem.» Vincent dachte an die Zeit, als die Fernsehnachrichten häufig das Fahndungsfoto seiner Mutter gezeigt hatten. Ein verstörendes Gefühl. Als würde mit ihm selbst etwas nicht stimmen. Er gehörte nicht zu seiner Mutter, aber doch nicht richtig zur Gesellschaft. Auch die Großeltern konnten daran nichts ändern.

Saskia räusperte sich. «Warst du dabei?»

«Bitte?»

«In Augsburg.»

«Du fängst ja schon wieder an.»

«Sorry.»

«Nein, meine Mutter hat mich zu Freunden weggegeben, bevor sie in den Untergrund ging. Da war ich sieben.»

«Hast du ihr damals die Daumen gedrückt?»

«Dazu war ich viel zu sauer auf sie.»

Die Erinnerung an die Trennung war ihm stets gegenwärtig: Als seine Mutter wegfuhr, hatte er sich die Lunge aus dem Leib gebrüllt, doch sie hatte sich nicht einmal umgedreht. Er war immer nur ein lästiges Anhängsel für sie gewesen.

Vincent spürte einen Kloß im Hals. «Lass uns bitte über etwas anderes …»

Saskia legte ihre Hand auf seine.

Ein Typ, der ihm bekannt vorkam, schlenderte zum Ausgang. Ihre Blicke kreuzten sich, und Vincent spürte, wie sich sein Magen zusammenzog.

Künzel, der Anwalt.

Nina war also nicht bei dem Kerl. Nicht heute Abend.

Vincent suchte die Toilette auf. Blitzblanke Becken aus Edelstahl statt der stinkigen Pissrinne von früher. Es war nicht alles schlecht an den neuen Zeiten. Man vergaß es nur manchmal.

Als er sich die Hände wusch, meldete sich sein Handy. Kein Papier im Spender – mit nassen Fingern nahm Vincent das Gespräch an.

«Hab dich in der *Aktuellen Stunde* gesehen», sagte Ela Bach, seine Chefin. Bis gestern.

«Autogrammanfragen bitte über meinen Agenten.»

Sie lachte. «Im Fernsehen finden sie kein anderes Thema mehr. Castorp auf allen Kanälen. Mensch, Vincent. Gleich am ersten Tag solch eine große Sache!»

«Ich bin sauer auf dich, Ela. Du hast mich da in eine Schlangengrube geworfen.»

«Wenn einer die Reptilien bändigt, dann du.»

«Wie hast du das nur all die Jahre ausgehalten?»

«Leitest du die Mordkommission selbst?»

«Ja.»

«Dachte ich mir.»

«Hätte ich Thilo Becker damit beauftragen sollen?»

«Um Gottes willen, das giftigste Reptil von allen!»

Als er zu Saskia zurückkehrte, kam gerade ein Zeitungsverkäufer zur Tür herein. Vincent winkte ihn an den Tisch.

Der Mann hatte den *Blitz* und die *Morgenpost* im Angebot. Vincent kaufte beide Blätter. Die Andeutung der Oppositionsführerin schoss ihm durch den Kopf: *Meine Mitarbeiter sagen mir, dass die Presse noch einiges in petto hat.*

Die Schlagzeile der Boulevardzeitung lief über die gesamte Breite der Titelseite, die Lettern fast eine Handbreit hoch.

Walter Castorp ermordet!

Vincent schlug das Blatt auf. Die komplette Seite drei war dem Fall gewidmet. Saskia rückte näher, um mitzulesen. Das Foto zeigte Osterkamps Bürohaus im Hafenviertel. Ein Pfeil wies auf die obersten Fenster: *Walter Castorps letztes Domizil: Luxus pur samt Pool und Sauna in der zehnten Etage, spendiert vom befreundeten Immobilienkönig.*

Saskia schmollte. «Also hast du auch die Konkurrenz informiert.»

«Nein, das überrascht mich jetzt.»

Vincent hätte gern gewusst, ob einer seiner Leute geplaudert hatte. Am ehesten traute er es Felix May zu, der die Aktenführung nur widerwillig übernommen hatte. Oder Thilo Becker, der ihm vermutlich die Beförderung nicht gönnte.

«Wie bist du darauf gekommen, Polizist zu werden?», fragte Saskia.

«Weiß ich nicht mehr. Schon lange her. Vielleicht wollte ich auf der richtigen Seite stehen. Mein Opa hat immer Ordnung gepredigt. Nachdem er tot war, fiel mir ein, dass er damit nicht völlig unrecht hatte.»

«Dein Opa?»

«Weil es bei den Freunden meiner Mutter nicht so gut lief, bin ich dann bei den Großeltern aufgewachsen. Mein Opa war ein Cop durch und durch. Schon sein Onkel war ein Cop gewesen.»

«Alter Cop-Adel.»

«Sozusagen. Oder Büttel des Klassenfeindes, so sieht es meine Mutter.»

Sie bezahlten, jeder für sich. Vincent spürte, wie müde er war. Vor dem Lokal steckte ihm Saskia ihr Kärtchen zu. Ihre Hand lag warm und fest in seiner, als sie sich verabschiedeten.

Auf dem Heimweg wunderte sich Vincent darüber, wie sehr er sich der jungen Frau offenbart hatte. Fast hätte er noch mehr über seinen Großvater erzählt, über die Jugend in Uedesheim und über die Briefe, die er auf dem Dachboden gefunden hatte, als er das Haus nach dem Tod der Oma entrümpelt hatte. Die Briefe, die Max Dilling in seiner Ausstellung verwenden wollte.

Die nächtliche Stadt lag ruhig, nur wenige Autos waren noch unterwegs. Vincent ließ das Fenster herunterfahren. Die Luft roch frischer als sonst. In der Ferne ein Martinshorn, Kollegen der Schutzpolizei. Dann ein schwaches Donnergrollen.

Auch als Vincent endlich im Bett lag, ließ ihn die Erinnerung an den Großvater nicht los. Die Worte des Inspektionsleiters kamen ihm in den Sinn: *Urgestein, alte Schule.* Ihm war, als spüre er Opas Hand, die seinen Arm umklammerte. Bilder und

Gefühle, die ihn nur allzu oft heimsuchten. Eine jahrzehntealte Begebenheit.

Es war kurz nach seinem elften Geburtstag. Für die Ostertage hatte sich Verwandtschaft angesagt. Der Großvater nahm Vincent mit, um die Kaninchen zu töten, die gebraten werden sollten.

«Es ist simpel», sagte er. «Ich bringe es dir bei.»

Vincent sträubte sich, doch sein Opa zerrte ihn hinter das Haus, öffnete einen Stall und drückte ihm die Hinterläufe eines zappelnden Tiers in die Hand. Es war Foxi – Vincent hatte den Karnickeln Namen gegeben.

Foxi war verrückt nach Löwenzahnblättern, den kleinen, zarten, die Vincent den Tieren gelegentlich durch den Maschendraht steckte.

Opa reichte ihm den Stock, der an der Stalltür als Riegel diente. «Hinter die Ohren, Junge. Mach schon!»

«Ich kann nicht!»

Der Großvater schimpfte und redete auf ihn ein, bis Vincent gehorchte. Aber er führte den Stock nicht entschlossen genug und traf das Tier nur am Rücken. Es strampelte und fiepte.

Vincent heulte.

«Fester!»

«Bitte nicht, bitte!»

Gerhard Veih entriss ihm kurzerhand das Kaninchen, holte aus und schleuderte es gegen die Hauswand. Vincent hörte das Knacken des Schädels. Sein Opa zerrte das nächste Tier aus seinem Käfig und zwang Vincent zuzuschauen. Im Nu waren sämtliche Ställe leer.

Im Gras lagen sechs Kadaver.

Foxi, Billi, Django, Micki, Andi und Susi.

Vincent fühlte, wie die Hose an seinen Beinen klebte, nass und dunkel. Ihm war schlecht, er zitterte.

Der Großvater ignorierte seinen Zustand. «Siehst du, ist ganz einfach, Junge. Sind doch nur Tiere.»

Vincent starrte auf den Blutfleck an der weißen Mauer. Dann rannte er auf sein Zimmer und verkroch sich schluchzend im Bett.

Am Sonntag lobten die Gäste Omas Ragout. Opa erwähnte Vincents Skrupel, und die Erwachsenen belächelten die Idee, dass man Stallhasen zu lieb gewinnen könnte, um sie zu schlachten.

Vincent aß keinen Bissen.

Hungerstreik – das kannte er aus dem Fernsehen. Seine Mutter und ihre Freunde verweigerten in jenen Tagen die Nahrung, um ihre Zusammenlegung in einer Haftanstalt zu erzwingen. Vincent beschloss, es ihnen nachzutun.

Opa ignorierte den Streik. Oma weinte und flehte Vincent an, endlich zu essen. Am dritten Tag gab er ihr zuliebe auf. Außerdem wollte er nicht sterben wie Sigurd Debus.

Monatelang mied Vincent das Rasenstück hinter dem Haus, aus Angst vor dem Blut an der Mauer, von dem er fast jede Nacht träumte, obwohl er wusste, dass sein Großvater den Fleck noch am Karfreitag übertüncht hatte. Jahre später riss Vincent die Ställe ab und zerhackte die Bretter zu Kleinholz.

Er fühlte sich, als wäre es gestern gewesen. Er vergrub den Kopf in den Kissen, trotzdem vernahm er das Fiepen der Tiere und das Knacken ihrer kleinen, felligen Köpfe.

Hört das denn niemals auf?

Er knipste das Licht noch einmal an und holte die Hanteln aus der Sporttasche. Er setzte die Kopfhörer auf und regelte die Lautstärke hoch.

Dann legte er los, die Zähne fest zusammengebissen. Das Brennen in den Muskeln tat gut.

TEIL DREI

Mittwoch, 15. Mai

32

London Calling weckte Vincent. Er wollte nach dem Handy greifen, doch es polterte zu Boden. Vincent wurde klar, dass er vergessen hatte, den Wecker zu stellen. Draußen war es seit langem heller Tag, die Zeiger standen auf zwanzig vor sieben.

Felix May war dran. «Wir haben ihn.»

Vincent setzte sich auf. «Wen?»

«Roland Körber, dessen Fingerspuren wir im Penthouse gefunden haben.»

Vincent lief mit dem Mobiltelefon in die Küche, goss Orangensaft in ein Glas.

«Schönen Gruß von Marietta aus der Kriminalwache», sagte Felix. «Sie und ein Kollege haben Körber am späten Abend zu Hause angetroffen. Der Mann konnte sich kaum auf den Beinen halten. Muss hackedicht gewesen sein. Er sitzt jetzt im Gewahrsam.»

«Bitte?»

«Fluchtgefahr.»

«Wir wollten ihn doch erst einmal als Zeugen vernehmen. Muss ich dir erklären, dass wir jetzt unter tierischem Druck stehen? Wenn wir bis zum Abend keine Beweise gegen ihn haben, lässt ihn der Richter frei. Die Festnahme ist doch nicht allein auf Mariettas Mist gewachsen. Hast du das veranlasst?»

«Alles, was ich mache, ist falsch, oder? Das grenzt wirklich an Mobbing!»

«Genauso gut könnte ich behaupten, dass du mich blamieren willst.»

Kurzes Schweigen.

«Körber könnte jetzt vernehmungsfähig sein», sagte Felix leise. «Thilo will …»

«Thilo soll sich um seinen eigenen Scheiß kümmern!»

«Gut, ich sag ihm das.»

«Danke, Felix. Bin gleich da.»

Vincent beendete das Gespräch, trank hastig den Saft und lief ins Bad.

«Was wollen Sie von mir?», protestierte Roland Körber und sprang auf, als Vincent die Zelle betrat

In dem kleinen Raum roch es nach Alkohol, doch der Fahrer der Staatskanzlei schien klar im Kopf zu sein. Er war massiger als auf den Fotos. Seine Wangen und der Schnauzbart bebten vor Aufregung, sein Kopfhaar stand in alle Richtungen ab. Der Mann hatte sichtlich keine gute Nacht hinter sich.

«Setzen wir uns doch», sagte Vincent.

Körber zögerte eine Weile, bis er der Aufforderung nachkam, und Vincent fragte sich, ob der Mann gewalttätig war. Dann nahm er neben dem Festgenommenen auf der Pritsche Platz, einer gefliesten Bank mit dünner Auflage. Dominik blieb mit verschränkten Armen an der Tür stehen.

«Sie wissen, warum Sie hier sind?»

«Wegen dem Ministerpräsidenten.»

«Laut Strafprozessordnung muss ich Sie darauf hinweisen, dass Sie sich nicht selbst belasten müssen und einen Anwalt um Rat fragen können. Aber wie wär's, wenn Sie uns einfach erklären, wie Ihre Fingerspuren in das Penthouse im Düsseldorfer Hafen gekommen sind.»

«Hat sich der Ministerpräsident … vergiftet?»

«Nein.»

Körber nickte. Vincent glaubte, ein Aufatmen zu bemerken.

«Wie kommen Sie auf Gift?», fragte er.

«Ich habe das Recht zu schweigen. Sie haben das gerade selbst gesagt.»

«Richtig. Ich sehe Ihnen aber an, dass es Ihnen guttun würde, Ihr Gewissen zu erleichtern.»

«Ich bin noch total besoffen. Überhaupt nicht zurechnungsfähig.»

«Warum haben Sie getrunken?»

«Darf man das etwa nicht mehr? Hey, Mann, ich trauere um den Tod des feinsten Menschen, den ich je fahren durfte!»

«Sie waren in der Wohnung. Erzählen Sie mir davon.»

«Bullshit. Ich will einen Anwalt. Überprüfen Sie mein Alibi. Fragen Sie den Chef der Staatskanzlei, Staatssekretär Dr. Konstantin Meise.»

Ein Blick zu Dominik, sie verließen die Zelle.

«Wie ist dein Eindruck?», fragte Vincent.

«Der Mann war aufgeregt. Du hättest erst einmal für eine entspannte Atmosphäre sorgen sollen.» Dominik zeigte ein Grinsen.

Der Neuling wird frech, stellte Vincent fest. Bin ich zu nett zu ihm gewesen?

«Manchmal ist ein Überraschungsangriff besser», erwiderte Vincent.

«In diesem Fall offenbar nicht.»

«Vorsicht, Dominik.»

«Chef?»

«Nenn mich nicht so. Und überprüf das Alibi.»

«Wie heißt das kleine Wörtchen?»

«Mach schon!»

Vincent kehrte allein in die Zelle zurück. Er und der Fahrer musterten einander. Vincent musste gähnen, Körber auch.

«Wie sind Sie in das Penthouse eingedrungen?», fragte Vincent schließlich. «Wo haben Sie die Koffer versteckt? Wer war Ihr Komplize?»

«Wodka.»

Vincent musste lachen. «Bitte?»

«Ich trinke Wodka der Marke Absolut. Jeder hat so seine Art zu trauern. Besorgen Sie mir etwas oder lassen Sie mich raus.»

«Wollen Sie mir wirklich nichts erzählen?»

«Nein.»

«Ein Geständnis wirkt sich mit Sicherheit strafmindernd aus.»

«Sie müssen mich dem Haftrichter vorführen.»

«Nicht vor heute Abend, Herr Körber.»

33

Vincent klopfte an und betrat Markus Brauns Büro. Der Behördensprecher telefonierte gerade, nickte Vincent zu und hob den Finger, als wolle er signalisieren, dass er für ihn recherchiere. Nach einer Weile deckte er den Hörer ab, sagte: «Der *Blitz*», dann lauschte er weiter seinem Gesprächspartner.

Draußen ging ein erster Schauer nieder, der Regen prasselte kurz gegen das Fenster. Die Morgenbesprechung der Mordkommission war gerade zu Ende gegangen. Tatsächlich wollte der Staatsanwalt den Durchsuchungsbeschluss für Castorps sämtliche Büros beantragen. Gegen Mittag würden sie mit Unterstützung uniformierter Kollegen in Staatskanzlei,

Landtag, Parteizentrale und auch vor dem Wohnhaus in Bochum aufmarschieren, so der Plan, falls ein Richter unterschrieb.

«Warum nicht?», fragte Braun in den Hörer und verdrehte die Augen.

Vincent wurde klar, dass die Person am anderen Ende der Leitung keine Details über Castorps Schweizreise nennen würde.

Er ließ den Blick durch das Zimmer schweifen. In der Ecke stand eine lebensgroße Puppe in der Polizeiuniform der Nachkriegszeit. Der einstmals grüne Stoff war blau umgefärbt, wie es 1945 die britische Militärregierung angeordnet hatte. Auf dem Kopf saß der helmartige Tschako mit dem Polizeistern. Auf einem Schrank weitere Kopfbedeckungen, sichtlich verstaubt: eine Pickelhaube der Kaiserzeit, ein Tschako mit Hakenkreuz sowie die grüne Mütze, die noch vor kurzem üblich gewesen war.

Braun ließ sich weiterverbinden. Er bemerkte Vincents Blick und kommentierte: «Das Zeug hat mein Vorgänger privat gesammelt und der Behörde vermacht. Zum Glück will Max Dilling vom Leitungsstab die Staubfänger in seine Ausstellung einbauen. Dann krieg ich hier endlich Platz …» Braun unterbrach sich selbst und hob wieder den Zeigefinger. Am anderen Ende schien sich jemand zu melden.

«Herr Vogel, grüße Sie, ich bin's, Braun, Polizeipräsidium.»

Alex Vogel hieß der Chefredakteur des *Blitzes*, wie Vincent wusste.

Sein Handy.

«Vincent Veih.»

«Felix hier. Es geht um Ermenegildo Carifolio.»

«Carofiglio», verbesserte Vincent.

«Sag ich doch, Taschen und Schuhe *made in Italy*, nur vom

Allerfeinsten. Anna meint, bei den ganzen Filmstars in Hollywood sind die Handtaschen von Ermedingsda der große Hit.»

«Ja, und?»

«Die Firma hat ihre Züricher Filiale gleich um die Ecke, wo Castorp sein Knöllchen verpasst bekommen hat. Der Champion hat im Internet Fotos gefunden, die genau die richtige Sorte Aktenkoffer zeigen, braunes Reptilienleder und Messingbeschläge mit Zahlenschloss, wie von den Zeugen beschrieben.»

«Sehr gut. Wir geben das an die Medien. Schick die Kofferfotos an Braun.»

«Wird gemacht, Chef.»

«Und ruf die Kollegen in Zürich an, Kantonspolizei. Vielleicht können sie für uns in dem Laden erfragen, wofür Castorp die Koffer benötigt hat.»

«Das werden sie erst tun, wenn Deutschland keine geklauten Dateien mit Steuersündern mehr kauft.»

«Probier's trotzdem.»

Zeitgleich mit ihm beendete auch Braun sein Gespräch.

«Was sagt der *Blitz*?», fragte Vincent.

«Informantenschutz. Auch der Chefredakteur bleibt stur.»

«Das war's also?»

«Nicht, wenn wir uns auf einen Deal einlassen. Kannst du dem *Blitz* irgendeine exklusive Information bieten?»

Schon wieder das Handy.

«Einen Moment», sagte Vincent und nahm das Gespräch an.

Martin Kilian, der Staatsanwalt. «Ich habe die Unterschrift des Richters, die Beschlüsse kommen gleich per Fax zu Ihnen rüber.»

«Für alle Büros des Ministerpräsidenten?»

«Wenn Sie wüssten, wie ich dafür kämpfen musste. Ich hoffe, wir können Diskretion wahren.»

«Natürlich, Herr Kilian.»

Vincent hielt die Hand auf das Mobiltelefon und sagte zu Braun: «Ich glaube, ich hätte da etwas für einen Deal mit deinem Lieblingsblatt.»

34

▼

Die Chefredaktion des *Blitzes* residierte im zweiten Stock über einer Ladenpassage an der Königsallee. Ein Empfangsraum aus grauem Marmor, die Frau hinter dem Tresen wies Vincent den Weg.

Den Flur schmückten großformatige Fotos hinter Glas, die immer den gleichen Kerl mit Prominenten zeigten. Der Typ war dicklich und klein und drängte sich stets in den Vordergrund. Hockte beim Ministerpräsidenten auf der Schreibtischkante, zeigte der Bundeskanzlerin, wo's langging, wanderte gestikulierend mit RheinBank-Chef Dingendorff auf einem Waldweg.

Dann ein paar Bilder, die nicht zu passen schienen: bärtige Männer mit Gewehren, ein tätowierter Kerl am Rand einer Schlucht. Eine karge Gebirgslandschaft, die sich in Brauntönen faltete, durchzogen von einer endlos langen Staubfahne, die ein Geländewagen aufwirbelte, winzig, ganz weit weg.

«Da war ich 2003», sagte der kleine Dicke, der gerade durch die Toilettentür gekommen war und sich die Hände an seinem weißen Hemd abwischte. «Selbst geschossen, die Fotos. *Arschghanistan* nannten die deutschen Soldaten das Land. Drogen, Korruption und tägliche Gewalt. Damals schon. Sind Sie der Vincent Veih von der Kripo?»

Vincent bejahte.

Der Chefredakteur der Boulevardzeitung ging voraus durch

das Vorzimmer, würdigte die Sekretärin, eine mittelalte, stark aufgebrezelte Blondine, keines Blicks und rief nur: «Kirschen!»

Dann riss er die Tür zu seinem Büro auf. «Heroin-spaziert!»

Die Sekretärin verdrehte die Augen. Vincent folgte Vogel in ein großes Zimmer, das mit reichlich Leder und Chrom im Art-Deco-Stil eingerichtet war. Die Möbel wirkten wie Sammlerstücke. Fast wäre Vincent ausgerutscht – Kirschkerne kullerten über das Parkett.

Vogel ließ sich in seinen Bürosessel fallen, legte die Füße auf den papierübersäten Schreibtisch und begann mit einem Stift zu spielen. «Also, was kriege ich von Ihnen?»

Vincent legte einen Umschlag auf den Tisch. Der Chefredakteur griff danach und zog die Internetfotos der Aktenkoffer heraus.

«Wegen zwei dieser Dinger wurde Castorp mutmaßlich ermordet», erklärte Vincent. «Besser gesagt, wahrscheinlich wegen ihres Inhalts.»

«Wir sollen das abdrucken? Sie wollen, dass die Mitbürger auf solche Koffer achten und bei Ihnen anrufen?»

«Erraten.»

«Ermenegildo Caruso, stimmt's? Ich besitze auch so ein Teil. Hat mir meine Frau aus Mailand mitgebracht. Penisleder vom Pottwal, oder so.»

«Gratuliere.»

«Diese Bilder geben Sie an alle Medien. Die sind nicht exklusiv. So kommen wir nicht zusammen. Ich bin enttäuscht, Herr Veih.»

«Ich habe noch mehr für Sie, aber zuerst rücken Sie mit Ihrer Information heraus, Herr Vogel.»

«Ich hätte da einen Castorp-Witz.»

«Den mit der Meinungsumfrage in der Staatskanzlei kenne ich schon.»

«Und den mit Petrus? Hab ich neulich in Berlin gehört! Also: Walter Castorp und der Papst sterben etwa zur gleichen Zeit. Petrus schickt Castorp in den Himmel, den Papst in die Hölle. Nach einer Weile bemerkt er den Irrtum und ordert die beiden zurück. Den Papst nach oben, Castorp nach unten. Als sich ihre Wege kreuzen, sagt der Papst zu Castorp, ganz verzückt: Wie ich mich auf die Jungfrau Maria freue! Antwortet Castorp: Ach, da kommen Sie fünf Minuten zu spät.»

Vincent verzog keine Miene.

«Also, ich find den gut.» Der Chefredakteur des *Blitzes* unterstrich seine Bemerkung mit einem Trommelwirbel seiner Zeigefinger auf dem Schreibtisch.

«Castorp war drei Tage in der Schweiz. Ihr Blatt hat darüber berichtet. *Spiegel* und *Morgenpost* auch.»

«Die anderen haben nur abgeschrieben. Wir haben das Material exklusiv.»

«Welches Material?»

Die Sekretärin kam herein und stellte einen Teller mit Kirschen vor Castorp ab. Vincent fiel der enge, kurze Rock der Frau auf, wie die Kostümjacke ganz in Weiß. Während sie hinausging, vorsichtig über die Kerne auf dem Boden stöckelnd, griff ihr Chef rasch nach einer Kirsche, kaute kurz und spuckte ihr den Kern hinterher, ohne sie zu treffen. Die Sekretärin ließ die Tür knallen. Vogel lachte.

Er wandte sich Vincent zu. «Geiler Arsch. Das Gesicht können Sie vergessen, aber der Hintern ist noch immer das Gehalt wert.»

«Von welchem Material sprechen Sie?»

«Eine Detektivin ist Castorp nachgereist. Im Auftrag seiner Frau, die wissen wollte, ob er sie mit seiner Referentin betrügt. So, das war meine Information. Jetzt müssen Sie liefern, das ist der Deal.» Vogel griff nach dem Obst.

«Ich wusste gar nicht, dass Kirschen schon Saison haben», sagte Vincent.

«Eingeflogen.» Der Mann spie den nächsten Kern in Richtung Papierkorb und verfehlte wieder. «Chile, oder so.»

«Simone Castorp ließ also ihren Mann observieren, und die Detektivin hat die Fotos auch an Sie verkauft?»

«Die Vertragsdetails muss ich Ihnen nicht offenbaren. Was bieten Sie mir?»

«Zeigen Sie mir die Fotos.»

Vogel zog eine Schublade auf und streckte ihm Ausdrucke hin. Vincent blätterte: Castorp und Markowitz an verschiedenen Orten. Eine Hotelbar, ein Straßencafé. Vincent war enttäuscht.

«Mehr gibt es nicht?»

«Doch, sicher.»

«Und?»

«Wir verhandeln noch. Miss Marple macht sich wichtig. Aber dieses Zeug ist auch schon ganz gut. Es belegt, dass der Ministerpräsident mit seiner Gespielin in Zürich war. Also?»

Schweren Herzens verriet Vincent die bevorstehende Durchsuchung der Castorp'schen Büros und nannte den Sitz der CDU-Landesgeschäftsstelle an der Wasserstraße als besten Ort für ein Zeitungsfoto. Er hatte das Gefühl, über den Tisch gezogen worden zu sein.

«Ich muss mit dieser Detektivin sprechen», sagte er.

«Das dachte ich mir, dass das jetzt kommt.»

«Wer ist die Frau, wie heißt sie?»

«Informantenschutz. Paragraph dreiundfünfzig StPO, Satz eins, Nummer fünf.» Vogel hob die Hände. «Tut mir schrecklich leid.»

«Sie kennen die Strafprozessordnung auswendig?»

«Den einen Paragraphen.»

Vincent stand auf.

«Hiergeblieben, Veih! Sie müssen mir unbedingt Ihren Witz mit der Meinungsumfrage in der Staatskanzlei erzählen. Den kenne ich nämlich noch nicht!»

Vincent steuerte den Ausgang an. Sein Handy. Dominik, der Neuling.

«Es geht um Körbers Alibi. Ich habe Staatssekretär Meise noch nicht sprechen können, aber sein Büro behauptet, dass Körber den Politiker am Montag durch das Münsterland gefahren hat. Wahlkampftermine vom Nachmittag bis spät in die Nacht. Klingt, als könnten wir ihn nach Hause schicken.»

«Gibt es Belege dafür?»

«Die Frau im Büro hat mir einen Kalender gezeigt, in dem die Termine eingetragen waren.»

«Haben die kein Fahrtenbuch?»

«Offenbar nicht.»

«Ich knöpfe mir Körber noch einmal vor. Bis dahin soll er noch etwas schmoren.»

Vincent steckte das Handy ein.

Fast prallte er gegen einen Kurierfahrer, der aus einem Aufzug gestürmt kam. Der Kerl wirkte ausgemergelt und abgehetzt. Enge Sportklamotten, Fahrradhelm, auf dem Rücken eine Tasche aus rotem Kunststoff. In der Hand hielt er die Hülle einer CD und ein Formular.

«Ist hier die Redaktion des *Blitzes*?»

«Ja, aber …»

Vincents Blick fiel auf die Beschriftung der weißen Hülle. Er glaubte, das Wort *Schweiz* entziffern zu können.

«Können Sie das annehmen?» Der Kurierbote hielt ihm das Formular und einen Stift hin. «Bitte, ich hab noch viel zu tun!»

Vincent drückte den Schein gegen die Wand und krakelte etwas Unleserliches an die Stelle, auf die der Bote mit dem Daumen wies. Im Austausch dagegen erhielt Vincent die Disc.

Während sich die Aufzugtür hinter dem Mann schloss, schaute Vincent sich um.

Kein Mensch hatte ihn beobachtet.

Er drehte den Datenträger in der Hand.

Schweiz etc., 10.–13. Mai.

35

▼

Zurück in der Festung, Vincent fuhr seinen Rechner hoch und rief Dominik Roth an.

«Hat der Staatssekretär das Alibi des Fahrers inzwischen bestätigt?»

«Hab ihn noch nicht erreicht.»

«Lust auf eine Diashow?»

Er schob die CD in das Laufwerk. Mit dem Blick einer heimlichen Kamera folgte er Castorp und seiner Referentin in die Schweiz und fühlte sich wie ein Spanner. Es waren weitere Bilder der Detektivin.

Dominik kam herein. Vincent wies auf den zweiten Stuhl und drehte den Monitor, damit der junge Kollege zusehen konnte.

Der große Audi beim Tankstopp, der Ministerpräsident trug eine Sonnenbrille und verließ seinen Platz hinter dem Steuer nicht. Carmen Markowitz an der Zapfsäule, Markowitz bei der Rückkehr mit zwei Kaffeebechern.

«Wo hast du das her?», fragte Dominik.

«Geklaut.»

Der Mund des Neulings stand offen.

«Als Beweismittel werden wir die Bilder nicht verwenden können, aber wenn sie uns auf die Sprünge helfen, war es nicht umsonst.»

Vincent klickte weiter. Eine weiß gestrichene Altstadtfassade. Drei Fahnen über dem Eingang, einmal das weiße Kreuz auf rotem Grund, zweimal ein Logo in Weiß und Blau. Metallene Buchstaben an der Wand. Diese Aufnahme kannte Vincent bereits – der Chefredakteur des *Blitzes* hatte sie ihm gezeigt.

«Widder-Hotel.»

«Ich kann lesen, Dominik.»

«Sorry, Chef.»

Ein scharfer Blick.

«Sorry, ich sag's nicht wieder.» Ein Grinsen. «Ich geb mir Mühe.»

Die nächsten Schnappschüsse zeigten das Pärchen an einer Bar. Sesselbezüge im Zebralook, viel schwarzbraunes Holz. Castorp, jetzt ohne Sonnenbrille, beide rührten im Cappuccino. Beim Betreten des Aufzugs legte er den Arm um ihre Taille. Offenbar guter Dinge.

Eine weitere Serie: Castorp und Markowitz beim Candle-Light-Dinner. Händchenhaltend. Sich zuprostend. Turtelnd. Ein gut gelaunter nordrhein-westfälischer Ministerpräsident, der ein paar Scheine als Trinkgeld zurückließ. Ein Kuss beim Verlassen der Tafel, seine Hand auf dem Hintern der Referentin.

«Damit weiß die Ehefrau Bescheid», stellte Dominik fest.

Vincents Handy. Felix May war dran.

«Anna hat gerade den Zwischenstand ihrer Befragung in der Düsseldorfer CDU-Zentrale durchgegeben.»

«Warum ruft sie mich nicht direkt an?»

Felix ignorierte die Frage. «Castorp hatte das geplante Treffen mit seinem Wahlkampfteam am Tag seines Todes überraschend abgesagt. Ebenso eine Vorstandssitzung und einen Auftritt am Abend in Wuppertal. Gegen vierzehn Uhr rief er deshalb an. Angeblich hat er dabei auch die Pressekonferenz für den darauffolgenden Tag in Frage gestellt.»

«Und warum?»

«Einen Grund hat er laut Anna nicht genannt.»

«Danke, Felix.»

«In einer Stunde sind wir mit Castorps Witwe verabredet. Du wolltest doch mitfahren, oder? Hör mal, wir sollten allmählich aufbrechen. Die Autobahn wird voll sein. Und das Wetter ...»

«Gib mir noch fünf Minuten.»

Dominik hatte inzwischen die Diashow fortgesetzt. Schaffhausen. Touristenkram. Vincent erkannte weitere Fotos, die ihm der Chefredakteur des *Blitzes* als Papierausdruck gegeben hatte.

Plötzlich zeigte der Monitor einen weiten, mit Steinplatten belegten Platz, der Vincent vertraut vorkam. Ein Haus ragte auf, ein gläserner Eingang: Osterkamps Büroimmobilie im Düsseldorfer Rheinhafen.

Drei Männer, aus größerer Distanz geknipst. Vincent konnte Castorp ausmachen, obwohl er sich mit Sonnenbrille und Baseballkappe getarnt hatte. Die beiden anderen, die ihn begrüßten, kannte Vincent nicht.

Ein Spaziergang zu dritt. Vor einem Kran, der als Denkmal der einstigen Industriekultur vor dem Abriss bewahrt worden war, blieb die Gruppe stehen.

«Was sagt uns das?», fragte Vincent.

«Keine Ahnung.»

«Die Detektivin tut mehr, als zu ihrem Auftrag gehört. Oder teilen uns diese Bilder etwas über das Verhältnis von Castorp zu Markowitz mit?»

«Das ist wahr.»

«Warum hat sie ihn nach seiner Rückkehr noch beobachtet?»

Die letzten Schnappschüsse: Castorps Begleiter trugen dunkle Anzüge und gestreifte Krawatten. Der eine war älter und stark übergewichtig. Der andere jung, hoch aufgeschossen. Er beugte den Rücken, als schäme er sich seiner Länge. Einmal hielt er sein Gesicht fast frontal in die Kamera.

«Wie Pat und Patachon», kommentierte Dominik. «Wer ist das wohl?»

«Das nennt man die Preisfrage.»

«Meinst du, *das* könnten unsere Täter sein?»

Vincent betrachtete die letzten Bilder noch einmal. Der Schatten, den der Kran warf, war kurz und stand senkrecht zu den Hafenbecken. Als das Foto geknipst wurde, war die Sonne im Süden gestanden. Also etwa um dreizehn Uhr – vier Stunden bevor oben im Penthouse der Schuss fiel. Um vierzehn Uhr hatte Castorp in seiner Parteizentrale angerufen, um die Pläne für den Tag über den Haufen zu werfen.

Vincent rief Felix zurück. «Ist Anna noch bei der CDU?»

«Warum fragst du sie nicht direkt?»

Vincent wählte Annas Nummer. «Bist du noch in der Wasserstraße?»

«Ja, klar. Es scheint, als hätte Castorp um die Bedingungen seines Rückzugs aus der Politik verhandeln wollen. Die Kanzlerin muss darüber hochgradig sauer gewesen sein. Der Typ hat tatsächlich geglaubt, sie könnte ihn zum EU-Kommissar machen.»

«Pass auf, in einer halben Stunde kommt Bruno mit dem Durchsuchungsbeschluss vorbei. Und zur Verstärkung ein paar Uniformierte. Sieh zu, dass du die Haare schön hast.»

«Wieso das denn?»

«Ein Typ vom *Blitz* wird da sein, wenn ihr Castorps Computer aus dem Gebäude tragt. Zieht eine gute Show ab.»

«Muss das sein?»

«Und noch etwas, Anna. Ich sende dir jetzt ein paar Fotos auf dein Smartphone. Zwei Typen, die wie Politiker oder Bürokraten aussehen. Vielleicht erkennt sie einer von deinen CDU-Leuten.»

Vincent legte auf.

«Weißt du, was mir auffällt?», fragte Dominik, der sich alle Fotos noch einmal im Schnelldurchgang angesehen hatte.

«Sprich.»

«Das sind gerade mal knapp vierzig Aufnahmen. Von Freitagmorgen bis Montagmittag. Sollte das wirklich die ganze Ausbeute sein?»

36

▼

Dominik hatte sich in sein Büro verdrückt, Vincent war allein. Saskias Visitenkärtchen lag vor ihm. Eigentlich hatte er keine Zeit zu verplempern, trotzdem klickte er das Symbol des Einwohnermeldeamts auf seinem Bildschirm an.

Ein Fenster öffnete sich, in dem er sich mit Namen und Passwort einloggte. Die Suchmaske erschien.

Er tippte: *S-a-s-k-i-a B-a-l-t-e-s.*

Der Monitor zeigte ihre Daten: *Am Falder 17, 40589 Düsseldorf, geboren am 21. 03. 1985.*

Sie hatte ihn wegen des Alters nicht belogen.

Zurück zur Suchmaske. Vincent gab nun die Adresse ein und las das Resultat.

Sechs Personen. Vier davon trugen den Namen Zwerschke.

Den Geburtsdaten nach ein Paar um die vierzig mit zwei pubertierenden Töchtern. Außer Saskia war noch ein Oskar Baltes in dem Haus gemeldet. Der kleine Sohn.

Offenbar teilten die beiden ihre Wohnung nicht mit einem Freund. *Im Guten getrennt* – gab es so etwas tatsächlich?

Vincent wählte Saskias Nummer. Dabei blickte er aus dem Fenster. Felix wartete bereits bei einem der Dienstwagen.

«Baltes», meldete sich die WDR-Frau.

«Vincent hier. Ich bin dir noch etwas schuldig. Diesmal bist du schneller als der *Blitz*, wenn ihr das heute noch sendet. Wie rasch kannst du ein Kamerateam mobilisieren?»

«Worum geht es?»

«Wir durchsuchen sämtliche Büros von Castorp. Sei in einer halben Stunde an der Staatskanzlei. Das müsstest du schaffen, der WDR residiert ja gleich um die Ecke. Wir rücken mit Uniformierten an und werden Beute aus dem Gebäude schleppen.»

Saskia stieß einen leisen Pfiff aus.

Das Anklopfgeräusch.

Vincent drückte die Reporterin weg.

«Vincent?», fragte Anna.

«Höchstpersönlich.»

«Ich hab die Namen, was krieg ich dafür?»

«Vielleicht ein paar Kirschkerne auf den Hintern.»

«Bitte?»

«Ein Scherz.»

«Der Große heißt Florian Brennecke und ist Referent im Kanzleramt. Ein Kofferträger der Kanzlerin, den hier in Düsseldorf keiner ausstehen kann. So unnütz wie ein Geschwür am Arsch. Wörtliches Zitat.»

Brennecke. Vincent erinnerte sich an dessen aufgeregtes Räuspern am Telefon, gestern, am Morgen nach der Tat.

«Und der Dicke?»

«Das ist Max Feist, Mitglied des Bundestags und Bundesschatzmeister der CDU.»

«Zweifelsfrei?», fragte Vincent nach. «Auf den Fotos erkennt man sein Gesicht gar nicht richtig.»

«Frag den Landesgeschäftsführer. Der war erst letzten Monat mit Feist beim Schnitzelessen im *Borchardt*, wollte ihm zusätzliches Geld für den Wahlkampf aus den Rippen leiern. War wohl nicht ganz einfach. Feist ist Schwabe.»

Castorps Besuch: ein Kofferträger sowie ein höheres Tier der Partei.

Saskias Fangfrage fiel Vincent ein, gestern Nachmittag beim Interview.

Können Sie ausschließen, dass die Tat einen politischen Hintergrund hat?

Nein, dachte er, im Gegenteil.

37

▼

Die Gewitterfront näherte sich aus Richtung Duisburg. Sämtliche Autos, die ihnen entgegenkamen, fuhren mit Licht. Felix May saß am Steuer des Dienstwagens, jagte die linke Spur entlang und fluchte über jeden, der langsamer war und nicht sofort nach rechts auswich.

Vincent hatte auf der Rückbank Platz genommen, um unterwegs die Akten durchzugehen. Doch zuerst rief er in Berlin an. *Eins, acht, vier und drei Mal die Null. Brennecke verlangen, Florian Brennecke.*

Vincent wurde verbunden. Der Referent meldete sich.

«Sie haben mir gestern früh Ihre Mitarbeit angeboten»,

sagte Vincent. «Wie wär's, wenn Sie mir von Ihrem Besuch bei Walter Castorp erzählen?»

«Ich, äh …»

«Sie waren doch vorgestern bei ihm in Düsseldorf?»

«Ja, aber …»

«Allein?»

«Ja.»

«Ich habe Fotos vorliegen, die noch eine dritte Person zeigen.»

«Fotos?»

Vincent verlor die Geduld. «Wir müssen uns unterhalten. Ich schlage vor, dass ich morgen nach Berlin komme. Die Uhrzeit können Sie bestimmen.»

«So schnell geht das nicht, Herr …»

«Wenn Sie nicht kooperieren, lasse ich Sie vom Staatsanwalt vorladen. Dann sehen wir uns im Berliner Landeskriminalamt an der Keithstraße. Wie Sie wollen, Herr Brennecke.»

«Moment mal!»

«Allerdings kann ich in dem Fall nicht ausschließen, dass die Medien von Ihrer Vorladung Wind bekommen. Sie wissen ja. Eine undichte Stelle kann sich überall auftun.»

Vincent bemerkte den Blick des Kollegen May im Spiegel.

Der Referent stotterte: «Ich … ich kann Ihnen frühestens für Montag …»

«Herr Brennecke, Sie reden gerade mit einem Kriminalbeamten.»

«Ich weiß.»

«Wir telefonieren um dreizehn Uhr noch einmal, bis dahin haben Sie einen Termin freigeschaufelt. Für morgen.»

Die Nummer von Max Feist besaß Vincent nicht. Laut Anna Winkler war der Mann Abgeordneter. Vincent rief die Auskunft an und ließ sich mit der Bundestagsverwaltung verbinden.

Eine Frau meldete sich. Angenehmes Timbre, ein leichter Berliner Akzent. «Wir haben heute Plenarsitzung», sagte sie. «Aber vielleicht ist Herr Feist in seinem Büro.»

Vincent hörte der Warteschleifenmusik zu. Ein Mitarbeiter meldete sich, eindeutig Schwabe. Vincent fragte nach dem Politiker.

«Einen Moment, bitte.»

Dann ein hoher Singsang, den Vincent dem Dicken auf dem Observierungsfoto nicht zugetraut hätte. «Max Feist, was kann ich für Sie tun?»

Vincent stellte sich vor.

Schlagartig war jede Freundlichkeit aus der Stimme gewichen. «Was wollen Sie?»

«Sie gelten als Zeuge im Mordfall Walter Castorp. Sie und ein Referent des Kanzleramts sind wenige Stunden vor der Tat mit dem Opfer gesehen worden.»

«Wollen Sie andeuten, wir hätten etwas mit Walters Tod zu tun? Lächerlich!»

«Ich sagte Zeuge, nicht tatverdächtig. Ich würde mich gern mit Ihnen unterhalten.»

«Walter wurde gegen siebzehn Uhr umgebracht, hat man mir gesagt. Unser Rückflug ging irgendwann nach drei. Lufthansa. Das können Sie nachprüfen. Zufrieden?»

«Warum haben Sie ihn besucht?»

«Politische Gespräche unter Parteifreunden. Vertraulich.»

«Ich bin morgen in Berlin. Können wir einen Termin vereinbaren?»

«Unmöglich. Sitzungswoche. Lassen Sie uns am Montag telefonieren. Noch besser am Dienstag.»

«Sie können die Kripo nicht hinhalten, Herr Feist. Entweder Sie treffen sich freiwillig mit mir, oder ich lasse Sie vorladen.»

Wieder der Blick von Felix im Spiegel.

«Ach, wirklich? Packen Sie immer gleich die ganz große Streitaxt aus, Herr …»

«Veih.»

«Fragen Sie mal Ihren Innenminister, was der davon hält, wie Sie mit einem gewählten Volksvertreter umspringen, mein lieber Herr Veih!»

Aufgelegt.

Sie überquerten die Ruhr. Es war dunkel geworden, als sei die Sonne gar nicht aufgegangen. Einzelne Tropfen klopften schwer auf die Frontscheibe.

Vincent knipste das Licht an der Wagendecke an, schlug den ersten Aktendeckel auf und begann, sich Notizen zu machen. Rasch merkte er, dass ihm die Konzentration fehlte. Der Regenschauer brach mit Wucht vom Himmel, die Wischer schrubbten geräuschvoll über die Scheibe. Stau vor dem Dreieck Essen-Ost.

Das Handy gab Laut. Max Dilling aus dem Leitungsstab des Präsidenten, sein einstiger Dienstgruppenleiter: «Die Ausstellung eröffnet am Montag. Noch fünf Tage, einschließlich Wochenende. Ein Profisprecher vom WDR hat die Briefe für mich eingelesen. Ohne Honorar zu verlangen, stell dir vor. Es wird Kopfhörer für die Besucher geben. Ich brauche nur noch dein Okay und die Originale für die Vitrine. Was ist? Sag endlich ja!»

Vincent hatte Dilling erlaubt, Opas Briefe für seine Sammlung zu kopieren. Er fragte sich, ob das richtig gewesen war. «Ich konnte meine Mutter noch nicht fragen. Versteh doch, die Sache Castorp …»

Wieder das tutende Anklopfgeräusch. Oder verlangte das Handy danach, den Akku aufzuladen? Nein, dann würde es piepsen.

«Ich habe übrigens den Namen Gerhard Veih in alten Akten gefunden. Das heißt, ich kann nachweisen, dass er 1942 im Raum Lublin war.»

«Du bist also nicht auf die Briefe angewiesen.»

«Doch, natürlich! Du weißt selbst am besten, wie sie auf einen wirken. Als historische Dokumente sind sie von unschätzbarem Wert. Denk bitte auch an das Foto, dein Opa als junger Mann in Uniform. Übrigens plane ich ein Buch zur Ausstellung. Ich bekomme Fördergelder, und den Rest strecke ich vor.»

Erst Brigitte, jetzt auch noch Max Dilling. Alle wollten unter die Autoren gehen. «Um ehrlich zu sein …»

«Du musst nichts begründen, Vincent, ich versteh dich sehr gut. Der eigene Opa, daran knabbert man lange. Aber du gehörst nicht zu denen, die verdrängen wollen. Und es geht nicht bloß um eine Ausstellung.»

«Sondern?»

«Es geht um die Wahrheit, mit der wir uns früher oder später auseinandersetzen müssen. Als Polizisten und als Menschen.»

«Gib mir noch einen Tag Bedenkzeit.»

Max seufzte, dann legte er auf.

Vincent studierte das Display seines Mobiltelefons. Er rief seine Mailbox an.

Sie haben eine neue Nachricht. Zum Abhören der Nachricht …

Er tippte auf die Eins.

Ein Anruf um elf Uhr sechsunddreißig.

Gleich darauf vernahm Vincent die Stimme von Nina. Sein Herz ging schneller.

Du Arschloch gehst einfach nicht ran, ich kann es nicht fassen! Du Heuchler, mir machst du die Hölle heiß wegen eines dummen Seitensprungs. Und selbst sitzt du händchenhaltend in der Kneipe. Weißt du was, Vincent …

Er hörte ein Schniefen, dann brach Ninas Stimme ganz ab.

Wieder die Computeransage: *Sie haben keine weiteren Nachrichten.*

Vincent ließ das Handy sinken. Sein Blick suchte die Augen des Kollegen im Rückspiegel, doch der ehemalige SEK-Rambo schaute unbeirrt in Richtung Fahrbahn.

Zwölf Jahre ist es her, dass ich mein Studium geschmissen habe, überschlug Vincent. Wie viele Wochen und Tage im Polizeidienst seitdem? Zuerst eine Menge Nachtschichten für die Kriminalwache. Danach zu viele Überstunden für zu viele Tote. Hätte Nina was mit dem Anwalt angefangen, wenn ich einen anderen Beruf gewählt hätte?

Vincent überlegte, ob er sie zurückrufen sollte. Felix würde Zeuge werden. Das Privatleben des Vorgesetzten – beliebter Stoff für Klatsch und Tratsch.

Scheiß drauf.

Er tippte auf das Symbol für die Mobilnummer seiner Freundin.

Sie sprechen mit dem Anschluss von Nina Holsten …

Vincent ließ es sein.

38

Castorps Privathaus stand am Bochumer Stadtpark. Eine Villa aus der Zeit vor dem Ersten Weltkrieg, Erker, allerlei Gauben und ein Türmchen, schwarzer Schiefer auf dem Dach und an der Fassade des Obergeschosses. Ein gepflegter Vorgarten. Vincent erinnerte sich an Zeitungsberichte, zwei oder drei Jahre alt: Castorp hatte das Geld für Erwerb und Renovierung von einem befreundeten Unternehmer als zinsloses Darlehen erhalten. Angeblich ohne politische Gegenleistung und inzwischen abbezahlt.

Felix May hielt den Wagen an. Der Regen prasselte hart auf

das Dach. Die Sicht nach vorn verschwamm. Vincent zögerte auszusteigen, auch sein Kollege schien keine Lust zu haben, klatschnass zu werden.

«Er hat sie gedemütigt», sagte Felix und schloss seinen schwarzen Blouson bis zum Hals. «Eine Freundin nach der anderen. Welche Ehefrau wird da nicht sauer?»

«Und dann schlägt sie die Gelben Seiten auf. Unter ‹K› wie ‹Killer›.»

«Vielleicht hat sie Körber bezahlt, den Fahrer.»

«Und macht gemeinsame Sache mit der Opposition. Oder mit dem Kerl, der jetzt in der CDU an Castorps Stelle rückt.»

«Minister Driesbach?»

«Wie steht's um dein Motiv, Felix?»

«Bitte?»

«Wenn ich's recht bedenke, traue ich dir den Mord am ehesten zu. Du warst auffällig rasch am Tatort. Hast wahrscheinlich keine Schutzkleidung benutzt, um das Spurenbild durcheinanderzubringen.»

Ein böser Blick traf Vincent. «Hör mal, jetzt reicht's aber!»

Sie verharrten noch einen Moment, dann sahen sie ein, dass das Warten zwecklos war, stiegen aus und spurteten zum Hauseingang. Vincent übersah eine Pfütze und holte sich zu allem Überfluss noch nasse Füße.

Es gab ein Vordach. Die Tür war aus Holz, weiß lackiert, in der Mitte ein kleines Fenster mit Eisengitter. Vincent fand den Klingelknopf. Felix keuchte und rubbelte mit einem Stofftaschentuch sein Haar trocken.

Die Dame des Hauses öffnete, in Trauerschwarz gekleidet. Perlen um den Hals. Kein Wort übers Wetter, kein Handschlag zum Gruß. Nur eine kraftlose Geste, mit der Simone Castorp ihren Besuch nach drinnen leitete.

«Mir ist das alles ein großes Rätsel», sagte die Witwe.

Vincent nickte. Er hatte das helle Lederpolster seines Stuhls vollgetropft und hoffte, dass die Flecken wieder verschwinden würden. Das Esszimmer kannte er von den heimlichen Aufnahmen ihres Mannes. Die Zweige in der großen Vase, Büschel von gelben Blüten. Auch den Bernhardiner, der unter dem Tisch lag und ab und zu mit dem Schwanz auf den Teppich klopfte.

«Die Abhöraffäre, die Haltung der Partei, Walters Tod. Alles, was in den letzten zwei Wochen geschehen ist. Für mich ein Rätsel.»

Während Felix May das Gespräch protokollierte, behielt Vincent die Witwe im Blick, ihre aufrechte Körperhaltung, ihre kleinen Gesten. Sie hatte die Unterarme auf den Tisch gestützt, die Hände ineinandergelegt.

«Wann haben Sie Ihren Mann zum letzten Mal gesehen?»

«Vor genau einer Woche, am Abend seiner Ehrenwort-Erklärung. Wir haben lange geredet, es wurde spät. Ich habe ihn darin bestärkt, weiterzukämpfen. Deshalb hat er Osterkamps Angebot angenommen, in Düsseldorf zu wohnen. In der Höhle des Löwen. Um sich besser wehren zu können. Walter war ein großartiger Mann. Irgendwann wird die Republik erkennen, was sie an ihm verloren hat.»

«Hielten Sie Kontakt?»

«Wir haben fast täglich telefoniert, und er hat mir sein Herz ausgeschüttet.»

«Worum ging es da?»

«Um den Verrat der Parteifreunde, die es nicht erwarten konnten, ihn fallen zu sehen. Allen voran die Kanzlerin. Eine Diktatorin, eine Gefahr für die Demokratie! Ohne ihre Ermunterung wäre Driesbach ihm nicht in den Rücken gefallen. Diese blasse Figur soll jetzt Walters Nachfolger werden? Lächerlich!»

«Was wollte Ihr Mann in der Schweiz?»

«Das kann ich Ihnen nicht sagen. Er hat nur Andeutungen gemacht.»

«Welche?»

«Dass ihm eine Abfindung zustünde. So in etwa hat Walter es formuliert. Er wollte um seine Zukunft kämpfen, um seine Ehre.»

«Wissen Sie, mit wem er die Reise unternommen hat?»

«Mit Carmen Markowitz, einer Referentin aus der Staatskanzlei.»

«Sie war seine Geliebte.»

«Eines seiner Mädchen.» Ein leichtes Lächeln. «Ich weiß.»

«Dank der Detektivin, die Sie den beiden hinterhergeschickt haben.»

«Detektivin?» Frau Castorp ruckte nach vorn, die Stirn gerunzelt.

«Das können Sie nicht abstreiten. Uns liegen die Observierungsfotos vor.»

«Behauptet diese Person, ich hätte sie beauftragt?»

Vincent las ehrliche Verwunderung in ihrem Gesicht, keine Spur von Angst oder Nervosität. Er wusste, dass es Menschen gab, die ihre Mimik im Griff hatten. Aber *so* gut?

«Wie war Ihr Verhältnis zu Ihrem Mann?»

«Es hätte nicht besser sein können. Er ließ mir meine Freiheit und ich ihm seine.»

Vincent wartete.

Die Witwe zuckte mit den Schultern. «Walter hat mir nichts verheimlicht. Wir haben einander alles erzählt. Eine Detektivin hätte ich nie benötigt.»

Vincent erkannte weder einen Fluchtimpuls noch die Andeutung einer Abwehrhaltung. Kein Signal, das auf Anspannung oder Lüge hindeutete. Gab es so etwas tatsächlich, eine offene Ehe ohne Eifersucht und Streit?

«Wir wussten, woran wir waren», fuhr Simone Castorp fort. «Vielleicht ist das für Sie schwer zu verstehen, aber unsere Partnerschaft stand nie in Frage.»

Vincent blickte nach oben. Zahlreiche kleine Scheiben aus mattem Glas, die rund um eine Halogenbirne hingen, bildeten die Deckenlampe. Vincent streifte die nassen Schuhe ab und stieg auf den Stuhl. Rasch hatte er die Minikamera entdeckt, ein hellbraunes Teil, kaum größer als ein Daumennagel. Was wie eine erloschene Leuchtdiode aussah, war die Linse. Er riss das Teil von dem dünnen Draht, der es mit Strom versorgte, und legte es auf den Tisch.

«Was ist das?», fragte Simone Castorp.

«Eine Kamera mit Sender. Wie erklären Sie es sich, dass Ihr Mann das Haus damit verwanzt hat?»

Das Handy vibrierte. Vincent hatte es stumm gestellt. Er kontrollierte das Display.

Saskias Nummer.

«Kurze Pause», sagte er zu Felix und Frau Castorp.

Auf dem Weg in die Küche nahm er das Gespräch an. Er schloss die Tür hinter sich.

«Danke, Vincent», sagte die WDR-Reporterin. «Alles im Kasten. Uniformierte, die beschlagnahmtes Material aus dem Stadttor schleppen, und ein Kollege von dir in Zivil, der ‹Kein Kommentar› in die Kamera sagt. Perfekt!»

«Freut mich.»

«Es gehen übrigens Gerüchte um.»

«Sprich.»

«Schließen wir einen Pakt, Vincent? Geben und Nehmen zum beiderseitigen Nutzen?»

«Beiderseitig klingt gut.»

«Es heißt, Carmen Markowitz hätte als Edelprostituierte gearbeitet, Escort oder so.»

Vincent erinnerte sich an das Dossier, das Anna Winkler ihm zusammengestellt hatte. Auch darin waren Gerüchte erwähnt.

«Gibt es Details? Zeugen, Belege?», fragte er.

«Nein.»

«Dann ist das nicht gerade …»

«Man munkelt auch, Castorp sei in krumme Geschäfte verwickelt gewesen. Waffen und so.»

Vincent stöhnte auf.

«Was wäre daran so abwegig? Immerhin sitzt Rheinmetall in Düsseldorf, und Castorp war nebenbei Mitglied der Deutsch-Arabischen Gesellschaft.»

«Ich soll also mein Augenmerk auf Mossad-Agenten richten.»

«Ich geb nur wieder, was bei uns durch die Flure geistert.»

Der Pakt steckt noch in Anlaufschwierigkeiten, dachte Vincent.

«Sehen wir uns heute Abend?», fragte die junge Frau.

Vincent antwortete, dass er zur Stunde nichts planen könne. Als sie auflegten, hatte er das Gefühl, Saskia habe enttäuscht geklungen.

Er sah sich in der Küche um. Die Spülmaschine lief mit leisem Rauschen. Arbeitsflächen aus Granit, Holzfronten im Landhausstil. An der Wand ein selbst gebastelter Fotokalender. Das Bild für den Mai zeigte Simone Castorp mit einer Frau, die Vincent nicht kannte. Mittleres Alter, wehendes Haar. Strand, Palmen, das Meer. Sympathische Gesichter, Privataufnahme. Vincent fand es interessant, wie andere Leute lebten. Von außen ein feudales Haus – im Inneren stinknormal eingerichtet.

Er wählte die Nummer von Brunos Handy.

«Wegmann.»

«Champion, wo steckst du gerade?»

«Landtag. Castorp hat auch hier einen Computer, ansonsten ist sein Büro relativ leer.»

«Ausgeräumt?»

«Nein, er scheint nur das Zimmer selten genutzt zu haben.»

«Du hast mir von pikanten Privatfilmchen auf Castorps Laptop erzählt.»

«Also doch interessiert? Ich wusste es.»

«Sag mir nur eines: Die Ministerpräsidentengattin steht auf Frauen, stimmt's?»

«Wie hast du das erraten?»

«Du musst diese Aufnahmen löschen.»

«Klar.»

«Ich meine das ernst. Restlos und vollständig. Wehe du ziehst einen Handel mit Raubkopien auf!»

«Hey, du bringst mich da auf eine Idee.»

«Haben wir uns verstanden?»

«Aber ja, Vincent.»

Frau Castorp hatte die winzige Kamera nicht angerührt. Vincent eröffnete ihr, dass es im Haus vermutlich noch mehr davon gab. Er tippte auf das Schlafzimmer.

«Ihr Mann scheint also doch eifersüchtig gewesen zu sein.»

«Wie kommen Sie darauf, dass er dahintersteckt?»

«Weil wir auf seinem Laptop die entsprechenden Dateien gefunden haben, Videoaufnahmen.»

«Das ist nicht wahr!»

«Leider doch.»

«Ich verlange, dass das vernichtet wird!»

«Schon geschehen», antwortete Vincent und hoffte, dass sich Bruno an seine Anweisung halten würde.

«Sollte auch nur ein Bild davon an die Öffentlichkeit gelangen ...»

«Schon klar, Frau Castorp. Drücken wir die Daumen, dass Ihr Mann nichts davon online gestellt hat.»

«Für Walter lege ich meine Hand ins Feuer, Herr Kommissar. Er war nicht eifersüchtig. Ich schätze, dass ihm einfach nur das Zusehen Spaß gemacht hat.» Die Witwe sah ihm in die Augen, Spott um die Mundwinkel. «Träumt davon nicht jeder Mann?»

«Sie bleiben also bei Ihrer speziellen Version der perfekten Ehe?»

«Ich habe ihn nicht umgebracht, falls Sie das meinen.»

«Trotzdem muss ich Sie fragen …»

Sie verdrehte die Augen. «Wann?»

«Vorgestern gegen siebzehn Uhr.»

«Da war ich hier.»

«Allein?»

«Ein Schreinermeister und sein Lehrling waren draußen auf der Terrasse. Ausbesserungsarbeiten, bis etwa um halb sechs.»

Vincent ließ sich den Namen des Schreiners nennen. Dann legte er den Durchsuchungsbeschluss auf den Tisch und erklärte die Rechtslage.

«Bitte», die Frau wurde unwirsch. «Wenn es Sie glücklich macht.»

Statt eines Computers fanden sie lediglich einen Stapel vollgeschriebener Hefte. Sie bildeten eine Art Tagebuch, das in den neunziger Jahren begann, und füllten einen Karton. Es würde eine Ewigkeit dauern, das Material auszuwerten.

Vincent wandte sich noch einmal an die Witwe. «Ihr Mann hat Psychopharmaka genommen, stimmt das?»

«Manchmal, wenn er unter Anspannung stand.»

«In letzter Zeit war die Anspannung nicht gerade gering.»

«Allerdings.»

«Xanax besitzt ein hohes Suchtpotenzial.»

«Walter hatte es im Griff.»

«Wir haben zwei Großpackungen gefunden. So etwas verschreibt einem der Hausarzt nicht ohne weiteres.»

«Walter kannte jemanden, der ihm die Medikamente besorgt hat.»

«Wissen Sie, wer das war?»

«Nein. Ich weiß nur, dass Walter der Person vertraut hat. Ich habe ihn gewarnt, dass er sich erpressbar machen könnte. Aber er hat diesbezüglich nichts befürchtet.»

Zum Abschied kam Simone Castorp mit zur Haustür. Das Gewitter war in Richtung Dortmund weitergezogen. Die Sonne brach durch die Wolken, die Straße dampfte.

Eine letzte Frage konnte sich Vincent nicht verkneifen. «Entschuldigen Sie meine Neugier, aber warum haben Sie Castorp überhaupt geheiratet?»

«Warum nicht? Er sah passabel aus, und damals wollte ich das sein, was die Leute ‹normal› nennen. Aber gehalten hat die Ehe nur, weil mit der Zeit Liebe daraus wurde. Was schauen Sie so ungläubig? Kennen Sie das nicht, dass Liebe wächst?»

Felix brummte etwas und ging zum Wagen vor.

Die Witwe hielt Vincent am Arm fest. «Was die Leute über Walter behauptet haben, ist erstunken und erlogen. Es gibt keine Castorp-Affäre, Herr Veih. Entweder steckt Driesbach dahinter oder die Sozis. Das müssen Sie mir glauben.»

39
▼

Felix hielt vor einem Imbiss. Aus einem Baum fielen Tropfen auf das Wagendach.

«Hier kriegst du die besten Pommes. Weiß ich noch aus meiner Zeit an der hiesigen Polizeischule.»

Während der Kollege ausstieg, schaltete Vincent das Radio ein. Punkt dreizehn Uhr – die Nachrichten machten mit der Trauerfeier für die toten Bauarbeiter auf. Vor der Kirche hatte es Proteste gegeben. Sogar der Bundespräsident hatte sich geäußert. Es sei «töricht und geschichtsvergessen», wenn man in dieser Republik gegen die freie Marktwirtschaft demonstriere. Unterdessen hatten diverse Gruppen für morgen einen Schweigemarsch zum Polizeipräsidium angemeldet.

Noch vier Tage bis zur Wahl.

Felix stieg ein und hielt ihm eine Pappschale hin. Der Gestank von altem Frittierfett machte sich im Wagen breit. «Laut Verkäufer die reinste Muskelnahrung», bemerkte Felix.

«Glaub ich aufs Wort.»

Hastig aßen sie ihre Portionen. Mit dem letzten Stück Pommes wischte Vincent den Rest Ketchup aus seiner Schale. Felix leckte sich die Finger ab, startete den Passat und steuerte die Autobahn an.

Der nasse Asphalt blendete im Gegenlicht. Vincent blickte zur Seite. Schäbige Wohnblocks, dicht an die Leitplanken gebaut. Satellitenschüsseln, vermüllte Balkone, in den Regenrinnen wuchs Unkraut. Den Menschen unter diesen Dächern war es egal, wer sie regierte. Wie auch sie den Regierenden egal waren.

Felix brach das Schweigen. «Hör mal, hab ich das richtig verstanden? Der Ministerpräsident war mit einer Lesbe verheiratet?»

«Mehr als zwanzig Jahre lang. Und sie hält ihren Mann für unschuldig an der Abhöraffäre, trotz der Kameras im eigenen Haus.»

«Wahre Liebe.» Felix lachte. «Oder sie führt uns an der Nase herum und hat doch ihren Mann auf dem Gewissen.»

«Glaub ich nicht.»

Felix zuckte mit den Schultern. «Du bist der Psychologe.»

«Bleibt die Frage, wer die Detektivin beauftragt hat.»

Vincent rief in Berlin an. Er hatte es Florian Brennecke angekündigt.

Der Referent steckte angeblich in einer Besprechung, in der man ihn nicht stören könne. Er werde sich melden, hieß es.

Max Feist ging nicht ran.

Vincent verstaute das Handy. Ich krieg euch noch, dachte er.

40

▼

Wieder sprang Körber auf, als Vincent die Zelle betrat. «Haben Sie einen Anwalt mitgebracht?»

«Nicht nötig. In fünf Minuten sind Sie frei.»

«Na, endlich.»

«Ich brauche nur noch eine plausible Begründung, warum wir Ihre Fingerspuren gefunden haben.»

«Ich habe Ihnen doch schon erklärt, dass ich zur Sache keine Aussage …»

«Ruhig, Herr Körber. Ich biete Ihnen zwei Varianten an. Die erste nehme ich zu den Akten. Demnach hatte der Ministerpräsident seine Medikamente im Büro vergessen und bat Sie, ihm das Zeug zu bringen.»

«Genau so war es.»

«Warum haben Sie das dann nicht gleich gesagt?»

Der Mann mit dem geröteten Gesicht schwieg.

«Variante zwei: Sie sind ein gutmütiger Mensch. Sie mochten Walter Castorp, und er hat das ausgenutzt. Er kannte Ihre Vorgeschichte und Ihre Fähigkeiten. Stimmt doch, oder?»

Körber knabberte an seinem Schnurrbart.

«Walter Castorp hat Sie gebeten, Rezepte zu fälschen, und Sie konnten nicht nein sagen.»

Der Fahrer scharrte mit den Füßen, vermied Blickkontakt.

«Wir verzichten darauf, gegen Sie zu ermitteln, und ich denke, damit sind wir quitt», sagte Vincent. «Auf Wiedersehen, Herr Körber.»

Der Mann trottete hinaus, Vincent geleitete ihn über den Hof in den Vordertrakt und zeigte ihm den Weg zum Ausgang.

Er schaffte den Karton mit Castorps Aufzeichnungen in sein Büro. Das Mobiltelefon vibrierte in der Tasche, doch als er die Sachen auf dem Tisch abstellte, war es schon wieder still.

Er ging hinüber zu Nora, um sich Kaffee einzuschenken.

«Neue Frisur?», fragte er. «Schick!»

«Schon seit Samstag. Trotzdem danke.»

Vincent trug den heißen Becher in sein Zimmer und sah auf dem Display seines Handys nach.

Saskia Baltes. Er rief zurück.

«Hast du einen Computer in der Nähe?», fragte die Reporterin.

Vincent warf seinen Rechner an. «Dauert ein bisschen.»

«Klick auf den Browser.»

«Moment ... jetzt.»

«Geh auf die Seite *archive.org*.»

«Jawohl, hab ich.»

«Das ist eine Trackback-Seite, mit der du alte Websites ansehen kannst, die inzwischen geändert oder gelöscht wurden. Siehst du die Maske oben?»

«Ja.»

«Gib die Adresse *Chateau-Bellevue.de* ein.»

«Dieser Edelpuff draußen in Unterbach?» Ihm fiel ein, was Kollegen der Schutzpolizei ihm einmal erzählt hatten. Sie waren ausgerückt, weil der Bruder eines Nationalspielers dort randaliert hatte. Die Pointe war, dass der Fußballstar ebenfalls anwesend war, nachts um drei, nur zwei Tage vor einem Länderspiel. Sturzbetrunken wollte der Mann in seinem Ferrari davonfahren. Die Kollegen hatten Mühe, ihn daran zu hindern.

Nichts davon war an die Öffentlichkeit gedrungen, aber ein gutes Jahr später wurde derselbe Ballkünstler des Dopings überführt: Kokain im Urin – angeblich koksten manche Fußballer gern, um Schmerzen zu betäuben und das Selbstvertrauen hochzuschrauben.

Vincent fiel der Name ein: Mike Dollinger. Bei der Fortuna hatte er nie gespielt.

«Was siehst du jetzt?», fragte Saskia.

«Eine Liste mit Jahreszahlen und ein Diagramm.»

«Klick auf *2011*.»

«Okay.»

«Jetzt müsstest du die Homepage des Etablissements vor dir haben, wie sie vor zwei Jahren aussah. Links die Menüleiste. Hast du's?»

«Ja.»

«Klick auf *Die Ladies*.»

Eine Unterseite baute sich auf. *Unsere Ladies für Genießer* Acht Fotos mit Namen. Pseudonyme, vermutete Vincent. Die Gesichter nicht kenntlich.

«Jetzt auf *Vanessa*.»

Er klickte den Namen an. Sechs weitere Bildchen erschienen auf dem Schirm, sie zeigten eine Frau in verschiedenen Phasen der Entkleidung. Mal war ihr Gesicht durch eine breite Augenbinde kaschiert, dann von einem Hut überdeckt. Dazu gab es ein paar Zeilen Text.

Vanessa ist das Energiebündel im Chateau Bellevue. Fröhlich und frech wie ein Schulmädchen, erwartet sie dich zu heißen Begegnungen, die du nicht vergessen wirst. Wo andere aufhören, dreht Vanessa erst richtig auf.

«Und?», fragte Saskia.

Vincent stellte sich Castorps Referentin vor. Die Haarfarbe schien zu stimmen, die schmale Nase, die Form der Lippen. Leider war die Stelle, an der bei Carmen Markowitz die kleine Narbe saß, in keiner Aufnahme zu sehen.

«Woher hast du den Hinweis?», fragte Vincent.

«Von einem Kollegen.»

«Der auf dem SPD-Ticket fährt.»

«Du könntest dich für meinen Tipp bedanken, finde ich.»

«Unser Pakt nimmt allmählich Formen an», gestand Vincent ihr zu.

Nachdem er aufgelegt hatte, ging er zurück auf die Seite, die sämtliche Damen vorstellte. Mit einem Kribbeln im Bauch klickte er auf die Allererste.

Corinne.

Wieder sechs Fotos. Das Mädel von vorn und von hinten. In Unterwäsche und splitternackt. Wieder verdeckte ein Hut die Augen. Auf der Schulter ein verblasster Skorpion.

Vincent kannte das Tattoo. Sie hatte es sich vor sechsundzwanzig Jahren stechen lassen, als sie noch gemeinsam mit Jackson das Nesthäkchen der Punker-Clique gewesen war. Mit vierzehn war sie von zu Hause ausgerissen, weil der Alte ihr an die Wäsche wollte. Alle liebten und behüteten sie, auch wenn sie noch so kratzbürstig war. Ein Engelsgesicht. Wie ein Versprechen, das zu schön war, um jemals erfüllt zu werden.

Blümchen – sie war es, jede Wette.

Als fünfzehnjähriger Ausreißer hatte er sich über beide Ohren in das Mädchen verliebt. Aber er hatte sie nie berührt oder geküsst, obwohl sie wochenlang im gleichen Zimmer gepennt hatten. Er hatte es nicht geschafft, ihr seine Gefühle zu gestehen, so schüchtern war er gewesen, so groß seine Angst, zurückgewiesen zu werden.

Ein paar Mal hatten sich später ihre Wege gekreuzt. Zuletzt vor acht Jahren. Ingo hat recht, überlegte Vincent. Der damalige Erfolg hat auch mir den Karriereweg geebnet. Aber den Preis hat Blümchen bezahlt.

Vincent suchte in seinem Adressbuch nach ihr. Bettina Blume. Er fand eine uralte Handynummer und wählte sie. Eine weibliche Automatenstimme: *Diese Nummer ist zurzeit nicht vergeben.*

Er legte auf.

Ingos Ermahnung: *Lass gut sein, Vinnie. Sie wollte es so.*

Vincent wünschte sich, er könnte den Abend vor acht Jahren ebenso leicht abhaken wie der Kollege. Unsere Karrieren beruhen auf Fehlern, schoss es ihm durch den Kopf. Ich muss meinen wiedergutmachen, um mir die Beförderung zum Kommissariatsleiter wirklich zu verdienen.

Er rief beim KK12 an, das man nur noch inoffiziell «Sitte» nannte, und wurde mit einer Kollegin namens Hachmeister verbunden. Als Vincent ihre raue Stimme vernahm, erinnerte er sich an ihr Aussehen: üppig, um die fünfzig, schwarz gefärbte Dauerkrause. Eine Nette.

Blümchens Name sagte der Kollegin nichts. Sie versprach, sich umzuhören.

Ein Klopfen. Bruno Wegmann schaute zur Tür herein, sein Bass rief Vincent in die Gegenwart zurück.

«Komm mal mit rüber, Vincent. Castorps E-Mails. Das wird dich interessieren.»

41

▼

Wegmanns Büro war mit Kisten vollgestellt. Vincent stieg über allerlei Asservate aus den Durchsuchungen von Castorps Büros. Der Laptop des Ministerpräsidenten, der in Osterkamps Penthouse gefunden worden war, lag wieder auf Brunos Tisch. Die Spezialisten vom KK42 hatten den Passwortschutz geknackt, Bruno arbeitete sich durch die E-Mail-Korrespondenz.

«Du glaubst es nicht», sagte er. «Schau dir diesen Kitsch einmal an!»

Ein großer Hund, dem die Zunge heraushing. Ein Küken auf dem Kopf, zwei weitere dicht vor seiner Schnauze. Mit diesem Foto hatte Castorp seiner Frau am Tag seines Todes guten Morgen gewünscht – während er mit seiner Geliebten frühstückte, spekulierte Vincent.

«Fast alles ist privat.»

«Und dafür holst du mich her?»

«Warte.» Ein paar Mausklicks, dann eine neue Nachricht, kurz und ohne Bild. Keine Anrede, der Text legte gleich los:

Ihr könnt mich nicht anpinkeln! Vergesst nicht, dass ich euch in der Hand habe. Sag Mutti, dass ich auf ihr Angebot warte. Wenn wir uns nicht bis morgen Abend einigen, fliegt euch noch vor dem Wahlsonntag der ganze Laden um die Ohren.

Vincent hielt die Luft an. Er hörte seinen Herzschlag als rhythmisches Rauschen in den Ohren. Castorp war der Absender. Datum vom Sonntagabend, neunzehn Uhr zehn. Etwa eine Stunde nach seiner Rückkehr aus der Schweiz. Keine vierundzwanzig Stunden vor seinem Tod.

Adressat: Max Feist, Mitglied des Deutschen Bundestags.

Vincent griff nach Brunos Telefon und wählte die Nummer von Staatsanwalt Kilian.

«Gedankenübertragung», meldete sich Kilian. «Ich wollte Sie auch gerade anrufen.»

«Erst ich oder Sie? Ich habe Neues im Fall Castorp.»

«Bitte.»

«Nachdem am Montag seine Freundin das Penthouse verlassen hat, trifft er sich mit zwei Parteifreunden aus Berlin. Und wir haben eine E-Mail gefunden, in der Castorp am Vorabend dem einen von ihnen droht. Beziehungsweise der ganzen Partei samt der Kanzlerin. Wir sollten ...»

«Genau deshalb muss ich Sie sprechen, Herr Veih. Stimmt es, dass Sie den Abgeordneten Max Feist und einen gewissen Herrn Brennecke aus dem Kanzleramt zu einer Aussage nötigen wollten?»

«Nötigen? So würde ich das nicht ausdrücken.»

«Wie dann?»

«Ich habe ihnen lediglich geraten, ihre Befragung nicht hinauszuschieben, da sonst die Medien von ihrer Verwicklung in den Fall Wind bekommen könnten. Ein Appell im Guten sozusagen.»

«So geht das nicht, Herr Veih!»

«Seit wann so streng, Herr Kilian?»

«Sie ahnen nicht, was Sie ausgelöst haben! Der Justizminister hat meinen Chef bearbeitet, und ich bin mir sicher, dass der Innenminister auch Ihrem Präsidenten auf die Füße steigen wird. Die beiden Herren aus Berlin werden uns eine schriftliche Erklärung schicken, zeitnah, wie es heißt. Und sie sind auch zur Vernehmung bereit. Wir müssen uns nur mit ihren Terminen arrangieren. Also bitte keine Drohungen mehr!»

«Was in der Erklärung stehen wird, kann ich mir denken.»

«Meine Macht stößt an Grenzen. Wir dringen in den Dunstkreis der Bundeskanzlerin ein. Das heißt, wir müssen uns mit größter Vorsicht bewegen. Ich hoffe, wir sind uns weiterhin einig.»

«Ist klar.»

«Wirklich?»

«Warum fragen Sie?»

«Es heißt, da stand ein Kamerateam vor der Staatskanzlei, als die Durchsuchung stattfand. Wie kommt das? Hatten wir nicht Diskretion vereinbart?»

«Von meinen Leuten hat keiner mit dem Fernsehen telefoniert. Dafür lege ich die Hand ins Feuer.»

«Wenn Sie sich da bloß nicht verbrennen, Herr Veih. Wir bewegen uns in einem Minenfeld, und ich hoffe, Ihnen ist das bewusst.»

Als Vincent auflegte, fühlte er sich wie ein Steuermann, dessen Schiff im Kreis fuhr, egal, wie kräftig er am Ruder drehte.

«Holunderbeersaft», sagte Bruno.

«Was?»

«Du siehst ziemlich müde aus. Gab's gestern etwas bei dir zu feiern? Holunderbeersaft bringt die Hirnzellen wieder auf Trab. Am besten mit etwas Honig. Hilft gegen Kater. Ein Rezept meiner Mutter.»

Vincents Handy piepste. Eine Kurznachricht von Kripochef Engel: *Ich erwarte Sie in meinem Büro.*

Das Handy spielte *The Clash.*

Nora war dran. «Was hast du dem Inspektionsleiter getan?»

«Wieso?»

«Gerade hatte ich Thann in der Leitung. Du sollst dich sofort bei ihm blicken lassen. So schlecht gelaunt habe ich ihn noch nie erlebt.»

Vincent stand auf. Zu Bruno sagte er: «Hast du etwas davon hier?»

«Was meinst du?»

«Holunderbeersaft.»

Der Champion schlug mit der Faust gegen die Handfläche. «Dass es wehtun wird, musst du ausblenden, wenn du in den Ring steigst. Hab ich dir das nicht gesagt?»

42

▼

Die Angestellte im Vorzimmer winkte Vincent durch. Er betrat Thanns Büro. Der Inspektionsleiter hatte Schorf am Kinn und am Hals, vermutlich beim Rasieren geschnitten.

Er sprang auf. «Da sind Sie ja endlich!»

«Was gibt's?»

«Sie können sich nicht einfach mit Berlin anlegen! Was haben Sie sich eigentlich dabei gedacht? Bei der nächsten Beschwerde wird Thilo Becker die Sache Castorp übernehmen. Er verfügt über Erfahrung und das nötige Fingerspitzengefühl.»

Vincent ballte unwillkürlich die Fäuste.

«Das kommt von ganz oben, damit Sie es wissen. Ich bin nur der Bote.»

«Dann weiß Schindhelm, der Unfehlbare, womöglich auch schon, wen wir als Täter festnehmen sollen. Oder die Kanzlerin kann uns einen Tipp geben. Das wär's doch: Warum überlassen wir die Klärung des Falls nicht gleich der CDU?»

«Eine große Klappe qualifiziert Sie nicht gerade für eine Beförderung, Kollege Veih. Und glauben Sie bloß nicht, Ihre neue Freundin würde Ihnen beistehen.»

«Wen meinen Sie?»

«Man hat Sie zusammen gesehen, nicht wahr, Sie und die Möchtegernministerpräsidentin der SPD. Was auch immer Frau Simoniak Ihnen versprochen hat, vergessen Sie's.»

Vincent zwang sich, ruhig zu bleiben.

«Und jetzt nehmen Sie doch endlich Platz, Kollege Veih.» Thann drehte seinen Monitor. «Deshalb habe ich Sie zu mir gerufen.»

Ein Film lief ab. Demonstranten. Parolen. Matschige Erde. Im Hintergrund eine tiefe Grube und ein Schild. Zu weit weg, um es lesen zu können, aber Vincent wusste, was darauf stand: *Die Zukunft beginnt jetzt.*

Uniformierte Kollegen versuchten, eine Gruppe Protestierer am Betreten des Geländes zu hindern. Geschrei und Gerangel, das Kamerabild wackelte. Ein jäher Schwenk auf einen jungen Kerl, zerrissene Jeans und lange Haare, der das Flatterband überwand und losspurtete, als stünde ein Wettlauf an. Zwei Kollegen hinterher. Der Langhaarige schlug Haken, dann rutschte er im Schmodder aus, fing sich wieder, die Hose verdreckt, wollte weiterrennen, doch der erste Uniformierte nahm ihn in den Schwitzkasten.

«Amadeo Hunziker?», fragte Vincent.

Thann brummte eine Bestätigung und kratzte sich Schorf vom Kinn.

Der Student strampelte und riss sich los. Sein Hemd hing in Fetzen, er schimpfte und spuckte. Wütend drosch der Kollege mit dem Schlagstock auf ihn ein. Hunziker ging zu Boden, noch mehr Schläge, dann Tritte – erst jetzt griff der zweite Uniformierte ein und zog den Kollegen weg. Sie bemerkten die Kamera und liefen auf sie zu. Wüstes Gewackel. Schwarzer Bildschirm.

«Schlimmer, als ich dachte», sagte Vincent.

«Es kommt noch viel ärger, Herr Veih. *Monitor* will nämlich diese Bilder heute Abend senden, in Auszügen vermutlich auch die *Tagesschau* um zwanzig Uhr. Der Sender hat um eine Stellungnahme gebeten. Schindhelm wird der Anfrage Folge leisten und verkünden, dass die beiden Beamten der Einsatzhundertschaft bereits suspendiert sind und wir gegen sie ermitteln.»

«Ich habe gar keinen Stein fliegen sehen. Was ist mit der polizeiinternen Dokumentation, wonach Hunziker ein Gewalttäter gewesen sein soll?»

Thann ging nicht darauf ein. Stattdessen warf er ihm einen Aktendeckel in den Schoß.

«Ihr Fall, Herr Veih.»

Drei Türen weiter befand sich Engels Vorzimmer. Vincent klopfte, die Sekretärin nickte ihm zu, und er öffnete die nächste Tür.

«Wo bleiben Sie so lange?», fragte der Kripochef unwirsch.

«Thann», antwortete Vincent und zog den Besucherstuhl heran. «Warum schießen Sie den Inspektionsleiter nicht endlich auf den Mond?»

«Mal halblang. Thann ist Ihr unmittelbarer Vorgesetzter. Also tun Sie, verdammt noch mal, was er Ihnen sagt.»

Das war nicht die Antwort, die Vincent hören wollte.

«Ohne meine Fürsprache, Herr Veih, hätte Sie der Polizeipräsident bereits vom Fall Castorp entbunden und zurückgestuft. Das heißt, Sie schulden mir etwas.»

Vincent wartete.

«Haben wir uns verstanden?»

«Klar und deutlich.»

Engel holte einen Ordner aus dem Regal, löste die Heftung und entnahm drei Blätter, auf die Fotos gedruckt waren. «Was sehen Sie da?»

Vincent erstarrte, als er den Ort erkannte.

«Verschlägt es Ihnen die Sprache?»

«Ich sehe ein Haus und eine junge Frau.»

«Welches Haus?»

Tief einatmen. Langsam ausatmen. Ruhig bleiben. «Das meiner Mutter.»

«Richtig. Und wer ist diese Frau?»

Sie war dünn und groß, trug einen langen Schal zum Parka und klingelte an der Tür. Es war Winter. Die nächste Aufnahme zeigte sie mit seiner Mutter, wie sie sich im Hauseingang unterhielten. Brigitte hielt die Arme verschränkt. Keine Abwehrhaltung, sondern weil es kalt war, schätzte Vincent.

Auf dem dritten Bild verschwand die Jüngere nach drinnen, während Brigitte sich umsah, als wolle sie sichergehen, dass es keine Zeugen gab.

«Meine Mutter hat ihre Strafe längst abgesessen! Warum wird sie observiert?»

«Regen Sie sich ab. Ich dachte, Ihr Verhältnis zu Ihrer Mutter sei eher distanziert?»

«Das geht Sie nichts an.»

«Die junge Frau, Herr Veih.»

«Keine Ahnung. Sagen Sie's mir.»

«Liliane Oppers. Na, fällt der Groschen?»

Und ob sich Vincent erinnerte: Lilly, die Dingendorff-Attentäterin – vor drei Monaten war ihr Foto durch die Medien gegangen. Jetzt erkannte Vincent das Gesicht wieder, ihm fielen die Schlagzeilen von damals ein.

Werbepraktikantin als Terrorschützin

Lilly O.: Ich wollte seinen Tod!

Lilly O.: Das Gesicht der vierten Generation?

Engel sammelte die Blätter wieder ein. «Drei Tage vor dem Anschlag auf einen der wichtigsten Bankenchefs Europas hat Liliane Oppers Ihre Mutter aufgesucht. Das ist hiermit bewiesen.»

«Was erwarten Sie von mir?»

«Die Aufnahmen stammen vom Landesamt für Verfassungsschutz. Leider haben wir sie erst heute ausgehändigt bekommen. Das Landeskriminalamt ermittelt jetzt gegen Ihre Mutter wegen Anstiftung und Beihilfe zum versuchten Mord. Unser Staatsschutzkommissariat ist involviert. Wir könnten Brigitte Veih vorladen, aber sie ist bekanntermaßen noch nie zu einer Aussage bereit gewesen. Nicht einmal während ihrer beiden Prozesse, als sie ein milderes Strafmaß hätte bekommen können.»

«Sie glauben doch nicht im Ernst …»

«Enttäuschen Sie mich nicht, Veih. Sie plaudern ein wenig mit Ihrer Mutter und formulieren anschließend eine Zeugenaussage aus dem Gedächtnis, mit der die Kollegen arbeiten können. Zu etwas muss es doch nutze sein, den Sohn einer verdammten Terroristin im Staatsdienst zu beschäftigen. Oder etwa nicht?»

Vincent wusste, was Brigitte an seiner Stelle dem Kripochef an den Kopf werfen würde.

«Was Sie verlangen, Herr Kriminaldirektor, verstößt gleich gegen mehrere Paragraphen der Strafprozessordnung.»

«Seit wann solidarisieren Sie sich mit Ihrer Mutter?»

«Ich liefere sie nicht ans Messer!» Er sprang auf und verließ mit großen Schritten den Raum.

43

Vincent war wütend. Auf Thann, auf Engel und vor allem auf seine Mutter. Was fiel ihr ein, sich mit einer durchgeknallten Chaotin einzulassen? Er klopfte an die Tür seines ehemaligen Dienstzimmers, öffnete, keiner da.

Das Stehpult war neben den Tisch gerückt, Kunstdrucke hingen an der Wand, zu bunt, zu kitschig. Der Hauch eines süßlichen Rasierwassers lag in der Luft. Wie sich ein Raum so gründlich ändern kann.

Auf dem Flur lief ihm Klaus Schranz über den Weg. Ein grellgelbes Hemd, Flecken von Tomatensauce auf der Brust.

«Willst du mal meine neue Krone sehen?» Schranz riss den Mund weit auf.

«Weißt du, wo Thilo steckt?»

Schranz schüttelte den Kopf.

«Dann übernimmst du das.» Vincent drückte ihm die dünne Akte in die Hand. Die DVD mit den Fernsehaufnahmen rutschte heraus, Schranz fing sie auf.

«Was ist das?»

«Amadeo Hunziker.»

«Ach du Scheiße. Ein Kollege hat Mist gebaut, und ich soll's vertuschen?»

«Im Gegenteil. Der Papst probiert's mit einer neuen Linie. Du sollst den Täter zur Hinrichtung führen.»

«Ach du Scheiße!»

Damit habe ich nur noch vier Kollegen für Castorp, dachte Vincent.

«Und wer hilft mir dabei?», wollte Schranz wissen.

«Das schaffst du alleine.»

«Ach du große …»

Vincent ließ den MK-Leiter stehen, klopfte an die Tür zu Dominiks neuem Zimmer und öffnete. «Ich brauche dich mal.»

«Gleich.»

«Nein, sofort!»

Unwillig erhob sich der Neuling von seinem Stuhl und folgte Vincent zum Chefbüro. Die Verbindungstür zum Geschäftszimmer stand auf.

Nora rief herüber: «Wie war's bei Thann?»

«Sollte ich ihn töten, gebt mir wenigstens drei Stunden Vorsprung, ja?»

Vincent schloss die Tür.

Die archivierte Seite des *Chateau Bellevue* stand noch immer auf dem Schirm. Vincent klickte «Vanessa» an. Nur die untere Hälfte des Gesichts zu erkennen. Knallroter Lippenstift, eine andere Art von Lächeln, trotzdem vielleicht derselbe Mund.

«Du hast zwei Mal mit ihr gesprochen, Dominik. Erkennst du sie wieder?»

«Carmen Markowitz?»

«Was meinst du?»

«Könnte sein.»

«Ja oder nein?»

«Hm, ja. Ich glaube, sie ist es.»

Vincent zählte die Punkte an seinen Fingern ab. «Sie war nervös, als es um die Schweiz ging. Sie hat uns ungefragt ihr Alibi genannt. Und sie hat sich nicht erkundigt, wie Castorp starb, als wüsste sie es längst.»

Er beugte sich über die Tastatur, lud die beiden aussagekräftigsten Fotos auf seine Festplatte und schickte sie per Mail an Staatsanwalt Kilian. Eine Sache von Sekunden.

«Darf ich dich etwas fragen?», ließ sich der Neuling vernehmen.

«Nein.»

«Bist du sauer? Was hab ich falsch gemacht?»

Vincent stellte sich ans Fenster. Hinter den Wohnhäusern der anderen Straßenseite ragte das Stadttor mit der Staatskanzlei auf. Etwa zwei Kilometer weiter befand sich der Rheinhafen samt Osterkamps Bürohaus. Jeder Tatort kam Vincent wie eine Wunde vor. Im schlimmsten Fall wie ein Geschwür, das wucherte, weil die Ermittlungen nicht vorankamen.

«Wir wissen, dass zwei Koffer fehlen», fasste Vincent zusammen. «Castorps Waffe ist auch weg. Wir haben Fotos einer Detektivin, die belegen, dass sich Castorp kurz vor seinem Tod mit zwei Leuten aus Berlin getroffen hat, einem Bundestagsabgeordneten seiner Partei und einem Referenten des Kanzleramts, und wir wissen, dass er dem Abgeordneten am Vorabend eine erpresserische E-Mail geschickt hat. Außerdem vermuten wir, dass Castorps letzte Freundin noch vor zwei Jahren als Nutte in einem Düsseldorfer Edelpuff gejobbt hat.»

Sie standen schweigend da. Blickten einander an, auf den Bildschirm, zu Boden.

Vincent tat es leid, dass er den jungen Kollegen angegiftet hatte.

Dominik räusperte sich. «Hast du die Typen aus Berlin erreicht?»

«Der Abgeordnete behauptet, zur Tatzeit seien sie wieder in der Hauptstadt gewesen. Sag Felix, er soll das checken. Die Namen sind Max Feist und Florian Brennecke. Angeblich sind sie mit Lufthansa geflogen.»

Der Neuling zog einen kleinen Block aus der Tasche, nahm einen Stift von Vincents Tisch und machte sich Notizen.

«Zweitens: Frau Castorp hat keine Detektivin beauftragt. Ich glaube dieser Frau. Die Detektivin hat diesbezüglich gelogen, als sie ihre Bilder dem *Blitz* verkauft hat. Außerdem könnte es noch Aufnahmen geben, die sie auch der Zeitung vorenthalten hat.»

«Sehe ich genauso.»

«Frau Simoniak meint, der Lauschangriff auf die SPD-Büros sei nur die Spitze eines Eisbergs und die Presse hätte noch etwas in petto.»

«Du führst Gespräche mit der Spitzenkandidatin der SPD?»

«Womöglich haben die Sozis diese Detektivin angeheuert

und wollen weitere Fotos bei der Zeitung lancieren. Wir müssen mit ihr reden. Krieg raus, wer sie ist, und mach uns einen Termin bei ihr.»

«Okay. Am besten, ich frag mal beim *Blitz*, oder was meinst du?»

Das Telefon auf dem Schreibtisch schrillte. Staatsanwalt Kilian war in der Leitung. Vincent drückte die Taste der Mithörfunktion. Er wollte, dass sich Dominik einbezogen fühlte.

«Danke für die Mail», sagte der Staatsanwalt. «Diese Dame aus dem Chateau Dingsbums soll mit Castorps Geliebter identisch sein?»

«Wir nehmen an, dass sie vor zwei Jahren dort gearbeitet hat.»

«Ja, und?»

«Ich bin mir sicher, dass Markowitz uns noch mehr verschweigt. Vielleicht spielt sie sogar eine Schlüsselrolle. Wir brauchen eine Telefonüberwachung. Für den Privatanschluss von Carmen Markowitz, für ihr Handy und für ihren Apparat in der Staatskanzlei.»

«Wie soll ich das dem Richter begründen?»

«Eben mit der Rotlichtvergangenheit dieser Dame. Dass man in dem Milieu die dubiosesten Bekanntschaften schließt, wird wohl auch einem Richter einleuchten.»

«Ich fürchte, dass ihm die zwei Fotos nicht genügen werden. Wie sicher sind Sie sich überhaupt, Frau Markowitz zu erkennen?»

Vincent blickte Dominik an. Der Kollege hob die Schultern.

«Jede Wette», sagte Vincent.

«O Mann. Wir hatten bereits eine Festnahme und die Durchsuchungen in Castorps Büros. Hat alles nichts gebracht. Der Bogen ist längst überspannt. Minenfeld. Denken Sie daran.»

«Vertrauen Sie mir, Herr Kilian.»

Für einen Moment war es still in der Leitung, dann ein Seufzer. «Gut, ich werde mein Glück beim Richter versuchen.»

«Danke.»

Vincent legte den Hörer auf. Noch immer fuhr das Schiff im Kreis, aber er spürte jetzt immerhin Widerstand, wenn er das Steuerrad bewegte.

Das Handy gab Laut. Vincent nahm das Gespräch an.

«Da steht die ganze Zeit ein Auto vor dem Haus», klagte seine Mutter. «Die Typen haben etwas vor!»

«Keine Zeit, Brigitte. Die tun dir nichts. Die machen nur Fotos.»

«Dürfen die das?»

«Frag deinen Anwalt.» Vincent drückte seine Mutter weg.

Das Telefon auf dem Tisch schrillte.

Vincent ging nicht ran. Wunden und Geschwüre. Die Politik. Seine verrückte Mutter und eine Beziehung, die in die Brüche ging. Tolles Leben, danke. Warum nur alles auf einmal?

Das Telefon verstummte.

«Ist dir nicht gut?», fragte Dominik.

Vincent ignorierte ihn. Das Handy.

«Ja?»

«Ich bin's, Fabri. Der Schmutz am Geschoss, das wir im Schlafzimmer entdeckt haben, ist Blut. Aber nicht das von Castorp.»

Natürlich nicht, dachte Vincent. An der Leiche des Ministerpräsidenten war keine Schussverletzung festgestellt worden.

«Jetzt musst du nur noch jemanden mit der passenden Wunde finden», sagte der Mann von der Tatortgruppe. «Dann hast du deinen Täter.»

«Super.»

Aufgelegt.

Vincent wandte sich an Dominik: «Drittens: Castorp hat mit seinem Schuss getroffen. Vielleicht hat sich derjenige behandeln lassen. Anfrage an alle Arztpraxen und Kliniken der Region. Felix soll das ebenfalls übernehmen.»

Der junge Kollege räusperte sich.

«Ist noch was?», fragte Vincent.

«Scheiß Politik, oder?»

«Ja, aber bislang dachte ich, wenigstens Engel stünde hinter mir.»

Vincent griff zum Hörer und rief seine Mutter zurück.

«Sind die Typen noch da?»

«Ja.»

«Ich bin in zwanzig Minuten bei dir.»

Der Neuling stand immer noch im Raum. «Soll ich mitkommen?»

Vincent schüttelte den Kopf. «Privatangelegenheit. Ich bin mal für ein gutes Stündchen weg. Nachgeholte Mittagspause, falls jemand fragt.» Da war noch etwas. «Ach, Dominik …»

«Ja?»

Vincent steckte die CD mit den Fotos der Detektivin in die Hülle zurück und wischte seine Fingerabdrücke von der Plastikoberfläche. «Wenn du den *Blitz* aufsuchst, um nach der Detektivin zu fragen, kannst du der Redaktion bitte dieses Ding unterjubeln?»

«Wie stellst du dir das vor?»

«Dir wird schon etwas einfallen.»

44

▼

Die Klingel klemmte schon wieder. Vincent schlug dagegen, bis sie zurücksprang und der hässliche Ton endlich verstummte. Seine Mutter öffnete und ließ ihn ins Haus.

Bevor sie die Tür schloss, lugte sie durch den Spalt zu dem weißen VW-Bus hinüber, der einen Steinwurf entfernt am Straßenrand parkte.

An den Seiten war der Transporter beschriftet: *Zielinski – Ihr Malerfachbetrieb seit über fünfzig Jahren*, darunter eine Telefonnummer mit Düsseldorfer Vorwahl.

«Wenn man die Nummer wählt, meldet sich ein Anrufbeantworter», sagte Brigitte.

«Wenn das nicht die Tarnung deiner alten Kumpane aus der RAF ist, die wissen wollen, was du so treibst …»

«Unsinn, die Guerilla existiert nicht mehr.»

«Dann gibt es exakt drei Möglichkeiten: Verfassungsschutz, Landeskriminalamt oder unser Kommissariat für Staatsschutz. Und der Anrufbeantworter steht in irgendeinem Behördenzimmer.»

«Sag den Typen, sie sollen sich verpissen!»

«Klar, auf mich hören die.»

Seine Mutter tischte ihm Brot, Butter und selbst gemachten Kräuterquark auf. «Du siehst hungrig aus. Quark hast du schon als kleiner Junge gern gegessen, weißt du noch?»

«Nein.»

«Wenn du nur gekommen bist, um schlechte Laune zu verbreiten, kannst du auch wieder abhauen. Ich hab schon genug Ärger am Hals.» Zur Decke gerichtet rief sie: «Verpisst euch, ihr Bullen! Schweinebande! Faschistenpack!»

«Es gibt keine Wanzen im Haus.»

«Woher willst du das wissen?»

«Sonst würden sie dich nicht von der Straße aus observieren.»

«Warum tun sie das überhaupt?»

Er biss in das Brot. Tatsächlich hatte er Appetit, und es schmeckte ihm. «Du kannst es dir doch denken.»

«Nein, woher?»

«Du stehst unter Verdacht, hinter dem Anschlag auf Dingendorff zu stehen.»

«Ich und dieser dilettantische Anschlag? Außerdem war ich Ende Februar gar nicht hier.»

«Erzähl keinen Scheiß.»

Sie schenkte ihm Limonade ein, die sie aus Zitronensaft, Wasser, Minze und irgendeinem fruchtigen Sirup zubereitet hatte. Vincent bemerkte, dass sie zitterte.

Das Telefon im Flur läutete. Brigitte lief hinaus. Nina, dachte Vincent. Oder Jens Künzel, der Anwalt. Von der Unterhaltung bekam er nichts mit.

Sein Blick fiel auf das gerahmte Ausstellungsplakat an der Wand, das beim letzten Mal noch nicht hier gehangen hatte. *Schwarzlicht* – der Titel rief eine Erinnerung aus früher Kindheit wach, als sie in Hamburg in einer Wohngemeinschaft gelebt hatten: Eine Party wurde vorbereitet, ein Mitbewohner probierte die Beleuchtung aus. Plötzlich versank alles in Dunkelheit, nur was weiß oder fluoreszierend war, erstrahlte umso heller. Brigittes Zähne zum Beispiel. Leider auch die vielen Fussel an Vincents Nickipullover, was ihn erschreckte.

«Je nachdem, wie du eine Sache beleuchtest, werden unterschiedliche Aspekte deutlich», erklärte seine Mutter. «Und wenn es die Leute irritiert, dann bist du der Wahrheit nahe.»

Vincent hatte nicht verstanden, was sie meinte. Den Pulli trug er danach jedenfalls nicht mehr so gern.

«Tatsächlich?», rief Brigitte und kehrte wie verwandelt mit dem Telefon zurück. Vincent bemerkte die lange Strippe. Mein Gott, noch immer der Apparat, den schon die Oma benutzt hatte.

«Mein Sohn ist da. Sag's ihm. Mir würde er es nämlich nicht glauben.»

Sie reichte ihm den Hörer.

Er meldete sich.

«Doch, es ist wahr, Herr Veih. Ist das nicht großartig?» Es war die Stimme der Kuratorin. Vincent fiel ihr schwarzer Anzug ein und auch ihr Name: Dorothee König.

«Was denn?»

«Sie können Ihrer Mutter gratulieren. Brigitte hat den diesjährigen Preis für Fotokunst der Landeshauptstadt Düsseldorf zugesprochen bekommen!»

Vincent gab den Hörer zurück. «Glückwunsch.»

Seine Mutter war ganz aus dem Häuschen.

«Zehntausend Euro!», rief sie. Dann verabschiedete sie sich rasch und legte auf.

Vincent brauchte nur wenige Worte, um ihre Euphorie zu dämpfen. «Du warst im Februar sehr wohl hier. Damals hat dich der Verfassungsschutz observiert.»

«Ist das wahr?»

«Mein Kripochef hat mir Fotos gezeigt. Liliane Oppers hat dich besucht. Was meinst du, wie peinlich das schon wieder für mich ist? Kannst du nicht endlich aufhören, die Staatsfeindin zu spielen?»

«Welche Liliane?»

«Die Attentäterin.»

«Ach so.»

«Mehr fällt dir dazu nicht ein?»

«Ist das jetzt ein Verhör?»

«Nein, aber ich gebe dir den guten Rat, dass du dich mit deinem Anwalt in Verbindung setzt. Wer auch immer das ist.» Er schmierte sich ein zweites Brot. «Sag ihm, dass die Kollegen wegen Anstiftung und Beihilfe gegen dich ermitteln. Noch ein versuchter Mord, bravo.»

«Aber ich habe wirklich nichts …»

«Psst», machte Vincent. «Ich will das gar nicht hören.»

«Von einer Aktion ist keine Rede gewesen! Das Mädel hat einen ganz vernünftigen Eindruck gemacht. Sie hat sich nur dafür interessiert, wie es damals in Hamburg war. Anfang der Siebziger, die Zeit der legalen Kämpfe, Hausbesetzung, Rote Hilfe. Wie ich Susanne traf, Silke, Sigrid und Karl-Heinz.»

«Karl-Heinz Dellwo? Ist *er* mein Vater?»

Brigitte schüttelte den Kopf.

«Du hast es also mal wieder genossen, von einem Terroristengroupie angehimmelt zu werden. Alte Heldensagen aufzuwärmen. Du und deine blöde Eitelkeit! Warum kannst du nicht endlich einen Schlussstrich ziehen?»

Seine Mutter schnäuzte sich, die Finger krallten sich um das Papiertaschentuch, die Augen schimmerten feucht. «Ich habe das Mädel nicht angestiftet!»

«Schon gut.» Seine Hand schwebte kurz über ihrer, doch er zog sie wieder zurück.

«Und jetzt?», fragte Brigitte.

Er trank die Limonade aus. «Sie können dir nichts anhaben. Lilly Oppers hat dich offenbar nicht belastet, sonst würden die Kollegen ganz anders vorgehen. Der Transporter da draußen – alles nur Show, um dich einzuschüchtern. Du solltest trotzdem mit deinem Anwalt reden.» Aber nicht mit Jens Künzel, dachte Vincent. Der Typ verstand sich allenfalls auf Familienrecht.

«Manchmal wünsche ich mir echt eine Knarre.»

«Vergiss es. Das ist schon einmal nicht gut gegangen.»

Sie schnäuzte sich noch einmal. «Weißt du noch, als du mich zum ersten Mal im Knast besucht hast?»

«Ja, du hast mich gefragt, welche Bücher ich so lese.» Er war sechzehn gewesen. Zwei Wochen zuvor war der Großvater gestorben. Die Oma hatte ihn nach Köln-Ossendorf mitgenommen, er war nur widerwillig mitgefahren.

«Du hast kein Wort gesprochen. Und nie meine Briefe beantwortet.»

Nicht einmal geöffnet, dachte Vincent. Erst mit einigem Abstand war er dazu in der Lage gewesen.

«Und weißt du noch, als ich entlassen wurde?»

«Ich habe dir Blumen ins Haus gestellt.»

Das war 1999 gewesen, im Jahr nach dem Tod der Großmutter. Mit seinem Erbteil hatte sich Vincent eine Auszeit gegönnt. Er ließ sich vom Polizeidienst beurlauben und schrieb sich an der Uni Köln für das Fach Psychologie ein. Weil er wissen wollte, warum die Menschen ticken, wie sie ticken.

«Du hast mich fürchterlich beschimpft», erwiderte Brigitte.

«Ja, unsere Wiederbegegnung ist ein wenig aus dem Ruder gelaufen.»

«Wir sollten aufpassen, dass uns nicht der Rest des Lebens aus dem Ruder läuft.»

«Das sagt die Richtige.» Vincent sah auf die Uhr. «Ich muss an die Arbeit. Danke fürs Essen.»

Seine Mutter begleitete ihn zur Tür. «Quarkstullen hast du als kleines Kind jeden Tag gegessen.»

Er schüttelte den Kopf. Daran hatte er keine Erinnerung.

«Schade, dass du nicht zum Kaffee bleiben kannst. Nina kommt auch.»

«Allein?», fragte Vincent. «Oder mit dem Anwalt eures Vertrauens?»

«Sie leidet unter eurer Trennung. Soll ich ihr etwas ausrichten?»

«Lässt sie mir etwas ausrichten?»

«Nein.»

«Siehst du.»

«Du solltest dich um Ninotschka bemühen. Weißt du, dass Jens ihr den Hof macht?»

«Es ist ihre Entscheidung.»

«Was ist nur los mit euch?»

«Nina ist zuerst ausgezogen. Sie hat mich in letzter Zeit nur noch beschimpft. Als Psycho-Wrack hingestellt.»

«Bist du auch. Das hat der Staatsapparat aus dir gemacht.»

«Klar. Der Umgang mit Verbrechern wie dir.»

Vor der Tür schlug ihm der Wind entgegen. Wenigstens regnete es nicht mehr. Vincent lief hinüber zu dem VW-Transporter des angeblichen Malerbetriebs.

Er klopfte an die Hecktüren. Die Scheiben waren verdunkelt, aber er wusste, dass die Kollegen glotzten. Er hielt seinen Dienstausweis hin.

Fast eine Minute verging, dann schwang die Tür auf. Muffige Luft schlug ihm entgegen.

Sie waren zu zweit.

«Haut ab», sagte Vincent.

«Das ist der Sohn», bemerkte der eine.

Vincent registrierte eine Bewegung am Haus. Eine Gardine wurde zur Seite gezogen, Brigittes Gesicht tauchte hinterm Fenster auf.

«Lasst sie in Ruhe!»

«Wir befolgen nur unsere Anweisungen», erwiderte der andere.

Scheißbullen, dachte Vincent.

45

▼

Auf der Rückfahrt löste sich allmählich der Druck, der ihn jedes Mal überkam, wenn er mit seiner Mutter zusammen war. Ihm fiel der Preis ein, den sie erhalten sollte. Zehntausend Euro – vielleicht könnte sie dann auf die Autobiografie verzichten. Wenn es überhaupt zu der Auszeichnung kommen würde.

Sobald die Öffentlichkeit davon Wind bekäme, dass gegen die ehemalige Terroristin aufs Neue ermittelt wurde, wäre der Beschluss rasch Schnee von gestern. Jede Wette, dachte Vincent.

Er erreichte die Autobahn. Die Unterhaltung mit Brigitte hatte Erinnerungen wachgerufen. Während des Studiums in Köln hatte er sich in den Kopf gesetzt, mehr über seine Mutter zu erfahren. Er stöberte in Zeitungsarchiven und las, dass sie die Schleyer-Entführung mit vorbereitet hatte und am Attentat auf den damaligen Nato-Oberbefehlshaber Alexander Haig beteiligt gewesen war. Zudem hatte man ihr zwei oder drei Banküberfälle nachgewiesen. Es fiel Vincent schwer, diese Verbrechen mit der kleinen, schmalen Frau in Verbindung zu bringen, die er einst im Ossendorfer Besucherzimmer wiedergetroffen hatte.

Er hatte Bücher über die RAF studiert. Und sich durch deren eigene Texte gequält: *Die Rote Armee aufbauen, Das Konzept Stadtguerilla,* Erklärungen zu Anschlägen und Hungerstreiks sowie das sogenannte Mai-Papier der zweiten Generation: *Guerilla, Widerstand und antiimperialistische Front.* Der arrogante Ton erschreckte ihn zutiefst. Welchen Anteil hatte seine Mutter an diesen Pamphleten?

Schließlich wurde Brigitte Veih nach zwanzig Jahren Haft

vorzeitig auf Bewährung entlassen. Vincent hatte im Haus die Heizung instandgesetzt, defekte Lampen repariert, Staub gewischt. Er hatte das Bett überzogen und zwei Bund Tulpen in eine Vase gestellt. Doch er war nicht in der Lage gewesen, seine Mutter zu begrüßen. Erst drei Tage später fasste er sich ein Herz und fuhr zu ihr.

Du hast du mich fürchterlich beschimpft.

Es begann eigentlich ganz harmlos. Er fragte nur nach seinem Vater.

Brigitte hatte die Tage der Schleyer-Aktion in Bagdad verbracht. Als Abgesandte der RAF traf sie dort mit dem Palästinenser Wadi Haddad zusammen, um die Entführung der Lufthansamaschine namens *Landshut* zu koordinieren. Ein gewisser Jens-Volker Ristau war mit von der Partie. Als Brigitte zwei Jahre später in Augsburg festgenommen wurde, war sie noch immer in Ristaus Begleitung. Vincent mutmaßte, dass die beiden sich bereits aus Hamburg kannten.

«War es Jens-Volker Ristau?», fragte er.

Sie verneinte und brach zu seiner Überraschung in Tränen aus. Er hätte nie vermutet, dass sie zu einer so heftigen Gefühlsregung imstande war. Seine Mutter trauerte noch immer um den Terrorbruder, der zwei Jahrzehnte zuvor in Augsburg getötet worden war. Die Trennung von ihrem Kind dagegen hatte sie kaltgelassen.

Voller Eifersucht warf er ihr das vor.

Die Ohrfeige, mit der Brigitte darauf reagierte, brannte immer noch.

Aus dem Ruder gelaufen – vielleicht das Motto ihrer beider Leben.

Seit seiner Kindheit stellte er sich die stets gleichen Fragen: Wie hatte seine Mutter so werden können? Wegen Opa? Wegen Vietnam? Oder waren es die falschen Freunde?

Einer von ihnen war vermutlich sein Vater.

Wie viel von diesen schrecklichen Leuten steckt womöglich in mir?

46

▼

Nora hatte Rhabarberkuchen gekauft. Vincent griff zu.

«Verrat mir das Rezept deines Waschbrettbauchs», sagte sie.

Er musste lachen und versprühte Krümel.

«Ich meine das ernst.»

«Zehn Kilometer pro Tag laufen plus Hanteltraining. Situps, Liegestütze …»

Entsetzen in ihrer Miene.

Er wies auf den Kuchen. «Aber vielleicht tut's auch eine Rhabarberdiät.»

Sie warf den Rest ihres Stücks in den Papierkorb, trat vor das Fenster, zog den Bauch ein und drückte mit den Händen dagegen. «Staatsanwalt Kilian hat übrigens angerufen.»

«Und?»

«Ich soll dir ausrichten, dass der Richter einer Telefonüberwachung von Frau Markowitz nicht zustimmt.»

«Mist.»

«Der Staatsanwalt sagt, dass die Fotos als Begründung nicht ausreichen.»

«Ich hab's befürchtet.»

Das Telefon in seinem Büro schrillte. Vincent schluckte den letzten Bissen und lief hinüber.

«Veih, Kripo …»

«Ich bin's, Dominik. Die Detektivin heißt Emma Liebig. Ich hab die Adresse und alles. Rate mal, wie ich das geschafft habe.»

«Und?»

«Die Leute beim *Blitz* haben völlig dichtgemacht. Aber eine Sekretärin hat mir einen Zettel zugesteckt. Aus Rache dafür, dass ihr Chef sie angeblich schlecht behandelt. Sie behauptet, er bespucke sie mit Kirschkernen.»

«Sieh an, unser Neuling macht Fortschritte.»

«Danke.»

«Was hast du mit der CD gemacht?»

«Hab sie bei der Sekretärin gelassen. Sie wird uns nicht verpfeifen. Die Detektivin ist übrigens ein unbeschriebenes Blatt, keine Akte bei uns, auch nichts in der überregionalen Datei. Ihre IHK-Prüfung hat sie vor drei Jahren abgelegt, alles korrekt.»

«Das muss nichts heißen.»

«Ich hoffe, es ist dir in einer halben Stunde recht. Treffen wir uns vor Ort?»

Dominik Roth gab Emma Liebigs Adresse durch. Gerresheim, im Osten der Stadt. Zu weit ab vom Schuss für eine Detektei von Rang, überlegte Vincent.

Bevor er aufbrach, stattete er dem Aktenführer einen Besuch ab. May tippte gerade etwas in den Computer und trug trotz der Wärme seinen Blouson. Im Raum hing ein Gemisch aus Schweißgeruch, Staub und dem Mief, der in diesem Gebäude allgegenwärtig war.

«Du solltest mal lüften, Felix.» Vincent setzte sich.

May blaffte ihn unvermittelt an: «Hör mal, ich finde es nicht in Ordnung, wenn du mir dienstliche Aufträge durch unseren Neuling ausrichten lässt. Wie sieht das denn aus?»

«Das muss heißen: Ich finde es nicht in Ordnung, Chef.»

Das Gesicht des Kollegen lief rot an. «Ich finde es nicht in Ordnung, *Chef!*»

«Schon besser. Was macht die Abfrage bei den Ärzten und Kliniken wegen der Schussverletzung?»

«Noch keine positive Rückmeldung.»

«Und die Funkzellenauswertung für den Tatortbereich?»

«Das Landesamt hat sich auch noch nicht gerührt.»

«Pennen die? Das läuft doch schon seit gestern! Hak da noch mal nach. Was ist mit Feist und Brennecke?»

Felix starrte ihn an, dann senkte er den Blick auf seine Notizen. «Stehen auf der Passagierliste für besagten Flug LH 2736 und waren auch an Bord. Abflug 15.15 Uhr, Landung 16.20 Uhr. Selbst wenn sie mit der nächsten Maschine zurückgeflogen wären, hätten sie es unmöglich geschafft, zur Tatzeit im Penthouse zu sein. Diese Spur kannst du abhaken.»

«Wenn du das sagst, Felix.»

«Ach, leck mich doch.»

«Ich weiß, du meinst es zärtlich, Kollege.»

47

▼

Vincent quälte sich durch die Innenstadt, beginnender Feierabendverkehr. Auf WDR5 lief eine dieser Sendungen, bei denen man anrufen konnte.

Wir haben hier noch einen Hörer zugeschaltet, Herr …

Neuner. Wilfried Neuner, Bad Salzuflen.

Tag, Herr Neuner. Ihre Frage, bitte.

In Griechenland werden doch jetzt die Renten gesenkt und der Mindestlohn. Die Leute sollen sechs Tage pro Woche arbeiten und bis zu dreizehn Stunden täglich. Da gibt es kein Tarifrecht mehr und keinen Kündigungsschutz, während die Reeder immer noch keine Steuern zahlen. Und in Spanien das Gleiche. Den Banken wird geholfen, die jungen Leute stehen auf der Straße. So schaut's doch aus.

Herr Neuner, Ihre Frage?

Bei uns ist es nicht anders. Die Renten werden abgesenkt, die Schulen, die Bildung, alles wird totgespart. Es zählen nur die Gewinne für die Reichen. Die bezahlen nicht einmal Erbschaftssteuer. Der normale Mensch ist bloß noch ein Kostenfaktor, den man möglichst …

Ihre Frage an den Experten im Studio, bitte!

Ja, meine Frage ist, ob man das nicht umdrehen kann. Ob die Wirtschaft nicht für die Menschen da sein kann statt umgekehrt. Für alle Menschen. Warum ist das so schwierig?

Herr Professor Sundermann?

Hm, ich finde nicht, dass wir die Situation schwärzer malen sollten, als sie ist. Deutschland und Europa sind im Prinzip auf einem guten Weg. Die Regierungen haben die richtigen Maßnahmen eingeleitet, und wir dürfen jetzt nicht allzu ungeduldig …

Vincent schaltete um. Er wechselte die Kanäle, bis er bei einer Stimme hängen blieb, die er nur zu gut kannte.

… nehmen die Vorwürfe sehr ernst, das können Sie mir glauben.

Es war Schindhelm. Er sprach langsam, als stünde er unter Beruhigungsmitteln. Vincent sah den korpulenten Mann in seinem Dreiteiler vor sich. Das Gesicht wie eine starre Maske.

Wir sind zutiefst erschüttert. Die betreffenden Beamten habe ich bereits suspendiert. Eine Ermittlungskommission hat die Arbeit aufgenommen, Sie können mir glauben, dass wir nichts unter den Teppich kehren werden.

So weit der Düsseldorfer Polizeipräsident Gerald Schindhelm vor einer halben Stunde auf der Pressekonferenz zum Tod von Amadeo Hunziker.

Danke, Rainer, und das ist nicht der einzige Brandherd, den die Düsseldorfer Polizei zu löschen hat. Es gibt ja noch den Mord an dem Ministerpräsidenten Nordrhein-Westfalens, Walter Cas-

torp. Frage an unseren Landeskorrespondenten Rainer Morawia, was gibt es da Neues zu berichten?

Nun, die Polizei hat heute Fotos von Aktenkoffern präsentiert, die offenbar aus Castorps Düsseldorfer Wohnung verschwunden sind. Das scheint die These zu unterstützen, dass es sich um einen Raubmord handelt, dennoch halten sich in der NRW-Hauptstadt die Gerüchte. Viele fragen sich, warum nicht das Landeskriminalamt die Ermittlungen übernimmt. Auch hierzu habe ich den Polizeipräsidenten befragen können. Vielleicht spielen wir den O-Ton rasch mal ein.

Vincent umklammerte das Lenkrad fester. Etwas nagte in seinem Magen, ein Tier, das nicht satt wurde. Wieder Schindhelms Stimme.

Für die Annahme eines terroristischen Hintergrunds gibt es keinerlei Anhaltspunkte. Der Ruf nach dem Landes- oder Bundeskriminalamt ist also völlig fehl am Platz. Allerdings würde ich mir wie Sie einen rascheren Fortgang der Ermittlungen wünschen.

Du Heuchler, dachte Vincent. Eine Verteidigung der eigenen Leute hörte sich anders an. Schindhelm, der lupenreine Bürokrat. Noch nie in seinem Leben Streife gefahren, Zeugen vernommen oder Spuren eingetütet. Wenn einer keine Ahnung hatte, dann war es der Papst.

Das Handy gab Laut. Vincent schaltete das Radio aus. Thilo Becker war dran.

Das giftigste Reptil von allen.

«Es hat gerade eine Schießerei gegeben», gab Thilo durch. «Es fing mit einer Beschwerde an, die in der Leitstelle einging. Lärm aus der Nachbarschaft, eine häusliche Auseinandersetzung. Als die Uniformierten klingelten, hat der Mann überraschend das Feuer eröffnet und ist über die Hinterhöfe geflohen.»

«Wo?»

«Oberkassel, Cheruskerstraße.»

«Verletzte?»

«Zum Glück keine. Die Fahndung läuft. Ich nehme gerade die Aussagen auf.»

«Kommst du zurecht?»

«Schranz ist mitgekommen.»

«Der soll sich doch um den toten Demonstranten kümmern!»

«Er meint, er kann da im Moment sowieso nichts ausrichten. Die beschuldigten Kollegen wollen zur Sache nichts aussagen. Hätte ich Anna mitnehmen sollen?»

«Die brauche ich für die Castorp-Sache.»

«Na, siehst du.»

Vincent beendete das Gespräch. Becker hatte recht, und trotzdem fühlte sich Vincent betrogen. Er erreichte den Stadtteil Gerresheim und folgte den Straßenbahnschienen zum Aloys-Odenthal-Platz, dabei nach den Hausnummern spähend. Fast hätte er Dominik übersehen, der am Straßenrand winkte, um ihn auf eine leere Parkbucht aufmerksam zu machen.

Das Gebäude, in dem die Detektivin ihr Büro hatte, war ein schmuckloses Eckhaus, im Erdgeschoss logierte eine Sparkassenfiliale. Die Fassade hätte einen Anstrich nötig gehabt. Die Haustür war nicht abgeschlossen, der Treppenaufgang düster.

Emma Liebig öffnete, klein und pummelig, aber ein hübsches Gesicht. Ihr T-Shirt trug den Aufdruck *Free Tibet*, Vincent schätzte die Frau auf Mitte dreißig. Der Geruch nach Katzenklo stach ihm in die Nase.

«Gehen wir ins Büro», sagte die Detektivin.

Eine Bücherwand, davor ein heilloses Durcheinander aus

Zeitschriftenstapeln, Pantoffeln und Aktenordnern. An der Wand eine gerahmte Fotografie des Dalai Lama. Der Schreibtisch war eine Platte auf zwei Böcken, bedeckt von Fachliteratur, einer Buddhafigur, schmutzigen Teetassen, jeder Menge Karteikarten und losen Zetteln. Dagegen ist mein Zimmer aufgeräumt, dachte Vincent. Er hätte darauf wetten mögen, dass Liebig in diesem Verhau nur selten Besucher empfing.

Sie bot Vincent eine kurze Trittleiter als Sitzgelegenheit. Für Dominik gab es nur einen rosafarbenen Sitzsack – der Kollege zog es vor, sich gegen den Heizkörper zu lehnen.

Vincent verschob die Leiter, um die Detektivin besser im Blick zu behalten. Manchmal verrät die Fußhaltung mehr als Mimik und Gestik, die leichter zu steuern sind und daher lügen können.

«Warum haben Sie Walter Castorp beschattet?», begann Vincent die Befragung.

Liebig lächelte. «Um Fotos zu machen.»

«In wessen Auftrag?»

Sie zog die Füße unter den Stuhl. «Muss ich das beantworten?»

«Spätestens, wenn Sie der Richter im Mordprozess befragt.»

«Wieso sollte es dazu kommen?»

«Die Staatsanwaltschaft könnte Ihre Fotos zu Beweismitteln erklären.» Eine getigerte Katze schlüpfte zur angelehnten Tür herein und strich um seine Beine. «Der Zeitung gegenüber haben Sie behauptet, die Frau des Ministerpräsidenten hätte Sie beauftragt.»

«Habe ich das?»

Die Katze stakste weiter, streckte sich, lief wieder aus dem Zimmer.

«Ich rate Ihnen, ehrlich zu sein, Frau Liebig.»

Ihre Füße verhakten sich um die Stuhlbeine. «Natürlich.»

«An der Karosserie von Castorps Audi war ein Peilsender versteckt. Personen-Tracking ist illegal, dafür kann es eine mehrjährige Haftstrafe geben, Frau Liebig. Vielleicht sollten wir die Fingerspuren auf dem Sender mit Ihren Abdrücken vergleichen.»

Das Lächeln entglitt ihr. «Werde ich hier als Zeugin befragt oder als Beschuldigte? Ich glaube, ohne einen Anwalt sage ich wohl lieber kein Wort mehr.»

«Aber Frau Liebig, was ist schon ein Peilsender gegen einen Mord? Einigen wir uns darauf, dass wir den Sender vergessen und Sie uns reinen Wein einschenken.»

Die Detektivin senkte den Blick, nur kurz. «Ich habe ganz vergessen, Sie zu fragen, ob Sie etwas trinken möchten. Yogi-Tee, Wasser?»

Dominik verneinte, Vincent schüttelte den Kopf.

Sie zuckte mit den Schultern. «Ich bin Castorp aus eigenem Antrieb gefolgt. Um die Bilder den Medien anzubieten.»

«Was zahlt Ihnen der *Blitz* dafür?»

«Fünftausend für die exklusive Option. Und den gleichen Betrag noch einmal für jedes Foto, das gedruckt wird. Aber bis jetzt haben sie nichts davon benutzt, obwohl ich ihnen die CD rechtzeitig per Kurier geschickt habe.»

Vincent vermied es, Dominik anzusehen.

«Noch etwas?», fragte die Detektivin.

«Was war in den beiden Aktenkoffern?»

«Keine Ahnung.»

Erst jetzt löste sie die Füße von den Stuhlbeinen – wieder auf sicherem Terrain.

«*Ermenegildo Carofiglio*, so hieß der Laden, in dem Castorp die Koffer gekauft hat.»

«Stimmt, so etwas stand über der Tür. Aber ich bin nicht mit ihm hineingegangen. Das wäre zu auffällig gewesen.»

«Am Tag nach seiner Rückkehr haben Sie den Ministerpräsidenten immer noch beschattet.»

«Ja.»

«Warum?»

«Ich hatte so ein Gefühl.»

«Wollen Sie behaupten, Sie hätten Castorps Tod vorhergesehen?»

«Nein. Aber diese schreckliche Abhöraffäre, der bevorstehende Rücktritt und die Wahl am kommenden Sonntag – da hat sich etwas zusammengebraut, finden Sie nicht? Ein Stück deutsche Geschichte, irgendwie.»

«An dem besagten Tag haben Sie Castorp mit zwei Männern fotografiert.»

«Woher wissen Sie das?»

«Kennen Sie die beiden Männer?»

«Nein.»

«Haben Sie etwas von dem Gespräch mitbekommen?»

«Dafür war ich viel zu weit weg. Ich musste ein gutes Teleobjektiv verwenden, um nicht entdeckt zu werden.»

«Welchen Eindruck machte die Unterhaltung auf Sie?»

«Ganz schlechtes Karma.»

«Was meinen Sie damit?»

«Sie kennen sicher die drei Geistesgifte: Gier, Zorn und Unwissenheit. Sie geben unserem Tun ein falsches Ziel.»

«Das haben Sie auf diese Distanz gespürt?»

«Ja. Da sind sehr gegensätzliche Ziele aufeinandergeprallt. Die drei haben sich gestritten, kein Zweifel.»

«Was haben Sie noch beobachtet?»

«Am Montag? Also, zuerst hat Castorps Freundin das Haus verlassen. So gegen zwölf. Sie hatte eine Reisetasche bei sich und stieg in ein Taxi. Dreißig Minuten später ließ sich der Ministerpräsident blicken. Er traf die beiden Männer vor dem

Hotel am Ende der Straße. Nach etwa einer halben Stunde haben sie sich getrennt, und Castorp ist allein zurückgekehrt.»

«Und dann?»

«So gegen zwei Uhr habe ich aufgegeben.» Ein Räuspern. «Es ist nämlich nicht möglich, zugleich den Eingang und die Tiefgaragenausfahrt im Blick zu behalten. Ich war mir nicht sicher, ob Castorp überhaupt noch da war.»

Vincent nickte, sah zu seinem Kollegen hinüber.

«Die Aufnahmen», sagte Dominik. «Würden Sie uns bitte alles zeigen, was Sie während der Observierung fotografiert haben?»

«Wie meinen Sie das?»

«Sie haben doch sicher weit mehr Bilder gemacht, als Sie der Zeitung geliefert haben, nicht wahr?»

«Klar, aber die anderen sind nichts geworden.»

«Dürfen wir sie trotzdem anschauen? Wir interessieren uns für alles.»

«Tut mir leid, den Ausschuss habe ich gelöscht.»

Vincent nickte, um Verständnis zu signalisieren. «Und wo waren Sie am Montagnachmittag um siebzehn Uhr, Frau Liebig?»

«Sie glauben doch nicht, dass ich …»

Vincents Handy. Er ging auf den Flur und meldete sich.

Susanne Hachmeister, die Kollegin von der Sitte. Ihre tiefe, rauchige Stimme: «Du wolltest Infos über Bettina Blume?»

«Schieß los.»

«Vor zwei Jahren trat Frau Blume als Entlastungszeugin für einen gewissen Mike Dollinger auf. Sagt dir der Name etwas?»

«Klar.» Der Exnationalspieler – vielleicht war er öfter im *Chateau Bellevue* gewesen, und Blümchen kannte ihn daher.

«Dollinger soll in einer Disco an der Königsallee ausfällig geworden sein. Eine rassistische Beleidigung, oder so. Aufgrund von Blumes Aussage war er fein raus. Mein Gott, Dollinger. Erinnerst du dich noch an die Saison, als er bei Borussia Mönchengladbach fast alle Tore schoss?»

«Als Fortuna-Anhänger berührt mich das eher peripher.»

«Trotzdem, hättest du gedacht, dass Mike Dollinger einmal als koksender Raufbold enden würde?»

«Hast du eine Adresse?»

«Von Dollinger?»

«Von Blume.»

«Ich hab noch mehr. Neulich wurde eine Tina Blume im Rahmen einer Razzia im *Blue Velvet* festgenommen, das ist ein Tabledance-Schuppen …»

«In der Mintropstraße, ich weiß.»

«Ist mir klar, dass du dich dort auskennst.»

«Und wo gehst du immer so hin?»

Hachmeister ließ ein heiseres Lachen hören.

«Bettina Blume», erinnerte Vincent.

«Wir mussten sie gleich wieder laufen lassen. Du willst also ihre Anschrift?»

«Bitte.»

«Was hat dieses Flittchen, was ich nicht habe?»

«Sag schon, Susanne.»

«Dafür spendierst du mir einen Cocktail, wie wär's mit heute Abend?»

«Heute passt es ganz schlecht.»

«Keine Angst, du Geizhals, ich steh sowieso nicht auf Todesfallermittler. Ackerstraße 17. Aber im Ernst, warum bist du so scharf auf die Blume?»

«Sie kann vermutlich etwas über die Vergangenheit von Castorps letzter Gespielin verraten.»

«Ist das jetzt euer Ansatz?»

«Wir haben verschiedene.»

Vincent kehrte ins Arbeitszimmer der Detektivin zurück, bat Dominik, allein weiterzumachen, und verabschiedete sich.

«Warte!», rief der Kollege und holte ihn im Flur ein. Leise, aber scharf: «Das kannst du mir nicht antun, Vincent! Diese Tibet-Tante mit ihren Geistesgiften …»

«Check ihr Alibi, besteh auf den Fotos und lass dir ihre Kontoauszüge zeigen. Wofür gibt sie Geld aus, wer bezahlt sie? Sie hat Castorp und Markowitz nicht ohne Auftrag observiert.»

«Wie kommst du darauf?»

«Ihre Füße sprechen eine andere Sprache als ihre Zunge.»

«Echt jetzt?»

«Nenn es Gespür, nenn es Erfahrung.»

«Und dieser Fingerabdruck auf dem Peilsender, davon höre ich zum ersten …»

«Nenn es meinetwegen kreative Vernehmungstaktik.»

Die Detektivin war in die Tür getreten.

Vincent nickte einen Gruß, tätschelte Dominiks Schulter und verließ die Wohnung.

48

▼

Auf der Rückfahrt ins Stadtzentrum rief er Kilian an.

«Schön, dass Sie noch im Büro sind, Herr Staatsanwalt.»

«Bitte, nicht schon wieder ein Antrag auf Durchsuchung!»

«Aufgeben gilt nicht, mein Lieber.» Vincent berichtete von Emma Liebig in Gerresheim. Ihm war klar, dass die Frau ihre Kontoauszüge nicht freiwillig herausrücken würde. «Ein Boxer, der Angst hat, dass die Schläge des Gegners ihm wehtun könnten, hat schon verloren.»

«Sehen Sie sich als Kämpfer im Ring?»

«Nein, aber ich habe einen ehemaligen Champion um Rat gefragt. Castorp ist nicht irgendein Fall. Erzählen Sie das dem Richter.»

«Das weiß er ohnehin. Das kriegen wir ständig unter die Nase gerieben. Von den Medien, von den Vorgesetzten, von der Politik.»

«Das ist ja das Schlimme.»

«Schlecht gelaunt, Herr Veih?»

«Die Stimmung wird besser, sobald ich morgen früh den Durchsuchungsbeschluss in die Finger bekomme. Es geht doch nur um eine zweitklassige Detektivin. Da wird sich der Richter schon nicht querlegen. Und Ihren Chef müssen Sie deshalb auch nicht um Erlaubnis fragen.»

«Sie kennen meinen Vorgesetzten nicht. Seien Sie froh, dass es nicht Ihrer ist!»

«Wir können ja mal tauschen, Herr Kilian.»

Dass der Staatsanwalt lachte, nahm Vincent als gutes Zeichen.

Das Radio: Entrüstung und Unverständnis darüber, dass dem ehemaligen RAF-Mitglied Brigitte Veih ein gut dotierter Kunstpreis zugesprochen werden sollte. Einige Ratsherren der Stadt distanzierten sich öffentlich von der Mehrheitsentscheidung.

Kein Wort über die Schießerei, von der Thilo Becker ihm erzählt hatte. Also hatte Behördensprecher Braun die Nachricht noch nicht nach draußen gegeben. Vincent gab dem Flüchtigen keine zwei Tage. Die Jungs von der Fahndung waren auf Trab.

Vincent erreichte die Adresse, die Susanne Hachmeister ihm genannt hatte. Die Ackerstraße führte vom Bahnhofsviertel nach Norden, vor allem zu Beginn war sie nicht gerade ein Schmuckstück der Stadt. Die Straßenbahn ratterte vorbei und klingelte schrill, als Vincent ausstieg.

Im Erdgeschoss befand sich ein leer stehendes Ladenlokal. Die Haustür trug Einbruchsspuren, offenbar hatte jemand das Schloss zerstört. Vincent begutachtete die Briefkästen im Flur. Einer war mit *Blume* beschriftet. Durch ein Fensterchen im Blech war zu erkennen, dass der Kasten leer war.

Im zweiten Stock ein ähnlicher Aufkleber an der Klingel. Blauer Kugelschreiber, Druckbuchstaben, dieselbe Handschrift: *Felicitas u. Bettina Blume.*

Acht Jahre – wie würde Blümchen auf seinen Anblick reagieren?

Vincent klingelte.

Er klopfte und presste das Ohr an die Tür. Nichts.

Durch den Spion der Nachbartür fiel Licht, plötzlich erlosch es. Jemand beobachtete ihn.

Zwei Schritte, den Klingelknopf gedrückt.

Die Tür ging einen Spalt weit auf, gesichert durch eine Kette.

«Ich möchte zu Bettina Blume. Wissen Sie, wo ich sie erreiche?»

«Tina und Feli sind verreist. Schon seit dem Wochenende.» Eine Frauenstimme.

«Wann kommen sie zurück?»

«Weiß ich nicht.»

«Wie kann ich sie erreichen? Haben Sie Tinas Nummer?»

«Nö.»

«Ich glaube Ihnen nicht, dass sie verreist ist. Tinas Briefkasten ist leer.»

Keine Antwort.

Vincent kramte seinen Dienstausweis hervor. «Kriminalpolizei.»

«Kann ich mal sehen?»

Er reichte das grüne Kärtchen durch den Türspalt. Nach einer Weile bekam er es zurück.

«Sieht echt aus.»

«Ist es auch.»

Die Tür wurde geschlossen, ein Rasseln, dann ging sie ganz auf. Vincent hörte Getrappel. Eine Frau um die dreißig stand vor ihm, weiter hinten huschte ein kleiner Junge davon.

«Warum sagen Sie nicht gleich, dass Sie von der Polizei sind? Hier treibt sich allerhand Gesindel herum.»

Die Frau trug einen ausgeblichenen Bademantel, der einmal himmelblau gewesen sein mochte. Mit der Linken hielt sie den Kragen fest geschlossen.

«Ich leere den Kasten für Tina. Was hat sie ausgefressen?»

«Nichts. Ich brauche nur eine Zeugenaussage von ihr.»

«Wo sie steckt, kann ich Ihnen beim besten Willen nicht verraten. Sie wollte alle drei Tage die Post abholen, ist aber bis jetzt noch nicht aufgekreuzt. Na ja, viel Post kriegt sie sowieso nicht.»

«Ist das alles, was Sie mir sagen können?»

«Ich fürchte, ja. Dem Typen, der gestern nach Tina gefragt hat, konnte ich auch nicht mehr erzählen.»

«Wer war das?»

«Seinen Namen hat er nicht genannt.»

«Können Sie den Mann beschreiben?»

«Ein bleicher Typ, vielleicht vierzig, aber schon graues Haar, ganz kurze Stoppeln. Ich dachte, er sei vielleicht ein Kunde, obwohl Tina ihre Kerle eher selten zu Hause empfängt. Er hatte Tätowierungen an den Händen und am Hals, und ich möchte gar nicht wissen, wo noch. Und muskulös war er. Noch mehr als Sie, und das heißt etwas.»

Vincent fiel niemand ein, auf den die Beschreibung passte.

«Wollen Sie hereinkommen? Ich habe gerade Tee gemacht.»

«Nein, danke.»

«Nicht dass Sie glauben, ich mache solche Angebote am laufenden Band. Für den bleichen Typen hab ich gar nicht erst die Kette losgemacht.»

Der Junge ließ sich blicken. Ein runder Kopf, neugierige Kulleraugen. Unsicher auf den kurzen Beinen, als würde er sich jeden Moment auf die Windeln setzen. Ein Speichelfaden hing ihm vom Kinn.

Vincent verabschiedete sich. Die Treppenhausbeleuchtung ging aus. Aus Versehen drückte Vincent schon wieder die Klingel von Blümchens Nachbarin. Bevor sie erneut öffnen konnte, lief er hinunter. Fast wäre er auf den Steinstufen ausgeglitten.

Er trat nach draußen und atmete frische Abendluft.

Das Handy.

Dominik Roth war dran. «Die Kontoauszüge hat sie nicht herausgerückt. Auch keine Fotos.»

«Dachte ich mir. Eine härtere Nuss als die Kirschkernsekretärin. Macht nichts, Dominik. Morgen holen wir uns ihre Unterlagen mit richterlicher Genehmigung.»

«Das wird ihr nicht gefallen.»

«Nichts, was wir tun, gefällt jedem.»

«Sie hat mir übrigens einen *Free Tibet*-Aufkleber geschenkt.»

«Wie schön für dich.»

«Dann mach ich jetzt Feierabend.»

«Gut, dass du fragst. Schreibst du bitte noch das Protokoll, damit der Staatsanwalt es morgen früh in seinen Unterlagen hat, bevor er zum Richter geht?»

«Im Ernst? Weißt du, wie spät es ist?»

«Aber erwähne nicht, dass dir die Tibet-Tante einen Aufkleber angedreht hat. Könnte als Vorteilsannahme im Amt missverstanden werden.»

49

▼

Nachtclubs, Sexshops, ein schäbiges Hotel, dazwischen ein Gemüseladen, der noch geöffnet war. Auf dem Gehsteig palaverten zwei bärtige Typen, zugleich auf ihr Handy glotzend, die Gesichter schimmerten bläulich. Drei Häuser weiter befand sich das *Blue Velvet*.

Vincent parkte auf der anderen Straßenseite und hatte den perfekten Blick auf den Eingang des Tabledance-Schuppens.

Die Hauswand zierten Neonröhren. Sie blinkten und flackerten und formten die Umrisse einer nackten Frau in kniender Pose. Zwei Schaufenster waren mit Fotos und noch mehr Neon dekoriert: *Live Show, Event-Gastronomie*. Ein Taxi hielt und entließ drei Japaner, die das Lokal betraten. Ein paar Takte Musik wehten herüber, unverkennbar Tina Turner, *Golden Eye*. Dann schloss sich die Tür hinter den Gästen. Vincent schätzte, dass zu dieser Stunde noch nicht viel los war.

Neulich wurde eine Tina Blume im Rahmen einer Razzia festgenommen – er fragte sich, was Blümchen hier getrieben hatte. Die Tänzerinnen in solchen Läden waren durchweg blutjung. Straff, gelenkig, langes Haar. Blümchen war gerade mal ein Jahr jünger als er, also zweiundvierzig. Beim Turnen an der Stange konnte er sie sich beim besten Willen nicht vorstellen.

Wieder Musik, Gelächter, Geschrei. Zwei Männer traten auf den Balkon im ersten Stock des Nachbarhauses. Bierflaschen in der Hand, die Oberkörper nackt.

Nach einer Weile trottete eine Gruppe junger Typen an Vincents Auto vorbei. Sie wirkten wie Banker: weiße Hemden, die Ärmel hochgekrempelt, dicke Uhren am Handgelenk, die Sakkos geschultert. Einer von ihnen strauchelte, die anderen stützten ihn. Sie überquerten die Straße und hielten schnurstracks auf den Tabeldance-Laden zu.

Bevor sie ihn erreichten, schwang die Tür auf. Ein bulliger Mann im Anzug zerrte eine Frau heraus, die sich aus seinem Griff zu befreien versuchte. Die jungen Männer stutzten nur kurz, dann verschwanden sie im Inneren. Die Frau keifte den Anzugträger an, der sie von sich stieß. Sie knickte um, berappelte sich und trommelte mit den Fäusten auf ihn ein.

Es war Blümchen.

Bevor Vincent ihr Gesicht sah, hatte er sie an ihrer Wut erkannt. Er sprang aus dem Wagen und schritt ein, als der Rausschmeißer zu einer Ohrfeige ansetzte, die sie mit Sicherheit zu Boden geschleudert hätte.

«Lassen Sie die Frau in Ruhe!»

«Halten Sie sich da raus!»

«Kriminalpolizei.»

«Na und? Die Dame hat hier Hausverbot.»

Vincent starrte den Mann an, der sich besann und ins *Blue Velvet* zurückkehrte.

«Was machst *du* hier?», fragte Blümchen.

«Das wüsste ich gern von dir», antwortete Vincent.

Sie bückte sich nach etwas. Als sie sich aufrichtete, humpelte sie. «Mist, ich hab einen Absatz verloren!»

Keine fünf Meter weiter klatschte etwas auf den Gehsteig. Dem Gestank nach war es Kotze. Einer der Halbnackten beugte sich über das Balkongeländer.

Vincent zog Blümchen ins Auto.

50

▼

«Wohin soll ich dich fahren?», fragte Vincent.

Blümchen begutachtete ihren Schuh. Sie trug ein Oberteil aus glänzend weißem Stoff. Ihr Rock war kaum breiter als Vincents Hand. Die Beine steckten in einer Netzstrumpfhose, offensichtlich Arbeitskleidung – dass sie den Absprung aus dem Milieu noch immer nicht geschafft hatte, erfüllte Vincent mit Bitterkeit.

«Arschlöcher!», sagte sie.

«Mensch, Blümchen. Der Laden lebt davon, dass die Kunden Pils für zehn Euro pro Glas schlürfen. Eine Nutte, die hier die Männer abschleppt, stört das Geschäft.»

Blümchen feuerte den Schuh aus dem Fenster. Der Ausschnitt des weißen Shirts klaffte auf. Vincent bemerkte, dass ihre Brüste wie Halbkugeln abstanden.

«Wie nennst du mich?»

«Nutte.»

«Nein, das andere.»

«Was stört dich daran?»

«*Blümchen* hat seit ewigen Zeiten keiner mehr gesagt.»

«Wo gehst du mit den Typen hin?»

Sie wandte sich ab und ordnete mit den Händen ihr Haar. «Kommt darauf an.»

Vincent verstand. In das Hotel auf der anderen Straßenseite, falls der Freier bereit war, das Zimmer zu bezahlen. Wenn Sparen angesagt war, ging es in den Hinterhof, wo sie sich über die Mülltonne bückte. Oder nach Hause, wo Felicitas alles mitbekam.

«Es ging dir schon mal besser», sagte er.

«Auf und ab, das ist doch immer so.»

«Und deine Tochter?»
«Lass Feli aus dem Spiel.»
«Ich dachte, sie ist bei deiner Mutter.»
«Mom ist tot.»
«Tut mir leid.»
Vor acht Jahren war Felicitas noch ein kleines Kind gewesen. Jetzt musste das Mädchen fast so alt sein wie Blümchen, als er ihr zum ersten Mal begegnet war. Vincent versuchte, im Gesicht der Frau neben ihm den Engel von damals wiederzufinden. Immerhin schien sie nicht unter Drogen zu stehen.
«Was guckst du?»
«Du hast dich gut gehalten.»
«Danke.»
«Aber warum hast du dir die Brüste machen lassen?»
«Da war ein Typ, der wollte das so.»
«Aha.»
«Er hat mich aus'm Puff rausgeholt. Kennst du *Pretty Woman*, den Film?»
«Klar.»
«Bloß dass in meinem Fall der Typ mich wegen einer miesen Schlampe wieder sitzengelassen hat. Nur eine Woche nach der OP. Die Dinger waren noch ganz geschwollen und violett wie Auberginen. Aber jetzt ...» Sie drückte ihren Oberkörper nach vorn. «Fass mal an, gar nicht übel.»
«Wohin, Blümchen?»
Sie lehnte den Kopf zurück und schloss die Augen, als müsse sie nachdenken. «Konkordiastraße.»
Vincent startete den Wagen.

An einem Büdchen nahe der Bilker Kirche bat sie ihn anzuhalten. Vincent wartete zwei Minuten, dann kam Blümchen mit ihrem Einkauf zurück. Weißwein und Kartoffelchips.

«Ich hatte noch kein Abendessen», erklärte sie, schraubte die Flasche auf und nahm einen Schluck. Dann hielt sie Vincent die Flasche hin.

Er ignorierte das Angebot und fuhr los.

«Bist du immer noch Bulle?»

«Der Typ, wegen dem du deine Brüste ausgestopft hast, war das zufällig ein Fußballspieler?»

«Meine Titten gehen dir nicht aus dem Sinn, stimmt's?»

«Hieß er etwa Mike Dollinger?»

«Woher weißt du das?»

«Er war dein Kunde im *Chateau Bellevue*, richtig?»

«Hast du mich all die Jahre bespitzelt, oder was?»

«Vor zwei Jahren, du erinnerst dich sicher noch an die Namen deiner Kolleginnen dort. Eine von den sechs Stammkräften. Keine dreißig, das Haar schulterlang, blond, Seitenscheitel. Und unter dem Auge hat sie eine kleine …»

«Vanessa, die miese Schlampe!»

«Ach, so ist das?» Vincent warf ihr einen Blick zu. «Sie war es also?»

«Zeig ihr einen Kerl mit Ferrari, und sie lässt nicht locker, bis sie ihn rumkriegt. Blöde Pickelfotze! ‹Mike ist meine große Liebe›, hat sie mir vorgeheult, so ein Schwachsinn! Du hättest ihr Gesicht sehen sollen, nachdem ich es bearbeitet hatte. Leider ist nur 'ne kleine Narbe geblieben. Aber Mike habe ich wegen seiner Kokainsucht verpetzt. Sie haben ihn bei der Borussia rausgeworfen, und seitdem ist er nicht mehr glücklich geworden. Ja, ich schlage zurück. Das hat Tina Blume gelernt!»

«Vanessa – ihr wirklicher Name ist Carmen Markowitz?»

«Du weißt auch wirklich alles.»

«Leider nein.» Sie hatten die Konkordiastraße erreicht. «Welche Hausnummer?»

«Halt einfach an.»

Vincent stoppte den Wagen. «Warum seid ihr aus deiner Wohnung abgehauen?»

«Borsig.»

Er begriff: Klemens Borsig, der Dealer, den er und Ingo Ritter mit Blümchens Hilfe des Drogenhandels überführt hatten.

«Ist der Kerl hinter dir her?»

Blümchen nickte. «Sie haben ihn aus dem Knast entlassen.»

«Jetzt erst?»

Sie zuckte mit den Schultern. Wieder hielt sie ihm die Flasche vor die Nase. «Nicht doch einen Schluck?»

Vincent wehrte ab und fragte sich, ob Borsig der «bleiche Typ» war, den die Nachbarin in der Ackerstraße beschrieben hatte.

Blümchen trank, setzte ab, wischte sich über den Mund. «Er soll anderen Häftlingen gegenüber herumgetönt haben, dass er schlimme Dinge mit mir vorhat. Aber dafür müsste der Idiot mich erst mal finden.»

«Kann ich dir helfen?»

Sie lachte schallend. Der Schein der Straßenlampe verfing sich in ihrem Haar, und Vincent ahnte den Engel von einst. Wieder spürte er das bittere Gefühl.

«Ach, Vinnie. Du bist so ein Süßer. Denkst du auch noch manchmal an damals – wie alt waren wir da eigentlich? Aber glaub nicht, dass ich dich mit nach oben nehme. Es sei denn, du spendierst mir einen Sportwagen und Feli eine Privatschule.»

«Wir müssen uns treffen.»

«Du lässt nicht locker, was?»

«Morgen Vormittag im Präsidium. Ich brauche eine Unterschrift unter deine Aussage. Es ist sehr wichtig.»

Blümchen wurde ernst. Eine steile Falte auf ihrer Stirn. «Das ist kein Treffen um der alten Zeiten willen, stimmt's?»

«Nein, nicht ganz.»

«Worum geht es?»

«Vanessa, alias Carmen Markowitz.» Er gab ihr sein Kärtchen. «Du würdest mir wirklich sehr helfen.»

«Das letzte Mal hat mir das nichts als Schwierigkeiten eingehandelt.»

«Dieses Mal pass ich auf.»

«Du bist echt süß.» Blümchen drückte ihm einen Kuss auf die Schläfe und verließ den Wagen.

Er wartete, um sich zu merken, in welchem Haus sie verschwinden würde, doch sie blieb einfach stehen. Die Weinflasche unter den Arm geklemmt, kramte sie in ihrer kleinen Handtasche, zündete sich eine Zigarette an und blickte herüber. Offenbar wollte sie nicht, dass er wusste, wo sie und ihre Tochter Unterschlupf gefunden hatten. Ihr Misstrauen schmerzte ihn.

Vincent ließ den Motor aufheulen, rollte los und bog an der nächsten Kreuzung ab. Er beschleunigte und umfuhr mit quietschenden Reifen den gesamten Block.

Als er zum zweiten Mal die Konkordiastraße erreichte, war Blümchen verschwunden.

51

▼

Vincent zog sein Handy hervor und tippte Dominiks Nummer. Der Kollege meldete sich.

«Wo steckst du gerade?», fragte Vincent.

«In der Festung. Stell dir vor, mein Chef hat mich gezwungen, so spät noch ein dämliches Protokoll zu schreiben.»

«Muss ein fürchterlicher Tyrann sein.»

«Du sagst es. Aber jetzt bin ich fertig, und keine zehn Pferde werden mich dazu bringen, auch nur einen Handschlag zu tun.»

«Nur eine Sache noch.»

«Vergiss es. Ich krieg davon Geistesgifte.»

«Ach was. Fleißigen Mitarbeitern gehört die Zukunft, Dominik. Schlag etwas in der Datenbank für mich nach. Der Name lautet Klemens Borsig.»

Angeblich erst nach acht Jahren Haft entlassen. Laut Blümchen auf Rachefeldzug. Vincent hörte, wie Dominiks Tastatur klapperte.

«Was brauchst du?»

«Ein Foto, wie er heute aussieht.»

«Hier, ich hab den Kerl. Klemens Borsig. Verstoß gegen das Betäubungsmittelgesetz. Besitz und gewerbliches Handeltreiben nicht geringer Mengen sowie Anstiftung zum Handeltreiben. Zu fünf Jahren verurteilt, und weil er kurz vor Ablauf einen Zellengenossen abgestochen hat, musste er in die Verlängerung. JVA Willich, das Strafende war vorgestern.»

«Genau der.»

«Was hat der Mann mit Castorp zu tun?»

«Nichts. Kannst du mir trotzdem das Foto ausdrucken?»

«Ich mach mich nicht gern zum Handlanger für Privatangelegenheiten.»

«Dafür gebe ich ein Bier aus.»

«Wie war das mit der Vorteilsannahme im Amt?»

«Okay, zwei Bier. Ich hol dich in fünf Minuten ab.»

Während Vincent vor dem Präsidium auf Dominik wartete, rief er Ninas Handy an. Die Mailbox. Er versuchte es zu Hause – wieder meldete sich nur die Automatenstimme. Dieses Mal wartete er das Ende der Ansage ab, den Piepton. Vincent wurde nervös. Er hatte keinen Text vorbereitet, aber ihm war plötzlich nach Versöhnung zumute.

«Nina, ich bin's. Da war nichts mit Händchenhalten gestern Abend, ehrlich. Dein Zuträger hat maßlos übertrieben. Aus Eigeninteresse, vermute ich. Anwälte sind Schwindler, glaub Ihnen kein Wort. Also, ich ruf an, weil ich finde, dass du dich nicht für den Falschen entscheiden solltest. Nina …»

Es piepte, der Speicherplatz war ausgeschöpft. Vincent überlegte, ob er noch einmal anrufen sollte.

Ein Klopfen auf das Dach, die Beifahrertür wurde aufgerissen. Dominik ließ sich auf den Sitz sinken und wedelte mit dem ausgedruckten Porträt des Dealers.

Es war Borsig, wie Vincent ihn kannte. Braun gebrannt, schwarzes Haar. Weder Tattoos noch Knastbleiche.

Dominik zuckte mit den Schultern. «Ein aktuelleres Foto gibt's nicht in der Datenbank.»

Vincent fuhr los.

«Glauben Sie bloß nicht, dass mein Angebot jetzt noch besteht. Ich hab auch meinen Stolz!»

Blümchens Nachbarin trug immer noch den Bademantel. In der Wohnung hinter ihr lief der Fernseher. Schreie, Schüsse, Explosionen. Vincent hoffte, dass der Kurze mit den Kulleraugen trotzdem schlief.

Er zeigte ihr das Foto.

Die Frau hielt es mit beiden Händen fest und betrachtete es lange. Dabei klaffte ihr Bademantel auf und bot den Blick auf ein Unterhemd. Brüste zeichneten sich ab, die traurig wirkten.

«Auf dem Bild hat der Typ noch die Haare lang», sagte sie.

«Das war vor acht Jahren.»

«Er ist grau geworden, aber das ist er, eindeutig.»

Vincent faltete das Blatt und steckte es ein. Blümchen war

tatsächlich bedroht. Doch woher wusste sie von Borsigs Entlassung? Jemand musste sie gewarnt haben.

«Der Mann ist kein Freier», sagte Vincent. «Es besteht die Gefahr, dass er Bettina und Felicitas etwas antut. Falls er noch einmal aufkreuzt, rufen Sie mich bitte sofort an.» Er drückte ihr sein Kärtchen in die Hand. «Lassen Sie ihn auf keinen Fall in Ihre Wohnung.»

«Mein Gott!»

«Und jetzt verraten Sie mir Tinas neue Adresse, damit ich sie schützen kann.»

«Ich weiß sie echt nicht, ohne Scheiß. Verdammt, Ihnen würd ich sie sofort geben.»

Vincent nickte und wandte sich zum Gehen.

«Übrigens, ich kann auch Cocktails! Hab mal in einer Bar gemixt, bevor der Kleine kam. Meine Spezialität ist *White Russian.*»

«Da unten wartet ein Kollege auf mich.»

«Wenn er so gut aussieht wie Sie, dann bringen Sie ihn doch hoch.»

«Er hat einen Buckel und lange Zähne.» Vincent winkte einen Gruß und trabte die Stufen hinunter.

«Na, einen Versuch war's wert!», rief ihm die Frau hinterher.

52

Sie setzten sich an den letzten freien Tisch im *Notorious* und bestellten bei der Bedienung im Catsuit ihr Bier.

«Thilo Becker und ein paar andere waren noch in der Festung», sagte Dominik.

«Vermutlich wegen der Schießerei.»

«Mir haben sie nichts erzählt.»

«Eine häusliche Auseinandersetzung in Oberkassel. Als die uniformierten Kollegen eintrafen, flogen ihnen die Kugeln um die Ohren.»

«In dem schicken Viertel?»

«Krach ist auch in der feinsten Hütte.»

Die Getränke kamen, Vincent und Dominik stießen an, tranken, stellten synchron die Gläser ab.

«Thilo und ein paar andere Kollegen, sagtest du?»

«Klaus Schranz und Felix May. Der Rest war von der Fahndung, glaub ich.»

Vincent war sauer. Dass Schranz für die Schießerei arbeitete, war abgesprochen. Aber Felix brauchte er als Aktenführer im Fall Castorp. Es passte ihm nicht, dass Thilo Becker ohne Rücksprache Kollegen einspannte.

Nicht aufregen, sagte sich Vincent. Morgen regle ich das. Ein zweiter Schluck zum Abkühlen. «Wie gefällt es dir im KK11?»

«Das ist nicht meine erste Mordermittlung», antwortete Dominik. «Ich war schon im MK-Pool, als ich noch bei den Betrügern gearbeitet habe. Und ich hab alle möglichen Lehrgänge absolviert.»

«Lehrgänge, soso.»

«Betrachte mich bitte nicht als totalen Grünschnabel.»

«Es geht das Gerücht um, der Kripochef hätte dir die Stelle verpasst, damit du unsere Truppe für ihn aushorchst.»

«Er hat mich natürlich gefragt, was ich von dir als Kommissariatsleiter halte.»

Vincent blickte auf. «Echt jetzt?»

«Ich habe ihm gesagt, dass du ein Kotzbrocken bist, der nichts auf die Reihe kriegt.» Dominik grinste über beide Ohren. «Nein, Scherz. Keine Ahnung, wer das bescheuerte Gerücht in die Welt gesetzt hat.»

Vincent ärgerte sich, dass er auf den jungen Kollegen hereingefallen war. Ein großer Schluck. Dominik hielt mit.

Die Bedienung wetzte vorbei. Vincent blickte ihr hinterher. Ein wohlgeformter Hintern. Nina fiel ihm wieder ein. Was sie wohl gerade trieb? Ob er noch einmal anrufen sollte?

«Ich hab mal 'ne Frage, Vincent.»

«Bitte.»

«Manchmal hab ich den Eindruck, du wüsstest mehr über den Fall, als du an das Team weitergibst. Gib's zu!»

«Ich habe eine Zeugin gefunden, die bestätigt, dass Castorps Referentin als Prostituierte im *Chateau Bellevue* gearbeitet hat. Und eine Zeitlang war Carmen Markowitz offenbar mit Mike Dollinger liiert.»

«Dem Fußballspieler?»

«Dem ehemaligen Fußballspieler. Einem notorischen Puff-, Party- und Discogänger. In Schlägereien verwickelt und koksabhängig, zumindest gegen Ende seiner aktiven Zeit.»

Dominik pfiff durch die Zähne.

«Höchste Zeit für eine Telefonüberwachung», sagte Vincent. «Eigentlich sollten wir Markowitz auf Schritt und Tritt observieren.»

«Dann hat der Mord doch nichts mit Berlin und der Kanzlerin zu tun?»

«Langsam, mein Junge. Keine voreiligen Schlussfolgerungen. Feist und Brennecke habe ich noch nicht von der Liste gestrichen.»

Sie tranken aus.

«Noch eins?»

Dominik verneinte. «Es ist halb elf. Ich weiß nicht, wie du das machst, aber ich brauche meinen Schlaf.»

Eine Frauenstimme mischte sich ein: «Na so was. Guten Abend, die Herren!»

Vincent sah auf.

Saskia Baltes stand vor ihm. «Ich hab's mir fast gedacht, dass ich dich hier treffen würde.»

Dominik erhob sich von seinem Platz und zwinkerte. «Dann räum ich mal das Feld. Schönen Abend noch, Chef.»

Saskia setzte sich auf den frei gewordenen Stuhl, die Stirn gerunzelt. «Wie klingt das denn, Vincent?»

«Was meinst du?»

«Du lässt dich von deinen Leuten mit *Chef* anreden?»

53

▼

Der Discjockey hatte *Maiden Voyage* aufgelegt, einen Klassiker, den Vincent kannte. Er war zwar kein ausgesprochener Jazzfan, nicht einmal besonders musikalisch, aber bei diesem Stück schmolz er dahin.

Saskia fragte: «Geht's dir gut?»

Er nickte. Die Bedienung brachte Getränke. Noch ein Bier für ihn, Weißwein für Saskia. Sie hob das Glas und prostete ihm zu.

Nein, er würde Nina nicht noch einmal anrufen und sich zum Affen machen, beschloss Vincent. Soll sie doch mit ihrem Anwalt glücklich werden, wenn sie das so will.

«Weitergekommen in Sachen Castorp?»

«Ich glaub schon. Und wie lief's heute bei dir?»

«Danke für den Tipp mit der Razzia. Hast du *Aktuelle Stunde* geguckt?»

«Bin leider nicht dazu gekommen.»

«Du kannst es im Internet nachholen. Der Redaktionsleiter hat das Stück gemacht. Ich habe wieder nur zuliefern dürfen.

Aber ich bin an einem neuen Thema. Für die Kultursendung am Sonntagabend.»

«Gratuliere.»

Sie wechselten Blicke, stießen unter dem Tisch versehentlich mit den Füßen zusammen, zuckten zurück.

«Kennst du das Gefühl, wenn man eigentlich müde sein sollte, aber noch völlig aufgedreht ist?»

«Mir geht's genauso», antwortete er. «Seit du hier bei mir sitzt.»

Sie lachte.

«Was hieltest du von einem ruhigeren Plätzchen?»

Saskia trank einen Schluck und ließ ihren Blick dabei auf Vincent ruhen.

Er wartete.

«Ich wüsste da etwas.» Sie stellte das Glas ab. «Wenn dich ein bisschen Unordnung nicht stört.»

Vincent nahm sein Portemonnaie und holte zwei Zehner hervor, die er auf den Tisch legte. Dann fanden seine Finger ihre Hand. Ihm wurde heiß, und er glaubte zu spüren, dass es ihr genauso ging.

Sie verließen das Lokal.

Saskia war in seinem Arm eingeschlafen. Als einzige Beleuchtung flackerten ein paar Windlichter auf dem Teppich, eine Bananenpflanze warf bizarre Schatten. Leise lief noch die Musik, die Saskia im Zimmer nebenan aufgelegt hatte, etwas Lateinamerikanisches, ein Saxophonsolo, ganz entspannt.

Vincent fragte sich, was die letzte Stunde für seine Beziehung zu Nina bedeutete. Die endgültige Entscheidung, Schluss zu machen? Oder nur Revanche, ein Gleichziehen in der Seitensprungstatistik? Was wollte er wirklich?

Ihm wurde bewusst, dass er die junge Reporterin kaum

kannte. Mehr als zehn Jahre betrug der Altersunterschied. So erregend und zärtlich es gerade noch gewesen war, so aufregend und neu – jetzt kamen ihm Zweifel.

Behutsam löste er sich von Saskia, stand auf und schlich aus dem Zimmer. Er fand das Bad und den Lichtschalter und stellte sich unter die Dusche.

Gedanken an seine Arbeit drängten sich auf. Die Begegnung mit Blümchen ließ ihn nicht los, vielleicht brauchte sie ihn mehr als jeder andere Mensch.

Der Einsatz vor acht Jahren: Blümchens Handtasche präpariert, doppelter Boden mit Funkmikro. Ingo und er hörten im Auto mit. Zur Sicherheit hatten sie ein Panikwort vereinbart.

«Deine letzte Chance, einen Rückzieher zu machen», sagte Vincent und hoffte insgeheim, sie würde hinschmeißen.

Blümchen schüttelte den Kopf.

«Bist du dir wirklich sicher?»

«Wie oft willst du sie noch fragen?», regte Ingo sich auf. «Sie sagt doch, dass sie uns helfen will.»

«Ja, ich tu's», bestätigte Blümchen noch einmal.

Klemens Borsig wohnte im zweiten Stock eines unscheinbaren Mietshauses im Stadtteil Holthausen. Er fuhr einen alten Golf, trug billige Klamotten. Nichts deutete darauf hin, dass er mit seinen Jungs drauf und dran war, den Drogenhandel der gesamten Stadt zu übernehmen. Borsig führte eine Bande von Hooligans und Neonazis, die es geschafft hatten, die Albaner zu unterwerfen und die kurdische Konkurrenz zu verdrängen, Brutalität war Borsigs Trumpf. Angeblich fand er Spaß daran, seine Gegner zu erniedrigen und zu foltern. Keiner wagte es, gegen ihn auszusagen.

Erst nach seiner Festnahme war Ruhe eingekehrt, hatten sich seine Helfer auszupacken getraut. Nur der Verfassungsschutz meckerte, denn Borsig hatte die Schlapphüte als V-Mann mit gelegentlichen Anekdoten aus der rechten Szene versogt. Und der damalige Chef der Rauschgiftermittler war hochgradig sauer – Ingo und Vincent hatten ihm die Schau gestohlen.

Sie hatten beobachtetet, wie Blümchen klingelte. Gehört, wie Borsig sie empfing. Die beiden rauchten etwas, unterhielten sich. Sie waren nur schlecht zu verstehen, ein Kratzen und Knacken überlagerte ständig den Ton.

«Was ist das für ein Scheißmikro?», fragte Vincent.

«Vielleicht ein Wackelkontakt, was weiß ich?», erwiderte Ingo. «Die Batterien sind jedenfalls frisch.»

Vincents Horrorvorstellung: dass das Gerät schlappmachte und sie nicht mitbekamen, wie Borsig den Verrat witterte und Blümchen abmurkste. Je länger sich Blümchen in Borsigs Wohnung aufhielt, desto nervöser wurde Vincent.

Plötzlich war es still.

«Ich hab dir gesagt, du sollst das Mikro testen!», fuhr Vincent seinen Kollegen an.

«Hab ich doch.»

«Psst.»

Ein leises Geräusch kam aus den Boxen, es klang wie das Drehen eines Schlüssels. Kurz darauf rauschte Wasser aus einem Hahn. Das Badezimmer, vermutete Vincent. Dann Blümchens Stimme, ganz nah, fast geflüstert: «Das Zeug liegt unter den Handtüchern. Hört ihr mich?»

Ein Klopfen an der Tür. Borsig rief, gedämpft von draußen: «Was treibst du so lange?»

Vincent beugte sich näher zum Lautsprecher.

Blümchen schloss auf. Unvermittelt rief sie: «Hey, nicht so fest!»

Vincent zog die Waffe aus dem Holster. Er war sich sicher, dass Borsig Lunte gerochen hatte. Das Versteck war zu simpel.

Kratzen und Knistern. Ein Poltern. Ein spitzer Schrei.

Vincent öffnete die Autotür.

Ingo hielt ihn zurück.

Ein Rascheln, Keuchen, rhythmisches Klatschen und Stöhnen. Ein Bett quietschte.

«Er fickt sie nur», sagte Ingo. «Es ist in Ordnung.»

Vincent fand das ganz und gar nicht. Das Klatschen wurde lauter. Blümchen schrie auf, immer wieder. Das Schwein tat ihr weh. Blümchen wimmerte in ihr Kissen. Borsig grunzte Schimpfwörter und schlug zu.

«Wir müssen reingehen!»

«Warte! Sie hat das Panikwort noch nicht gesagt.»

Als Blümchen endlich das Haus verließ, taumelte sie und hielt sich den Leib. Beim Näherkommen versuchte sie, sich nichts anmerken zu lassen, aber das machte es nur noch schlimmer. Ihre Unterlippe war geplatzt. Frische Hämatome an Stirn und Wangen, das rechte Auge blutunterlaufen, die Lider schwollen an. Ihr Haar war strähnig und verklebt.

Sie lächelte durch das geöffnete Seitenfenster, benebelt von Drogen. «Das Regal im Badezimmer … Sperrt ihn weg, am besten für immer.»

Vincent stieg aus und schloss sie in seine Arme, kämpfte mit den Tränen.

«Ich bin okay.» Brüsk löste sie sich von ihm, schwankte etwas, ihr Blick wanderte zwischen Vincent und Ingo hin und her. «Könnt ihr mir die Kohle geben, jetzt gleich?»

Vincent ließ das Wasser lange über sein Gesicht laufen, als könne er die Erinnerung wegspülen, dann drehte er das Wasser ab. Wo war er noch mal?

Saskia.

Er stieg aus der Dusche und griff nach einem Handtuch. In der Ecke lag ein Schlafanzug. Die Ablage über dem Waschbecken war voller Lippenstifte, Fläschchen mit Nagellack, Duftkerzen. Ein Schminkspiegel und ein Becher mit Zahnbürsten, eine davon unverkennbar für ein Kind. Spielzeugboote und ein Entchen auf dem Wannenrand.

Vincents Blick fiel auf zwei Bademäntel an einem Haken an der Tür, rot-blau gestreift, der eine die Miniaturausgabe des anderen. Er spürte, wie ihm warm ums Herz wurde.

Es klopfte, Saskia trat ein, verschlafen.

«Alles in Ordnung?», fragte sie.

«Bestens.»

Sie war ebenfalls nackt, trat ans Waschbecken und trank vom Wasserhahn. Als sie bemerkte, dass er sie anstarrte, lachte sie. Er trat hinter sie, umarmte ihren Schwimmbadmädchenkörper und fühlte die jugendlich straffe Haut.

Sie drehte sich um. Ihre Hände glitten über seine Schultern. Sie flüsterte seinen Namen und drückte ihre Lippen auf seine Haut.

«Ich mag deinen Body.»

«Und ich deinen.»

Er versuchte, sie zu küssen, aber sie entwandt sich ihm.

«Raus jetzt, Herr Kommissar! Ich muss aufs Klo.»

Er wartete im Schlafzimmer auf sie. Er hörte die Spülung, den Wasserhahn, dann neue Musik von nebenan, exotisch, vielleicht etwas Indisches. Saskia kam herein, kroch unter die Decke und schob sich auf ihn.

Sie hielt seinen Kopf mit beiden Händen fest. Ihr Blick war ernst, die Augen groß und dunkel. Ein Kuss – der intensivste seines Lebens, so kam es Vincent vor.

Sie liebten sich noch einmal, langsam und begierig, einander zu erforschen.

Danach lag er in ihrem Arm und schlief sofort ein.

«Willst du wissen, worüber ich meinen nächsten Beitrag mache?»

Saskias Frage weckte ihn. Die Lichter waren gelöscht, es war still und stockdunkel. Er wusste sofort, wo er sich befand. Ihre Stimme war wie Samt, ihr Atem strich kühl über seine Schulter.

«Es wird mein erstes Stück für das Kulturmagazin.»

Er schmiegte sich ganz dicht an sie.

«Ich dachte mir, ich biete das Thema mal an, und sie haben sofort angebissen. Stell dir vor, vielleicht gelingt es mir, ganz die Redaktion wechseln.»

«Ich drücke dir die Daumen.»

«Mein bisheriger Redaktionsleiter könnte mich dann endlich kreuzweise.»

«Du schaffst das, Saskia.»

«Es geht um die Ausstellung, die nächste Woche in eurem Präsidium eröffnet wird. Die Geschichte der Düsseldorfer Polizei. Könnte spannend werden.»

«Verstehe.»

Ihre Hand tastete nach seiner.

Dann rollte sich Saskia zur Seite, bald darauf ging ihr Atem gleichmäßig.

Vincent war hellwach.

TEIL VIER

Donnerstag, 16. Mai

▼

54

▼

Vincent beneidete Saskia um ihren Schlaf. Er sammelte seine Kleidung ein und schlich aus dem Zimmer. Im Flur zog er sich an und verließ die Wohnung.

Nach kurzer Fahrt erreichte er das Apartment, das Ingo ihm besorgt hatte. Sich im Bett des schwulen Designers wälzend, bekam Vincent mit, wie es dämmerte. Irgendwann schlief er ein, nur um bald darauf vom Alarmton seines Handys geweckt zu werden.

Er riss das Fenster auf und beschloss, sein Laufprogramm nachzuholen. Ein neuer Morgen – der dritte, seit Castorps Leiche gefunden worden war.

Die Müllabfuhr dröhnte, ein alter Mann schob einen quietschenden Karren mit Anzeigenblättern von Haus zu Haus. Eine Straßenbahn rumpelte vorbei, müde Gesichter hinter der Scheibe. Vincent erreichte das Rheinufer, machte kehrt und trabte zurück.

Saskias Worte schwirrten ihm durch den Kopf: *Es geht um die Ausstellung, die nächste Woche in eurem Präsidium eröffnet wird* – zehn zu eins, dachte er, dass Max Dilling, das alte Schlitzohr, die Fernsehfrau auf ihn angesetzt hatte.

Schon im Aufzug nahm er die Bleiweste und die Manschetten ab, fühlte sich jedoch keineswegs erleichtert. Alles war schwer, jede Faser seines Körpers schmerzte. Fast dreißig Minuten für weniger als sieben Kilometer, er wurde alt.

Vincent duschte unter der Luxus-Regenschauer-Brause und

zog die letzten frischen Sachen an, die er in seinem Koffer fand. In diesem Moment beschloss er, das alberne Domizil aufzugeben. Die Antiquitäten, den Plüsch, die silbernen Kerzenleuchter. Und den heiligen Sebastian. Allein sein konnte er auch zu Hause.

Er brachte seine Sachen ins Auto: Schmutzwäsche, Laptop, die Hanteln und den restlichen Kram. Er kontrollierte, ob er auch nichts vergessen hatte, und schloss ab.

Mit Verspätung erreichte Vincent das Präsidium. Seine Hoffnung, Nora hätte frische Teilchen zum Frühstück besorgt, wurde enttäuscht.

«Weißt du, was mit Thilo Becker los ist?», fragte sie, als er sich Kaffee holte.

«Warum?»

«Er macht einen auf superwichtig und sitzt schon seit einer halben Stunde beim Inspektionsleiter. Hast du Thilo einen größeren Fall übertragen?»

Die Schießerei in Oberkassel, sonst nichts.

Dominik betrat das Geschäftszimmer und bediente sich ebenfalls an der Kaffeemaschine. Das gleiche Zwinkern wie gestern beim Abschied. «Na, wie war die Nacht?»

«Ach», sagte Nora. «Hab ich etwas verpasst?»

Vincent ging nicht darauf ein. Er leerte sein Posteingangsfach, ihm knurrte der Magen. Thilo Becker ging ihm nicht aus dem Kopf. Was hatte es mit der Schießerei auf sich?

Anna Winkler stand in der Tür und gähnte. Die Hände in den Taschen ihrer knallroten Windjacke, die gefärbte Strähne baumelte über ihrem rechten Auge.

«Noch jemand mit einer kurzen Nacht», stellte Dominik fest.

«Hey, Leute, stimmt es, dass nach Mike Dollinger gefahndet wird?», fragte Anna.

Vincent erstarrte. «Sag das noch einmal!»

«Dollinger, der Fußballspieler, du weißt schon. Der vor einiger Zeit den Kokainskandal an der Backe hatte.»

«Wie kommst du auf ihn?»

«Es heißt, er hätte gestern auf Kollegen geschossen, die wegen eines Krachs in seiner Wohnung bei ihm geklingelt haben. Was ist los, Vincent, warum weißt du nichts davon? Gefährliche Körperverletzung, versuchte Tötung, das fällt doch in unser Ressort! Wer leitet denn diese Dienststelle?»

Vincent wandte sich an Nora. «Thilo – beim Inspektionsleiter, sagst du?»

Nora nickte.

Vincent stopfte die Post zurück und machte sich auf den Weg.

55

Er betrat das Vorzimmer, registrierte die offene Verbindungstür, der Raum dahinter war verwaist.

«Nicht da?», fragte er die Sekretärin.

«Beim Papst. Ich richte ihm aus, dass Sie ihn sprechen wollten.»

«Danke.»

«Gratulation!»

«Wofür?»

«Es stimmt doch, dass Ihre Leute den Mord an unserem Ministerpräsidenten so gut wie geklärt haben, oder etwa nicht?»

Für einen Moment war Vincent verwirrt. Auf dem Rückweg versuchte er, Thilo Becker auf seinem Handy zu erreichen, dann Felix May – beide Male kein Erfolg. Schließlich rief er

Klaus Schranz an, den Becker für die Ermittlungen wegen der Schießerei eingespannt hatte.

Nach dem sechsten Klingeln ertönte ein Ächzen.

«Klaus? Ich bin's, Vincent.»

«Verdammter Mist, wie spät ist es überhaupt? Ich schlafe noch!»

«Das höre ich.»

«Keine Witze auf meine Kosten! Ich hab die Nacht für Thilo durchgearbeitet, die ganzen Zeugenaussagen aufgenommen. Als ich nach Hause kam, wurd's fast schon hell.»

«Was hat es mit der Schießerei auf sich?»

«Hält dich Thilo nicht auf dem Laufenden?»

«Kommunikation ist offenbar nicht jedermanns Sache.»

«Mike Dollinger hatte Streit mit seiner Freundin. So laut, dass die Nachbarn …»

«Ja, so viel weiß ich bereits.»

«Als die Kollegen eintrafen, hat der Irre ohne Vorwarnung geschossen und ist über den Gartenausgang …»

«Und dann?»

«Felix hat angedeutet, dass ihr im Rahmen der Castorp-Sache ebenfalls auf Dollingers Namen gestoßen seid. Und dann hat sich der Zusammenhang ja bestätigt. Hat sich Thilo echt nicht mit dir kurzgeschlossen?»

«Worin soll die Verbindung bestehen?»

«Diese Koffer, du weißt schon.»

«Sicher?»

«Dollinger ist genau mit so einem Edelkoffer abgehauen. Es gibt Zeugen dafür. Lass dir von Thilo die Protokolle zeigen.»

«Danke, Klaus, hol deinen Schlaf nach. Wir sprechen uns am Nachmittag.»

Vincent steuerte Thilos Büro an, das bis Montag seines gewesen war.

Abgeschlossen.

Er ging weiter, klopfte an die Tür zu Felix Mays Zimmer und drückte die Klinke. Die Tür ließ sich öffnen, aber auch Felix war nicht da. Vincent trat ein, setzte sich hinter den Schreibtisch und begann, in den Unterlagen zu stöbern.

Eine indirekte Verbindung Mike Dollingers zu dem ermordeten Ministerpräsidenten hatte Vincent gestern von Blümchen erfahren: Carmen Markowitz, die Geliebte von Castorp, war einst auch mit dem Fußballer liiert gewesen. *Nur eine Woche nach der OP, noch violett wie Auberginen. Du hättest ihr Gesicht sehen sollen, nachdem ich es bearbeitet hatte.*

Aber während der Mordermittlungen war der Name Dollinger niemals gefallen. Nicht, soweit Vincent informiert war. Hatte auch Felix ihm etwas verheimlicht?

Die Ermittlungsakte präsentierte sich exakt so, wie Vincent sie noch am Vortag gemeinsam mit Felix durchgearbeitet hatte. Er überprüfte den Inhalt anhand des Registers, nichts fehlte. Zur Schießerei in Oberkassel fand Vincent im ganzen Zimmer nichts Schriftliches. Weder Berichte beteiligter Beamter noch die Protokolle von Schranz.

Einem spontanen Einfall folgend, rief Vincent beim Landesamt für zentrale Dienste in Duisburg an. Ein Beamter meldete sich, seinen Namen nuschelnd, den Vincent nicht verstand.

«Veih, KK11 Düsseldorf. Wir haben von euch schon vorgestern eine Funkzellenauswertung erbeten. Die Liste aller Mobiltelefone, die am Montag, dem 13. Mai, um siebzehn Uhr im Bereich Düsseldorf-Hafen ins Netz eingewählt waren.» Vincent nannte noch einmal Straße und Hausnummer der Penthousewohnung, in der Castorps Leiche entdeckt worden war.

«Wir sind fixer, als du denkst», antwortete der Kollege in Duisburg. «Die Liste müsste euch längst vorliegen. Hab ich gestern noch vor Feierabend rübergefaxt. Redet ihr nicht miteinander?»

«Kannst du sie mir ein zweites Mal senden? Hier geht es im Moment etwas drunter und drüber.»

«Verstehe. Einen ermordeten Landesvater hat man nicht alle Tage.»

56

▼

Als er in Noras Reich kam, surrte das Gerät bereits. Doch es druckte nicht die Liste aus Duisburg, die Vincent erwartet hatte.

Er entnahm einen Durchsuchungsbeschluss. Darunter lag ein zweites Blatt als Begleitschreiben.

Lieber Herr Veih,

die Sache erschien Ihnen gestern so dringlich. Sie sehen, Ihre Stimmung liegt mir am Herzen. Wir werden uns wahrscheinlich sämtliche Finger verbrennen, aber im Moment komme ich mir unheimlich furchtlos vor. Und auch der Richter hat kaum nachgefragt.

Alles Gute, Kilian, StA.

PS: Gruß an Ihren Boxchampion

Vincent ging damit zu Anna Winkler, klopfte an ihre Tür, betrat das Büro.

Sie unterbrach ihr Telefonat, deckte den Hörer ab und blickte Vincent fragend an. «Gibt's Stress?»

«Schnapp dir Dominik und unseren Champion.» Er legte ihr das Schreiben auf den Tisch.

«Was ist das?»

«Ein Durchsuchungsbeschluss für Wohnung und Büro von Emma Liebig.»

«Das ist …?»

«Die Detektivin, die Castorp und Markowitz in die Schweiz gefolgt ist.»

Anna hob abwehrend die Hände. «Wir brauchen mehr Leute. Das dauert Stunden. Wie stellst du dir das vor?»

«Wohnung und Büro sind praktisch dasselbe.»

«Und wer soll das Zeug auswerten, das wir mitnehmen? Jeden Tag eine Durchsuchung. Wir sind noch längst nicht dazu gekommen, das Material von gestern zu sichten.»

«Trotzdem, es muss sein.»

«Klar, wie immer.»

«Die Detektivin verschweigt ihren Auftraggeber. Sie hält Fotos zurück. Die Sache stinkt gewaltig. Dominik kann dir alles darüber erzählen.»

«Wo sind Thilo und Felix?»

«Die kannst du momentan vergessen.»

«Na, super.»

«Setzt die Detektivin unter Druck. Droht ihr mit dem Finanzamt oder so. Vielleicht rückt sie mit der Wahrheit heraus, ohne dass ihr die Wohnung auseinandernehmen müsst. In dem Fall seid ihr im Nu wieder da.»

Anna lehnte sich zurück und schüttelte die Haare aus der Stirn. «Sicher, Vincent. Ein bisschen drohen, und die Beschuldigte gesteht. Wie im Fernsehen. Ganz einfach.»

«Ich sehe, wir verstehen uns.»

Anna verdrehte theatralisch die Augen.

Zurück in das Geschäftszimmer, wo das Faxgerät drei eng beschriebene Blätter ausspuckte. Die Liste der Funkzellenauswertung – endlich hielt Vincent die Daten in der Hand.

Er überflog eine Seite nach der anderen und stieß tatsächlich auf den Namen des Exfußballers: *Michael F. Dollinger*, samt Adresse in Düsseldorf-Oberkassel.

Er hatte damit gerechnet und konnte es trotzdem kaum glauben: Zumindest das Handy des ehemaligen Fußballstars war während des Mordes an Walter Castorp in unmittelbarer Nähe des Tatorts gewesen.

Vincent wandte sich an Nora. «Hast du einen Zweitschlüssel für Thilos Zimmer?»

Sie schüttelte den Kopf.

«Übrigens, Nora …»

«Ja?»

«Wenn eine Bettina Blume aufkreuzen sollte, gib mir sofort Bescheid.»

«Darf ich erfahren …»

Vincent eilte zurück zu Beckers Büro. Die Türen auf diesem Gang stammten allesamt noch aus den dreißiger Jahren, als die Festung errichtet worden war. Mit dem Ausweiskärtchen stocherte Vincent in Höhe des Schlosses zwischen Rahmen und Blatt. Nichts tat sich. Er drückte mit der Schulter dagegen, rüttelte an der Klinke und fuhrwerkte noch einmal fester mit der Karte im Spalt.

Ein Knacken tönte, die Tür sprang auf.

Chaos auf dem Tisch, auch das Stehpult war mit Papierkram bedeckt. Vincent fand die Faxantwort des Landesamts für zentrale Dienste vom vergangenen Nachmittag. Die identische Liste, Name und Anschrift des Exfußballers mit schwarzem Filzstift eingekreist. Vincent ging die Daten ein zweites Mal durch, stieß aber auf keinen weiteren Namen, der ihm etwas sagte.

Er entdeckte mehrere Protokolle und überflog sie. Da: *Mike Dollinger trug einen Aktenkoffer bei sich, als er durch den Garten floh*. Weitere Augenzeugen hatten die Beobachtung bestätigt. Dollinger sei im Hinterhof mit einem kleinen Koffer über die Garagen geklettert und durch die Toreinfahrt des gegenüber-gelegenen Hauses entkommen. Dollingers Freundin hatte das Gepäckstück genauer beschrieben: *dunkelbraun mit Messingbeschlägen, elegant.*

Ermenegildo Soundso, die Beute aus dem Überfall bei Castorp – Vincent hätte jede Summe darauf gewettet, und offenbar hatten Thilo und Felix denselben Schluss gezogen.

Vincent rief beim Landeskriminalamt an und ließ sich mit dem Beschusslabor verbinden.

«Habt ihr die Projektile von der Schießerei in Oberkassel schon untersucht?»

«Mit wem spreche ich?»

«Vincent Veih, Leiter KK11.»

«Hat dir dein Mitarbeiter nicht Bescheid gegeben?»

«Sag schon, was habt ihr herausgefunden?»

«Identische Waffe. Aber glaubt nicht, dass wir beim nächsten Mal wieder für euch die halbe Nacht vor dem Mikroskop sitzen. Walter Castorp bleibt ein Sonderfall.»

«Der Täter hat also tatsächlich die Ceska des Ministerpräsidenten benutzt?»

«Richtig. Wie dein Mitarbeiter vermutet hat. Sag mal, tauscht ihr euch denn gar nicht aus?»

Vincent legte auf. Er stapelte Thilos Unterlagen auf einen Haufen, sammelte ein, was auf dem Stehpult lag, und trug alles in sein eigenes Zimmer.

Das giftigste Reptil von allen.

Am liebsten hätte sich Vincent mit einem Paar Hanteln abreagiert. Seine Muskeln gequält, um die Wut zu zügeln.

Nora rief herüber: «Der Inspektionsleiter hat nach dir gefragt.»

«Danke.»

«Darf ich erfahren, was los ist?»

Vincent trat in die Verbindungstür. «Thilo versucht, mich auszubooten. Aber den Spieß drehe ich um.»

57

▼

Kriminaloberrat Thann reckte das Kinn und schob einen zweiseitigen Brief über den Tisch. «Für Ihre Akten. Das war Ihnen gestern doch so wichtig, nicht wahr?»

Vincent nahm das Schreiben entgegen. Es war an den Polizeipräsidenten adressiert. Ganz oben prangte ein Eingangsstempel mit Datum von heute und Schindhelms Namenskürzel.

Absender war eine Anwaltskanzlei, sie vertrat den Bundestagsabgeordneten Max Feist sowie den Kanzleramtsmitarbeiter Florian Brennecke. Die beiden ließen mitteilen, dass sie am Montag dieser Woche um die Mittagszeit den nordrhein-westfälischen Ministerpräsidenten Walter Castorp in Düsseldorf aufgesucht hätten, um ihm die Haltung der Kanzlerin zum angeblichen Lauschangriff gegen die Opposition zu übermitteln, insbesondere ihren Rat, wie mit der Öffentlichkeit umzugehen sei. Die Unterredung habe rund dreißig Minuten gedauert, und man sei in bestem Einvernehmen auseinandergegangen. Dafür, dass sie zur Tatzeit bereits wieder in der Hauptstadt weilten, waren Alibis aufgelistet, Orte und ein paar Namen möglicher Zeugen. Natürlich stünden die beiden Mandanten gern für eine ausführliche Befragung zur Verfügung – nach dem Wahlsonntag könne man einen Termin vereinbaren.

Bullshit, dachte Vincent.

«Die angebliche Spur in die Politik hat sich also erledigt», bemerkte Thann.

«Finden Sie?»

«Dank Thilo Beckers Ermittlungserfolg wissen wir endlich, wer Walter Castorp wirklich auf dem Gewissen hat.»

«Ermittlungserfolg? Der Kollege hat Informationen unterschlagen und damit die Arbeit meiner Dienststelle behindert. Mike Dollinger ist entwischt. Von einem Erfolg kann keine Rede sein!»

«Nur noch eine Frage der Zeit, bis wir den Flüchtigen haben.»

«Ich verlange, dass Becker unverzüglich aus dem KK11 …»

«Langsam, Herr Veih. Ich will Ihren Anteil keineswegs schmälern, nicht wahr. Sie haben keine Überstunde gescheut. Dafür gönnen Sie sich jetzt ein paar freie Tage. Der Fall ist beim Kollegen Becker in guten Händen.»

«Das ist nicht Ihr Ernst.»

«Kommt von ganz oben. Ich bin nur der Überbringer.»

«Ach ja? Das lasse ich nicht mit mir machen.»

«O-Ton Polizeipräsident Schindhelm höchstpersönlich: Wenn dieser Sohn einer Terroristin sich im Bewerbungsverfahren um den Posten des KK11-Leiters noch eine Chance bewahren will, soll er verflucht noch mal tun, was wir von ihm erwarten. Ist das deutlich genug ausgedrückt, Herr Veih?»

«Ich verlange, dass Becker …»

«Ob das klar ist, will ich wissen!»

Vincent erhob sich vom Besucherstuhl und verließ den Raum ohne Antwort, ohne Gruß.

«Rennen Sie doch zum Kripochef und heulen Sie sich aus!», rief Thann ihm hinterher. «Aber der wird Ihnen auch nichts anderes mehr sagen!»

Vincent ließ den Motor an. Im Radio gab ein Moderator die jüngsten Umfrageergebnisse bekannt. Für den Wahlsonntag zeichne sich ein Kopf-an-Kopf-Rennen ab. Der CDU-Kandidat sei wenig bekannt, und es fehle ihm an Ausstrahlung. Der SPD machten Gerüchte zu schaffen, sie habe ihre Büros selbst verwanzt, um Castorp zu schaden. Die Wähler hätten sämtliches Vertrauen verloren, die Meinungsforscher rechneten in puncto Wahlbeteiligung mit einem Negativrekord. Noch drei Tage bis zum landesweiten Urnengang.

Am Ende des Jürgensplatzes steuerte Vincent die Auffahrt zur Rheinkniebrücke an.

Sein Handy. Es war Saskia.

«Schön, deine Stimme zu hören», sagte Vincent.

«Ehrlich? Du hast dich heute Nacht davongeschlichen.»

«Ich konnte nicht schlafen, das lag aber nicht an dir.»

«Bist du verheiratet?»

«Nein.»

«Normalerweise stelle ich diese Frage, bevor ich einen Typen mit nach Hause nehme.»

«Ich bin nicht verheiratet, aber ich habe eine Freundin. Das heißt, ich weiß nicht, ob wir noch zusammen sind.»

Für einen Moment war es still. «Klingt kompliziert.»

«Ist es auch.»

«Schade.»

«Ich möchte dich gern wiedersehen.»

«Und dann geht dir bloß wieder deine Freundin durch den Kopf. Nein, ich glaube nicht, dass das so gut wäre.»

«Heute Nacht habe ich über meinen Großvater nachgedacht. Die Ausstellung und das alles. Deswegen lag ich wach. Willst du tatsächlich diesen Beitrag machen?»

«Was hat dein Großvater damit zu tun?»

«Hat dir das Max Dilling nicht gesagt?»

«Den treffe ich erst heute. Ihr kennt euch näher?»

«Er war mal einmal mein Vorgesetzter.»

«Dann bin ich gespannt, was er mir über dich erzählen wird, du rätselhafter Kerl.»

58

Vincent bog in eine Seitenstraße mit sorgfältig sanierten Jugendstilfassaden. Säulen an den Eingängen, allerlei Erker und Stuck. Zierliche Vorgärten, umfasst von Buchsbaumhecken und niedrigen Eisenzäunen.

Während die Innenstadt im Zweiten Weltkrieg zerbombt worden war, hatte sich im linksrheinischen Oberkassel großbürgerlicher Wohnraum gehalten. Nirgendwo waren die Preise in den letzten Jahren rasanter gestiegen. Die Liste der Prominenten, die sich hier niederließen, war beachtlich, darunter auch etliche Fußballstars, Trainer und Manager aus Gelsenkirchen, Leverkusen oder Mönchengladbach. Spielerberater arbeiteten mit Immobilienmaklern Hand in Hand – so war vermutlich auch Mike Dollinger in dieser Straße gelandet.

Parkplätze gab es auch in zweiter Reihe nicht. Vincent umkurvte den Block, dann gab er auf und setzte sein Auto auf den Gehsteig. Auf dem Heck klebte das Wappen der Polizeigewerkschaft. Manchmal half das, um kein Knöllchen zu kassieren.

Vincent fand Dollingers Hausnummer. Die unterste Klingel trug keinen Namen auf dem Schild. Vincent schellte, sein Blick fixierte das runde Auge einer Kamera. Er klingelte noch einmal.

Endlich ein leises Summen, Vincent federte die Stufen hoch und drückte die Haustür auf.

Thilo Becker kam ihm entgegen, Jeansjacke, die Ärmel hochgekrempelt. Der blonde Haarschopf, der sonst wild abstand, war offensichtlich frisch getrimmt. Die Wohnungstür in Beckers Rücken stand auf, Vincent vernahm eine Frauenstimme und schätzte, dass auch Felix May hier war, um die Freundin des Flüchtigen ein zweites Mal zu vernehmen.

Becker baute sich dicht vor ihm auf, braun gebrannt, Fältchen um die Augen, kalter Blick. «Hat dir der Inspektionsleiter nicht mitgeteilt, dass du dich verpissen sollst? Walter Castorp ist ab sofort mein Fall!»

Der Kollege wollte in die Wohnung zurückkehren, doch Vincent hielt ihn fest. «Du hast den Bogen überspannt, Thilo.»

«Lass mich los!»

«*Du* verpisst dich jetzt. Und meine Dienststelle betrittst du exakt noch ein einziges Mal. Um deine Sachen abzuholen. Vergiss dein Stehpult nicht.»

Becker riss sich los, doch bevor er sich Dollingers Wohnung nähern konnte, stieß Vincent ihn zurück.

Er wies zur Haustür. «Da geht's raus!»

«Mal sehen, was der Inspektionsleiter dazu sagt.» Der Kollege betastete seine Wange und betrachtete seine Fingerspitzen, als hoffe er, Blut zu entdecken und Vincent etwas anhängen zu können.

Parkett knarrte, Felix ließ sich in der Wohnungstür blicken. Die schwarze Jacke des ehemaligen SEK-Beamten klaffte auf. Ein frisches T-Shirt, bedruckt mit dem Konterfei von Jimi Hendrix.

Vincent wandte sich wieder Thilo Becker zu. «Noch bin ich der Chef im KK11.»

Becker hob den Zeigefinger. «Die längste Zeit gewesen, Kollege Veih.»

«Und wenn du nicht freiwillig das Kommissariat wechselst,

sorge ich dafür, dass du im gesamten Präsidium keinen Fuß mehr auf den Boden bekommst.»

«Du überschätzt dich gewaltig!»

Vincent ließ den Kollegen stehen und ging an Felix May vorbei in die Wohnung. Eine geräumige Diele, alte Bodenfliesen, hohe Decke. Ein Kronleuchter und jede Menge Stuck.

Felix schloss die Wohnungstür hinter ihnen. «Hör mal, es tut mir leid.»

«Wir reden später.» Vincent senkte die Stimme: «Die Frau da drinnen – Dollingers Freundin?»

Felix nickte.

«Was muss ich über sie wissen?»

«Ich wollte wirklich nicht, dass …»

«Das klären wir ein andermal.»

«Okay, sie heißt Elli und war schon einmal mit Dollinger zusammen, so etwas wie eine Jugendliebe, als er noch in der zweiten Liga gekickt hat. Seit einem Dreivierteljahr wohnt sie wieder bei ihm. Wenn du sie reden hörst, glaubst du, es gebe noch einen zweiten Dollinger. Einen, der nie in Bordellen rumhing, nie gekokst hat und nie in Schlägereien verwickelt war.»

«Dann wollen wir mal.»

Vincent ließ Felix vorausgehen. Sie betraten ein spärlich möbliertes Wohnzimmer. Durch Terrassentüren ging der Blick auf eine Rasenfläche und noch mehr Buchsbaum, weiter rechts standen Garagen und ein gemauerter Kasten für Müllcontainer – Vincent konnte sich in etwa Dollingers Fluchtweg vorstellen.

«Elli Schwarz.» Felix zeigte auf die Blondine, die mit durchgebogenem Rücken auf einem cremefarbenen Sofa saß. «Das ist mein Chef.»

«Angenehm», sagte Vincent. Die Frau erhob sich, er gab ihr die Hand und nannte seinen Namen.

Sie verzog die Augenbrauen, gemalte Bögen auf rasierter Haut. «Dann sind Sie also der Kommissar?»

Nicht nur ihre Stimme war zu schrill für Vincents Geschmack. Elli trug einen rosafarbenen Hausanzug aus Frotteestoff, ihre Haare waren fast weiß gefärbt. Sie war klein und dürr, ein Mäuschen. Mit den Models und Moderatorinnen, die man sonst als Spielerfrauen kannte, hatte dieses Wesen wenig gemeinsam.

«Wir sind alle Kommissare», berichtigte Felix. «Aber Herr Veih ist der Hauptkommissar.»

59

▼

Vincent ließ Elli Schwarz erzählen, eine Gelegenheit, die sie dankbar aufgriff. Mike habe jahrelang auf falsche Freunde gehört. Ein windiger Arzt habe ihn zum Koksen verführt, nachdem sich Mikes Verletzungen gehäuft hatten und er mit Ende zwanzig nicht mehr schmerzfrei kicken konnte. Dann habe ihn ein korrupter Anlageberater um Millionen betrogen. Schlecht kalkulierte Steuersparmodelle, Immobilien auf Gran Canaria, die sich als unvermietbar erwiesen, Anteile an einem undurchsichtigen Schiffsfonds. Zudem hätten ihn zahlreiche Frauen ausgenommen, falsche Schlangen, lästige Kletten. Doch damit sei nun Schluss.

Vincent musste an Blümchen denken, an Carmen Markowitz.

Seit sie ihn wieder unter ihre Fittiche genommen habe, so Elli Schwarz, habe Mike auf die rechte Bahn zurückgefunden. Es gebe Kontakte zum Fernsehen, demnächst moderiere Mike eine Sendung im Sportkanal. Die Zukunft stehe ihm offen.

Jetzt nicht mehr, dachte Vincent und lenkte die Unterhaltung auf den Streit, der zum Polizeieinsatz geführt hatte.

«Ich war bloß ein bisschen shoppen.» Elli sprang auf, verschwand im Nachbarzimmer und kehrte mit einem Paar hochhackiger Pumps zurück. «Sind die Heels nicht abgefahren? Na gut, nicht gerade billig, die Schuhe, die Stiefel, das Kleid und der Sommermantel von Vivienne Westwood, aber Mike hat eine Menge Geld gemacht – und so geile Designerteile sind ruck, zuck vergriffen, wenn man nicht zuschlägt!»

«Geld gemacht?»

«Er hatte da ein Haus in der Schweiz. Also, ich zeig ihm nur die Schuhe, und er ist sofort auf hundertachtzig. So: Woher hast du die Kohle dafür? Ich, so: Na, aus dem Koffer. Da ist er völlig ausgeflippt. Hat wohl gedacht, ich hätt' nicht mitgekriegt, dass er diesen Aktenkoffer aus Reptilienleder im Kamin versteckt hat. Ich, zu ihm: Hab dich nicht so, ich tausch die Heels wieder um, du kriegst das Geld zurück! Nach einer Weile hat er sich beruhigt, doch plötzlich klingeln Ihre Kollegen, und die Kacke geht richtig los. So hab ich Mike noch nie erlebt, echt. Aber er wollte niemandem wehtun, das müssen Sie mir glauben, so ist er nicht, ehrlich. Keine Ahnung, warum er plötzlich eine Waffe hatte!»

«Hat er sich bei Ihnen gemeldet?»

«Seit er abgehauen ist, meinen Sie? Nein.»

Vincent bemerkte, dass auch Felix den Kopf schüttelte. Offenbar wurden die Telefone des Paars bereits überwacht.

«Wo könnte er sein?»

«Keine Ahnung. Aber er ist bald wieder da. Er hat doch nur mich!»

«War das ein Koffer oder zwei?»

«Einer.»

«Sind Sie sicher?»

«Aber ja.»

«Voller Geld, sagten Sie? Wie viel war das etwa?»

«Keine Ahnung. Wie viele Fünfhunderter passen in einen schmalen Aktenkoffer?»

«Fünfhunderter?»

«Und Zweihunderter. Gelb und Violett. Mehr Violett als Gelb.»

«Und das Geld stammt aus einem Immobilienverkauf?»

«Ja. Er hat Schulden. Steuern, Hypotheken und so. Deshalb musste er diese Hütte verkaufen.»

«Das Haus in der Schweiz.»

«Ja.»

«Kannten Sie es?»

«Nein, aber er hat mir davon erzählt.»

«Wann?»

«Na, gestern.»

«Dürfen wir uns einmal umsehen?»

«Aber Ihr Kollege hat doch schon alles auf den Kopf gestellt!»

«Wir bringen nichts durcheinander, versprochen.»

Eilig durchstöberten sie die Wohnung, fünf Räume, allesamt riesig. Vincent hatte den Eindruck, dass Felix dabei jede Chance nutzte, ihm aus dem Weg zu gehen.

Die billige Einrichtung stand in auffälligem Gegensatz zum Wert der Wohnung. Im Schlafzimmer ein Kleiderschrank von Ikea, das gleiche Modell stand auch in Ninas und seiner Wohnung. Zwischen Stapeln von Poloshirts und Kaschmirpullis stieß Vincent auf die Torjägerkanone, die der *Kicker* an Mike Dollinger verliehen hatte – für die meisten Bundesligatreffer der Saison 2008 / 09.

Vincent stand kurz davor, sentimental zu werden. Was für ein Sportler der Mann heute noch sein könnte!

Vincent fand den Kamin, den Elli erwähnt hatte, und steckte den Kopf hinein.

Leer. Nirgends ein zweiter Koffer.

Er hustete und klopfte sich den Staub vom Leib.

«Hat sich Mike vor einigen Tagen eine Verletzung zugezogen?», fragte er Dollingers Freundin.

«Woher wissen Sie das? Ja, ein Radfahrer hat ihn übel am Hintern erwischt. Am Montag war das. Mike konnte kaum noch sitzen. Vielleicht war er deshalb so überempfindlich.»

«Waren Sie dabei, als der Unfall geschah?»

«Nein, wieso?»

Felix druckte das Protokoll aus und ließ es Elli Schwarz unterschreiben. Vincent dankte ihr. Die beiden Todesfallermittler traten auf die Straße.

Felix rieb mit beiden Händen über seine Jacke, sichtlich verlegen. Er deutete nach hinten. «In der Parallelstraße hatte Dollinger seinen Porsche geparkt. Damit ist er getürmt und von der Spielfläche verschwunden.»

«Früher fuhr er noch Ferrari.»

«Das nennt man wohl sozialer Abstieg.»

Vincent deutete auf das bedruckte T-Shirt, das unter Felix' Blouson hervorlugte. «Jimi Hendrix konnte die Gitarre anzünden, wenn ihm danach war. Die Leute haben ihn trotzdem geliebt, weil er ein Genie war. Deine Aktion mit Thilo war allerdings kein Geniestreich. Ab jetzt hältst du die Regeln ein, verstanden?»

Der Kollege nickte, schluckte, stotterte. «Ich ..., glaub mir, Vincent ...»

«Sag lieber nichts, Felix. Wenn dich jemand fragt, dann behauptest du, dass Thilo Becker dir versichert hat, er hätte mich auf dem Laufenden gehalten.»

«Hör mal, so war es tatsächlich!»

«Und ich tu so, als würde ich dir das glauben. Als hättest du mir nicht das Ergebnis aus dem Geschosslabor und die Funkzellenauswertung vorenthalten. Vielleicht kriegen wir eines Tages wieder ein Vertrauensverhältnis zustande.»

Felix atmete tief durch.

Vincent zog ein Kärtchen unter dem Scheibenwischer seines Wagens hervor, die Ankündigung eines Bußgeldbescheids. Der Gewerkschaftsaufkleber hatte nicht geholfen.

«Ich würde es mir wünschen», fügte er hinzu.

«Danke.»

«Danke, *Chef.*»

«Chef.»

«Blöder Idiot.»

60

▼

Schweigen auf der Rückfahrt über den Rhein. Mit der Linken lenkend, drückte Vincent die Stationstasten des Radios, bis er auf die erste Sendung stieß, in der Dollingers Name fiel.

Ein Sprecher zählte die sportlichen Erfolge des Exfußballers auf: Profi bereits mit siebzehn, zunächst in der zweiten Liga. Mit Anfang zwanzig der Wechsel zur Borussia, kometenhafter Aufstieg. Ein bis heute legendärer Hattrick in der Champions League gegen Olympique Lyon, Berufung in die Nationalelf. Mike Dollinger, die deutsche Hoffnung für die Europameisterschaft 2008, doch ein Bänderriss im Auftaktspiel in Klagenfurt bedeutete für den Stürmer die vorzeitige Heimreise. Er spielte noch eine starke Saison, später häuften sich die Verletzungen. Dann verlor er den Stammplatz in der Mannschaft, galt noch als Publikumsliebling, bis nach einer Dopingprobe sein Kokainmissbrauch offenkundig wurde.

Ein O-Ton des damaligen Trainers: tragischer Fall, knallhartes Geschäft, falsche Freunde – das übliche Blabla.

Als der Reporter über die Schießerei von gestern spekulierte, erkannte Vincent, dass die Behörde die Verbindung zum Fall Castorp noch nicht publik gemacht hatte.

Vincent schaltete aus. Am Ende der Rheinbrücke bog er ab, fuhr in den Tunnel, erreichte wieder Tageslicht.

Felix räusperte sich. «Der Kerl war gestern bis unter die Schädeldecke mit Koks abgefüllt. Darauf wette ich.»

«Da halte ich nicht dagegen.»

«Die Freundin lügt nach Strich und Faden.»

«Sie spinnt sich eine Welt zurecht, in der ihr Mike ein anständiger Kerl ist, und blendet die Wirklichkeit aus. Mediziner haben da vermutlich einen Fachausdruck dafür.»

«Dabei hatte sie Glück, dass er nicht auf sie geschossen hat.»

«Wie muss ich mir das vorstellen? Ein Haufen Leute hat Dollingers Flucht beobachtet, stimmt's? Kollegen, Nachbarn, Passanten ...»

«Die Ballerei hat die ganze Gegend in helle Aufregung versetzt.»

«Und praktisch alle Zeugen haben den Aktenkoffer beschrieben.»

«Etliche.»

«*Einen* Koffer.»

Der Kollege schwieg.

«Stimmt doch, oder?»

«Ich weiß, worauf du hinauswillst, Vincent.»

Die Festung kam in Sicht. Vincent spürte, wie sich seine Wut zurückmeldete.

Auf dem Parkplatz stießen sie auf Anna, Dominik und Bruno. Unterstützt von zwei Uniformierten, luden sie Umzugskartons aus einem blau-silbernen Transporter.

«Packt mal mit an!», bat Anna.

«Stammt das alles von der Detektivin?», fragte Vincent. «Ihr wart ganz schön flott!»

«Aber sie hat ihren Auftraggeber nicht genannt, dessen Namen du unbedingt wissen willst. Jetzt dürfen wir uns durch das komplette Material arbeiten.»

Vincent zählte sechs große Kartons. Er sah ein, dass es illusorisch war, vor dem Wahlsonntag auf Ergebnisse zu hoffen.

«Wir brauchen mehr Leute», wiederholte Anna.

«Wir brauchen andere Chefs.»

Das Handy.

«*The Clash*», erklärte Anna den anderen. «Unser kommissarischer Dienststellenleiter war mal ein Punk.»

Die Nummer auf dem Display sagte Vincent nichts. Eine Vorwahl aus dem Umland, nach kurzem Zögern nahm er das Gespräch an.

«Veih, Kripo Düsseldorf, was gibt's?»

«Josef Thewissen, Kreispolizeibehörde Mettmann. Wir haben Mike Dollinger.»

«Kein Scherz?»

Etwas in seinem Tonfall veranlasste die Kollegen, innezuhalten und ihre Kartons abzusetzen.

Der Kripomann vom Lande fuhr fort: «Er hat sich in seinem Porsche die Kugel gegeben, schon in der Nacht, meint der Arzt.»

«Danke, dass Sie mir Bescheid geben.»

«Hätte ich das nicht tun sollen?»

«Doch, doch! Sorgen Sie bitte dafür, dass keiner den abgesperrten Bereich betritt. Sie haben doch hoffentlich Flatterband aufgespannt?»

«Ich wollte die Absperrung gerade aufheben lassen. Der Fall ist … na ja, offensichtlich.»

Das war es bei Castorp zunächst auch, dachte Vincent.

«Wie finde ich den Ort?»

«Wir kommen klar. Für Suizid müsst ihr wirklich nicht rausfahren.»

«In dem Fall schon.»

Thewissen nannte eine Adresse im Neandertal, kurz hinter Erkrath.

«Bin gleich da», erklärte Vincent und steckte das Handy weg.

Er nahm die Blicke der anderen wahr.

«Dollinger», sagte er und stieg wieder in sein Auto.

61

▼

Vincent durchquerte Erkrath und fuhr entlang der Düssel in Richtung Osten. Mit jedem Kilometer wurde es ländlicher.

Links lagen Felder, ein Traktor zog seine Kreise, rechts verschwand das Flüsschen im Wald. Ab und zu zweigte eine Zufahrt zu einem der kleineren Industriebetriebe ab, die sich zwischen den Bäumen versteckten.

Vincent erinnerte sich an Spaziergänge im Neandertal – früher war er mit Nina häufig an Wochenenden ins Grüne gefahren. Irgendwann hatten sie damit aufgehört.

Das Handy. Vincent dachte, es sei noch einmal Thewissen. Oder Fabri, der mit seinen Spurenleuten einen schnelleren Weg gefunden hatte und bereits vor Ort war.

«Hier Vincent, was gibt's?»

Es meldete sich eine Frau: «Dorothee König.»

Die Kuratorin der Fotoausstellung. Schwarzer Anzug, silbernes Halskettchen, voller Bewunderung für das Werk von Brigitte Veih. Vincent wusste Bescheid.

«Könnten Sie mal bei Ihrer Mutter nach dem Rechten sehen?»

«Was gibt's?»

«Brigitte ist völlig fertig mit den Nerven. Sie glaubt, jemand hätte es auf ihr Leben abgesehen.»

«Der VW-Bulli vor ihrer Tür?»

«Nein, der ist weg. Aber sie erhält seltsame Anrufe. Dem Kerl passt es offenbar nicht, dass sie den Düsseldorfer Fotopreis erhalten wird.»

«Vielleicht ein Konkurrent, der ebenfalls Hoffnungen gehegt hat.»

«Das ist nicht lustig, Herr Veih. Es macht ihr wirklich zu schaffen.»

«Warum meldet sie sich nicht selbst bei mir?»

«Sie wissen doch, wie sie manchmal ist.»

«Rufen Sie die Polizei an.»

«Sie sind doch die Polizei!»

«Für Uedesheim ist die Behörde in Neuss zuständig. Ich habe jetzt wirklich keine Zeit.»

Die nächste Einfahrt war die richtige. Vincent fuhr an einem alten Ziegelbau vorbei. Modernere Anbauten kamen in Sicht, offensichtlich eine Fabrik, die mehrfach erweitert worden war. Vincent las *Römer KG* und hatte keine Ahnung, was hier gefertigt wurde.

Er erreichte einen Parkplatz und stoppte sein Auto neben einem Streifenwagen der Kollegen aus Mettmann. Er öffnete die Heckklappe und hob den Einsatzkoffer heraus.

Vor dem Eingang zur Kantine standen Raucher. Nach ein paar Schritten endete die Asphaltdecke. Im Matsch standen weitere Blau-Silberne sowie der Transporter eines Beerdigungsunternehmens. Vincent zählte vier Uniformierte, zwei Mann in Zivil sowie zwei Bestatter in billigen dunkelblauen Anzügen, die sich am Flatterband zusammengerottet hatten. Es wirkte, als hätten sie ihre Arbeit abgeschlossen und warteten nur noch auf ihn.

Hinter der Absperrung glänzte ein gelb lackierter Porsche Cayman im Sonnenlicht, das durch eine Lücke zwischen den Bäumen fiel. Nur schemenhaft konnte Vincent eine Gestalt auf der Fahrerseite ausmachen.

Ein Ziviler kam ihm entgegen, Mitte dreißig, buschige Koteletten, wohlgenährt. Er streckte die Hand aus. «Josef Thewissen. Wir haben telefoniert. Die Leute sagen Jupp zu mir.»

«Veih, Vincent.»

«Wie gesagt …»

«Ich zweifle keineswegs an deinem Sachverstand, Kollege Thewissen …»

«Jupp.»

«Aber Mike Dollinger gilt als dringend tatverdächtig, den Ministerpräsidenten umgebracht zu haben. Du hast sicher Verständnis dafür, dass wir es uns nicht leisten können, auf eine gründliche Spurensicherung zu verzichten.»

Wie auf sein Stichwort trafen Fabri und zwei seiner Kriminaltechniker ein, jeder schleppte eine dicke Tasche. Vincent sah ihnen an, dass ihnen die Absperrung nicht weiträumig genug war.

«Fotos haben wir schon gemacht», erklärte Thewissen.

«Ich hoffe, du hattest Handschuhe an, als du die Leiche untersucht hast», antwortete Fabri.

«Tut mir leid, aber …»

«Dann brauchen wir deine Fingerabdrücke als Vergleichsprobe.»

Sie begannen, die Tyvek-Verkleidung anzulegen, samt Kopfhaube und Überziehern für die Schuhe. Letzteres als Schutz vor dem Morast, denn hier am Waldrand war der Boden noch vom gestrigen Gewitter aufgeweicht.

Fabri war noch mehr als drei Meter von dem Sportwagen entfernt, als er sich umwandte und rief: «Wer war alles an der Fahrertür?»

Fast jeder, der an der Absperrung stand, hob die Hand.

Fabri fasste sich ans Herz. «Ich reg mich nicht auf. Der Arzt hat es mir verboten. Aber ihr verfluchten Idioten habt meinen Tatort kaputt getrampelt!»

Er wechselte auf die andere Seite, studierte den schlammigen Grund, knipste sein Maglite an und ging in die Hocke. Nach einer Weile stand er auf. «Und wer von euch Experten war an der Beifahrertür?»

Keiner rührte sich.

«Ich zähle hier die Spuren von drei verschiedenen Paar Schuhen. Also, wer war's?»

Zögernd meldete sich Jupp. Der zweite Mettmanner Kripokollege tat es ihm nach.

Fabri atmete tief durch. Seine Tatortspezialisten fotografierten die Spuren rund um das Auto und vermaßen sie. Fabri rührte Gips an. Ein anderer nahm die Schuhabdrücke der Kollegen der Kreispolizeibehörde Mettmann. Sie waren zu eingeschüchtert, um auch nur ein Wort zu sagen.

Nach einer Weile durfte Vincent ans Auto. Die linke Seitenscheibe war von Blut und Gewebe verdreckt, aber nicht gesplittert – Vincent schätzte, dass das Projektil in der Dachverkleidung des Porsche steckte. Die Stirn des Toten ruhte auf dem Lenkrad, der Gurt war nicht angelegt.

Vincent öffnete die Tür. Die Austrittswunde war deutlich über dem linken Ohr zu erkennen, das Haar verklebt. Geronnenes Blut, ein regelrechtes Loch. Vincent griff in den Haarschopf, wo er sauber war, und hob den Kopf an. Das Gesicht war blass und unverletzt.

Mike Dollinger, kein Zweifel.

Das Geschoss hatte ihn rechts unter dem Kinn getroffen, ein schwarzer Fleck, unscheinbar, Einsprengsel von Pulverteilchen rundherum. Fabri stülpte jeweils eine Tüte über die Hände des Toten, um weitere Schmauchspuren zu sichern. Vincent rief Staatsanwalt Kilian an, danach das rechtsmedizinische Institut der Heinrich-Heine-Universität: Die Obduktion des Exfußballers konnte noch heute stattfinden.

Thewissen präsentierte die Tatwaffe. Er hatte sie auf dem Beifahrersitz gefunden und bereits eingetütet. Zu Vincents Erstaunen handelte es sich um eine Beretta aus schimmerndem Edelstahl mit schwarzen Griffschalen. Feine Blutspritzer an der Mündung des Laufs.

Die Ceska des Ministerpräsidenten fand Vincent im Handschuhfach, daneben das Betriebshandbuch für das Fahrzeug. Alte Parkscheine, eine Kaugummipackung und Papiertaschentücher in der Türablage. Ansonsten war der Innenraum sauber.

Um den Kofferraum zu öffnen, musste Vincent im Handbuch nachschlagen. Er lernte, dass es in diesem Wagen einen Motor dafür gab. Die Heckklappe hob sich. Vincent traute seinen Augen kaum.

Zwei schmale Lederkoffer lagen vor ihm. Unverkennbar das italienische Fabrikat, dessen Foto in allen Zeitungen und rund um die Uhr in den Fernsehnachrichten gezeigt wurde.

Alle beiden Koffer – Vincent öffnete den ersten und blickte auf ein Häufchen Scheine. Längst nicht so viele, wie er erwartet hatte, und mehr von den Zweihundertern als von den ganz

Großen. Er schätzte die Summe auf fünfzig- bis sechzigtausend Euro, vielleicht noch weniger. Laut Dollingers Freundin hätten es weitaus mehr sein müssen.

Im zweiten Koffer nichts als Zeitungen. Obenauf der *Blitz* von gestern. *Walter Castorp ermordet!*

«Guck dir das mal an!», rief Fabri vom vorderen Ende des Wagens.

Vincent gesellte sich vorsichtig zu ihm. Im weichen Boden hatte ein weiterer Wagen seine Spuren hinterlassen. Er hatte offenbar rangiert, um zu wenden. Fabri fotografierte das gut erhaltene Profil. Die Ränder waren trocken, aber noch nicht abgebröckelt, etwa so frisch wie die Spuren des Porsche Cayman.

«Wonach sieht es für dich aus?», fragte Vincent.

«Da ist jemand vorausgefahren. Die beiden Fahrzeuge halten hintereinander. Das zweite bleibt stehen, das erste fährt davon.»

«Sie könnten auch unabhängig voneinander hierhergekommen sein. Als Dollinger kam, war das erste Auto bereits weg.»

«Möglich. Aber dann hätte der andere nicht rangieren müssen. Sieh mal, er fuhr im deutlichen Bogen um den Porsche herum.»

Vincent bat die Tatortspezialisten, den Beifahrersitz abzukleben. Die Kollegen machten sich ohne Kommentar an die Arbeit.

Ein Räuspern in Vincents Rücken, er fuhr herum. Jupp Thewissen kaute auf seiner Unterlippe. «Braucht ihr uns noch?»

Im gleichen Moment nahm Vincent Blaulichtflackern wahr. Ein schwarzer Golf stoppte an der Absperrung. Die Beifahrertür sprang auf und knallte gegen einen Streifenwagen aus Mettmann.

Inspektionsleiter Thann stapfte auf Vincent zu. «Veih! Wie lautet die Anordnung des Polizeipräsidenten?»

«Ich untersuche hier den …»

«Sie untersuchen gar nichts! Kriminalhauptkommissar Becker leitet die Ermittlungen. Sie sind draußen, Veih. Wie oft soll ich Ihnen das noch sagen? Noch einmal zum Mitmeißeln: Ich entbinde Sie von Ihrer Arbeit!»

An der Fahrertür des Golfs stand Thilo Becker. Ein großes Pflaster klebte an seiner Wange. Er sah herüber, Triumph im Blick.

Thann stand im Matsch und wippte auf den Zehen. «Verschwinden Sie endlich! Wird's bald?»

Vincent ging zu Becker. Auf dem schwarzen Dach blinkte noch immer die Rundumkennleuchte, ihr Magnetfuß fixierte sie auf dem Blech. Vincent nahm sie ab und drückte sie Becker in die Hand.

«Hast du keine Angst?», fragte Vincent.

«Etwa vor deinen aufgeblasenen Muckis?»

«Davor, dass eines Tages die Wahrheit herauskommt.»

«Die Wahrheit? Veih, du bist ein beschissenes Auslaufmodell!»

62

Vincent klopfte an die Tür zum Vorzimmer von Kripochef Engel und öffnete sie.

Die Sekretärin schüttelte den Kopf. «Der Kriminaldirektor ist gerade bei einer Papstaudienz.»

Stimmen auf dem Flur, Leute traten aus dem Büro des Polizeipräsidenten. Händeschütteln, Schulterklopfen. Schindhelm und Engel verabschiedeten einen großen, leicht gebeugten jungen Kerl, den Vincent schon einmal gesehen hatte – auf einem Foto, das die Paparazzo-Detektivin Emma Liebig bei ihrer Observierung des Ministerpräsidenten geschossen hatte: Florian Brennecke, Referent des Bundeskanzleramts.

Vincent ging hinüber. «Na, was hat die Vernehmung ergeben?»

Die drei Männer erstarrten.

«Vernehmung?», echote der Polizeipräsident.

Vincent streckte dem jungen Mann aus Berlin die Hand hin. «Freut mich, Herr Brennecke, dass Sie doch zum Gespräch mit uns bereit sind. Vincent Veih, wir haben telefoniert.»

Brennecke schlug ein und wusste offensichtlich nicht, wie ihm geschah.

«Vorsicht, Veih», mahnte Engel leise.

«Vielleicht sollten wir ihn doch vom Dienst suspendieren», drohte Schindhelm.

«Das kriegen Sie beim Personalrat nicht durch», antwortete Vincent.

«Seien Sie sich da nicht so sicher. Sie haben einen Kollegen tätlich angegriffen. Das gefällt auch dem Personalrat nicht.»

Das Pflaster auf Beckers Wange. Vincent verschlug es die Sprache. Der Mistkerl arbeitete mit allen Mitteln.

«Wir haben ein Dienstaufsichtsverfahren eingeleitet», fuhr der Polizeipräsident fort. «Sie erhalten demnächst etwas Schriftliches und können sich äußern. Bis dahin feiern Sie Ihre Überstunden ab. Verstanden?»

«Der Fall Castorp …»

«Ist in guten Händen, Herr Veih.» Schindhelm wandte sich dem Referenten aus Berlin zu. «Richten Sie Ihrer Chefin die besten Grüße aus. Wie gesagt: Da sich der Täter in der vergangenen Nacht selbst gerichtet hat, ist der Fall rundum gelöst.» Mit einem Seitenblick auf Vincent ergänzte er: «Das sieht auch die Staatsanwaltschaft so.»

Brennecke machte sich vom Acker.

«Das Wort des Papstes in Gottes Ohr», bemerkte Vincent. «Unfehlbarkeit muss eine tolle Sache sein.»

Engel öffnete die Tür zum Büro des Behördensprechers und wartete auf den Präsidenten.

«Ich weiß nicht, was Sie meinen.» Schindhelm zupfte die Ärmel seines Sakkos zurecht. «Verschwinden Sie, Veih.» Er folgte dem Kripochef.

Die Tür fiel ins Schloss.

Vincent machte sich auf den Weg zu seiner Dienststelle. Das Handy.

Saskia meldete sich. «Wir sehen uns gleich bei der Pressekonferenz.»

«Sie wird ohne mich stattfinden», sagte Vincent.

«Was ist los?»

Er teilte ihr die Neuigkeiten mit.

Saskia empörte sich. «Ausgebootet? Das geht doch nicht! Dazu werde ich sofort den Polizeipräsidenten interviewen. Bin gespannt, wie er das erklären will.»

«Lass es, bitte, es hat keinen Zweck.»

«Aber …»

«Sie werden Dollinger als Einzeltäter darstellen.»

«Wie sicher bist du dir, dass er es *nicht* allein war?»

«Wenn du möchtest, kannst du die Herren ja fragen, was es mit den Fahrspuren des zweiten Autos auf sich hat.»

«Willst du damit sagen, dass auch Dollinger ermordet wurde?»

Kollegen kamen entgegen, grüßten.

«Ich kann jetzt schlecht reden», sagte Vincent leise.

«Wann hast du Feierabend?»

Ab sofort, dachte Vincent. *Feiern Sie Ihre Überstunden ab. Du bist ein beschissenes Auslaufmodell.*

«Das weiß ich noch nicht», sagte er.

Als Vincent das Geschäftszimmer betrat, fand er die übrig gebliebene Mordkommission um Noras Tisch stehend versammelt: Anna Winkler, Felix May, Bruno Wegmann und Dominik Roth.

Betretenes Schweigen.

«Wer von euch hat dem Inspektionsleiter verraten, dass ich zu Mike Dollinger unterwegs war?»

Anna blickte zu Boden.

Der Champion deutete auf Felix. «Thann war bei dir im Büro. Ich hab's gesehen.»

Der angesprochene Kollege schnaufte heftig, das Jimi-Hendrix-T-Shirt zeigte Schweißflecken. «Weil er von mir hören wollte, dass Vincent den Blondschopf angegriffen hätte. Thilo hat einen tätlichen Angriff angezeigt und mich als Zeugen angegeben.»

«Und?», fragte Dominik.

Felix wurde laut. «Wie denkt ihr über mich? Vincent hat ihn höchstens leicht geschubst, und natürlich hab ich das dem Inspektionsleiter auch so mitgeteilt!»

«Beruhigt euch, Leute», sagte Vincent. «Dollinger wurde ermordet, und ich werde es beweisen. Wer von euch hilft mir dabei?»

Keiner meldete sich. Anna verließ den Raum. Vincent lief ihr hinterher. Er hatte sie immer gemocht. Wegen ihrer Genauigkeit und ihres rebellischen Geistes.

«Was hat Thann dir versprochen?», fragte er.

Anna blieb stehen. Sie schleuderte ihre rote Strähne mit einer kurzen Kopfbewegung zur Seite. «Wirst du mich jetzt auch schlagen?»

«Spinnst du?»

«Ich weiß nicht, was ich glauben soll. Und selbst wenn du Thilo nicht verprügelt hast, kannst du nicht erwarten, dass wir uns gegen die Anweisungen der Behördenleitung stellen. Uns sind die Hände gebunden, kapierst du das nicht?»

Vincent schüttelte den Kopf. Was sollte er erwidern?

Sein Handy. Er drehte sich weg, ging ein paar Schritte und nahm das Gespräch an.

«Schon zu Mittag gegessen?»

«Mit wem spreche ich?»

«Hartmut Osterkamp. Erinnern Sie sich an unser Gespräch von vorgestern Abend? Es wird Zeit, dass ich mein Angebot konkretisiere. Jetzt gleich? Ich hole Sie ab!»

Vincent hätte gern geantwortet, dass ihm dazu die Zeit fehle. Doch das wäre gelogen gewesen.

63

▼

Der Mercedes stand gegenüber der Festung, Osterkamp lehnte daran. Vincent überquerte die Straße.

Der Baulöwe hielt ihm die hintere Tür auf. Beim Einsteigen bemerkte Vincent, dass bereits jemand auf der Rückbank saß.

Die Frau sah gut aus. Trug trug einfache Jeans und ein graues Sakko über einem weißen, seidigen T-Shirt. Dunkles, schulterlanges Haar.

«Hallo», sagte sie und verschränkte die Arme, ohne die Hände zu verstecken.

Osterkamp ließ sich auf dem Beifahrersitz nieder. Während der Fahrer den Wagen startete, wandte sich der Unternehmer nach hinten. «Meine Tochter Pia, mein ganzer Stolz. Sie hat in Oxford ihren Master gemacht und wird bei *Osterkamp Firm & Secure* als CEO einsteigen.»

«Bedeutet?», wollte Vincent wissen.

«Sie hat den Hut auf. Aber Sie beide werden sich prima verstehen, da ich bin mir sicher.»

«Papa will mich verkuppeln. Hören Sie nicht auf ihn, Herr Veih. Dass eine Dreißigjährige auch unverheiratet sein kann, will nicht in seinen reaktionären Schädel passen.»

Osterkamp lachte ein wenig zu dröhnend.

Die Tochter fragte: «Sie tragen sich also mit dem Gedanken, sich beruflich zu ändern?»

«Ich fürchte, ich kann nur Bulle.»

«Hast du gehört, Papa?»

«Glaub mir, Pia, er ist der Richtige. Ein High Potential mit allen Skills, die wir brauchen.»

«Was suchen Sie denn?», fragte Vincent. «Einen Türsteher für das neue Einkaufszentrum am Seestern? Einen Kerl mit breitem Kreuz, der Ihren Kunden die Bettler und Taschendiebe vom Leib hält?»

Der Mercedes hielt vor einem Restaurant. Ein Stück Kunstrasen vor dem Eingang, flankiert von Palmen in Kübeln. Ein Kellner hielt bereits die Eingangstür auf.

«Hast du es ihm noch nicht gesagt, Papa?»

Osterkamp blickte zum Wagenhimmel, als lese er dort einen Text ab. «*Osterkamp Firm & Secure* wird das Sicherheitskonzept für siebenundzwanzig Shopping-Malls in elf Ländern Europas erarbeiten, sämtliche diesbezüglichen Services organisieren und überwachen. Was Ihre Behörde am Montag auf unserer Baustelle abgeliefert hat, war der Super-GAU. Wir werden dafür sorgen, dass sich so etwas niemals wiederholt.»

«Und das ist nur die erste Phase», ergänzte die Tochter.

«In Phase zwo werden wir unsere Expertise dem gesamten Markt als Dienstleister offerieren. In zwei Jahren steht *OF&S* unter den Top drei der Branche, zumindest in Europa. Und keine andere Branche wird so gigantisch boomen. Wo dem

Staat die Mittel ausgehen, für Sicherheit zu sorgen, springen wir ein.»

Vincent unterdrückte ein Gähnen. «Ach ja?»

«Ich biete Ihnen den Posten des COO. Bedeutet: Chef des operativen Geschäfts.»

Pia Osterkamp musterte Vincent. «Na, kriegen Sie's jetzt doch mit der Angst?»

Der Kellner nahm Vincent die Lederjacke ab. Es ging in ein Nebenzimmer, wo die Tische zu einer längeren Tafel zusammengeschoben waren. Sechs oder sieben Managertypen standen auf und applaudierten, als Osterkamp und seine Tochter den Raum betraten.

Der Baulöwe breitete die Arme aus. «Ja, Leute, ich hatte heute Morgen Airtime beim Kanzleramtsminister!»

Noch mehr Beifall und Gejohle.

«Beruhigt euch, Leute. First of all, das ist Vincent Veih, seid nett zu ihm, ich habe ihm eine Leadership-Aufgabe angetragen, die er hoffentlich nicht ablehnen wird.»

Osterkamp stellte reihum jeden der Anzugträger mit Namen und Funktion vor, und Vincent wusste, dass er alles im nächsten Moment wieder vergessen würde.

Der Bauunternehmer glich einem Fürsten, um den sich die Hofschranzen drängten. Die Männer rissen Witze über Themen, von denen Vincent nichts verstand. Selten hatte er sich so sehr als Außenseiter gefühlt.

Eine Suppe wurde serviert, die vor allem aus püriertem Brokkoli und Brühe bestand. Osterkamp schlürfte beim Löffeln. Pia Osterkamp saß am anderen Ende und tunkte Brot in Olivenöl. Vincent schien es, als wende sie die ganze Zeit ihren Blick nicht von ihm.

«Und wie war's in Berlin?», fragte einer der Anzugträger.

«Wir nehmen Pace auf», tönte Osterkamp. «Die Kanzlerin will sich derzeit noch nicht committen, aber der Inner Circle ist mehr als aufgeschlossen. Wir sind hochgradig dran, würde ich behaupten. Spätestens nach Muttis Wiederwahl werden wir die Story aufgleisen, und dann, Leute, dann geht es richtig ab!»

Ein Leuchten in den Augen der Männer. Der Hauptgang wurde gebracht, extrabreite Bandnudeln mit Seeteufel, übersät von Kräutern. Vincent lehnte ab, als ihm der Kellner Wein einschenken wollte.

Pia Osterkamp stand auf, kam herüber und beugte sich an sein Ohr. «Ich muss mal frische Luft schnappen. Leisten Sie mir Gesellschaft?»

Sie zündete sich eine Zigarette an und inhalierte tief. «Auch eine?»

«Hab's aufgegeben.»

«Mach ich auch. Praktisch jeden Tag.»

«Was soll das Gerede von der Story, die Ihr Vater ‹aufgleisen› will?»

«Private Knäste.»

«Bitte?»

«Was die Amerikaner können, das können wir auch. Erheblich billiger und produktiver als der Staat.»

«Produktiver?»

«Meinen Sie, die Häftlinge drehen Däumchen? Die arbeiten natürlich, ein Zukunftsgeschäft mit grandioser Perspektive. Europaweit werden die Vollzugsanstalten an Kapazitätsgrenzen geraten. Denken Sie an die bevorstehenden Flüchtlingsströme. An die Armutsentwicklung in den Städten. Die Gewaltbereitschaft der Jugend. Und was die gesetzliche Definition der Strafmaße anbelangt, ist noch jede Menge Luft nach oben. Warum nicht lebenslänglich für Wiederholungstäter? Mehr Sicherheit für die Bevölkerung und ein gigantisches Potenzial für private Investoren!»

«So habe ich das noch gar nicht betrachtet.»

«Schauen Sie sich die Performance der großen Knastkonzerne in den USA an. Wenn hierzulande der Startschuss zur Privatisierung fällt, dürfen wir nicht hinten anstehen.»

«Wie kommt Ihr Vater auf mich?»

«Berlin hat Sie empfohlen. Das Kanzleramt. Und wer solche Fürsprecher hat ...»

Die Tür ging auf. Osterkamp trat ins Freie.

«Na, ihr Turteltäubchen?»

«Ach, Papa.»

Der Baulöwe legte seine Hand auf Vincents Schulter. «Was verdient ein Kommissar bei der Kripo? Vierzig-, fünfzigtausend? Ich zahle Ihnen das Vierfache als Grundgehalt. Zuzüglich Erfolgsprämien.»

«Danke für die Suppe, Herr Osterkamp, aber ich muss wieder zum Dienst.»

«Mein Fahrer ...»

«Ich schaff das zu Fuß, es ist ja nur um die Ecke.»

Osterkamp nickte. «Die Prämien werden Ihr Gehalt noch einmal verdoppeln. Sie und Pia ... ein starkes Team, ich spüre das. Sie haben Bedenkzeit bis morgen Abend, ist das okay?»

Vincent versuchte, nicht an das viele Geld zu denken.

Osterkamps Tochter lächelte. «Ich würde mich ernsthaft freuen.»

64

▼

Er schloss die Bürotür hinter sich und setzte sich an seinen Tisch. Lustlos schrieb er das Protokoll zu Blümchens Aussage von gestern Abend. Sie war bis jetzt nicht aufgekreuzt. Vielleicht würde sie schon heute verleugnen, was sie ihm verraten hatte. Und was brachte es, wenn sie noch dazu stand? Die Freundin des Ministerpräsidenten eine Exprostituierte – noch ein Detail, das interessierte Kreise tunlichst für tabu erklären würden.

Vincent fuhr den Rechner herunter. Er schaute sich um. Gab es etwas, das er mit nach Hause nehmen sollte?

Der Gummibaum – ich muss Nora bitten, sich um die Pflanze zu kümmern, bis ich wieder da bin, ging es ihm durch den Kopf. Wann wird das sein? In welcher Funktion?

Womöglich würde ein Wahlsieg der Opposition nicht einmal etwas ändern. Martina Simoniak könnte Schindhelm und seine Handlanger durchaus im Amt belassen – für Vincent eine grauenhafte Vorstellung. Und falls die CDU die Stimmenmehrheit errang, würde erst recht alles beim Alten bleiben.

Und wenn ich den Dienst quittiere und bei Osterkamp und seiner Tochter anheuere? Etwas Neues aufzubauen war immer reizvoll. Man konnte über Osterkamps Einkaufszentren urteilen, wie man wollte – sie kamen auf legale Weise zustande. Und für den Tod des Demonstranten konnte der Baulöwe nichts. Daran waren Polizeibeamte schuld, Kollegen aus der eigenen Behörde.

Klar, der Unternehmer wollte ihn kaufen. Aber was war an Geld so schlecht? Ging es nicht in jedem Beruf auch ums Gehalt?

Vincent erinnerte sich an Saskias Frage, neulich in der Jazzkneipe: *Wie bist du darauf gekommen, Polizist zu werden?* Oder Nina, als sie sich im Studium kennengelernt hatten: *Bulle, ausgerechnet du?*

Mit Anfang zwanzig hatte man noch Ideale, aber er war kein Grünschnabel mehr. Er wusste seit langem: Dieser Job war durch und durch korrupt.

Man tat nicht das, was man für richtig hielt. Man passte sich an. Kollegen achteten darauf, dass man nicht aus der Reihe tanzte. Vorgesetzte benutzten die Karriere als Mittel, um einem das Rückgrat zu brechen. Das Ministerium erfand den Polizeidienst alle paar Jahre neu, und als Beamter machte man jeden Schwachsinn mit.

Korruption musste nicht bedeuten, sich von der Gegenseite schmieren zu lassen. Oder alle moralischen Maßstäbe über Bord zu werfen, wie es sein Großvater getan hatte. Sie begann im Kleinen, und das war es, was Vincent an schlechten Tagen ankotzte.

Und selbst wenn man ihn in Ruhe seine Arbeit tun ließ, war der Alltag kein Zuckerschlecken. Er hatte mit Sadisten, Frauenschlägern, Dealern und Junkies zu tun, den Gestörten und Idioten. Und immer wieder mit all den Mördern und Totschlägern dieser Welt. Menschen, die ihre Partner umbrachten, ihre Eltern, ihre Kinder. Oder den Erstbesten, der ihnen zufällig über den Weg lief.

Meine Kundschaft in diesem Laden, dachte Vincent, ist gierig und böse, abartig, grausam, gefühllos und verzweifelt – wie viel davon hat bereits auf mich abgefärbt?

Und wenn er Ruhe finden wollte, eine Auszeit nahm, um abzuschalten, waren die freien Stunden viel zu kurz. Was war aus seiner Beziehung zu Nina geworden? Wen hatte er außer ihr zum Freund?

Vielleicht war es höchste Zeit für einen Tapetenwechsel.

Vincent spürte, wie sein Widerstand gegen Osterkamps Angebot bröckelte.

Er trat ans Fenster und versuchte, einen klaren Gedanken zu fassen.

Es klopfte.

Die Tür wurde aufgerissen, Dominik stürmte herein und wedelte mit einer CD. «Das musst du dir anschauen!»

«Was ist das?»

«Wart's ab.» Dominik fand den Schlitz des Laufwerks und schob die Disc hinein. «Komm schon, was stehst du da rum? Was ist los mit dir?»

Vincent setzte sich auf den zweiten Stuhl. Dominik griff nach der Maus und klickte ein paarmal. Vincent staunte, wie ungebrochen der Eifer des Jungen war.

Zürich. Das *Widder-Hotel.* Der Ministerpräsident und seine Referentin.

Was Castorp wohl über ihre Vergangenheit gewusst hatte?

Etwa die Hälfte der Fotos kannte Vincent bereits.

«Gleich kommt's», sagte Dominik.

Der Ministerpräsident beim Verlassen seines dicken Audi, alleine. Die Bilder wirkten wie aus der Hüfte geschossen, zum Teil verwackelt. Castorp schien sich umzuschauen. Telefonierte mit seinem Handy. Betrat ein Gebäude mit alter Steinfassade.

Ein Schild in Großaufnahme.

«Banque Suisse Privée», sagte Dominik.

«Ich kann lesen.»

«Weiß man's? Du hast gerade etwas abwesend gewirkt.»

Drinnen: eine Halle mit Säulen. Castorp steuerte eine breite Treppe an, immer noch telefonierend. Ein breiter Gang, Wände aus Marmor. Castorp verschwand in einem Büro, noch ein Schild: *Dr. Yann Affolter, Direktor.*

Hatte Emma Liebig mit verborgener Kamera geknipst, etwa

aus einer präparierten Handtasche heraus? Auf jeden Fall war sie ein Risiko eingegangen. Mit einer Ermittlung gegen einen untreuen Ehemann hatten diese Fotos wirklich nichts zu tun. Wer mochte der Detektivin den Auftrag erteilt haben? Die SPD?

Es folgten Außenaufnahmen. Emma Liebig ging nun auf Nummer sicher und hielt aus größerer Entfernung drauf. Ein Mann machte sich an Castorps Audi zu schaffen. Hellblaues Kurzarmhemd, Hose, Krawatte und Käppi in Dunkelblau.

Stadtpolizei Zürich, die Ordnungsbuße.

Castorp kam aus der Bank heraus, einen Karton unterm Arm. Ging um die Ecke und verschwand in einem Laden. Kehrte mit zwei Aktenkoffern zurück. Pflückte den Bußzettel von den Scheibenwischern seiner Limousine.

«In den Koffern ist Geld», sagte Dominik, «das zuvor auf der Bank lag.»

«Und zwar richtig viel», bestätigte Vincent.

Er berichtete dem jungen Kollegen von Dollingers Freundin. *Mehr violett als gelb.* Und vom Fund im Neandertal. Plötzlich lagen beide Koffer im Porsche, aber sie enthielten nur einen schäbigen Rest.

«Und jetzt?», fragte Dominik.

«Carmen Markowitz», antwortete Vincent. «Höchste Zeit, dass wir der Dame einheizen.»

Sein Jagdfieber war wieder geweckt.

65

▼

Die Fußgängerampel an der Neusser Straße leuchtete rot, Vincent blickte zur Festung zurück. Die Sonne schien gegen das Fenster seines früheren Büros, in das jetzt Thilo Becker gezogen war. Die Jalousie war heruntergelassen und auf halber Strecke verklemmt, die Lamellen hingen schräg.

«Vielleicht keine gute Idee, dass du mitkommst», sagte Vincent zu Dominik. «Könnte deiner Karriere schaden.»

«Den Vorgesetzten möchte ich erleben, der uns rügen wird, wenn wir den Fall Castorp endgültig geklärt haben.»

«Die kriegen auch das fertig, glaub's mir.»

Schweigend gingen sie hinüber zum Stadttor. Sie wiesen sich aus und nahmen den Aufzug in die elfte Etage.

Die Tür zum Vorzimmer des Ministerpräsidenten stand auf. Die hagere Chefsekretärin trug Kopfhörer und tippte etwas in die Tastatur ihres PC. Vincent fragte sich, ob Castorp den Text noch diktiert hatte.

Der zweite Schreibtisch war leer. Vincent pochte gegen den Türrahmen. Die Frau nahm den Kopfhörer ab.

«Guten Tag», sagte Dominik.

«Wir würden gern noch einmal mit Frau Markowitz sprechen», fügte Vincent hinzu.

«Da kommen Sie zu spät. Carmen hatte gestern ihren letzten Tag in der Staatskanzlei.»

«Wo können wir sie treffen? In ihrer Wohnung?»

«Möglich.» Die Chefsekretärin suchte die Adresse heraus.

«Hat Frau Markowitz gekündigt, oder ist ihr gekündigt worden?», fragte Vincent.

«Das Kanzleramt in Berlin hat sie abgeworben, das ging ratzfatz. Die haben ihr ein Apartment in der Hauptstadt besorgt mit allem Pipapo. Sie fliegt heute noch nach Berlin, warten Sie …» Die Sekretärin bewegte die Maus und studierte ihren Monitor. «Hier hab ich's: LH 2742, Abflugzeit um 19.10 Uhr. Ich hab ihr noch das Ticket gebucht.»

Vincent bereute es, dass sie nicht das Auto zum Stadttor genommen hatten. Jetzt benötigten sie es ohnehin.

Sie eilten zum Aufzug.

«Vor sechs muss sie nicht am Flughafen sein», sagte Vincent zu seinem jungen Kollegen. «Ich wette zehn zu eins, dass wir sie zu Hause antreffen.»

An ihrer Stelle würde ich jede Minute zum Packen nutzen, dachte er.

66

▼

Vincent ließ den Motor an. Mehrere Mannschaftswagen fuhren auf den Parkplatz, Bereitschaftspolizei. Vincent musste warten, um sie vorbeizulassen. Ihm fiel ein, dass ein Schweigemarsch wegen des Todes von Amadeo Hunziker angekündigt war.

Das Handy. Auf dem Display die Durchwahl des Geschäftszimmers. Nora.

«Vincent, hast du eine Minute?»

«Für dich immer.»

«Thilo meint, du hättest mit dem Fall nichts mehr zu tun. Wie kommt's, dass ich gerade deshalb das Gefühl habe, ich sollte dich auf dem Laufenden halten?»

«Weil du ein Schatz bist.»

«Das hast du schön gesagt.»

«Schieß los, Nora.»

«Aus den beschlagnahmten Unterlagen geht hervor, wer die Detektivin beauftragt hat, den Ministerpräsidenten zu beschatten. Und jetzt halt dich fest.»

«Nicht die Sozis?»

«Nein.»

«Wer dann?»

«Unser geschätzter Innenminister.»

«Ohne Scheiß?»

«Driesbach persönlich. Aber von mir hast du das nicht. Und jetzt sag das bitte noch einmal mit dem Schatz.»

Vincent bedankte sich und steckte das Handy ein.

War Driesbach als Anstifter etwa auch für die Abhöraktion gegen die Opposition verantwortlich? Womöglich um die Tat Castorp in die Schuhe zu schieben? Bislang war Vincent davon ausgegangen, dass der Ministerpräsident beides verwanzt hatte, seine Villa und die SPD-Büros im Landtag. Aber einmal hatte es sich um Minikameras gehandelt, das andere Mal nur um Mikros.

Die Ausfahrt war endlich frei, Vincent gab Gas.

«Ist das nicht unser Blondschopf?» Dominik drehte das Radio lauter. Tatsächlich sprach da gerade Thilo Becker.

... dass Michael Dollinger als Täter im Fall Castorp gelten muss. Er hat sich gestern der Festnahme durch Flucht entzogen und im Lauf der Nacht mit einer Schusswaffe das Leben genommen.

«Ich wüsste gern, wessen Pistole das war», sagte Vincent. «Eine schicke, kleine Beretta.»

«Nicht die Ceska des Ministerpräsidenten?»

«Die lag im Handschuhfach.»

Die Beute, einen Betrag im mittleren fünfstelligen Euro-Bereich, hatte er bei sich.

Wie viel genau?

«Live aus der Pressekonferenz», stellte Vincent fest.

Zweiundfünfzigtausendvierhundert. Das entspricht nach unseren Erkenntnissen in etwa der Summe, die Walter Castorp am letzten Freitag bei einer Züricher Bank abgehoben hat.

«Hört, hört. Der Blondschopf und seine Erkenntnisse.»

Stimmt es, dass es auf dem Firmengelände im Neandertal Rei-

fenspuren gab, die darauf hindeuten, dass sich Mike Dollinger mit jemandem getroffen hat?

Das war Saskia – ihre Stimme ging Vincent unter die Haut.

Auf einem Parkplatz finden Sie jede Menge Reifenspuren. Fakt ist, Dollinger war Rechtshänder, und an seiner rechten Hand konnten wir Schmauchspuren feststellen, wie sie im Fall einer Selbsttötung zu erwarten sind.

«Bullshit!» Vincent schlug auf das Lenkrad. «Die stammen noch von der Schießerei in seinem Haus in Oberkassel!»

Zudem schließt unsere Kriminaltechnik anhand der Spurenlage aus, dass sich eine zweite Person in Dollingers Wagen aufgehalten hätte.

An dieser Stelle brach der Sender die Übertragung ab und schaltete ins Studio zurück. Der Moderator kündigte einen Beitrag über die politische Situation in Ägypten an. Vincent schaltete das Radio aus.

Über die Freisprechanlage wählte er Fabris Nummer. Der Kollege meldete sich nach dem ersten Klingeln.

«Keine zweite Person in Dollingers Porsche, bist du dir wirklich sicher?»

«So würde ich das nicht ausdrücken.»

«Was heißt das? Habt ihr Fasern, Haare und Hautschuppen gefunden oder nicht?»

«Der Beifahrersitz ist frei von alldem.»

Vincent begriff. «*Völlig* frei?»

«Richtig.»

«Das heißt …»

«Jemand hatte den Sitz bereits vor uns abgeklebt und damit alle eventuellen Spuren beseitigt.»

«Warum hast du das dem Kollegen Becker nicht gesagt?»

«Hab ich doch. Nicht bloß einmal. Aber ich habe den Eindruck, dass er nur akzeptiert, was ihm ins Konzept passt. Was auch immer da im Detail zwischen euch gelaufen ist – es tut mir schrecklich leid, dass man dich ausgebootet hat.»

Vincent bedankte sich und beendete das Gespräch.

Dominik hatte mitgehört. «Heißt das, jemand hat Dollinger mit der Beretta erschossen, die Waffe zurückgelassen und den Sitz mit Klebefolie gereinigt?»

«Scheint so.»

«Also jemand, der sich mit Tatortarbeit auskennt?»

«Dafür muss man kein großer Kriminalist sein.»

«Also käme auch Thilo Becker in Frage?»

Sie lachten. Gleich darauf musste Vincent stark bremsen, um nicht auf den Vordermann zu krachen.

Die Straße war gesperrt, Kollegen leiteten den Verkehr um. Bevor Vincent abbog, sah er zwei Streifenwagen, die sich mit eingeschalteter Warnblinkanlage näherten, dahinter eine Menschenmenge, Schilder, Transparente.

Auf Schleichwegen umfuhr Vincent den Demonstrationszug.

«Erinnerst du dich an Brennecke und Feist?», fragte er.

«Klar. Sie haben sich mit Castorp gestritten. Pat und Patachon aus der Hauptstadt. Schlechtes Karma und die drei Geistesgifte.»

«Das Kanzleramt ködert Carmen Markowitz mit einem lukrativen Job, damit sie niemandem verrät, was sie weiß.»

«Du siehst auch überall eine Verschwörung am Werk, was?»

«Mir hat man heute Mittag einen Job in der freien Wirtschaft angeboten.»

«Ach.»

«Angeblich auch auf Empfehlung des Kanzleramts.»

«Fühl dich geehrt. Man hält dich für wichtig.»

«Und wie. Ich bin ein Performer mit großen Skills. Nur im Präsidium sieht man das etwas anders.»

«Was bieten sie dir?»

«Sag ich nicht. Die Summe könnte in deinem Hirn einen Kurzschluss hervorrufen. Zu viele Stellen vor dem Komma.»

«Was wirst du tun?»

«Ich hab noch Zeit bis morgen Abend, um mich zu entscheiden.»

67

Sie erreichten die Hermannstraße im Stadtteil Flingern, einem früheren Arbeiterviertel, das in den letzten Jahren von Investoren entdeckt worden war. Sogenannte Grundstücksentwickler sanierten die hübscheren Altbauten und versuchten sie an eine gut betuchte Klientel zu verkaufen, indem sie die Gegend als «Notting Hill» Düsseldorfs anpriesen.

An einer Seite wurde die Straße aufgerissen, die andere war zugeparkt. Ein Volvo-Kombi mit Krefelder Kennzeichen stand in zweiter Reihe. Zwei Männer luden eine Kiste ein.

Carmen Markowitz trat mit einer Stehlampe aus dem Haus.

Vincent hielt hinter dem Kombi, er und Dominik stiegen aus.

Markowitz erstarrte. «Ich habe Ihnen doch schon alles gesagt.»

Der jüngere der beiden Männer nahm ihr die Lampe ab und schob sie vorsichtig in das Auto. Der Ältere stemmte die Hände in die Hüften. Hochgekrempelte Hemdsärmel, schwielige Finger, breiter Rücken. «Wer sind die Burschen?»

«Lass gut sein, Papa. Polizei.»

«Wo können wir uns in Ruhe unterhalten?», fragte Vincent.

Die Freundin des Ministerpräsidenten ging voraus.

Im ersten Stock stand eine Wohnungstür auf. In der Küche wickelte eine Frau Gläser und Geschirr in Zeitungspapier. Kittelschürze, grau meliertes Haar. Carmen Markowitz wies auf eine Eckbank.

«In Ruhe, sagte ich.»

«Vor meiner Mutter habe ich keine Geheimnisse.»

«Wirklich nicht? Auch nicht, was ‹Vanessa› anbelangt?»

Kaum merklich errötete die Blondine.

«Wer sind die Männer?», fragte die Mutter.

«Polizei. Es ist noch einmal wegen meinem toten Chef.»

Sie gingen in den Nebenraum. Hier waren die Möbel zusammengeschoben, der Teppich aufgerollt, Umzugskartons warteten auf den Abtransport. Markowitz schloss die Tür und nahm sich einen der Stühle, Vincent und Dominik taten es ihr nach. Obwohl der Raum nicht groß war, hallten die Geräusche von den kahlen Wänden wider.

«Das Bundeskanzleramt soll sicher ebenfalls nicht erfahren, dass Sie während Ihres Studiums im *Chateau Bellevue* gejobbt haben, nehme ich an.»

«Was wollen Sie von mir?»

«Wie gut kannten Sie Mike Dollinger?»

Markowitz fingerte mit der Rechten an ihrem Kragen. Ein Räuspern, ihre Stimme blieb belegt. «Kann sein, dass ich ihn mal in einer Diskothek getroffen habe.»

«Wir haben Zeugenaussagen, dass Sie mit Dollinger liiert waren. Er war ein guter Kunde im *Chateau Bellevue*, und ich nehme an, dass Sie sich daher kannten. Kurze Zeit später musste er die Fußballschuhe wegen seines Kokainkonsums an den Nagel hängen. Seitdem lief es nicht mehr so gut für ihn.»

Die blonde Frau wippte mit dem Oberkörper vor und zurück. Mehr als ihre Wangen war die kleine Narbe rot geworden.

Vincent fragte sich, wie sie die Verletzung ihren Eltern erklärt hatte. Ihm fielen Blümchens Worte ein: *‹Mike ist meine große Liebe›, hat sie mir vorgeheult.*

«Frau Markowitz?»

«Ja?»

«Sie standen nach wie vor mit Dollinger in Kontakt, stimmt's?»

Ein langsames Nicken, wie in Trance.

«Heißt das, Ihre Beziehung dauerte bis zuletzt?»

«Mhm.»

«Parallel zu Ihrer Verbindung mit dem Ministerpräsidenten und obwohl Mike Dollinger wieder mit seiner alten Jugendfreundin zusammenwohnte?»

Markowitz flüsterte etwas.

«Etwas lauter bitte.»

«Ich konnte doch nicht ahnen, dass …»

«Es besteht gegen Sie der Verdacht der Beihilfe zum Mord an Walter Castorp. Ich belehre Sie, dass Sie sich nicht selbst belasten müssen. Wenn Sie wollen, besorgen wir Ihnen einen Anwalt. Oder Sie kennen einen Anwalt und rufen ihn an.»

Sie steckte ihre Hände zwischen die Schenkel und ließ den Kopf hängen.

«War der Überfall auf Castorp Ihr Plan, Frau Markowitz? Haben Sie im Ernst geglaubt, Sie könnten sich durch eine Flucht nach Berlin aus Ihrer Verantwortung stehlen?»

Sie vergrub das Gesicht in den Händen, die Ellbogen auf die Knie gestützt.

«Wie kam es zu dem Überfall? Wer war Dollingers Komplize? Wer hat Mike erschossen?»

«Es tut mir so leid», flüsterte sie, ohne aufzublicken.

«Wer, Frau Markowitz?»

«Ich weiß es nicht.»

Ein Klopfen. In der Tür stand die Mutter. «Carmen! Der rote Sessel – kommt er nach Berlin, oder sollen wir ihn mitnehmen?»

«Mutter, bitte …»

«Wir müssen in einer Stunde am Flughafen sein, vergiss das nicht!»

Vincent stand auf. Die Grauhaarige wich vor ihm zurück. Er drückte die Tür vor ihrer Nase ins Schloss.

Leise sagte die Tochter: «Versprechen Sie mir, dass keiner etwas über das *Chateau* erfährt. Bitte!»

«Ich fürchte, das ist Ihr geringstes Problem, Frau Markowitz.»

«Wie meinen Sie das?»

«Der Staatsanwalt kann Sie anklagen. Ein Anstifter wird wie ein Täter bestraft.»

«Aber ich habe damit wirklich nichts zu tun.»

«Mein Kollege und ich glauben Ihnen gern. Doch darauf kommt es nicht an.»

«Was kann ich machen?»

«Wir sind nicht daran interessiert, Ihre Vergangenheit an die Öffentlichkeit zu zerren, aber Sie müssen ehrlich zu uns sein. Sagen Sie uns alles, was Sie wissen.»

«Okay.»

«Lückenlos und aufrichtig.»

«Ja.»

«Wollen wir mit dem Freitag in Zürich beginnen?»

Sie nickte.

Dominik klappte den Laptop auf, um das Protokoll zu tippen.

Vincent setzte sich wieder. «Walter Castorp hat die *Banque Suisse Privée* aufgesucht. Hat er Ihnen gesagt, was er dort wollte?»

«Ja.»
«Und?»
«Geld abheben.»
«War das sein eigenes Geld?»
«Er war überzeugt, dass es ihm zustand.»
«Eine Art Abfindung.» Vincent erinnerte sich, dass Castorps Witwe dieses Wort benutzt hatte.
«Genau.»
«Aber für diese Konten braucht man Nummern und Codewörter.»
«Die kannte er noch aus seiner Zeit als Schatzmeister. Sein Nachfolger hat nie daran gedacht, etwas zu ändern.»
Dominik mischte sich ein. «Wieso deponiert eine deutsche Partei ihr Geld auf Schweizer Nummernkonten?»
«Jüdische Vermächtnisse», antwortete Vincent.
«Bitte?»
«Mit dieser Ausrede wollte ein Schatzmeister der hessischen CDU schon einmal illegale Parteispenden verschleiern. Das war um das Jahr 2000 herum.»
«Jetzt kapiere ich. Eine schwarze Kasse.»
«Und Castorp wusste, dass es für die gesamte Partei fatal wäre, wenn ein neuer Schwarzgeldskandal publik würde. Er konnte sich die Kohle aneignen und immer noch der Kanzlerin drohen.» Vincent fragte Markowitz: «Hat er Ihnen das Geld gezeigt?»
Sie nickte. «Die beiden Koffer waren gut gefüllt.»
«Wie viel etwa?»
«Acht Komma zwo Millionen Euro. Walter hat es im Hotelzimmer nachgezählt. Ich musste ihm dabei helfen. Er hatte sämtliche Nummernkonten geleert, auf die er Zugriff besaß.»
«Und dann haben Sie Dollinger brühwarm davon erzählt.»

«Aber ich konnte doch nicht ahnen, dass er Walter überfallen würde!»

«Wirklich nicht?»

Sie schniefte und sagte nichts.

«Wann haben Sie mit Dollinger über das Geld gesprochen?»

«Am Samstag. Wir haben fast jeden Tag miteinander telefoniert, wenn wir uns nicht sehen konnten.»

«Und später?»

«Ich weiß nicht, was Sie meinen.»

«Sie haben doch sicher auch nach dem Raubüberfall miteinander gesprochen.»

«Nein, haben wir nicht!»

«Das sollen wir glauben?»

«Hinterher hab ich mir denken können, dass Mike es getan hat. Ich war heilfroh, dass er mich nicht anrief, und ich hätte es niemals bei ihm versucht. Spätestens wenn Sie die Verbindungsdaten gecheckt hätten, wäre ein Verdacht auf mich gefallen. So läuft es doch, Telefondaten und der ganze Kram, hab ich recht?»

Vincent deutete auf die Umzugskisten. «In welchem Karton steckt Ihr Anteil?»

«Sie müssen mir glauben! Ich habe mit dem Überfall nichts zu tun!»

Er erinnerte sich an ihre anfängliche Ruhe, als er und Dominik sie zum ersten Mal in der Staatskanzlei befragt hatten. Als hätte sie tatsächlich nicht geahnt, dass Castorp tot war.

Vincent zog das Handy aus der Tasche. «Mal hören, wie das der Staatsanwalt bewertet.»

Markowitz entriss es ihm und verbarg es hinter ihrem Rücken. «Bitte, Herr Kommissar, ich flehe Sie an! Meine Eltern sind sehr altmodisch. Sie haben heute erst erfahren, dass ich für

Walter mehr als eine Referentin war. Vom *Chateau* dürfen sie auf keinen Fall Wind bekommen!»

Vincent streckte die Hand aus.

«Sie haben es versprochen!», klagte die Blonde.

Er winkte mit den Fingern.

«Ich habe Ihnen doch lückenlos und aufrichtig ...»

«Frau Markowitz.»

Sie legte das Handy zurück. Vincent bemerkte, dass sie zitterte.

«Sie hätten uns das alles sofort erzählen müssen. Gleich am Dienstag, als wir miteinander in Castorps Büro saßen. Durch Ihr Schweigen haben Sie Mike Dollinger gedeckt. Spätestens damit haben Sie sich strafbar gemacht.»

Über Markowitz' Wangen flossen Tränen.

«Wer war Mikes Komplize?»

«Ich weiß es wirklich nicht.»

«Wo ist das übrige Geld? Mehr als acht Millionen Euro?»

Sie schüttelte den Kopf und schluchzte.

Vincent sah Dominik an. Der Junge verzog das Gesicht.

«Lösch alles, was mit dem Puff zu tun hat», sagte Vincent.

Markowitz hob den Blick und wischte sich eine Träne aus dem Gesicht. Der tragbare Drucker surrte. Drei Blätter. Vincent hielt der Frau einen Stift hin.

«Wir brauchen noch Ihr Autogramm. Lesen Sie das Protokoll sorgfältig durch. Wenn nötig, können Sie den Text handschriftlich korrigieren.»

Sie nickte und las. Schließlich kritzelte sie ihren Namen auf jede Seite.

Vincent nahm das Protokoll an sich. «Es liegt im Ermessen des Staatsanwalts, ob wir noch einmal auf Sie zukommen. Der Verdacht der Mittäterschaft ist noch nicht ganz ausgeräumt.»

«Was heißt das?» Angst in ihrem Blick, die Augen schimmerten.

Ich bin gar nicht hier, sagte sich Vincent. Offiziell ist das Thilo Beckers Job.

Er berührte die Frau an der Schulter. «Von mir aus können Sie nach Berlin reisen.»

68

▼

Nachdem Vincent seinen jungen Kollegen zu Hause abgesetzt hatte, steuerte er noch einmal das Präsidium an. Er wusste jetzt, wie Mike Dollinger auf die Idee gekommen war, den Ministerpräsidenten zu überfallen. Und ihm war klar, warum Brennecke, Feist und die gesamte CDU-Spitze auf eine Verschleppung der Ermittlungen drängten. Man wollte einen Schwarzgeldskandal vermeiden.

Wäre nicht Castorps Blut geflossen, hätte der ehemalige Fußballprofi das perfekte Verbrechen begangen: Geld zu stehlen, das es offiziell nicht geben darf. Das also dem gehört, der es sich nimmt.

Gegen Ende des Fürstenwalls kam der Rheinturm in Sicht, davor an einer Kreuzung die rote Ziegelfassade der Festung. Vincent erspähte einen Pulk von Demonstranten und entschied, das Auto in der nächsten freien Parkbucht abzustellen und sich zu Fuß durchzuschlagen.

Ein Weißhaariger blieb stehen, in der Hand schwenkte er einen Einkaufsbeutel aus Stoff. Er blinzelte gegen das Sonnenlicht. «Parken Sie lieber woanders, junger Mann. Da drüben ist ’ne Demo. Nicht dass Ihr schöner Wagen noch was abkriegt.»

Vincent vernahm Sprechchöre, angefeuert durch ein Megaphon. Hysterischer Radau hallte von den Hausfassaden wider, von wegen Schweigemarsch.

POLIZEI-SA-SS!

Die Brüller waren in der Minderzahl. Die meisten von ihnen trugen schwarze Sturmhauben mit Augenschlitzen oder Palästinensertücher, die sie bis über die Nase gezogen hatten.

Im Näherkommen erkannte Vincent, dass sich an den Arkaden, unter denen es zum Eingang ging, uniformierte Kollegen formierten. Sie hatten auf Schild und Helm verzichtet, um nicht zu provozieren. Eine junge Demonstrantin verteilte Blumen an die Beamten. Eine Gruppe hatte sich untergehakt und sang *We Shall Overcome.*

Unter dem Schild mit der Inschrift «Vor dem Gesetz sind alle Menschen gleich» war ein Kranz abgelegt worden. Dazu Blumensträuße und Fotos, die Amadeo Hunziker zeigten. Junge Leute entzündeten Windlichter.

Vincent blickte sich um. Im Haus gegenüber der Festung war eine ausgelagerte Dienststelle untergebracht. Ein Fenster stand ein Stück weit auf, ein Kollege in Zivil filmte das Geschehen. Die Kamera war auf den Typen mit der Flüstertüte gerichtet, der dem autonomen Block als Einheizer diente.

Gereckte Fäuste, heiseres Gebrüll:

DEUTSCHE POLIZISTEN PRÜGELN WIE FASCHISTEN!

Auf der anderen Straßenseite blieben Gaffer stehen. Nachbarn, Passanten, Fahrgäste der Rheinbahn, die ausgestiegen waren und wissen wollten, was los war. Ein Mädchen ging zu ihnen hinüber und verteilte Flugblätter, auf ihr T-Shirt war ein schwarzer Stern gedruckt.

Vincent drängte sich weiter. Wenn er zu den Arkaden vordringen wollte, musste er an den Vermummten vorbei. Er bemerkte, dass einer von ihnen eine Zwille aus dem Hosenbund zog. Ein anderer ging in die Hocke, um zwischen parkenden Autos die Pflastersteine zu lockern.

Im nächsten Moment ging es schon los: Steine flogen, Stahlkugeln, innerhalb von Sekunden splitterten mehrere Fenster des Polizeipräsidiums. Kollegen an der Absperrung bluteten, sie duckten sich hinter die Säulen, zogen ihre Schlagstöcke.

Vincent schaute zum geöffneten Fenster hinauf. Jemand warf ihm einen Packen Kabelbinder zu. Mit fünf, sechs Schritten war Vincent bei dem Kerl mit der Zwille, drehte ihm den Arm auf den Rücken und fesselte ihn an einen Laternenmast. Als andere Vermummte auf Vincent aufmerksam wurden, musste er sich verdrücken.

Tränengasschwaden machten das Atmen schwer. Offenbar hatten die Kollegen mit der Eskalation gerechnet. Aus drei Richtungen rückten Beamte der Einsatzhundertschaft heran, einige von ihnen schlugen zur Einschüchterung gegen ihre Schilde. Es kam Bewegung in die Menge, alles rannte durcheinander und schrie.

Vincent entdeckte die Blumenverteilerin wieder. Die junge Frau hustete sich die Seele aus dem Leib und stolperte orientierungslos auf die Kollegen zu. Vincent verstaute den Rest Kabelbinder im Hosenbund, ergriff die Frau am Arm und führte sie weg aus dem beißenden Nebel, fort von den Steinen und Schlagstöcken, hinaus aus dem Getümmel, bis sie nahe der Rheinkniebrücke in Sicherheit waren.

Auf den Stufen eines Hauseingangs ließ sich die Demonstrantin erschöpft nieder. «Schlechtes Karma», murmelte sie.

Vincent musste an Emma Liebig denken, die Detektivin mit dem Tibet-Tick und den Geistesgiften.

Er angelte sein Handy aus der Tasche und rief Nora an. Sie meldete sich sofort. «Ich wusste doch, dass du noch da bist», sagte er. «Wie steht's?»

«Von deinem Zimmer aus hab ich die beste Sicht. Unser Team ist eindeutig im Vorteil.»

«Und sonst? Ist die Luft rein im zweiten Stock?»

«Die Scheiben sind intakt, Tränengas krieg ich hier nicht ab.»

«Du weißt, was ich meine.»

«Thilo schwirrt noch herum, der Inspektionsleiter ebenfalls. Warte besser 'ne Weile, wenn du hier aufkreuzen willst.»

«Nicht nötig. Du stehst in meinem Zimmer?»

«Sag ich doch.»

«Siehst du das schwarze Notizbuch mit dem Gummiband auf meinem Tisch?»

«Ehrlich gesagt, hier liegt eine ganze Menge ... Ja, jetzt hab ich's. Führst du Tagebuch?»

«Nur dienstlicher Scheiß.»

«Was soll ich tun?»

«In meinem Rechner steckt eine CD. Leg sie in das Buch und verschließ es mit dem Band.»

«Hab ich. Und jetzt?»

«Moment.» Vincent deckte das Handy ab.

Er verabschiedete sich von der Demonstrantin.

«Bist du ein Bulle?», fragte das Mädel.

«Ist das sehr schlimm für dich?»

Sie lächelte und übergab ihm ihre letzte Blume.

Vincent lief auf die Festung zu. Es roch noch immer nach Tränengas. Die Vermummten waren teils eingekesselt, teils abgedrängt. Die übrigen Demonstranten hatten sich verzogen oder unter die Schaulustigen gemischt.

Vincent nahm das Handy ans Ohr. «Bist du noch dran?»

«Mach schnell, Thilo ist auf dem Flur. Ich glaube, er sucht mich.»

«Öffne das Fenster.» Er überquerte den Jürgensplatz und blickte hoch. «Kannst du mich sehen?»

Sie winkte ihm hektisch zu.

«Wirf weit genug, sonst landet das Notizbuch im Gebüsch.»

Er breitete die Arme aus.

Nora war eine schlechte Werferin. Das schwarze Büchlein rauschte mitten in die Dornen.

Oben wurde das Fenster geschlossen. Nora hatte aufgelegt.

Es dauerte Minuten, bis Vincent das Notizbuch mit der Foto-CD im dichten Gestrüpp entdeckt und geborgen hatte.

Als er sich aufrichtete und seine Kleidung abklopfte, fiel ihm ein Junge auf, der ihn beobachtete. Er war vielleicht zehn oder elf, trug eine Brille und einen gelben Ranzen mit Batman-Symbol.

«Machst'n da?», wollte der Kleine wissen.

«Hast du ein Handy?», fragte Vincent zurück.

«Klar.»

«Darf ich es benutzen? Ein Anruf, nur kurz. Ich geb dir zehn Euro dafür.»

«Cool.»

Es war ein einfaches Gerät, vermutlich das ausrangierte Modell der Mutter oder des Vaters. Mit seinem Smartphone ging Vincent ins Internet, suchte die Nummer der Landesgeschäftsstelle der SPD und gab sie in das Handy des Jungen ein.

Eine Männerstimme: «Sozialdemokratische Partei Nordrhein-Westfalen, was kann ich für sie tun?»

«Ich hätte gern Martina Simoniak.»

«Die geben wir nicht her.»

Der Witzbold stellte durch. Eine Sekretärin meldete sich. Vincent wiederholte sein Anliegen.

«Frau Simoniak ist gerade in einem Meeting. Können Sie es in zehn Minuten noch einmal probieren?»

«Richten Sie ihr aus, dass ich ihr Material übergeben möchte, das die Wahl entscheiden wird. Ich bin in zwanzig Minuten in der Kunstsammlung im Ständehaus.»

«Wie bitte?»

«Sagen Sie ihr, es hat mit Walter Castorp zu tun. Ich warte auf sie im ersten Stock, im Raum mit der Installation *TV Garden* von Nam June Paik. In zwanzig Minuten. Haben Sie mich verstanden?»

«Wer spricht da überhaupt?»

«Ein Freund von der Polizei.»

Vincent drückte die rote Taste.

«Du kannst gern noch einmal telefonieren», schlug der Junge mit der Brille vor. «Acht Euro, ich geb dir Treuerabatt!»

Vincent gab ihm die Blume der Demonstrantin. «Hier, für deine Mutter. Du hast doch eine Mutter, oder?»

Der Junge nickte und lief davon, den Blumenstängel in der kleinen Faust.

69

▼

Dreißig uralte Fernseher lagen zwischen Palmen und anderen tropischen Pflanzen auf dem Boden, vielleicht war auch irgendein *Ficus* darunter. Über die Röhrenbildschirme flackerte ein einfaches Video: tanzende Menschen vor schwarzem Hintergrund, hastig durcheinander geschnitten. Vincent fiel auf, dass die Geräte nicht synchron geschaltet waren, die Tänzer zappelten zeitversetzt.

Nina hatte ihn einmal in dieses Museum geschleppt, das Kunst der letzten Jahrzehnte zeigte. Vincent verstand nichts von alldem, aber einiges fand er witzig. Diese Installation hatte er sich gemerkt.

Ein Pärchen betrat den etwas abgedunkelten Raum und schlenderte an das Geländer der Plattform, von der aus man in den Fernsehgarten hinabsah. Vincent tat, als vertiefe er sich in die Broschüre, die er an der Kasse erhalten hatte. Die Frau und der Mann hielten Händchen, beide um die fünfzig, vielleicht Touristen. Sie steckten die Köpfe zusammen, tuschelten und lachten leise. Vincent erinnerte sich daran, wie es war, mit einer Partnerin zu reisen. Für Nina gehörten Museumsbesuche stets dazu.

Das Pärchen schlich hinaus. Vincent schaute auf seine Uhr. Die Oppositionschefin war bereits eine Viertelstunde über der Zeit.

Aus dem Internet wusste Vincent, dass Martina Simoniak an diesem Abend einen Wahlkampfauftritt in Köln absolvieren würde, zweifellos ein wichtiger Termin. Da sie bis jetzt nicht eingetroffen war, würde sie wahrscheinlich gar nicht mehr aufkreuzen.

Er beschloss, ihr noch fünf Minuten zu geben.

Nach einer Weile näherten sich Stimmen. Wieder kam ein Paar herein, dieses Mal mit zügigem Schritt. Martina Simoniak und ein Anzugträger – sie blickten sich um.

Vincent trat aus dem Schatten. «Sagen Sie Ihrem Begleiter, er soll draußen warten.»

Der Typ ging, sie waren allein. Vincent versuchte, die SPD-Kandidatin nicht anzustarren. Selbst im Dämmerlicht fielen ihre Augen auf, dieses Blau.

«*Sie* sind das?»

«Wen haben Sie erwartet? Kriminaldirektor Engel?»

«Weshalb ziehen Sie diese Show ab, Herr Veih? Man kommt sich vor wie in einem Agentenfilm.»

«Warum die Verspätung?»

«Ich musste noch ein Radiointerview geben. Es ging übrigens um die Polizei.»

«Mir geht es um Castorp.»

«Das hab ich mir fast gedacht.»

«Genauer gesagt, um die Wahrheit.»

«Wie schön.»

«Stellen Sie sich vor, Sie könnten belegen, dass die CDU noch immer über schwarze Kassen verfügt.»

Simoniaks Pupillen weiteten sich unwillkürlich.

Vincent zog die CD aus der Tasche. «Auf diesem Datenträger sehen Sie, wie Castorp in Zürich eine Bank aufsucht. Der Name des Instituts ist festgehalten, auch der des Direktors. Walter Castorp hat von diversen Nummernkonten mehr als acht Millionen abgehoben. Sie wissen, dass er bis vor fünf Jahren Bundesschatzmeister der CDU war?»

Sie nickte.

«Außerdem sehen Sie den heutigen Schatzmeister sowie einen Abgesandten aus dem Kanzleramt, wie sie wenige Stunden vor Castorps Tod versuchen, ihn zur Herausgabe des Geldes zu überreden. Die CDU hat also noch immer über Summen verfügt, die sie nie deklariert hat und die vermutlich nie versteuert wurden. Walter Castorp hatte Zugriff darauf, und die Kanzlerin war mit hoher Wahrscheinlichkeit darüber informiert.»

«Wen können die Medien als Quelle zitieren?»

«Nennen Sie es gut informierte Kreise. Einen Mitarbeiter der Sicherheitsbehörden. Das muss genügen. *Deep Throat*, der Watergate-Informant, blieb auch jahrzehntelang geheim.»

«Woher stammt das Material?»

«Die Detektivin heißt Emma Liebig. Minister Driesbach hat sie beauftragt.»

«Ausgerechnet Driesbach. Womöglich hat er auch unsere Büros verwanzt.»

«Über welche Zeitung werden Sie die Geschichte lancieren?»

«Das überlasse ich meinen Medienexperten.»

Vincent wischte die CD an seinem Hemd ab und hielt sie

nur am Rand fest. Keine Fingerabdrücke. «Ich war nie hier. Ich habe nie bei Ihrer Partei angerufen. Nur für den Fall, dass mein Plan scheitert und meine Chefs nach dem Maulwurf fahnden.» Er hielt ihr die silberne Scheibe hin.

«Was verlangen Sie dafür, Herr Veih?»

«Wechseln Sie die Führung der Düsseldorfer Polizeibehörde aus. Zumindest den Präsidenten. So rasch wie möglich.»

«Und was soll für Sie persönlich herausspringen?»

«Ich will ganz einfach nur meinen Job machen.»

Vorsichtig nahm Simoniak die CD entgegen. Sie drehte sie zwischen ihren Fingerspitzen und ließ sie in die Innentasche ihrer Kostümjacke gleiten.

«Sie kommen zu spät nach Köln», sagte Vincent.

«Ohne mich fangen sie dort nicht an.» Sie lächelte und reichte ihm die Hand. Schlanke Finger, die kräftig zupackten. «Ihren Job machen, ganz einfach?»

«Richtig.»

«Komischer Kauz.»

«Finden Sie?»

Sie runzelte die Stirn. «Wurde die Watergate-Affäre nicht in einer Tiefgarage verraten?»

«So viel ich weiß.»

«Nam June Paik liefert da einen ganz anderen Rahmen, finde ich. Ihr Geschmack imponiert mir, Herr Veih.»

70
▼

Vincent verließ die Kunstsammlung nach hinten durch das Café.

Wieder ein Anruf, die Nummer unbekannt.

«Ich bin's, Tina.»

«Blümchen! Warum bist du nicht ins Präsidium gekommen, wie wir es vereinbart hatten?»

«Kannst du mir einen Gefallen tun? Ich brauche ein paar Sachen aus meiner Wohnung. Wenn ich selber hingehe, könnte mir Borsig auflauern.»

«Verstehe.»

«Er darf dir auf keinen Fall folgen und womöglich an Feli herankommen!»

«Klar. Ich brauche nur deinen Schlüssel. Und deine Adresse.»

«Wir treffen uns an der Kreuzung, wo du mich gestern abgesetzt hast.»

Sie trat ihre Zigarette aus, als er neben ihr hielt, und stieg zu ihm ein. Es freute ihn, dass sie ganz normal gekleidet war: verwaschene Jeans, helle Bluse mit Paisleymuster, nicht zu weit aufgeknöpft. Das brünette Haar war zum Pferdeschwanz gebunden, dezenter Lippenstift, kein Make-up – nichts erinnerte an die alternde Nutte, die in Amüsierlokalen ihre Kundschaft aufgabelte.

Blümchen gab ihm den Wohnungsschlüssel und eine Liste. Vincent war froh, etwas für sie und Felicitas tun zu können.

Er fuhr durch die verstopfte Innenstadt. Als er im Radio das Wort «Polizei» hörte, drehte er den Regler weiter auf.

Angeblich dauerte die Einkesselung der Krawallmacher auf dem Platz vor der Festung an. Angeblich seien darunter auch gewaltfreie Demonstranten und sogar Kinder. Angeblich dürfe man nicht einmal zum Verrichten seiner Notdurft den Kessel verlassen. Es gebe erste Reaktionen aus der Politik, Martina Simoniak im O-Ton:

Die Parallelen zum Tod des Studenten Amadeo Hunziker sind

deutlich und lassen für mich nur einen Schluss zu: Der Fisch stinkt vor allem vom Kopf her. Die Abwahl der unfähigen und überforderten Landesregierung ist die demokratische Antwort auf die Missstände bei der Polizei.

Die Ackerstraße. Zum Glück ließ sich die Nachbarin nicht blicken. Vincent schloss die Wohnungstür auf.

Blümchens Liste enthielt lauter Alltagsgegenstände: Besteck, Gläser, Korkenzieher. Feuerzeug und einen Kerzenhalter. Zwei bunte Sofakissen, eine Wolldecke. Ein paar Klamotten für Mutter und Tochter.

Er fand alles wie auf dem Zettel verzeichnet. Die Wohnung war erstaunlich hübsch eingerichtet. Blümchen hatte sich ein Nest gebaut. Aber warum auch nicht? Niemand war für immer ein Punk.

Auf dem Rückweg dachte er an sein Treffen mit der Oppositionsführerin und an ihren Vergleich mit Watergate. Er fühlte sich, als schriebe er mit an der Geschichte der Republik. Als stünden ihm alle Optionen offen. Endlich gehorchte ihm das Steuerrad, er verhalf der Wahrheit zum Durchbruch. Sein Eingreifen würde den Wahlausgang entscheiden.

Blümchen wartete wieder an der Konkordiastraße. Die Tochter stand bei ihr, dünn und erstaunlich lang für ihr Alter. Abschätziger Blick – Vincent hätte es interessiert, was ihre Mutter über ihn erzählt hatte.

«Hallo, Felicitas.» Er reichte ihr die Sofakissen. «Als ich dich das letzte Mal gesehen habe, warst du vier und hast mich Benzi genannt, weil Vincent zu kompliziert für dich war.»

«Lass dich nicht anquatschen.» Blümchen stellte sich vor ihre Tochter.

Felicitas klemmte sich die Kissen unter den Arm, nahm auch die Decke aus dem Kofferraum und machte sich auf den Weg. Sie verschwand in der Seitenstraße.

Die restlichen Sachen waren auf zwei große Einkaufskörbe verteilt. «Ich helfe dir tragen», sagte Vincent.

«Nichts da, ich trau dir nicht. Und das Rundendrehen mit dem Auto kannst du dir sparen.» Sie blickte sich um. «Ich hoffe nur, dass dir keiner gefolgt ist!»

«Braucht deine Tochter keine Schulsachen?»

«Ach was, Feli kommt mir nicht aus dem Haus. Borsig kriegt's fertig und besticht jemanden von der Behörde, um sich an sie heranzumachen.»

«Ich denke, er hat es auf dich abgesehen.»

«Das Schwein weiß genau, wie es mir am meisten wehtun kann.»

«Willst du ihn nicht anzeigen?»

«Was soll das bringen? Mensch, was bist du naiv! Immer noch der Junge aus dem behüteten Uedesheim. Hast es damals auch nicht lange bei uns ausgehalten.»

«Immer wenn ich in die Altstadt komme, muss ich an die Zeit denken. Wie süß du warst.»

«Lass das, Vinnie.»

«Keiner konnte uns Schnorrer leiden, aber dir haben sie immer viel mehr gegeben als jedem anderen.»

«Glaubst du etwa noch immer, ich hätte uns durch Schnorren die Miete reingeholt? Ralle hat mich fast jeden Tag zur Charlottenstraße gebracht.» Blümchen lachte. «Er hat mein Kapital erkannt. Mein erster Zuhälter.»

«Du hast …»

«Die Beine für euch breit gemacht. Das hat mir schon mein Alter beigebracht, sobald ich zwölf war und Titten bekam. Nur dass der mich auch noch geschlagen hat.» Blümchen hob die Körbe auf. «Wage es nicht, mir hinterherzuschnüffeln! Du bleibst hier stehen, schließt die Augen und zählst bis hundert, verstanden, *Benzi*?»

71

▼

In der gesamten Gneisenaustraße war keine Parklücke frei. Vincent kreuzte durch sein Viertel, bis er aufgab und das Auto in zweiter Reihe dicht an einen Straßenbaum rangierte, wo es nicht allzu sehr störte. Bis morgen früh um neun die Leute vom Ordnungsamt aufkreuzten, würde er längst wieder im Präsidium sein, überlegte Vincent. Dann fiel ihm ein, dass er dort nichts mehr verloren hatte. Überstunden abfeiern, so die Ansage.

Er nahm den Trolley aus dem Kofferraum. Im Treppenhaus musste er wieder an Nina denken. Der Streit vom Montagmorgen lag eine schiere Ewigkeit zurück, eine Menge war seitdem geschehen.

Vincent schloss die Tür auf. Im Flur ein Wust an Post: zwei Ausgaben der Tageszeitung, ein Wochenblatt, Wurfzettel, Reklame, Rechnungen. Urlaubspost eines befreundeten Pärchens – die Karte zeigte den Strand von Juist und rief eine Erinnerung an ausgedehnte Wanderungen mit Nina wach, viele Jahre her.

Er fand im Kühlschrank eine Flasche Weißwein, goss sich ein Glas ein und trat auf den Balkon. Kinderstimmen im Hinterhof, in der Kastanie zeterten die Spatzen. Vincent staunte, wie warm es noch war. Im letzten Sommer hatten er und Nina sich vorgenommen, öfters zu grillen. Einmal hatte es sogar geklappt.

Ihm fiel Blümchen ein. Wie karg mussten sie und ihre Tochter hausen, dass es ihnen an Messern und Gabeln gemangelt hatte? Blümchens ruppiger Abschied – so kannte er den Engel der Punks.

Dass sie schon damals anschaffen gegangen war, verstörte ihn. Warum hatte er nichts davon mitbekommen? Genau genommen war er wie die gesamte Clique ihr Zuhälter gewesen, denn auch er hatte davon profitiert, dass es ein Dach überm Kopf gegeben hatte und ausreichend Lebensmittel, zumindest die meiste Zeit.

Sein Blick fiel auf die Schuhe, die er zum Trocknen nach draußen gestellt hatte. Der gestrige Regen hatte ihnen nicht gutgetan. Wasser stand darin, er kippte es in einen Blumentopf. Das Leder fühlte sich hart an, vermutlich nicht mehr zu retten.

Osterkamps Angebot ging Vincent nicht aus dem Kopf: *das Vierfache als Grundgehalt.*

Der Fernseher, das dritte Programm – pünktlich zur *Aktuellen Stunde* schaltete er ein. Der Beitrag über Dollingers Tod stammte nicht von Saskia, obwohl man sie zur Pressekonferenz geschickt hatte.

Der Inhalt entsprach der offiziellen Verlautbarung. Keine Andeutung eines Zweifels, die Reifenspuren des zweiten Autos blieben unerwähnt. *Bericht: Rüdiger Kiefer* – vielleicht der Redaktionsleiter, den Saskia nicht leiden konnte.

Das Handy. Saskia. Vincent spürte, wie sein Herz schlug.

«Hab gerade an dich gedacht», sagte er.

«Warum bin dann immer ich es, die bei dir anruft, und nie umgekehrt?»

«War bis eben im Stress, entschuldige bitte.»

«Wenn du Entspannung suchst: in einer Stunde im *Notorious* – wie wär's?»

«Hab heute keine Lust auf Kneipe.»

«Schade. Ab morgen ist Oskar wieder bei mir, dann passt es nicht mehr so gut.»

«Warum kommst du nicht einfach zu mir?»

Er nannte die Adresse.

Vincent holte die restlichen Sachen aus seinem Auto, dann ging er ins Internet. Vielleicht hatten Martina Simoniaks Leute seine

Information inzwischen lanciert. Wichtige Meldungen brachten die Zeitungen oft vorab in ihrer Online-Ausgabe.

Vincent wurde nicht fündig.

Zwanzig Uhr, *Tagesschau*. Die Nachrichtensendung machte mit Mike Dollinger auf. Ein spektakulärer Selbstmord – zugleich die Auflösung des Rätsels um den Tod des nordrhein-westfälischen Regierungschefs.

Wieder nur die offizielle Lesart: ein Raubmord wegen zweiundfünfzigtausend Euro.

Nichts über die acht Millionen. Kein Wort zu schwarzen Kassen, Schweizer Konten und zur unrühmlichen Rolle des Kanzleramts.

Ich bin zu ungeduldig, sagte sich Vincent. Bis jetzt war die Zeit zu knapp. Erst morgen würde der Skandal in aller Munde sein. Er fragte sich, welche Zeitung für den größten Sensationseffekt sorgen konnte. *Süddeutsche*? *FAZ*? Oder doch der *Blitz*? Die Medienprofis aus Simoniaks Stab würden das schon einzufädeln wissen, dessen war sich Vincent sicher.

Es klingelte.

Saskia.

Ihr Anblick versetzte Vincent in nervöse Freude. Zugleich spürte er, wie fremd sie ihm war. Vielleicht lag es an diesem Ort. Es war Ninas und sein Zuhause, seit vielen Jahren schon.

Saskia hielt inne.

«Komm rein», sagte er und führte sie ins Wohnzimmer. Holte den Weißwein, setzte sich zu ihr aufs Sofa. Sie stießen an. Hoffentlich schmeckte ihr die Plörre aus dem Supermarkt.

Er musste an Castorp und Markowitz denken, die an ihrem letzten gemeinsamen Abend einen edlen Chardonnay getrunken hatten. Sollte er Osterkamps Angebot annehmen, würde er sich jeden Tag solche Spitzenweine leisten können.

«Wohnt ihr zusammen?», fragte Saskia.

«Sie ist ausgezogen.»

Saskia nickte und schwieg.

Es ärgerte ihn, dass Nina zwischen ihnen stand. Er hätte die Reporterin doch in der Jazzkneipe treffen sollen.

«Dann hol ich mal die Briefe», sagte er.

«Welche Briefe?»

«Die Ausstellung – du hast doch heute mit Max Dilling gesprochen?»

«Nein, leider. Wegen der Pressekonferenz musste ich das verschieben, aber noch ist Zeit.»

Also war sie allein seinetwegen gekommen, nicht wegen ihres geplanten Films zur Geschichte der Polizei. Vincent nahm einen Schluck, die Anspannung blieb. Das Schwimmbadmädchen meinte es offenbar ernst.

«Aber du hast mich jetzt neugierig gemacht», sagte sie. «Haben die Briefe mit deinem Großvater zu tun?»

«Einen Moment.» Vincent ging ins Arbeitszimmer, wo auch sein Computer stand. Das Kabuff, wie er es nannte – es diente zugleich als Gästezimmer und Rumpelkammer. Nina hatte hier gebügelt, die Wäsche trocknete in diesem Raum.

In einem Schränkchen lagerten Kontoauszüge, Steuerbescheide und Versicherungsunterlagen. Daneben seine Bücher über die Rote Armee Fraktion sowie der uralte Schuhkarton, den Vincent beim Ausmisten im Haus seiner Großeltern entdeckt hatte. Er trug ihn ins Wohnzimmer.

«Was hast du da?», fragte Saskia.

«Während des Zweiten Weltkriegs tat rund die Hälfte der Polizisten aus deutschen Großstädten Dienst in den besetzten Gebieten. Mein Opa war zuerst in Holland. Im Juli 1942 kam er nach Polen zum 25. Polizeiregiment, das in Lublin stationiert war. Das hier sind die Briefe, die er von dort an meine Oma geschrieben hat.»

72

▼

«Meine liebe Ingeborg», las Vincent vor. «Habe vielen Dank für deine lieben Briefe vom 10., 12. und 14., die ich gestern erhielt, denn die Post hatte mal wieder Verzögerung, es herrscht hier noch das alte polnische Tempo. Heute ist Sonntag und ein ganzer Tag Ruhe, mittags habe ich mir das deutsche Volkskonzert angehört. Freitagabend hatten wir allerdings Alarm. Banditen waren in ein Dorf gekommen, um zu schlafen. Da ging es dann in rascher Fahrt mit dem Kraftwagen hin. Angekommen, wurde die Scheune umstellt und beim Schein von Leuchtraketen versucht, sie aufzubrechen, aber sie war von innen verriegelt. Kurz entschlossen …», Vincent unterbrach. «Willst du das wirklich hören?»

Saskia nickte.

«Kurz entschlossen wurde sie in Brand gesteckt, bald darauf wurde ein paar Mal innen an der Tür gerüttelt, und ich schoss ein Magazin aus dem Maschinengewehr darauf. Das Feuer erleuchtete taghell die Nacht, und bis zum Zusammensturz erfolgte von drinnen kein Laut mehr. Dann wurde das Wohnhaus vorgenommen. Der Bauer kam nach Aufforderung mit seiner Familie heraus. Ein paar Handgranaten wurden in die Stubenfenster geworfen und dann das Haus in Brand gesteckt. Die Familie des Bauern war taubstumm, und man konnte aus ihnen nichts herausbekommen, sie wurden noch in derselben Nacht erschossen. Gegen Mitternacht waren wir wieder zu Hause.»

«Das ist doch … ein Kriegsverbrechen!»

«Sein Job. In der ‹Aktion Reinhardt› wurden allein von Sommer 1942 bis Herbst 1943 zwei Millionen Juden aus Südostpolen ermordet. Die Polizei hat die Transporte in die Vernichtungslager begleitet. Wenn in den Briefen von Banditen die Rede ist, dann sind meistens geflohene Juden gemeint. Und Helfershelfer nennt er die Polen, die ihre jüdischen Landsleute verstecken.» Vincent zog einen zweiten Brief aus dem Karton. «Mehr?»

Saskia schluckte.

«Gestern fuhr ich mit drei Kameraden los, um in der Umgebung drei Juden zu holen. Wir haben sie dann bei Mondschein auf dem Friedhof erledigt. Ich habe der toten Jüdin die Stiefel ausgezogen, Größe sechsunddreißig. Es sind gute, langschäftige Stiefel, vielleicht kannst du sie tragen, liebe Ingeborg, wenn neue Hacken darunter kommen.»

Er atmete tief durch. Saskias Blick ruhte auf dem Teppich zu ihren Füßen. Sie hatte die Arme um ihren Leib geschlungen.

«Einmal hatte sich mein Großvater eine Magen-Darm-Geschichte zugezogen und lag eine Woche flach. Danach, so schreibt er, konnte er es kaum erwarten, Zitat: einen Juden vor die Flinte zu bekommen. Und ein anderes Mal erwähnt er ganz beiläufig eine Vergewaltigung.»

«In einem Brief an seine Frau?»

«Für ihn war das nach drei Jahren Krieg der ganz normale Alltag. Ich wundere mich, dass meine Großeltern die Briefe aufgehoben haben. Zumindest damals hat ihnen jedes Unrechtsbewusstsein gefehlt, da bin ich mir sicher.»

«Und später?»

«Die Nazizeit war nie ein Thema. Opa war ‹im Feld› gewesen, hieß es nur. Als ich die Briefe fand, waren beide längst tot.»

Saskia schwieg. Vincent faltete das Blatt und steckte es zurück in den Umschlag.

Es gab vierundzwanzig solcher Briefe an die Braut. Sie waren zum Teil voller Banalitäten. Wie Opa im Sommer tagelang in der Sonne faulenzte. Wie er sich über gutes Essen und Bohnenkaffee freute.

Die Armut der Einheimischen fand er eklig. Dass die Besatzer schuld an dem Elend waren, kam ihm offenbar nicht in den Sinn. Jede Form von Unterwürfigkeit vergrößerte seinen Stolz.

Und immer kehrten Gerhard Veihs Erzählungen zum Hauptthema zurück, das auch seinen Dienst im Polizeiregiment bestimmte: die «Ausrottung des Partisanenunwesens».

Kurzerhand werden alle durch Genickschüsse erledigt … Uns allen lacht das Herz, endlich mal zu einem ernsten Einsatz zu kommen … Mittags erledigte ich einen hundertprozentigen Helfershelfer … Auf dem Gehöft erhasche ich mir gerade noch einen mit der Pistole, der schon über den Acker stiften geht … Und nach unserem Erfolg ist mit einem Mal Wodka da, und wir feiern erst mal.

Endlich brach Saskia das Schweigen. «Der Fund muss ein Schock für dich gewesen sein.»

«Als Sohn einer Terroristin war ich einiges gewöhnt. Aber Enkel eines Nazis zu sein hat dem die Krone aufgesetzt.»

Ihre Hand legte sich auf seine.

«Wann triffst du Max Dilling?», fragte er.

«Morgen.»

«Bringst du ihm bitte den Karton mit? Er braucht das Zeug für die Ausstellung.»

«Mach ich gern.»

Vincent dachte an den Brief mit dem Baby. Vielleicht stöbert sie in der Sammlung, bevor sie den Karton abgibt. Hoffentlich tut sie es nicht.

Sie gingen hinaus auf den Balkon. Vincent klappte die Liege auf und goss nach.

«Magst du mich jetzt immer noch?», fragte er. «Den Bullen mit den Nazi-Genen?»

«Idiot», antwortete sie.

Sie legten sich eng aneinander und schauten in die Sterne.

Irgendwann küssten sie sich. Wie weich ihre Lippen waren. Wie fest ihr Körper. Muskeln, kein Babyspeck. Sie pressten sich gegeneinander, um der aufziehenden Kälte zu trotzen. Um einander zu spüren.

Ein Knarren in Vincents Rücken.

«Lasst euch nicht stören.»

Er fuhr herum. Nina stand in der offenen Balkontür.

73

▼

Ein zorniger Blick, dann drehte sich Nina um und verschwand in der Wohnung.

«Du hast gelogen», sagte Saskia. «Ihr seid noch zusammen!»

«Sie ist vor drei Tagen zu einer Kollegin gezogen. Ich hatte keine Ahnung, dass sie ausgerechnet heute …»

«Vor drei Tagen erst?»

«Saskia …»

«Das ist mir so peinlich!»

Sie stürmte hinein. Vincent folgte ihr. Von Nina nichts zu sehen. Saskia durchschritt das Zimmer, lief in den Flur, riss ihre Jacke von der Garderobe, öffnete die Wohnungstür.

«Saskia, warte!»

Leise, aber giftig: «Werd dir erst einmal über deinen Beziehungsstatus klar. Ruf mich nicht an, bevor du wirklich weißt, was du willst.»

Vincent schloss die Tür. Er fand Nina im Schlafzimmer, wo sie frische Sachen in ihre Reisetasche packte. Scheinbar ruhig faltete sie Blusen und T-Shirts.

«War das die Tussi, mit der du in der Kneipe Händchen hältst?»

«Und wenn schon.»

«Ging ja schnell. Ist die überhaupt schon volljährig?»

Achtundzwanzig und in mancher Hinsicht taffer als du, dachte Vincent.

Nina hielt inne und starrte ihn an. Tränen schimmerten in den Augen.

Er machte einen Schritt auf sie zu.

Sie wehrte ab. «Rühr mich nicht an. Ich dachte, wir könnten reden, aber dazu ist mir die Lust vergangen.»

Er setzte sich auf das Bett. «Wo willst du hin? Zurück zu deiner … Kollegin?»

«Nein, zu Brigitte.» Nina wischte sich mit dem Handrücken über das Gesicht und wandte sich ab, Socken und Unterwäsche in ihre Tasche stopfend. «Deine Mutter ist in Sorge wegen irgendwelcher anonymen Anrufe, aber du kümmerst dich ja nicht um sie.»

«Warum sollte ich? Mich ruft sie nur an, wenn sie betrunken ist.»

«Hast du dich mal gefragt, warum das so ist? Vielleicht hasst sie es, ständig von dir Vorhaltungen gemacht zu bekommen. Mit allen Frauen springst du so um. Deine Tussi wird das auch noch merken.»

Vincent wollte Nina erwidern, dass er ihr gar nichts vorgeworfen habe, sie aber gerade damit anfange. Er ließ es bleiben, denn er kannte Nina. Sie würde nicht lockerlassen.

Er war es satt.

Als Nina gegangen war, fühlte er sich leer. Noch einmal schaltete er den Fernseher ein. Der Moderator der *Tagesthemen* leistete ihm Gesellschaft, berichtete aber nichts Neues.

Vincent fragte sich, ob er jemanden anrufen sollte, um sich auszuquatschen. Doch wer sollte das sein? Über Dominiks Privatleben wusste er so gut wie nichts, wahrscheinlich würde er ihn nur stören. Ingo Ritter war ihm in den Jahren, in denen sie sich kaum gesehen hatten, fast fremd geworden. Es gab ein paar alte Freunde, die nicht bei der Polizei arbeiteten – aber Vincent hatte keine Lust, sich zu rechtfertigen, warum er sich so lange nicht gemeldet hatte.

Er schnappte sich die Hanteln und trainierte, bis sich die Muskeln verweigerten. Er nahm einen Proteincocktail zu sich, wiederholte sämtliche Übungen und trank den lauwarmen Rest aus der Weißweinflasche. Dann stemmte er noch einmal die Eisen, bis gar nichts mehr ging.

Die Erschöpfung tat gut. Versehentlich krachte ihm eine Hantel zu Boden, was er sonst tunlichst vermied. Aufgeregtes Klopfen antwortete aus der Wohnung unter ihm.

Scheiß drauf.

Ohne zu duschen, sank er ins Bett und schlief sofort ein.

TEIL FÜNF

Freitag, 17. Mai

▼

74

▼

London Calling.

Schlaftrunken fasste Vincent nach dem Handy. «Ja?»

«Benzi?», hauchte jemand in sein Ohr.

«Felicitas?»

«Er ist hier, in der Wohnung.»

Vincent glaubte, sich verhört zu haben. «Wer? Borsig?»

«Ja.»

«Wo bist du?» Vincent war zum Schrank gegangen und wühlte mit der freien Hand nach Unterwäsche.

«Im Bad. Die Wohnung ist im ersten Stock.»

«Schließ dich ein!»

«Hab ich schon.»

«Wo ist deine Mutter?»

Sie flüsterte etwas, das Vincent nicht verstand.

«Bitte?»

«Weiß nicht, wo sie ist. Hab solche Angst!»

«Wie lautet die Adresse?»

«Weiß ich nicht.»

«Düsselstraße achtunddreißig?» Vincent war Blümchen gestern Abend gefolgt und hatte sie im Eingang eines Altbaus verschwinden sehen.

«Kann sein.»

«Rühr dich nicht und öffne auf keinen Fall die Tür. Ich bin in zehn Minuten bei dir.»

«Geht das nicht schneller?»

«Ich geb meinen Kollegen Bescheid. Bleib, wo du bist, versprichst du mir das?»

«Ja.»

Er wählte eins-eins-null und presste das Smartphone an sein Ohr.

Die Leitstelle meldete sich.

«Ein Überfall auf eine Frau und ihre Tochter. Der Mann könnte bewaffnet sein.» Er nannte die Adresse.

«Welche Wohnung?»

«Verdammt, keine Ahnung, ruf den nächsten Streifenwagen!»

Jeans und das Hemd von gestern. Auf dem Weg zum Auto knöpfte er es zu. Seine Waffe lag natürlich im Büro.

Er beschleunigte mit Vollgas, doch hinter einem Mülltransporter musste er abbremsen. Es war zwanzig vor acht. Sämtliche Muskeln taten Vincent weh. Endlich kam er an dem Müllfahrzeug vorbei.

Der Verkehr floss weniger zäh, als Vincent befürchtet hatte. Die zehn Minuten waren nur knapp gelogen.

Ein blau-silberner Passat stand schräg in der Durchfahrt zum Hinterhof. Vincent hielt dahinter an, würgte den Motor ab und sprang aus seinem Wagen.

Aus dem Haus traten zwei Uniformierte.

«Habt ihr ihn?», fragte Vincent atemlos und fing die Tür auf, damit sie nicht ins Schloss fiel.

«Wer will das wissen?», brummte der Ältere der beiden Beamten. Schnurrbart, Tränensäcke, ein Ring im linken Ohr.

Vincent zeigte die Marke. «Veih, KK11.»

«Hast du uns gerufen?»

«Ja.»

«Fehlalarm. Da ist nichts.»

«Habt ihr nachgesehen?»

«Natürlich, was meinst du denn?»

«An keiner Tür auch nur die geringste Einbruchspur», erklärte der Jüngere. Stirnglatze, Übergewicht, ein Riesenbaby: fast einen Kopf größer als sein Partner.

Vincent traute dem Frieden nicht. «Wer hat euch ins Haus gelassen?»

«Uns hat ’ne Frau aufgemacht, die vom Bäcker kam.»

«Blümchen!»

«Bitte?»

«Wart ihr in der Wohnung dieser Frau?»

«Nein, wieso?»

«Bist du dir wirklich sicher, dass die Adresse stimmt?», fragte der Ältere.

Irgendwo im Haus ertönte ein mehrstimmiges Geschrei. Es mündete in ein Kreischen, das Vincent durch Mark und Bein ging.

Er lief los, nahm zwei Stufen auf einmal, trotz der Schmerzen, die ihm plötzlich in seinem Knie zu schaffen machten. Er strauchelte, biss die Zähne zusammen und hastete weiter. Als sie den ersten Stock erreichten, brach der Schrei ab.

«Kam das von hier?», fragte der ältere Kollege außer Atem und zeigte auf die linke Wohnungstür.

«Ich glaube», sagte Vincent.

Das Riesenbaby zog die Waffe und warf sich gegen die Tür. Das Schloss krachte, Holz splitterte.

Vincent machte kehrt. Der Täter würde versuchen, über die Hofseite zu fliehen. Treppabwärts schmerzte auch das andere Knie. Vincent rannte hinaus, rempelte zwei Schulkinder zur Seite, rutschte auf einer sandigen Stelle aus und rappelte sich wieder hoch.

Im Hof parkten Autos. Dahinter reihten sich Müllcontainer und ein Stapel Holzpaletten. Ein Transporter stand verlassen mit geöffneter Hecktür an der Rückseite eines Supermarkts.

In einem geöffneten Fenster des ersten Stocks hockte ein Mann und schien zu überlegen, ob er springen sollte. Er bemerkte Vincent, ließ sich fallen, knickte ein und landete auf dem Hosenboden. Bevor Vincent bei ihm war, stand er wieder.

Der bleiche Typ.

Vincent erkannte Klemens Borsig, den einstigen Dealerboss von Holthausen. Er trug ein hellrot geflecktes T-Shirt, das flächendeckende Tattoos an Armen und Hals sehen ließ und beeindruckende Muskelpakete zur Geltung brachte.

Borsig reckte ein Messer in Vincents Richtung, ein Killergerät mit Zwanzig-Zentimeter-Klinge, Schneide auf der einen Seite, Sägezähne auf der anderen. Der Stahl war blutverschmiert. Vincent wurde klar, dass auch die Flecken auf Borsigs Shirt von Blut stammten.

Er zeigte seine Marke. «Leg das Ding weg. Du hast genügend Scheiß gebaut. Mach es nicht noch schlimmer.»

Borsig griff an. Vincent wich aus und kickte nach dem Knie des Exknackis. Der Mann fiel, musste sich abstützen, Vincent trat gegen die rechte Faust, Borsig stöhnte, noch ein Tritt, das Messer schlitterte zur Seite.

Der Kerl schnellte hoch, packte Vincent am Hals und drückte zu. Vincent sah ein, dass es nutzlos war, an den dicken Unterarmen zu zerren. Ihm fehlte die nötige Kraft – noch ausgepowert vom nächtlichen Training.

Er versuchte einen Kopfstoß und würgte Borsig seinerseits, leider nicht mit der gewünschten Wirkung. Der Druck auf Luftröhre und Halsschlagadern verringerte sich nicht.

Vincent vernahm sein eigenes Röcheln, vergeblich schlug er mit den Füßen aus. Sein Herz klopfte wild, ihm drohten die Sinne zu schwinden.

Schließlich kippte der Boden, der rissige Asphaltbelag stürzte auf ihn zu. Der Himmel blendete, die beiden Uniformierten zeichneten sich als Silhouetten ab. Sie hatten Borsig umgerissen, damit auch Vincent, der zugleich wieder Luft bekam und den Hals seines Gegners fest umklammert hielt.

«Hey, du musst loslassen, sonst stirbt uns der Mann», sprach ihn der Ältere an.

Handschellen klickten. Die Kollegen zerrten Borsig zu ihrem Streifenwagen.

Vincent wollte sich für die Rettung bedanken, bekam aber nur ein Krächzen zustande. Seine Kehle schmerzte, als sei etwas darin gebrochen.

«Ihr habt ausgesehen wie zwei Prachtathleten in einer sehr, sehr schrägen Disziplin», bemerkte der Jüngere.

«Was ist mit Blümchen?», versuchte Vincent zu artikulieren.

«Du kennst die Frau?»

«Sag schon, was ist mit ihr?»

Die zwei Uniformierten blickten sich an, sahen zu Boden. Martinshorngeheul kam näher.

Der Jüngere räusperte sich. «Man glaubt kaum, wie viel Blut in einem Menschen steckt.»

«Was heißt das?»

«Ich glaube, ‹abgeschlachtet› wäre das richtige Wort.»

«Und das Mädchen?»

«Welches Mädchen?»

Vincent lief zurück auf den Hof. Zwei Männer entluden jetzt den Transporter, als sei nichts gewesen. Vincent drehte sich im Kreis – ringsum keine Spur von der Zwölfjährigen.

Er ging zu den Müllcontainern hinüber. Zwei waren geöffnet. Er schob die Klappe des dritten Behälters auf.

Das dünne Ding blinzelte ins Tageslicht. Es zitterte wie ein verwundetes Reh. Unter ihm ein Berg an stinkenden Verpackungen und Lebensmittelresten.

«Feli, ich bin's.» Das Sprechen tat immer noch weh. «Der

Mann kann dir nichts mehr tun. Wir haben ihn festgenommen.»

Er half ihr aus dem Container. Sie war schwach auf den Beinen. Der Schock, dachte er. Dann sah er, dass ihr rechter Unterarm stark blutete.

«Hat er dich verletzt?»

Das Mädchen schüttelte den Kopf. «Der Müll. Eine Blechdose oder so.»

Vincent zog sein Hemd aus, wickelte einen Ärmel stramm um Felis Schnittwunde, packte den Rest darauf und fixierte das Ganze mit dem zweiten Ärmel.

Er brachte Felicitas zum Auto. Der Notarztwagen war bereits eingetroffen, die Besatzung im Haus verschwunden. Vincent beschloss, das Mädchen selbst ins Evangelische Krankenhaus zu fahren, es lag nur ein paar Blocks entfernt.

Jemand klopfte an die Scheibe. Klaus Schranz, einer der MK-Leiter.

«Thilo meint, ich soll den Fall übernehmen.»

«Gut, wenn er das meint.»

Schranz zog sein Hemd über den Kopf. Im Unterschied zu Vincent trug er ein Shirt darunter. «Hier, damit du die Leute nicht erschreckst.»

«Heiliger Sankt Martin, was?»

«Und du?» Er deutete auf Felis eingepackten Arm. «Komm, nimm schon.»

Vincent streifte es über. Es war eine Art Hawaiihemd mit aufgedruckten Palmen – der Kollege hatte ein Faible für schrille Klamotten.

Vincent fuhr los. Im Auto roch es nach den Abfällen aus dem Container.

«Was ist mit meiner Mutter?», fragte das Mädchen.

Vincent überlegte, was er antworten sollte. Ihm fiel ein, dass

Nina in der Klinik arbeitete. Vielleicht konnte sich die Psychologische Kinderambulanz um Felicitas kümmern, sobald ihre Wunde versorgt war.

«Sag schon. Ich hab gehört, wie sie geschrien hat.»

«Es geht ihr nicht gut», antwortete Vincent.

75

Während sich ein Arzt um die Schnittwunde des Mädchens kümmerte, kaufte Vincent die verschiedenen Tageszeitungen, die der Krankenhauskiosk anbot. Bereits der Blick auf die Titelseiten bereitete ihm ein ungutes Gefühl.

Er wühlte sich fieberhaft durch alle Blätter und Rubriken. Zuerst glaubte er, etwas übersehen zu haben. Noch einmal von vorn, vielleicht hatte er sich auch nur beim Umblättern vertan. Er überflog sogar das Vermischte und die Kultur. Schließlich gab es für Vincent keinen Zweifel mehr: Simoniaks Partei hatte nichts aus seiner Information gemacht.

Kein Aufmacher über schwarze Kassen der CDU. Kein Hintergrundbericht zu Castorps Reise, dem wahren Inhalt der Koffer und der Panik im Kanzleramt. Kein Kommentar, der einen Regierungswechsel für unabdingbar hielt. Nicht einmal die Andeutung eines Gerüchts.

Vincent war fassungslos.

Er hatte der Oppositionschefin allerbeste Munition geliefert. Warum schonte sie ihre Gegner, Innenminister Driesbach und die Kanzlerin? Vincent fiel kein vernünftiger Grund dafür ein.

Er hatte mal wieder danebengegriffen. Sein Leben erschien ihm mehr und mehr wie ein einziger Irrtum. Nina hatte recht.

Er sollte zu seiner Mutter fahren, Frieden mit ihr schließen, Brigitte Veih endlich in den Arm nehmen. Außerdem sollte er dem Polizeipräsidenten offenbaren, was er von ihm hielt, und ihm die Marke samt Dienstausweis vor die Füße werfen. Und danach Osterkamp anrufen.

Vincent starrte auf sein Smartphone. Die Nummer des Baulöwen hatte er bereits gespeichert. Er rief sie auf und betrachtete das grüne Hörersymbol.

In diesem Moment begann das Gerät, den *Clash*-Song zu spielen. Dominiks Name erschien auf dem Display. Vincent tippte auf *Annehmen*.

«Was steht auf dem Programm?», fragte Dominik. «Ich hab das Gefühl, wir sind gestern ganz gut vorangekommen, oder?»

«Frag Thilo Becker.»

«Was hast du mit deiner Stimme gemacht?»

«Pass auf, geh zu Thilo und frag ihn, welche Aufgabe er für dich hat.»

«Du verarschst mich jetzt, oder?»

«Das ist eine dienstliche Anordnung.»

«Wie du meinst, Chef.»

Aufgelegt.

«Vincent?»

Er blickte auf. Felicitas stand vor ihm. Blass, strähniges Haar, gerötete Augen. Eine elastische Binde war um ihren Unterarm gewickelt. Wo der Verband aufhörte, hatte das Desinfektionsmittel die Haut bräunlich verschmiert. Der Müllgeruch haftete noch immer an der Kleidung des Mädchens, aber in Felicitas' Gesicht erkannte er Blümchen wieder, den Engel der Punkerclique. Es strahlte einen starken Willen aus.

«Sorry, aber ich weiß Ihren Nachnamen nicht.»

«Macht nichts, Feli. Vincent ist okay. Wir können uns duzen, denke ich.»

«Sie haben dein Hemd weggeschmissen.»

«Das kann ich verkraften.»

Er ging mit ihr zur Kinderambulanz und sprach die erste Mitarbeiterin an, die er traf. Sie sagte zu, sich bis zum Nachmittag um Felicitas zu kümmern.

Vincent verließ die Station, ohne Nina zu Gesicht bekommen zu haben. Er war froh darüber.

Vor dem Eingang des Krankenhauses standen die Raucher. Patienten in Bademänteln und Trainingsanzügen. Eine Frau hielt sich an ihrem Infusionsständer fest und inhalierte gierig, als sei es die letzte Zigarette ihres Lebens. Am liebsten hätte Vincent einen Glimmstängel geschnorrt.

Er hatte den Eindruck, alle starrten ihn an. Dann wurde ihm klar, dass es am Hawaiihemd lag – grüne Palmen auf orangefarbenem Grund.

Etwas abseits rauchte Schranz.

«Was machst du hier?», fragte Vincent.

Ein Nicken in Richtung Klinikgebäude. «Das Opfer aus der Düsselstraße.»

«Bettina lebt noch? Wie geht es ihr?»

Schranz nahm einen tiefen Zug, legte den Kopf in den Nacken und ließ den Rauch aus Mund und Nase strömen.

«Red schon!»

«Was soll ich sagen? Messers Schneide. Es wäre ein Wunder.»

Und wieder bin ich schuld daran, dachte Vincent. Er hatte Blümchen schon einmal dem Sadisten Borsig ausgeliefert. Und gestern war ihm der Kerl offenbar bis in die Düsselstraße gefolgt, ohne dass er es bemerkt hatte.

Ich habe Blümchens Bedrohung nicht ernst genug genommen.

«Dein Hals ist ganz rot», sagte Schranz.

«Peanuts.»

Schranz schnippte die Kippe in Richtung eines Blumenbeets. Er verfehlte, der Stummel qualmte auf dem Asphalt weiter. Erhobener Zeigefinger. «Pass auf mein Hemd auf.»

«Klar, exquisiter Geschmack.»

«Hundert Prozent Seide.»

«Ich werde mir mal den Tatort ansehen», sagte Vincent. «Wenn es dir und dem geschätzten Kollegen Becker recht ist.»

Schranz zuckte mit den Schultern. «Fabris Leute lassen garantiert keinen rein.»

Vincent trat den vor sich hin glimmenden Zigarettenstummel aus und ging zu seinem Auto.

Die Holzstufen knarrten, das Linoleum auf dem Absatz war brüchig. Vor der Wohnungstür im ersten Stock sortierte ein Weißkittel von der Tatortgruppe Spurenbeutel in eine Ledertasche. Der Mundschutz baumelte unter dem Kinn. Vincent kannte den Kollegen. Der Mann war dabei gewesen, als sie in der Nacht auf Dienstag der verwischten Blutspur des Ministerpräsidenten nachgegangen waren.

«Darf ich?», fragte Vincent und wies zur Tür.

«Nicht vor morgen.»

«Das Opfer ist eine Zeugin im Fall Castorp.»

Sie ist es oder sie war es, überlegte Vincent. *Auf Messers Schneide* – erst jetzt ging ihm auf, wie makaber die Metapher des Kollegen Schranz gewesen war, angesichts der Waffe, mit der Borsig gewütet hatte.

«Na gut», antwortete der Kriminaltechniker. «Aber nicht ohne Schutzkleidung.»

«Wär auch schade um das schöne Seidenhemd, wenn es etwas abkriegen würde.»

Der Kollege verzog das Gesicht. «Daran hab ich weniger gedacht.»

«Klar.» Vincent nahm sich ein Set aus einer Tasche. «Ist Fabri auch da?»

«Feiert Überstunden ab.»

«Ausgerechnet heute?»

«Dich hat man doch auch kaltgestellt. Sprich aus, was dir stinkt, und du wirst nach Hause geschickt. Dass es draußen im Neandertal ein zweites Auto gegeben hat, passt den Obermuftis partout nicht in den Kram.»

Vincent zog den Reißverschluss zu und machte sich auf einen schlimmen Anblick in der Wohnung gefasst. *Man glaubt kaum, wie viel Blut in einem Menschen steckt.*

«Halte dich an den Pfad, den wir markiert haben», ermahnte ihn der Kollege. «Wir sind noch lange nicht fertig.»

Im hinteren Teil der Diele fotografierten zwei Techniker die Spuren. Eine Lache auf dem Boden, Flecken und Spritzer überall, sogar an der Decke. Die Tür hinter ihnen stand offen. Vincent erkannte das Badezimmer und das Fenster, aus dem Borsig gesprungen war.

Bettina hatte ihn daran gehindert, sich ihre Tochter zu schnappen, dachte Vincent. Die Löwin verteidigt ihr Kleines.

Vincent fiel das Protokoll ein, das er zu Blümchens Aussage von vorgestern Abend angefertigt hatte. Es lag noch in der Schreibtischschublade. Falls sie starb, bevor sie es unterschreiben konnte, würde es nutzlos sein. Dann fehlte nur noch, dass Carmen Markowitz behauptete, zu ihrer Aussage über die Nummernkonten in Zürich und die acht Millionen Euro Schwarzgeld gezwungen worden zu sein.

Er schaute sich um. Die Zimmer waren hell und geräumig, hohe Decken, das Parkett erst kürzlich verlegt oder abgeschliffen – man roch noch die Versiegelung. Glatter Putz an den Wänden, weiß gestrichen. In der Küche hingen Kabel aus der

Wand, darüber ein Band weißer Fliesen, ein Wasserhahn, sonst nichts. Unbenutzt und neu. Der Raum zur Straßenseite war ebenfalls leer.

Nach hinten lag ein größeres Zimmer mit Balkon. Neue Türen und Fenster, die keinen Laut von draußen hereinließen. Der Blick ging auf den Hof mit den Müllcontainern. Ein Auto wurde in eine Lücke gesetzt, der Lieferwagen war verschwunden.

Auf dem Parkett lagen zwei Matratzen. Ein Elektrokocher mit zwei Platten. Ein tragbarer CD-Spieler. Ein Schachspiel und die beiden Einkaufskörbe. Kleidung hing an einem verchromten Ständer. Auf dem Fensterbrett stand ein Blumentopf. Große weiße Blüten mit blauen, radförmig aufgefächerten Staubgefäßen – Nora hätte sicherlich gewusst, wie die Pflanze hieß.

Die Notunterkunft für Blümchen und ihre Tochter war eine frisch renovierte Altbauwohnung, leer und bereit, neu vermietet zu werden. Oder zum Verkauf stehend. Sicher war ein Makler beauftragt worden. Was es wohl kosten würde, hier zu wohnen? Ingo Ritter wüsste es vermutlich, zumindest ungefähr.

Ingo Ritter.

Vincent atmete tief ein und langsam aus. Er ballte die Fäuste und löste sie wieder.

Was sie heute wohl treibt? Keine Ahnung.

Von wegen. Ingo hatte ihn angelogen.

Blümchen und ihre Tochter hatten zu dem Zeitpunkt bereits in dieser Wohnung Zuflucht gesucht. Die Worte der Nachbarin in der Ackerstraße: *Tina und Feli sind verreist. Schon seit dem Wochenende.*

Und was hatte Susanne Hachmeister von der Sitte gesagt? Sie hatten eine Bettina Blume bei einer Razzia festgenommen. *Wir mussten sie gleich wieder laufen lassen.* Weil Ingo seine Hand über sie hielt.

Vincent schwirrte der Kopf. Er saß in seinem Auto, Blümchen neben ihm, in Netzstrumpfhose und glänzendem Oberteil, stolz auf ihre operierten Brüste: *Und Mike habe ich wegen seiner Kokainsucht verpetzt.*

Es passte nicht.

Der Fußballstar Mike Dollinger war wegen einer positiven Dopingprobe aufgefallen. Erst nachdem er von einem Labor des sportmedizinischen Instituts der Universität Köln des Kokainmissbrauchs überführt worden war, hatte die Staatsanwaltschaft Ermittlungen eingeleitet. Über eine Anzeige hatte Vincent in den Akten nichts gefunden.

Es passte ganz und gar nicht.

Oder doch.

Blümchen und Ingo kannten sich. Er war die treibende Kraft gewesen, als sie Borsig die Falle gestellt hatten. Er hatte Blümchen über Borsigs bevorstehende Haftentlassung informiert und ihr und Feli diese Wohnung überlassen. In den letzten Jahren war aus dem Kommissar der Kriminalwache ein Dienststellenleiter geworden – Chef des Kommissariats für Rauschgiftdelikte, zuständig auch für Meldungen wegen Koksmissbrauchs.

Und Mike habe ich wegen seiner Kokainsucht verpetzt.

Bei Ingo Ritter höchstpersönlich.

Der Blümchens Hinweis nicht zu den Akten nahm. Und nicht gegen den berühmten Mittelstürmer Mike Dollinger ermittelte, zumindest nicht offiziell.

Vincent überlegte, dass er sich vielleicht genauso verhalten hätte. Man muss eine Kuh nicht schlachten, solange sie Milch gibt. Ingo Ritter hatte Dollinger unter Druck gesetzt, angezapft, als Informanten benutzt. Eine seltene Gelegenheit, um etwas über die Dealer der Prominenz zu erfahren. Über eine Szene, in der es nicht bloß um ein paar Zehntelgramm stark verschnittenen Zeugs ging. Nicht um abgewrackte Kleindealer, die auf schummrigen Toiletten gutgläubige Discokids übers Ohr hauten. Sondern um Macht, um Einfluss und große Geschäfte.

Was daraus folgte, gefiel Vincent ganz und gar nicht.

Der Leiter der Drogenfahndung und Mike Dollinger hatten sich gekannt. Ein Vertrauensverhältnis war entstanden: Wenn Dollinger unerhörte Neuigkeiten erfuhr, kam er damit zuerst zu Ritter.

Vincent sah den Kollegen vor sich, am Montagabend vor dem *Park-View*-Neubau, verschwitzt und abgehetzt. Ingo war nicht von einer süßen Referendarin gekommen, sondern von einem Mord.

Es ist nur eine Kette von Spekulationen, dachte Vincent.

Er wünschte sich, dass er sich irrte.

76

▼

Vincent rührte im Cappuccino und überlegte, ob er ein zweites Sandwich bestellen sollte. Das Café war fast leer. Über die Lautsprecher sang Edith Piaf: *Je ne veux pas travailler.* Ein paar Tische weiter saßen zwei junge Frauen, Minzblätter und Limettenstücke im Prosecco, Einkaufstaschen zu ihren Füßen. Sie schäkerten mit dem Kellner.

Auf dem Tresen lag eine Zeitung, die es im Kiosk des Krankenhauses nicht gegeben hatte. Vincent holte sich das Blatt. Auch darin nichts über Castorps Coup und die schwarzen Kassen.

«Noch einen Wunsch?», fragte der Kellner, ein Schönling mit öligem Haar.

Vincent verneinte. Die beiden Frauen blickten herüber. Die Blonde senkte den Blick, die Dunkelhaarige lächelte.

Bruno Wegmann kam herein, sein Schädel glänzte wieder wie frisch geölt.

«Endlich», sagte Vincent.

«Dein Hals …»

Vincent winkte ab.

Der Champion setzte sich und deutete auf das Hawaiihemd. «Du und Klaus Schranz. Der gleiche Herrenschneider?»

Vincent berichtete, was in der Düsselstraße geschehen war und was ihm seitdem nicht aus dem Kopf ging.

«Und?», fragte er anschließend.

«Ich mach's nicht», antwortete Bruno.

«Feigling.»

«Es ist illegal. Ich will dich nicht daran hindern, wenn du meinst, dass du es nicht anders hinkriegst. Aber verlang bitte nicht, dass ich mich beteilige. Ein paar Jährchen muss ich in der Behörde noch durchhalten, sonst reicht die Pension nicht.»

«Wie du meinst.»

«Aber ich kann dir zeigen, wie's geht.» Bruno zog ein Ledermäppchen aus der Tasche. «Lautlos oder geräuschvoll?»

Der Kellner stand neben ihnen. «Schon gewählt?»

Bruno räusperte sich und bestellte einen doppelten Espresso. Der Schönling in der langen Schürze verschwand wieder.

«Lautlos», antwortete Vincent.

«Gut. Es ist alles nur eine Frage der Geduld und des richtigen Drehmoments.» Bruno entnahm zwei Werkzeuge. In seinen Pranken wirkten sie winzig, und Vincent fragte sich, wie der Exboxer damit umgehen konnte. «Das klassische Pickset besteht aus Spanner und Schlange. Du führst beide ein und ruckelst ganz sachte. Etwa so.» Der Champion verdrehte die Hände, und Vincent fragte sich, wie er sich das merken sollte. «Jedes Schloss hat mehrere Stifte. Du kannst sie fühlen. Es geht darum, einen nach dem anderen zurückzusetzen, und zwar in der Reihenfolge ihrer Reibungskraft.»

«Aha.»

«Du musst dich darauf konzentrieren, was im Schloss passiert.»

«Ich nehme an, du hast das lange geübt.»

«*Sportsfreunde der Sperrtechnik*, so hieß unser Verein. Ich war siebzehn damals. Übrigens hat keiner von uns je seine Fertigkeiten für eine Straftat benutzt. Darauf haben wir Wert gelegt.»

Die beiden Frauen tuschelten und spähten herüber. Vincent war sich sicher, dass es um sein Hemd ging.

«Und die geräuschvolle Art?»

Bruno lachte. «Die Deppen-Tour, so haben wir Sportsfreunde das genannt. Ich wusste, dass dir diese Methode lieber sein würde.»

«Vielen Dank.»

Der Champion zog ein metallenes Gerät aus dem Mäppchen. Es hatte Ähnlichkeit mit einem Bohrer, wie ihn Zahnärzte verwendeten. Bruno steckte eine Nadel auf das Ende.

«Ein Elektropick», stellte Vincent fest.

«Richtig. Der Schlüsseldienst sagt auch Zieh-Fix dazu.» Bruno drückte einen Knopf. Das Aluminiumteil surrte, die Nadelspitze vibrierte.

Das Geräusch erinnerte Vincent an den Dienstagabend im Designer-Apartment. Ingo hatte die Wohnungstür mit einem Elektropick geöffnet, um ihm einen Fernsehapparat zu bringen. *Wozu sind Freunde da?*

Vincent hatte ein Gefühl, als stünde er neben einem Tiefkühlraum, die Tür ging auf, und eiskalte Luft strömte in großer Menge über seine Haut. Er wusste jetzt, wie Castorps Mörder in das Penthouse am Hafen gekommen waren. Die Mithilfe von Carmen Markowitz war tatsächlich nicht nötig gewesen, es war auch ohne Schlüssel gegangen.

Bruno legte ein Sicherheitsschloss auf den Tisch, führte die Nadelspitze ein und stocherte zusätzlich mit einem gewinkelten Teil, das wie ein hauchdünner Inbusschlüssel aussah. Es summte leise, und nach wenigen Sekunden sprang das Schloss auf.

«Da staunst du, was?»

«In der Tat», antwortete Vincent.

77

Das Haus war einer der stilvollen Altbauten am Schillerplatz im Zooviertel. Grobe Natursteinfassade, Sprossenfenster, feine Gegend – Makler wussten, wie man an gute Wohnungen kam.

Vincent war mehrfach durch das Viertel gekreist. Freie Parklücken waren hier noch rarer als anderswo. Ingos schwarzen Geländewagen hatte er nirgends erspähen können.

Drei Stufen führten zur Haustür. Vincent zögerte. Wenn ein Nachbar ihn dort mit einem Elektropick hantieren sah, würde er sofort die Polizei rufen.

Ein korpulenter Kerl mit Schirmmütze huschte an ihm vorbei, einen Packen Werbeblätter unterm Arm. Er klingelte, rief «Rheinbote!» in die Gegensprechanlage, drückte nach dem Summton die Tür auf und warf ein paar Exemplare in den Hausflur.

Der Kerl stapfte weiter zum Nachbarhaus. Bevor die Tür ins Schloss fiel, hatte Vincent sie erreicht und schlüpfte hinein.

Ritters Wohnung lag unterm Dach. Vincent drückte das Ohr gegen das Türblatt. Er hörte einen Mix an gedämpften Geräuschen, erkannte, dass sie von der Straße heraufdrangen, und packte das Gerät aus, das der Champion ihm überlassen hatte.

Vincent schaltete es ein, führte die vibrierende Nadel in das Schlüsselloch und stocherte. Er hatte den Eindruck, als brumme die gesamte Tür, vernehmbar für jeden im Haus. Er fummelte schier endlos, doch nichts geschah. Wie hatte Bruno das angestellt?

Du musst dich darauf konzentrieren, was im Schloss passiert.

Endlich klickte etwas, doch das war nur der Anfang. Vincent glaubte, allmählich ein Gefühl für die Widerstände zu bekommen. Noch ein Klicken, der zweite Stift, dann spürte Vincent, wie etwas ruckelte.

Die Tür sprang auf.

Er lauschte in das Treppenhaus. Niemand unterwegs. Die Bewohner arbeiteten oder waren einkaufen. Mittagszeit – keine schlechte Stunde für Einbrecher.

Vincent zog die Tür hinter sich zu. Als Erstes verschaffte er sich einen Überblick. Ein Wohnzimmer mit schräger Decke, hoch bis unter den First, einen beachtlichen Teil der Fläche nahm eine anthrazitfarbene Sitzlandschaft ein, schwere Polsterelemente, fleckig und zerknautscht. Es gab ein Arbeits- und ein Schlafzimmer, beide eng und düster. Eine Essküche und ein Bad, unaufgeräumt – die typische Junggesellenbude.

Raum für Raum suchte Vincent nach dem Geld ab. Er stöberte in den Schränken, klopfte die Wände ab, drehte jedes Sofakissen zwei Mal um. Unter der Matratze, hinter dem Filter der Dunstabzugshaube, im Spülkasten der Toilette – nichts.

Vincent hängte sämtliche Bilder ab, doch da war kein versteckter Tresor. Nach gut einer Stunde musste er sich eingestehen, dass der Kollege schlauer war, als er gedacht hatte. Ingo bewahrte die acht Millionen an einem anderen Ort auf. Aber wo?

Keller, Dachboden, der Kofferraum im Wagen.

Eine andere Wohnung.

Das ist es, sagte sich Vincent und nistete sich im Arbeitszimmer ein. Er zog erneut die Schubladen des Schreibtisches auf, entdeckte Notizbücher und blätterte in Aktenordnern. Es dauerte eine Weile, aber schließlich fand sich Vincent in den Aufzeichnungen zurecht.

Momentan hatte der Teilzeitmakler Ingo Ritter nur drei Wohnungen im Angebot. Zwei davon kannte Vincent bereits. Das möblierte Parkblick-Apartment des schwulen Designers, zu dem er noch den Schlüssel besaß, sowie die Düsselstraße achtunddreißig, wo sich Blümchen mit ihrer Tochter versteckt gehalten hatte.

Vincent schrieb die dritte Adresse auf.

Da hörte er Stimmen im Treppenhaus, das Rasseln eines Schlüsselbundes.

Vincents Herz begann wild zu pochen.

Mit wenigen Schritten verbarg er sich im Badezimmer. Die Tür ließ er angelehnt. Es war dunkel und muffig, in seinen Kniekehlen spürte er das Klo.

Das Schloss knackte, Schritte scharrten.

Vincent betete, dass Ingo nicht gleich das Arbeitszimmer betreten würde. Mit dem ersten Blick auf den Schreibtisch würde der Kollege erkennen, dass sich jemand an seinen Unterlagen zu schaffen gemacht hatte.

«Shit, ey, seltsam!» Ingo Ritters Stimme.

«Was ist?» Eine Frau, die Vincent nicht kannte.

«Ich hätte schwören können, dass ich die Tür heute Morgen abgeschlossen habe.»

«Geht mir auch immer so.»

Unmittelbar vor dem Bad blieben die beiden stehen und küssten sich. Durch den Türspalt bemerkte Vincent, dass Ingo ein violettes Hemd zur Jeans trug. Auf seinem Hintern ruhten Frauenhände mit weiß lackierten Nägeln. Ausdauernde Knutschgeräusche.

Noch nie war sich Vincent seiner Atmung so bewusst gewesen wie in diesem Moment. Er zwang sich, flach und langsam Luft zu holen.

«Was ist das denn?», hörte er die Frau fragen.

«Wonach sieht's denn aus?»

«Hast du das Schießeisen immer bei dir?»

«Was meinst du, mit welcher Kundschaft ich es zu tun habe? Da heißt es gewappnet sein.»

«Ist die geladen?»

«Vergiss die Walther. Fühl mal, wie geladen *dieses* Ding hier ist!»

«Hey.»

Knutschgeräusche, Gefummel.

«Wollen wir miteinander duschen?», fragte Ingo.

Vincent spürte, wie sein Puls hämmerte.

«Lass mal, du weißt doch, dass ich nur Zeit für einen Quickie hab.»

Mit Erleichterung vernahm Vincent, dass die beiden weitergingen. Die Polsterlandschaft im Wohnzimmer knarrte und quietschte. Vincent überlegte, ob das ein guter Moment war, sich davonzustehlen.

«Sorry», sagte die Frau.

«Wieso?»

«Ich muss mal, bin sofort wieder da.»

«Du weißt ja, wo's langgeht.»

Vincent wich zurück, taumelte und bekam den Toilettendeckel zu fassen. Wo gab es Deckung? Nur schemenhaft erkannte er das Innere des Badezimmers.

Die Dusche.

Beim Einstieg stieß er sich das Schienbein an. Fast hätte er ein Regal mit Shampoos und Duschgels abgeräumt. Der Vorhang roch nach Schimmel.

Das Licht ging an, die plötzliche Helligkeit ließ Vincent blinzeln. Sein dringendster Wunsch war in Erfüllung gegangen: Der Kunststoffvorhang war nicht transparent.

Er hörte einen Reißverschluss. Der Deckel klapperte. Ein kurzes, aber heftiges Plätschern. Vincent traute sich nicht, Luft zu holen. Endlich erlöste ihn das Rauschen der Klospülung.

Der Wasserhahn, dann erlosch das Licht. Es war wieder dämmrig in Vincents Versteck. Dämmrig und muffig und eng zwischen Plastikstoff und Shampooregal.

Er schob den Vorhang etwas zur Seite. Ingos Damenbesuch hatte die Tür offen gelassen. Genau gegenüber befand sich das Schlafzimmer, wo der Kollege gerade ein Telefonat beendete. Die Frau zog sich aus und hängte ihre Klamotten sorgfältig über einen Stuhl. Ingo ließ seine Sachen zu Boden fallen.

Vincent sah keine Chance, unbemerkt abzuhauen. Minuten vergingen. Die Frau keuchte und stöhnte, es klang gekünstelt, als müsse sie etwas beweisen.

Danach redeten sie nicht viel. Ingo bot Kaffee an. Die Frau lehnte ab, sie habe es eilig. Eine kurze Verabschiedung, Schritte auf dem Flur, die Tür.

Vincents Hoffnung, auch Ingo Ritter würde zur Arbeit zurückkehren, wurde enttäuscht.

Ein leises Pfeifen durch die Zähne, fast tonlos, der Kollege kam näher. Vincent erkannte die Melodie: *Neunundneunzig Luftballons*.

Der Duschvorhang beulte sich nach innen. Ein nackter Arm tastete sich herein. Vincent wich aus, so weit er konnte. Die Hand ergriff die Armatur und drehte das Wasser auf.

Kalt und laut prasselte es gegen den Vorhang. Vincent drehte den Brausekopf etwas zur Seite, trotzdem wurde seine

Jeans bis über die Knie nass. Er wusste nicht, wie er sich verhalten sollte.

Allmählich wurde das Wasser heiß. Vincent blieb nichts anderes übrig. Er stieg aus der Dusche.

Doch Ingo war nicht da.

Die Stimme des Kollegen drang aus Richtung Wohnzimmer, offenbar hatte er wieder einen Anruf entgegengenommen: «So läuft das nicht, lass mich ausreden … Nein, ich will kein Geld von dir, sondern investieren, Alter! … Ganz genau, endlich hast du's begriffen …»

Vincent hätte gern mehr von dem Gespräch erfahren, aber er beschloss, den Rückzug anzutreten. Das Prasseln im Bad übertönte seine Schritte. Er ignorierte die feuchten Spuren, die er auf dem braunen Teppichboden hinterließ.

Leise zog er die Tür auf, schloss sie behutsam hinter sich und stieg die Treppe hinunter, erst sachte, dann immer schneller.

Ingos schwarzer BMW stand in zweiter Reihe, ein Knöllchen hinter dem Scheibenwischer. Vincent zog sein Smartphone aus der Tasche, kniete sich vor eines der Räder und fotografierte das Reifenprofil.

78

▼

Reine Übungssache, dachte Vincent. Beim zweiten Mal ging es schon etwas schneller. Ein Geräusch im Schloss, als hätte er den passenden Schlüssel umgedreht, und die Tür war offen.

Er steckte den Elektropick ein. Wieder hatte ihn niemand beobachtet. Er fand es gespenstisch, wie einfach das war.

Das Gebäude stammte aus den Sechzigern und lag ebenfalls in Unterbilk. Ingo schien ein Faible für dieses Viertel zu haben, vielleicht weil es nah beim Präsidium lag und er sich deshalb auch während der Dienstzeit für eine Begehung mit Interessenten wegstehlen konnte.

Wie die Wohnung an der Düsselstraße war dieses Apartment frisch renoviert und leer. Zwei Zimmer, Küche und Bad, hell, aber klein, höchstens sechzig Quadratmeter, schätzte Vincent. Der Balkon war ein winziger Austritt. Mehr als ein Blumenkübel mit einem kümmerlichen Bäumchen, das vermutlich von den Vormietern stammte, fand kaum Platz.

Acht Millionen. Nur, wo?

Raufaser an den Wänden, Laminat auf dem Boden. Vincent klopfte alles nach einem verborgenen Hohlraum ab. Er stieß auf eine Klappe aus Kunststoff und öffnete sie – bloß der Sicherungskasten.

Vincent legte den Kopf in den Nacken und starrte auf das Kabelende, das in der Mitte des Raums herabhing. Er war ratlos. Rundum alles kahl. Nicht einmal ein Nagel in der Wand oder etwas Schmutz in der Ecke. Klinisch sauber.

Es klingelte.

Vincent ging in den Flur, nahm den Hörer der Gegensprechanlage aus der Wandhalterung und lauschte, während eine Nachbarin einen Bibelverkäufer abwimmelte, der offenbar sämtliche Knöpfe gedrückt hatte.

Zurück in das letzte Zimmer.

Es schien Vincent, als rieche es hier nach Farbe. Wieder untersuchte er die Wand. Hinter einem Vorsprung klang es hohl, vom Boden bis hinauf zur Decke. Vincent spürte, wie sich sein Puls wieder beschleunigte.

Die Tapete fühlte sich klamm an, noch etwas feucht. Vincent spürte eine Unebenheit. Wie ein quadratischer Deckel, nur einen Millimeter erhaben. Größer als der Sicherungskasten im Flur und erst kürzlich mit Tapete und weißer Farbe kaschiert.

Mit dem Autoschlüssel fuhr Vincent an den Kanten entlang. Er löste das Tapetenstück ab und legte eine eiserne Klappe frei. Mit dem Schlüssel hebelte er sie auf. Staub und Ruß flogen ihm entgegen.

Ein stillgelegter Kamin. Vincent griff in die Öffnung. Unten war nach wenigen Zentimetern Schluss – harter Beton. Nach oben konnte Vincent kein Ende ertasten. Sosehr er sich auch streckte, da war nichts.

Er schloss den quietschenden Deckel und war mit seinem Latein am Ende.

Geräusche im Treppenhaus, jemand kam nach oben gestapft. Vincent lugte durch den Türspion. Ein älterer Nachbar trug einen Wäschekorb vorbei.

Vincent kramte sein Handy hervor und wählte Dominiks Nummer.

«Wie sieht's bei euch in der Festung aus?»

«Gespenstisch», antwortete der Neuling. «Thilo führt das Kommando, keiner nimmt ihn für voll, jeder weiß, wie falsch das alles ist, aber niemand traut sich, auch nur einen Ton zu sagen.»

«Magst du mir helfen?»

«Du verwirrst mich. Heute Vormittag hast du noch …»

«Vier Augen sehen mehr als zwei.»

«Worum geht es?»

«Acht Millionen.»

«Castorps Kohle?»

«Außerdem kann es sein, dass der Täter ahnt, was ich vorhabe, und ich bin ohne Waffe.»

79

▼

Vincent tigerte durch die Wohnung. Allmählich verlor er den Glauben daran, in diesen vier Wänden das Geld zu finden. Wo zum Teufel blieb Dominik nur?

Vincents Handy piepste, eine SMS der Kriminaltechnik: *Das Reifenprofil zeigt weitgehende Übereinstimmung. Wo können wir das Fahrzeug untersuchen?*

Die Sonne schien durch die Fenster, es wurde warm. Vincent öffnete die Balkontür und trat an die frische Luft.

Zweiter Stock. Häuser im gleichen Stil bildeten ein Karree. Unten kreischten Kinder, der Lärm brach sich an den Mauern.

Sein Blick fiel auf den kleinen Baum im Kübel. Er sah vertrocknet aus, obwohl es noch vor kurzem stark geregnet hatte.

Vincent schoss eine Idee durch den Kopf. Er klemmte den Topf zwischen die Füße und packte den Stamm. Er zerrte, doch die Pflanze schien sich festzukrallen. Er trat auf die Kante des Pflanzgefäßes, ruckte und zog mit voller Kraft. Endlich gab der Baum nach, und der Wurzelballen löste sich.

Nichts kam zum Vorschein. Keine Tüte voller Geld. Nur Erdkrümel und ein paar Asseln, die vor dem Tageslicht flohen.

Verärgert verließ Vincent die Wohnung, wischte über Schloss und Türknauf und stieg die Treppe hinab. Dass Dominik immer noch nicht aufgetaucht war, nahm er als weiteres Zeichen: Ich verschwende hier nur meine Zeit.

Vincent fiel ein, dass Osterkamp heute Abend Bescheid bekommen wollte. Im Unterschied zur Polizeibehörde war dem Baulöwen an seiner Arbeit gelegen. Auch die Tochter buhlte um ihn. *Chef des operativen Geschäfts. Das Vierfache. Ich würde mich ernsthaft freuen.*

Vincent fischte nach seinem Handy, um zu erfahren, welche

Ausrede Dominik hatte. Er stellte die Verbindung zu ihm her – und brach sie sofort wieder ab.

Unten fiel die Haustür ins Schloss. Ein leises Pfeifen drang an Vincents Ohr. Die Melodie hatte er heute schon einmal gehört: *Neunundneunzig Luftballons*.

Vincent presste sich gegen die Wand und lauschte.

Die Schritte entfernten sich nach unten. Ein Schlüsselbund klapperte, Türangeln ächzten.

Der Keller.

Vincent folgte den Geräuschen bis zum Fuß der Treppe, wo gerade eine Stahltür ins Schloss fallen wollte. Er stoppte sie und zog sie etwas auf. Modriger Geruch schlug ihm entgegen. Er spähte ins Dunkle.

Nur eine grünliche Notlampe glomm an der Wand. Irgendwo wurde ein Verschlag aufgesperrt. Vincent betrat den Gang und versuchte, kein Geräusch zu machen.

Am anderen Ende wurde ein Deckenstrahler angeknipst, in Streifen fiel das Licht durch Holzlatten. Vincent schlich sich heran.

In der hintersten Kammer kniete Ingo Ritter vor einem Regal, zerrte einen großen Karton hervor und hob den Deckel. Holzwolle quoll hervor, Ingo hob einen Flachbildschirm heraus, darunter kam eine gelbe Tasche zum Vorschein.

Es war ein wasserdichter Sack, wie ihn Segler benutzten, das Ende umgeschlagen und festgezurrt. Er diente dazu, etwas Wertvolles aufzubewahren, das nicht feucht oder schimmelig werden durfte.

Vincent aktivierte die Kamerafunktion seines Handys und steckte es in die Außentasche des Hawaiihemds. Dort würde es zwar kein Bild aufnehmen, aber den Ton.

Er klopfte gegen den Türrahmen des Verschlags. «Hallo, Ingo.»

Der Leiter der Drogenfahndung wich zurück, das große gelbe Ding gegen die Brust gedrückt.

«Gib mir den Beutel!»

«Was machst *du* hier, Vinnie?»

«Das weißt du ganz genau.»

«Wohnungsbesichtigungen gibt es bei mir aber nur nach telefonischer Terminabsprache.»

«Bei Castorp hast du auch nicht vorher angerufen, oder?»

Ingo schwieg, aber sein Gesicht war in Bewegung geraten. Er biss sich auf die Lippe, blinzelte, etwas zuckte an seiner Schläfe.

Vincent streckte die Hand aus. «Komm schon, gib her.»

«Halbe-halbe. Ein faires Angebot.»

«Es muss deprimierend sein, oder?»

«Was meinst du?»

«Wenn sich ein Traum vom großen Reichtum in Luft auflöst.»

«Tut er das?»

«Zwischen dir und der Zukunft liegen zwei Morde. Du weißt, was lebenslänglich bedeutet. Mach's nicht noch schlimmer, als es ist.»

«Ich hab das nicht bloß für mich getan.»

«Sondern fur die Armen dieser Welt. Ist klar.»

«Wir könnten Blümchen einen Teil abgeben. Es ist genug für uns alle da.»

Ingo löste den Verschluss, riss den Sack weit auf und ließ Bündel von Scheinen sehen.

Mehr Violett als Gelb.

«Millionen, Vinnie. Shit, ey, das ist Kohle, die es gar nicht gibt! Keiner kommt uns auf die Spur. Keinem tut das weh. Wir wären blöd, wenn wir das schöne Geld dem Staat überlassen würden!»

«Du hast Castorp getötet.»

«Quatsch, das war Mike. Ich sag noch: Lass uns abhauen.

Aber Mike war sich sicher, dass Castorp ihn erkannt hatte. Scheiße, nichts davon war geplant. Laut Mikes Informationen hätte der Typ gar nicht zu Hause sein dürfen.»

«Ohne dich hätte sich Dollinger nie getraut, so ein Ding durchzuziehen. Und als er wegen der Schießerei in Panik war und sich an dich wandte, hast du ihn eiskalt …»

Ingo stellte den Kunststoffbeutel ab und zog seine Walther aus dem Holster. «Ich wollte es im Guten regeln, Vinnie, aber wenn du dich stur …»

Vincent warf sich auf ihn, schlug die Waffenhand zur Seite, Ingo verlor das Gleichgewicht, Vincent stürzte mit ihm zu Boden. Die Waffe war unter ihnen eingeklemmt, Ingo lag auf seinem rechten Arm. Vincent drückte ihm den Ellbogen auf den Hals. Mit der anderen Hand zog er einen Kabelbinder hervor, der seit der gestrigen Demonstration in der Hosentasche gesteckt hatte.

Er nahm die zweite Hand zu Hilfe, um Ingo zu fesseln. Sein Gegner nutzte die Gelegenheit, bäumte sich auf und bekam die Waffe los.

Ein Schuss knallte.

Vincent versuchte, den Schmerz zu ignorieren, aber Ingo gelang es, sich von ihm zu befreien. Er richtete sich auf und trat gegen die Stelle, an der Vincent blutete.

Jetzt tat es richtig weh.

Vor Vincents Augen wurde es weiß. Er zog sich hoch, taumelte zurück und stieß gegen das Regal. Dreck rieselte herab, dichter Staub tanzte im Licht der Deckenfunzel.

Ingo zielte, er keuchte vor Stress. Die Waffe zitterte in seiner Hand.

Vincent tastete an seiner Hüfte entlang. Das linke Bein war verletzt, er konnte sich jedoch gerade halten. Vermutlich nur ein Streifschuss.

«Warum bist du nur so fürchterlich stur?», fragte sein Gegenüber.

«Gib auf, Ingo. Du kommst nicht weit.»

Ingo legte auch die andere Hand an die Walther und trat zwei Schritte zurück. Der Abstand zwischen ihnen war nun zu groß, als dass Vincent einen zweiten Angriff wagen konnte.

«Die Kriminaltechnik hat dein Reifenprofil», sagte er.

«Und wenn schon.»

«Steck die Waffe weg, du hast genug angerichtet.»

«Shit, ey, Vinnie. Du zwingst mich dazu.»

«Das Geld wird dir nichts nützen.»

«Lass das mal meine Sorge sein.» Ingo schloss ein Auge, visierte an.

Dicht neben Vincent krachte ein Schuss.

Ingo wankte. Die Waffe entglitt ihm. Er sackte zu Boden.

Dominik stand in der Tür. Sein Atem ging hektisch, auf der Stirn stand Schweiß. Mit weißen Knöcheln hielt er die Dienstpistole fest umklammert, noch immer auf Ingo Ritter gerichtet.

In Vincents Ohren war ein Schrillen wie die Pausenglocke seiner Schule. Es stank nach Pulverschmauch. Vincent rief sich zur Besinnung, nahm das Handy aus der Hemdtasche, beendete die Aufnahme und verständigte zuerst den Notarzt, dann die Leitstelle.

Schließlich kniete er sich hin und legte einen Finger auf Ingos Halsschlagader – der Herzschlag war kaum noch zu spüren. Ein leise rasselndes Atemgeräusch. Vincent zog den Oberkörper seines einstigen Kumpels in eine aufrechte Position. Falls ein Lungenflügel durchschossen war, konnte der andere vielleicht noch Luft bekommen. Das Einschussloch war nah am Herzen, der Blutfleck breitete sich noch immer aus. Vincent sah schwarz für den Kollegen und empfand kein Mitleid.

Dominik bebte am ganzen Leib. Er ließ die Pistole zu Boden poltern.

Vincent nahm ihn in den Arm. «Ruhig, mein Junge, ruhig.»

«Was hab ich getan?»

«Das einzig Richtige.»

Vincent spürte die Tränen des Kollegen an seinem Hals.

Im Treppenhaus riefen Leute durcheinander.

Aus der Ferne näherte sich ein Martinshorn.

80

▼

Von seinem Wagen aus hatte Vincent das Geschehen im Blick. Grüppchen von Anwohnern steckten auf dem Gehsteig die Köpfe zusammen, Passanten blieben stehen. Uniformierte sicherten den Zugang zum Haus. Die Kriminaltechniker fuhren vor. Ein erstes Fernsehteam brachte sich in Position, der Kameramann schulterte sein Gerät. Vincent fragte sich, ob auch Saskia auftauchen würde.

Ein Arzt hatte sich bereits um ihn gekümmert. Der linke Abduktor war verletzt, der Muskel, der fürs Abspreizen des Beins zuständig war. Anscheinend war kein Knochen beschädigt und auch kein wichtiges Blutgefäß. Dennoch hatte ihm der Arzt nahegelegt, sich röntgen zu lassen.

Die Jeans presste den dicken Verband gegen die Wunde, der Muskel pochte mit jedem Pulsschlag. Eine Spritze hatte den Schmerz verdrängt, eine zweite sollte einer Entzündung vorbeugen. Am meisten ärgerte Vincent, dass er in den nächsten Wochen auf sein Lauftraining verzichten musste. Das Klingeln in seinen Ohren hatte nachgelassen, nur ein leises Rauschen im hohen Frequenzbereich war geblieben.

Dominik saß neben ihm und bekam nicht viel von dem mit, was draußen vorging. Der Arzt hatte ihm ein Beruhigungsmittel verabreicht, dennoch plapperte der junge Kollege in einem fort. Dass ein Junkie einst seine Frau ermordet und er bei der Jagd auf den Täter eine unbeteiligte Person tödlich verletzt hätte. Dass er seitdem nie wieder eine Waffe anfassen wollte, später jedoch erneut in eine Schießerei verwickelt gewesen war – und jetzt das Ding im Keller.

«Ich weiß, mein Junge», sagte Vincent, sich um einen beruhigenden Ton bemühend.

Dominik quasselte weiter. Er ziehe das Unheil an. Es müsse ein Fluch auf ihm liegen, anders könne er sich das nicht erklären. Vincent beschloss, nicht weiter hinzuhören.

Zwei Sanitäter schleppten Ingo Ritter auf einer Trage aus dem Haus, ein dritter hielt eine Blutkonserve hoch. Sie schoben den Verletzten in den rot-weißen Transporter.

Vincent stieß Dominik an. «Hey, du Unheil-Magnet, schau hin, dein Opfer lebt noch.»

Staatsanwalt Kilian stieg aus einem dunklen Auto und blickte sich um. Vincent betätigte die Lichthupe und ließ das Fenster herunterfahren. Im Laufschritt eilte der Grauhaarige herbei. Dominik hatte sein Gequassel endlich eingestellt.

«Das Radio», sagte der Staatsanwalt außer Atem. «Da werden sich einige Herrschaften gewaltig in den Allerwertesten beißen.»

Vincent schaltete ein.

… wie der Spiegel *vorab in seiner Online-Ausgabe meldet. In einer ersten Reaktion versicherte die Bundeskanzlerin und CDU-Vorsitzende, nichts von den illegalen Machenschaften des damaligen Schatzmeisters gewusst zu haben. Die Herkunft des Geldes sei ihr unerklärlich, weitere Schattenkonten existierten ihres Wissens nicht. Der Partei drohen nun Geldbußen in Millionen-*

höhe nach dem Parteienfinanzierungsgesetz, zudem ermittelt die Staatsanwaltschaft in Berlin wegen des Verdachts auf Untreue und Steuerhinterziehung. Heftige Vorwürfe erhob die Opposition in Berlin und Düsseldorf. Die Rechtsverletzung offenbare eine fragwürdige Einstellung zur Demokratie, so Martina Simoniak, SPD-Kandidatin um das Amt der Ministerpräsidentin in Nordrhein-Westfalen, wo übermorgen gewählt wird. Selbst der Koalitionspartner im Bundeskabinett ging auf Distanz. Dass Walter Castorp die geheimen Konten im Alleingang angelegt habe, sei unglaubhaft, so ein Sprecher der FDP. Der neue Parteienfinanzierungsskandal ist während der Ermittlungen zum Mord an Walter Castorp aufgefallen. Nach Darstellung des Hamburger Magazins …

«Stecken Sie dahinter?», fragte Kilian.

Vincent lachte nur.

Die Beifahrertür wurde aufgerissen, Thilo Becker streckte seinen Blondschopf in den Wagen. «Wer von euch hat geschossen?»

«Zuerst Ingo Ritter», antwortete Vincent. «Dann hat unser junger Held mein Leben gerettet.»

Becker wandte sich an Dominik. «Ich muss deine Hände abkleben, Kollege Roth. Und ich brauche dein Hemd.»

«Bitte?»

«Wegen der Schmauchspuren.»

«Tu ihm den Gefallen», sagte Vincent. «Ich spendier dir ein neues.»

«Aber bitte nicht mit Palmen drauf», antwortete Dominik.

TEIL SECHS

Montag, 20. Mai

81

▼

In der Verkleidung, die er auf der Intensivstation tragen musste, kam sich Vincent vor wie an einem Tatort, nur dass das Zeug grün war. Den Mundschutz ließ er weg, um Blümchen nicht zu erschrecken.

Sie war blass und unfrisiert. Allerlei Schläuche hingen an ihr. Der Monitor neben dem Bett blinkte für Vincents Gefühl viel zu unregelmäßig, doch eine Schwester hatte ihm verraten, dass die Patientin vermutlich noch heute auf die chirurgische Station verlegt werden würde. Bettina Blume habe das Schlimmste überstanden, hieß es.

«Du bist zäh», sagte er.

«Das behaupten hier alle.»

«Kriegst du die Nachrichten mit?»

«Nur, was die Schwestern erzählen. Die SPD hat die Wahl gewonnen, und einer von euch hat Mikes Komplizen erschossen.»

Vincent nickte. Ingo Ritter war am Samstag seiner Schussverletzung erlegen.

«Warum hast du Feli nicht mitgebracht?»

«Sie wollte unbedingt wieder zur Schule.»

Blümchen zeigte ein mattes Lächeln.

«Dein Vater hat das Sorgerecht für sie beantragt.»

«Damit der alte Lustmolch sie auch noch missbrauchen kann? Nein, ich kratz nicht ab, den Gefallen tu ich ihm nicht!»

Vincents zweites Handy gab Laut. Ein Prepaid-Teil, das er sich am Morgen erst besorgt hatte. Eine Kurznachricht aus

Zürich. *Sie sind jederzeit willkommen, Herr Veih. Es ist alles für das Konto vorbereitet.*

Er hatte dem gelben Sack ein paar Geldbündel entnommen, unbemerkt von Dominik und allen anderen. Seine erste kriminelle Tat seit seiner Zeit als jugendlicher Punk, und ein wenig war er stolz darauf. Feli sollte das Geld nach ihrem einundzwanzigsten Geburtstag zur Verfügung stehen. Die Summe der beschlagnahmten Banknoten entsprach jetzt nicht mehr ganz dem Betrag, den Castorps Freundin in ihrer Aussage beziffert hatte, doch die Scheine waren nicht gekennzeichnet, keiner konnte ihre Spur verfolgen. Ingo hätte die Differenz abzweigen können, Dollinger oder auch dessen Freundin.

«Du kannst das Handy nicht anlassen», sagte Blümchen. «Nicht, dass noch einer der Kranken hier einen Herzkasper bekommt.»

Vincent drückte ihre Hand. «Ich muss sowieso aufbrechen.»

«Warum so eilig?»

«Ein Rendezvous mit der Vergangenheit.»

«Noch älter als ich?»

Vincent nickte.

Auf der Fahrt zur Festung hörte Vincent Radio. In Berlin gab die Kanzlerin eine Pressekonferenz mit Wahlverlierer Driesbach. Die Schlappe als Chance zum Neuanfang, die schwarzen Konten als Fehler eines Einzelnen, der Geschichte war.

Das Handy, Kripochef Engel: «Sie haben mir ein verdammt turbulentes Wochenende eingebrockt, Herr Veih.»

«Wenn das Ihr Lob dafür ist, den Fall Castorp gelöst zu haben, nehme ich es dankend an.»

«Was noch fehlt, ist die Klärung der Abhöraffäre. Wer hat die SPD-Büros verwanzt? Sie haben so viel Zeugs beschlagnahmt, da muss doch etwas daraus hervorgehen!»

«Eines nach dem anderen, Herr Engel.»

«Und wie geht es dem Kollegen Roth?»

Vincent hatte Dominik vor Augen, als er ihn nach der Morgenbesprechung wieder nach Hause geschickt hatte: fahrig, konfus, benebelt von Psychopharmaka. «Er hat in eine stationäre Behandlung eingewilligt.»

«Vermutlich das Beste für ihn. Der Papst will uns übrigens schon zum Monatsende verlassen. Er hat angedeutet, dass er in die private Sicherheitsbranche wechseln wird.»

Osterkamp, dachte Vincent. «Und, kann man Ihnen gratulieren?»

«Fehlanzeige. Simoniak hält nichts von einer internen Lösung. Wir bekommen wohl wieder jemanden aus dem Ministerium vor die Nase gesetzt. Aber an Ihnen scheint sie einen verdammten Narren gefressen zu haben. Die Stelle als Kommissariatsleiter ist Ihnen offenbar sicher.»

Vincent kam zu spät zur Eröffnungsveranstaltung im Foyer, der Rundgang im Kellergeschoss hatte bereits begonnen, geführt von Max Dilling, seinem einstigen Dienstgruppenleiter. Als Max ihn erspähte, begrüßte er ihn mit großer Herzlichkeit und stellte ihn einigen Ehrengästen vor, Mitgliedern der jüdischen Gemeinde, Historikern. Für Innenminister Driesbach hatte der Polizeipräsident die Begrüßungsrede gehalten, knapp und lustlos, und war gleich darauf wieder verschwunden – Max hatte dafür nur ein Schulterzucken übrig.

Die Ausstellung ging über vier Stationen: Kaiserzeit, Weimarer Republik, Naziregime und Nachkriegsära. Während sich das Gros der Gäste noch bei den Pickelhauben aufhielt, trat Vincent vor das lebensgroße Foto im zentralen Kellerraum, das seinen Opa zeigte: ein junger Mann in Uniform, Zweige zur Tarnung an den Helm gesteckt, Handgranaten im Koppel, ein Lächeln im Gesicht.

Oberwachtmeister Gerhard Veih, Polizeiregiment 25, Lublin.

Das zweite Bild sah Vincent zum ersten Mal, Max hatte es aus anderer Quelle besorgt. Es zeigte ein zerstörtes Gebäude, tote Kinder und Erwachsene lagen davor aufgereiht wie Wild, das Jäger zur Strecke gebracht hatten. Deutsche Polizisten posierten rechts und links, fröhlich, feixend, ausgelassen.

Die Schule in Bialowola, Distrikt Zamość, 29. XII. 1942.

In einer Vitrine fand Vincent die Briefe seines Großvaters. Akkurate Handschrift in blauer Tinte. Unwillkürlich fiel Vincent Opas Reaktion ein, nachdem er einmal eine Ansichtskarte aus einem Ferienaufenthalt nach Hause geschrieben hatte: Statt Freude zu zeigen, hatte der Alte die Rechtschreibung korrigiert: *Ordnung führt zu allen Tugenden.*

Drei Hocker standen aufgereiht an der Wand, darüber hingen Kopfhörer. Bereits der Anblick dieser Dinge wühlte Vincent auf. Er wusste, wozu sie dienten. Trotzdem nahm er Platz und setzte sich die Hörermuscheln auf die Ohren.

Die Stimme war ihm aus dem Radio vertraut.

… versammelt, weil der Pole irgendetwas beabsichtigt, aber er soll sich ja hüten. Gestern erfolgte überraschend ein Einsatz. Keine angenehme Aufgabe, aber uns allen lachte das Herz.

Ausgerechnet dieser Brief, dachte Vincent und überlegte, ob er weiter hinhören sollte.

Wir kamen mit neun Mann auf dem Gut Orchowice an, und alles sah sehr heruntergekommen aus. Wir schießen auf drei Kerle und nehmen einen fest. Diesen behalten wir über Nacht, und obwohl wir ihn tüchtig verprügeln, scheint er mit den Banditen nichts zu tun zu haben. Auf seinen Hinweis schnappen wir uns einen Bauern. Die ganze Familie stellt sich taub. Es hilft nichts, man muss einen der Säuglinge an den Füßen packen und gegen die Wand schlagen wie ein …

Vincent riss sich den Kopfhörer herunter. Er bekam nur mit

Mühe Luft, ein tonnenschweres Gewicht schien auf seinen Rippen zu liegen. Ihm war, als hätte er diese Verbrechen selbst begangen.

Saskia stand vor ihm und berührte seine Schulter. «Orchowice?», fragte sie leise.

«Jetzt weißt du, wer ich bin.»

«Das bist nicht du.»

Hinter ihr tauchte das Fernsehteam auf. Der Assistent reckte Vincent ein Mikro hin. Saskia schob es weg und dirigierte ihre Leute weiter.

Vincent drängte sich durch den Pulk der Ausstellungsgäste, die an Max' Lippen hingen, und machte, dass er nach draußen kam.

Zwei uniformierte Kollegen standen abseits des Eingangs und rauchten. Vincent bekam mit, dass sie sich über Castorp unterhielten, über Dollinger und Ritter. Als er näher kam, verstummten sie.

Der eine Kollege hielt ihm eine Packung hin und schüttelte eine Zigarette hervor, die einzige, die noch drin war.

«Nein, nimm du sie», sagte Vincent. «Ich will dir nicht die letzte …»

«Komm schon.»

Vincent griff zu. Der Kollege gab ihm Feuer. Vincent atmete den Rauch tief in seine Lungen und behielt ihn lange dort. Dann entließ er ihn als helle Wolke, die sich rasch auflöste.

Er fuhr nach Uedesheim, denn eine Sache stand noch aus.

Als er das Auto abschloss und auf das Haus mit der braunroten Backsteinfassade zuging, glaubte er nachempfinden zu können, wie es für seine Mutter gewesen sein musste, nach dem Krieg als Tochter eines Nazi-Monsters aufzuwachsen. Noch nie hatte er sich ihr so nah gefühlt.

Dorothee König öffnete ihm, die Kuratorin. Sie schäumte schier über vor Freundlichkeit: «Schön, dass Sie gekommen sind, Herr Veih, da wird sich Brigitte aber freuen!»

Der Flur war voller Leute, die Vincent nicht kannte. Kulturvolk, schwarz gekleidet, aufgekratzte Stimmung. Am Vormittag hatte Brigitte Veih den Preis der Landeshauptstadt aus den Händen des Kulturdezernenten empfangen. Vincent hielt sich an dem Blumenstrauß fest, den er für sie besorgt hatte.

«Stellen Sie sich vor, Herr Veih, Ihre Mutter wird im Herbst auf der *Paris Photo* ausstellen!» Die Kuratorin legte ihm eine Hand auf den Arm. «Und eine Münchner Galerie will Brigitte unter Vertrag nehmen!»

Vincent suchte seine Mutter im Wohnzimmer. Jemand wollte ihm ein Glas in die Hand drücken, er wehrte ab.

«Hallo, Vincent.» Nina stand vor ihm. «Schön, dass du da bist.»

Er wandte sich zur Küche und malte sich aus, wie es sein würde, seiner Mutter zu gratulieren. Er würde kein Wort über die Ausstellung verlieren. Vergessen, was alles geschehen ist. Völlig neu anfangen.

Er würde sie einfach nur in den Arm nehmen.

Vincent fand Brigitte Veih am Tisch sitzend, wo sie mit einem Mädchen spielte, das auf ihrem Schoß saß. Die Kleine war vielleicht vier oder fünf, gemeinsam beschmierten sie großformatige Fotokopien mit Wachsmalstiften und hatten großen Spaß dabei.

Vincent sprach seine Mutter an. «Gratulation.»

Sie blickte kurz auf. «Danke.»

Er hielt ihr die Blumen hin, doch sie reagierte nicht weiter, sondern malte einen grünen Schnurrbart in das Gesicht einer Frau. Das kleine Mädchen gluckste und klatschte in die Hände.

«Augusta», kommentierte die Kuratorin. «Meine Tochter.»

Vincent warf den Strauß auf den Tisch. Die Partygäste verstummten und wichen vor ihm zurück, als er zum Ausgang stürmte.

Im Auto überfiel ihn ein Gefühl der Leere. Er hatte es wieder nicht geschafft.

Nina trat aus dem Haus und kam auf ihn zu.

Vincent startete den Wagen und fuhr los.

Landstraße. Brückenpfeiler rasten vorbei. Jetzt das Steuer verreißen – das wär's, oder nicht?

London Calling.

Es war Saskia, deren Stimme ihn zur Vernunft brachte.

«Hast du heute etwas früher Zeit?», fragte sie.

«Ich weiß, was du vorhast.»

«Jetzt bin ich aber gespannt.»

«Du willst mich zu der Ausstellung interviewen. Wegen meines Großvaters. Für deinen Magazinbeitrag, der am Sonntag laufen wird.»

«Nein, Vincent, dein Leben verfilme ich später mal.»

Er hörte ihr Lachen und sah sie vor sich, die kleinen Fältchen, die sich dabei an ihrer Nase bildeten.

«Oskar hat heute beim Frühstück gesagt, er möchte Polizist werden, wenn er groß ist. Was sagst du dazu, Vincent?»

«Bloß nicht.»

Wieder ihr warmes Lachen. «Ich denke, ihr solltet euch endlich mal kennenlernen.»

Das Flussufer zog unter ihm hinweg, die Stadt flog auf ihn zu. Im Autoradio ging es um die Osterkamp-Baustelle am Seestern. Die Ermittlungen gegen das Bauordnungsamt seien eingestellt worden, so der Nachrichtensprecher, angeblich kein Verschulden der Behörde am Feuer, dem die ukrainischen Arbeiter zum Opfer gefallen waren. Für den Samstag war eine erneute Demonstration angekündigt.

Die Zukunft beginnt jetzt.

Das tat sie schon immer, dachte Vincent. Und alle haben stets gehofft, es werde ihre Zukunft. Sein Opa, als er in Polen ein Baby erschlug. Seine Mutter, als sie ihr Kind verleugnete und Mordanschläge ausheckte. Er würde es nie begreifen, und trotzdem blieb ihm nichts anderes übrig, als an seine Zukunft zu glauben.

Danksagung

Ich verneige mich vor allen Freunden und Helfern, die mich während der Arbeit an «Schwarzlicht» begleitet haben und die mir mit Rat, Informationen und Anregungen zur Seite standen.

In erster Linie sind das Kathie Wewer und Klaus Eckert, die immer da sind, wenn ich sie brauche. Ihre Kritik und ihr Ansporn knipsten mir oft das Licht am Ende des Tunnels an und zeigten mir den Weg.

Hermann Gläser, langjähriger Soko-Leiter in Mainz, hat das gesamte Manuskript unter seine Lupe genommen. Seine vielen Anmerkungen waren ein Schatz. Abweichungen von der realen Praxis, von Strafprozessordnung und kriminalistischer Lehre gehen voll und ganz auf meine Kappe.

Monika Wolf hat mich auf Joe Navarros Ausführungen über Körpersprache gebracht («Menschen lesen»), von denen Vincent Veih viel gelernt hat.

Mit Guido Schweers konnte ich wieder einen Brandort diskutieren, mit Christoph Müller die Psyche eines schwierigen Menschen.

Die Beteiligung deutscher Polizisten am Holocaust ist ein Thema, das mir Klaus Dönecke seit vielen Jahren nahebringt. Er und sein Verein «Geschichte am Jürgensplatz» erforschen es, seit man in einer Dachkammer des Düsseldorfer Präsidiums einschlägige Akten fand. 2007 wurde die sehenswerte Dauerausstellung «Transparenz und Schatten» eröffnet. Gerhard Veihs

Briefe beruhen weitgehend wörtlich auf Briefen, die ein kaufmännischer Angestellter namens Kurt Dreyer während seiner Zeit als Oberwachtmeister der Schutzpolizei der Reserve im SS-Polizeiregiment 25 aus Südostpolen an seine Familie in Essen geschrieben hat. Auch aus den Forschungen von Christopher R. Browning und Harald Welzer wissen wir, dass aus vielen «ganz normalen Männern», die sich durchaus hätten verweigern können, Massenmörder wurden.

Über den Autor

Horst Eckert, 1959 in Weiden/Oberpfalz geboren, lebt seit sechsundzwanzig Jahren in Düsseldorf. Er studierte Politische Wissenschaft und arbeitete fünfzehn Jahre als Fernsehjournalist. 1995 erschien sein Debüt «Annas Erbe». Seine Romane gelten als «im besten Sinne komplexe Polizeithriller, die man nicht nur als spannenden Kriminalstoff lesen kann, sondern auch als einen Kommentar zur Zeit» (Deutschlandfunk). Sie sind in mehrere Sprachen übersetzt sowie preisgekrönt (u. a. Friedrich-Glauser-Preis für «Die Zwillingsfalle», Krimi-Blitz für «Schwarzer Schwan»).

www.horsteckert.de

MIX
Papier aus verantwortungsvollen Quellen
FSC® C083411

Das für dieses Buch verwendete FSC®-zertifizierte Papier
Munkenprint Cream liefert Arctic Paper Munkedals, Schweden.